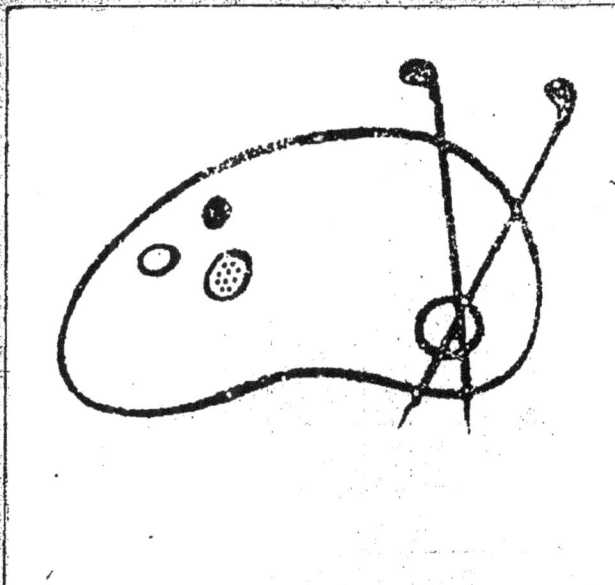

Début d'une série de documents
en couleur

DEUXIÈME ÉDITION

FORTUNE DU BOISGOBEY

LA
BANDE ROUGE

PREMIÈRE PARTIE

AVENTURES D'UNE JEUNE FILLE
PENDANT LE SIÈGE

PARIS

E. DENTU, ÉDITEUR

LIBRAIRE DE LA SOCIÉTÉ DES GENS DE LETTRES

PALAIS-ROYAL, 15-17-19, GALERIE D'ORLÉANS

1886

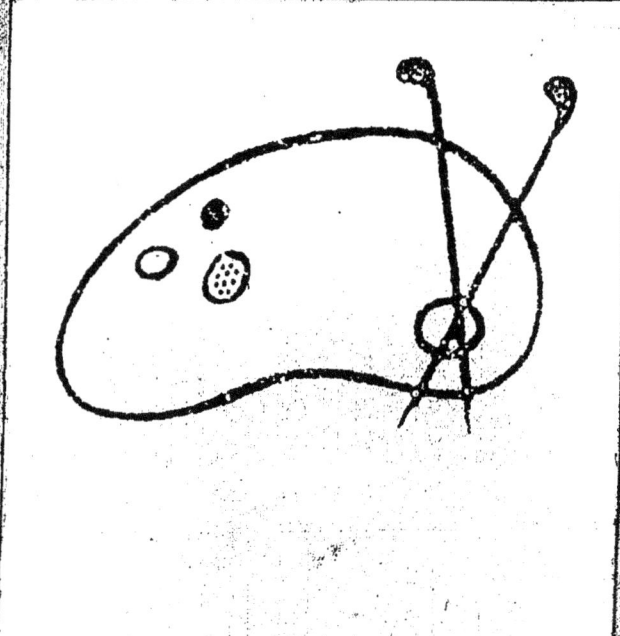

Fin d'une série de documents
en couleur

LA BANDE ROUGE

LIBRAIRIE DE E. DENTU, ÉDITEUR

DU MÊME AUTEUR

LA VIEILLESSE DE M. LECOQ. 4e édition, 2 vol . . . . 6 fr.
LES MYSTÈRES DU NOUVEAU PARIS, 7e édition, 3 vol . . . . 9 »
LES GREDINS, 2e édition, 2 vol. . . . . 6 »
LE CHEVALIER CASSE-COU, 2e édition. 2 vol. . . . . 6 »
L'AS DE CŒUR, 2e édition, 2 vol. . . . . 6 »
LA TRESSE BLONDE, 5e édition, 1 vol. . . . . 3 »
LE COUP DE POUCE, 7e édition, 1 vol. . . . . 3 »
LES DEUX MERLES DE M. DE SAINT-MARS, 2e édition. 2 vol. . 6 »
L'ÉPINGLE ROSE, 2e édition, 3 vol. . . . . 9 »
OU EST ZÉNOBIE? 2e édition, 2 vol. . . . . 6 »
L'ÉQUIPAGE DU DIABLE, 2e édition, 2 vol. . . . . 6 »
L'AFFAIRE MATAPAN, 2e édition, 2 vol. . . . . 6 »
LE COCHON D'OR, 2e édition, 2 vol. . . . . 6 »
LES SUITES D'UN DUEL, 3e édition, 1 vol. . . . . 3 »
BOUCHE COUSUE, 2e édition, 2 vol. . . . . 6 »
MÉRINDOL, 2e édition, 1 volume. . . . . 3 »
LE SECRET DE BERTHE, 3e édition, 2 volumes . . . . . . 6 »
LE MARI DE LA DIVA, 2e édition, 1 vol. . . . . 3 »
LA BELLE GEOLIÈRE, 2e édition, 2 vol. . . . . 6 »
LE CRI DU SANG, 2e édition, 2 vol. . . . . 6 »
L'AUBERGE DE LA NOBLE ROSE, 1 volume. . . . . 1 »
LA PEAU D'UN AUTRE, 4e édition, 2 vol. . . . . 2 »
UNE AFFAIRE MYSTÉRIEUSE, 7e édition, 1 vol. . . . . 1 »
LE PIGNON MAUDIT, 2 vol. . . . . 2 »

ROMANS SUR LA RÉVOLUTION :

LES CACHETTES DE MARIE-ROSE (1793, Vendée) 2e édit., 2 vol. 6 »
LE DEMI-MONDE SOUS LA TERREUR (1794), 2e édit., 2 vol. . 6 »
LES COLLETS NOIRS (1797), 3e édition, 2 vol. . . . . . . 6 »
LA JAMBE NOIRE (1803-1804), 2e édition, 2 vol. . . . . . 6 »

F. Aureau. — Imprimerie de Lagny.

LA
BANDE ROUGE

PAR

FORTUNÉ DU BOISGOBEY

PREMIÈRE PARTIE

AVENTURES D'UNE JEUNE FILLE

PENDANT LE SIÈGE

PARIS
E. DENTU, ÉDITEUR

LIBRAIRE DE LA SOCIÉTÉ DES GENS DE LETTRES

PALAIS-ROYAL, 15-17-19, GALERIE D'ORLÉANS

1886

LA BANDE ROUGE

PREMIÈRE PARTIE

I

La nuit était sombre et froide.

Les grands arbres de la forêt de Saint-Germain, se-coués par le vent d'automne, craquaient en inclinant leurs cimes sur une route étroite et profondément en-caissée.

Par moments, une rafale plus forte chassait les nuages et la lune brillait à travers les feuilles.

On entrevoyait alors au fond du chemin creux un véhicule de forme étrange.

Ce n'était pas une voiture, et ce n'était pas une charrette.

Cela roulait cependant, car un bruit aigre de roues mal graissées se détachait sur le grondement sourd de l'orage qui passait dans les hautes branches.

L'objet avait la forme d'une longue caisse surmontée d'un tuyau en fonte et percée d'ouvertures latérales.

On eût dit une maison ambulante, et cette maison

devait être habitée, car il s'en échappait des jets de lumière dont le reflet éclairait le taillis à droite et à gauche.

Le ravin pierreux que suivait ce logis voyageur tournait brusquement auprès d'un bouquet de vieux chênes et s'élevait ensuite par une pente assez raide.

Au bas de cette montée il y eut un temps d'arrêt, suivi du bruit sec et cadencé des sabots d'un cheval martelant les cailloux, puis le bizarre équipage, qui venait sans doute de rencontrer une ornière imprévue, s'inclina comme un navire surpris par un grain et resta accoté sur une énorme souche plantée là fort à propos pour l'empêcher de chavirer tout à fait.

— Mille trompettes! cria une voix rauque qui sortait des profondeurs de la carriole échouée au bord du fossé, la brute vient de nous verser!

A cette exclamation, un gémissement lamentable répondit de l'avant du véhicule, mais rien ne bougea.

Evidemment, le cocher renonçait à relever l'animal qui venait de s'abattre et qui semblait prendre son parti de sa chute, car il se contentait de souffler bruyamment, sans se livrer à des efforts inutiles.

— Alcindor! hurla la voix enrouée, m'entends-tu, propre à rien?

En même temps, l'arrière de l'épave s'ouvrit avec violence, un homme sauta à terre et courut à l'attelage.

Il tenait de la main gauche une lanterne qu'il mit sous le nez du conducteur, et de la droite une longue baguette avec laquelle il commença à lui cingler les jambes.

L'effet de ces deux mouvements ne se fit pas attendre.

Le cocher recula d'abord, ébloui par la lumière, mais, dès qu'il sentit les coups, il lâcha les rênes et se jeta de l'autre côté du brancard.

Il ne semblait, du reste, ni trop effrayé, ni même trop surpris, car il s'assit sur le revers du fossé et mit ses mains dans ses poches comme un homme blasé sur les corrections.

C'était un garçon efflanqué dont le buste trop court reposait sur des jambes interminables. Il avait de longs cheveux d'une nuance vague qui se rapprochait sensiblement du jaune, une face blême et imberbe, un nez pointu et des yeux gris à fleur de tête.

L'expression dominante de sa physionomie était la résignation mêlée d'un certain enthousiasme contenu.

Un observateur aurait deviné sous ce masque abruti un illuminé dissimulant ses rêveries ou un inventeur, honteux de ses découvertes.

Quant à son costume, il était simple, mais saugrenu.

Des guêtres jadis blanches enveloppaient ses maigres tibias fâcheusement terminés par d'immenses pieds chaussés de galoches en cuir.

Sur ses épaules osseuses flottait une vareuse trop large dont la coupe rappelait la souquenille des valets de la comédie classique, et son chef était coiffé d'une casquette plate et pointue qui avait dû figurer dans « la Tour de Nesle » sur la tête de quelque Buridan de province.

Cet être grotesque était visiblement jeune, malgré son apparence vieillotte.

Son maître, l'homme qui venait de s'élancer de la carriole engravée, formait avec lui un contraste vivant.

Trapu, crépu, et surtout basané, il réalisait le type complet d'un hercule de foire.

Ses vigoureux biceps et ses mollets énormes se dessinaient en relief sous son pantalon de velours à côtes; mais, par une anomalie bizarre, ses traits réguliers et fades, décelaient une absence totale d'énergie.

Il y avait dans sa mise vulgaire et dans ses épais favoris soigneusement peignés je ne sais quoi d'ordonné qui lui donnait l'air d'un comptable déguisé en athlète.

Cet alcide bourgeois s'était croisé les bras et contemplait d'un air tragique le grand dadais aux cheveux couleur de filasse et la bête agenouillée, maigre rosse au poil gris qui broutait philosophiquement l'herbe du chemin.

Mais son silence menaçant ne fut pas de longue durée, et il reprit ses objurgations avec cet organe éraillé qui est particulier aux orateurs accoutumés à parler en plein vent.

— *Fainiant!* grommela-t-il en brandissant sa redoutable baguette, comment t'y es-tu pris pour jeter la *boîte* dans un trou, sur une route macadamisée, au beau milieu d'une forêt impériale ?

Tu dormais, c'est sûr, tu dormais comme un grand lâche que tu es !

— Patron, répondit le malencontreux cocher d'une voix lente et monotone, pour ce qui est d'avoir dormi, je ne le nie pas.

Le sommeil est un besoin de l'organisme humain qui est toujours proportionnel à l'âge du sujet, et comme je termine mon vingt-sixième été, j'ai droit à un minimun de huit heures de repos.

Or, nous avons quitté le champ de foire de Poissy sur le coup de minuit, et si j'en juge par la position de la Grande Ourse relativement au zénith, il doit être environ six heures du matin.

Je suis donc en règle vis-à-vis de la nature.

— Tu n'y es pas vis-à-vis de moi, méchant paillasse, interrompit l'homme barbu, et je ne te paie pas pour dormir.

— Quant à la route, reprit imperturbablement le long personnage, je soutiens qu'elle n'a nullement bénéficié de l'ingénieuse invention de l'Ecossais Mac Adam, attendu la profondeur des ornières qu'on y rencontre, et pour ce qui est de la qualification d'impériale que vous donnez à la forêt, je vous ferai respectueusement observer, patron...

— Assez ! mille millions de trompettes ! assez imbécile ! garde tes boniments pour la parade, et aide-moi plutôt à sortir d'ici.

Nous sommes égarés, c'est sûr et certain, car nous devrions être à Saint-Germain depuis longtemps, et si je n'avais pas été assez serin pour dormir aussi, je me serais bien aperçu que tu nous mettais dedans.

— Vous, patron, qui avez quarante-sept ans, vous n'avez pas besoin de plus de six heures de sommeil, observa le cocher d'un air narquois.

— C'est bon ! dit le maître d'un ton bourru, prends la lanterne et marche devant, que je voie un peu où nous sommes.

— Régine ! cria-t-il, en se tournant vers la carriole, Régine ! reste là, ma fille, nous allons revenir.

Personne ne répondit de l'intérieur à cette recommandation, et l'hercule ajouta en se parlant à lui-même et en haussant les épaules :

— Suis-je bête ! j'oublie toujours que la mioche est sourde et muette.

Allons, Alcindor, en route !

L'individu qui répondait à ce nom ridicule obéit sans répliquer, et se mit à grimper l'escarpement devant lequel la malheureuse haridelle avait bronché.

Le chemin, détrempé par les pluies, était détestable, et le patron, beaucoup moins leste que le maigre Alcindor, trébuchait à chaque pas et lançait de formidables bordées de jurons.

Après dix minutes de cette marche accidentée, les deux égarés débouchèrent dans un carrefour entouré d'arbres séculaires. Cinq ou six routes rayonnaient dans toutes les directions, et un poteau s'élevait au centre du rond-point.

— Nous sommes sauvés, il y a un écriteau ! s'écria le cocher en hâtant le pas.

Arrivé au pied du poteau indicateur, il éleva sa lanterne au bout de ses grands bras et parvint à déchiffrer l'inscription, qu'il lut avec un accent de triomphe.

— Étoile du Chêne-Capitaine ! Joli nom ! Il doit y avoir une légende, et si je m'occupais de ces frivolités, j'en ferais un roman.

— Tais-toi, imbécile, grommela le patron ; au lieu de

dire des bêtises, tu ferais mieux de trouver notre chemin au milieu de tous ceux-là.

— C'est que ce n'est pas facile, patron, murmura piteusement Alcindor en se grattant le front.

Tiens! une lumière, ajouta-t-il en étendant la main vers la route qui s'ouvrait à sa gauche.

— Une cabane de bûcheron! c'est notre affaire. Allons-y gaiement, dit l'hercule, rasséréné par cette découverte inespérée.

Mais Alcindor ne bougea pas.

— Patron, ça remue, dit-il en secouant la tête, et je croirais plutôt que c'est un de ces gaz terrestres vulgairement appelés feux follets.

En effet, la lumière assez éloignée, d'ailleurs, semblait aller et venir, et par instants, disparaissait tout à fait.

— C'est drôle! murmura l'homme trapu. On dirait le falot d'un garde qui fait sa ronde. Faut voir ça de près sans être vus. Eteins notre lumignon et avançons en douceur.

Alcindor exécuta l'ordre en homme habitué aux expéditions nocturnes, et imita son maître qui marchait déjà vers le fanal, avec toutes les précautions à l'usage des braconniers.

Le temps était du reste singulièrement favorable à une surveillance occulte.

La tempête avait redoublé de violence, et le bruit des pas sur un sol boueux se perdait dans le concert du feuillage agité par le vent d'ouest.

Les curieux arrivèrent ainsi sans révéler leur présence jusqu'à une coupe de bois toute récente.

Une clairière se dessinait derrière un énorme tas de bûches rangées symétriquement, et, au delà de cette muraille forestière, la lueur entrevue de loin éclairait les troncs blancs des bouleaux.

Un bruit sourd et régulier arrivait aux oreilles très tendues des deux observateurs.

Ils se glissèrent, en se baissant, jusqu'au pied de la coupe et ils se relevèrent doucement.

Alcindor, grâce à ses longues jambes, dominait l'obstacle, et ce qu'il vit de l'autre côté lui parut sans doute peu rassurant, car il saisit brusquement le bras de son maître et se pencha à son oreille en murmurant :

— Sauvons-nous, patron, sauvons-nous !

— Qu'est-ce qui te prend, animal ? demanda tout bas l'hercule.

— Là !... murmurait Alcindor en désignant de la main un chêne colossal isolé au milieu de la clairière, là-bas... ils enterrent quelqu'un...

— Ou quelque chose, grommela le maître, qui semblait partager médiocrement l'émotion de son cocher.

Faut savoir ce que c'est avant de filer.

Et, se glissant le long de l'obstacle, l'homme trapu trouva un peu plus loin une grosse pierre sur laquelle il grimpa sans bruit.

Grâce à ce marchepied, il put profiter aussi de l'observatoire découvert par Alcindor et voir ce qui se passait à vingt pas devant eux.

La clarté qui les avait attirés venait d'un large fanal accroché aux basses branches d'un arbre au pied duquel deux hommes, armés chacun d'une bêche, achevaient de remplir de terre un trou plus long que large.

Leur besogne semblait toucher à son terme et ils se hâtaient comme des gens pressés d'en finir.

A pareille heure et en pareil lieu, cette œuvre de fossoyeur était assez étrange.

On ne vient pas remuer, par une nuit de tempête, le sol d'une forêt pour y faire des plantations, et, d'ailleurs, les travailleurs nocturnes n'étaient ni des ouvriers, ni des paysans.

Vêtus de redingotes sévèrement boutonnées et coiffés de chapeaux neufs dont la soie reluisait sous les rayons de la lanterne, ils avaient l'air de s'être habillés pour quelque cérémonie, et leur costume quasi-officiel jurait singulièrement avec le travail manuel auquel ils se livraient avec tant d'ardeur.

L'un d'eux même avait négligé d'ôter ses gants et maniait la bêche avec des mains emprisonnées dans le chevreau noir des grands deuils.

Le mystère dont les inconnus s'entouraient était évident, mais le but réel de leurs efforts restait difficile à deviner, car la fosse était presque comblée au moment où Alcindor et son maître avaient pris possession de leur poste, et la terre amoncelée avec tant d'ardeur pouvait aussi bien cacher un cadavre qu'un trésor.

Quoi qu'il en fût d'ailleurs, le spectacle était bien fait pour clouer sur place les deux curieux amenés là par le hasard, et ils observaient ce qui se passait au pied du chêne avec une égale attention, mais avec des pensées très différentes.

Alcindor, qui s'était rapproché peu à peu de son patron, jusqu'à se serrer contre lui, était visiblement sous le coup d'une frayeur d'autant mieux sentie qu'il n'osait l'exprimer ni par des paroles, ni même par des gestes.

Il croyait assister à la dernière scène d'un drame voué à la future célébrité d'une cour d'assises, et, craignant par instinct les aventures judiciaires, il maudissait l'accident qui l'avait conduit à l'Étoile du Chêne-Capitaine.

L'hercule, au contraire, depuis qu'il avait réussi à se hausser au-dessus du mur de bois, avait pris l'air satisfait d'un spéculateur qui vient de découvrir une bonne affaire.

Sa figure maussade s'était éclairée et ses petits yeux pétillaient de cupidité.

Évidemment, il pensait tenir un secret qu'il pourrait monnayer plus tard, et il s'inquiétait peu des conséquences immédiates de son indiscrétion.

— C'est fini, patron, allons-nous-en, souffla le malheureux cocher.

En effet, le trou paraissait comblé, et l'homme aux

gants noirs s'était croisé les bras comme un ouvrier qui se repose après un travail pénible.

Son camarade s'occupait activement à ramasser des feuilles sèches pour recouvrir la terre fraîchement remuée, et il opérait avec une dextérité remarquable.

En moins d'un quart d'heure, le sol fut nivelé, la fosse cachée sous l'épaisse litière fournie par l'automne, et, en dehors des témoins de cette scène bizarre, personne n'aurait pu se douter de l'enfouissement mystérieux qui venait de s'accomplir.

L'ordre une fois rétabli au pied du grand chêne, le soigneux travailleur prit les deux bêches sur son épaule, traversa rapidement la clairière et glissa les outils sous les ronces qui bordaient de ce côté le commencement du taillis.

— Bon ! ils vont décamper et nous allons déterrer le pot aux roses.

Ces mots, que l'hercule lui glissa dans l'oreille, firent frissonner Alcindor, qui ne se sentait aucun goût pour les entreprises compromettantes.

— Mais, patron, murmura-t-il timidement, Régine est toute seule là-bas et je crains...

— Régine n'a pas besoin de société, puisqu'elle est muette, interrompit brusquement le maître, et elle n'est pas si poltronne que toi.

Ferme ta bouche et ouvre tes oreilles ! v'là les particuliers qui ont l'air de venir par ici.

Pendant que son acolyte se débarrassait des bêches, l'homme resté sous l'arbre avait décroché et éteint le fanal, et la disparition de cet éclairage factice rendait plus sensibles les premières blancheurs de l'aube, qui commençait à poindre.

Après avoir pris ces précautions, les travailleurs s'étaient rejoints et se dirigeaient en effet vers le tas de bois.

Ils marchaient côte à côte, lentement et silencieusement comme des gens absorbés par des pensées sérieuses.

1.

Le plus grand des deux, celui qui portait la lanterne, était de moyenne taille, mince de corps et élégant de tournure.

L'autre, qui paraissait beaucoup plus âgé, avait une grosse tête enfoncée dans des épaules inégales et une démarche bizarre et saccadée.

Il ne boitait pas précisément, mais on aurait pu dire qu'il louchait des jambes, car elles fonctionnaient en désaccord.

Ce fut tout ce que l'hercule eut le temps d'apercevoir, car en voyant les inconnus se rapprocher, il s'était hâté de se baisser et de s'accroupir au pied des bûches.

Alcindor ne s'était pas fait prier pour imiter cette manœuvre prudente, et, grâce à l'ombre protectrice de la coupe, les observateurs pouvaient espérer qu'on passerait sans les découvrir.

Après une minute d'attente, qui ne fut pas exempte d'anxiété, le son d'une voix aigre vint frapper leurs oreilles.

— Nous n'avons plus longtemps à attendre, disait l'homme qui parlait; le rendez-vous est pour six heures, et le Saint-Senier doit être exact comme un imbécile de soldat qu'il est.

Restons ici; la place est bonne pour nous reposer, et tu dois en avoir besoin.

— Oui, je crains même de m'être un peu trop fatigué la main, répondit une autre voix plus grave.

— Je t'avais dit de me laisser piocher tout seul, mais tu ne veux jamais m'écouter.

Ces propos se tenaient de l'autre côté du tas de bois, et si près que les interlocuteurs n'étaient séparés de leurs espions que par une distance de trois ou quatre mètres.

Ceux-ci ne pouvaient plus fuir sans révéler leur présence, et, du reste, l'hercule tenait beaucoup à ne pas perdre les confidences que les deux mystérieux personnages ne pouvaient pas manquer d'échanger.

Il resta immobile et attentif, pendant qu'Alcindor,

moins curieux, s'étendait doucement sur l'herbe mouillée.

— Je ne sais pas pourquoi, reprit la voix grave, mais jamais je ne me suis senti plus mal disposé. Ce temps humide m'a détrempé les nerfs, sans compter que Rose a les siens depuis deux jours et qu'elle m'a fait une scène, hier soir.

— Fume une cigarette et laisse-là les femmes, si tu veux devenir un homme politique, dit sèchement l'autre inconnu.

Ce conseil fort sage fut médiocrement goûté.

— Taupier, mon ami, répondit en riant l'interlocuteur, tu n'es qu'un sot et tu n'en as pas le droit, en ta qualité de bossu.

— Merci, grommela le personnage ainsi qualifié.

— Ne me remercie pas et réponds-moi. A quoi me servirait-il d'avoir l'argent et la célébrité, — je pense que c'est là ce que tu entends par devenir un homme politique, — si je renonçais aux femmes?

— J'y ai bien renoncé, moi!

— Pas tant que ça! on prétend que tu es amoureux de la sœur de mon adversaire, la belle Renée. On disait même l'autre jour, chez Brébant, qu'on t'avait vu à la messe de la Madeleine. Tu l'attendais à la porte pour lui offrir de l'eau bénite.

— Ce n'est pas vrai! ce sont mes ennemis du club de la Vache-Noire qui répandent ces bruits-là pour nuire à ma candidature.

— Ne te fâche pas, bouillant Taupier, je retire la Madeleine; je ferai même, si tu veux, une rectification à la quatrième page.

— C'est bon! je ne t'en demande pas tant. Pense seulement à viser juste pour me débarrasser de ce Saint-Senier qui m'agace.

Après cette réponse, il y eut un silence dont l'hercule, qui n'avait pas perdu un mot de la conversation, profita pour réfléchir.

Il se trouvait singulièrement désappointé, car dans tout ce qu'il venait d'entendre, rien ne l'avait renseigné.

Le secret qu'il comptait surprendre fuyait devant lui, et ce dialogue où il était question d'amour et de duel confondait toutes ses idées.

Il résolut pourtant d'écouter jusqu'au bout, en espérant toujours qu'une phrase le mettrait sur une piste fructueuse.

— Je crois que je le manquerai et que c'est lui qui me tuera, reprit lentement l'homme aux gants. Pourquoi as-tu accepté le pistolet?

— Parce que tu es au moins de seconde force, tandis qu'à l'épée tu t'es fait embrocher sottement toutes les fois que tu es allé sur le terrain.

— Mon père est mort d'une balle, et j'ai le pressentiment que je finirai de même.

— Ton père a été tué sur une barricade, et le temps des barricades est passé, puisque nous sommes en république.

— Qui sait? on était aussi en république le 24 juin 1848, et, ce jour-là, mon père a reçu un coup de fusil dans le dos à l'entrée du faubourg du Temple.

— Quelle drôle d'idée de parler de ça aujourd'hui, dit Taupier, avec une hésitation marquée.

Voyons, Valnoir, calme-toi; j'entends marcher là-bas dans les feuilles; c'est probablement Saint-Senier qui arrive avec ses témoins.

— Ils viennent donc à pied?

— Tu sais bien qu'ils ont dû aller coucher hier à Maisons, qui est tout près d'ici.

— C'est vrai! je l'avais oublié. Qui doit tirer le premier?

— Lui, parbleu! ton article était assez raide pour qu'il se crût l'offensé.

— Alors, je suis mort, dit celui qu'on avait appelé Valnoir.

— Quant à ça, je m'en charge, dit Taupier entre ses
dents, pas assez bas pourtant pour ne pas être entendu
de l'hercule, toujours aux aguets.

Le jour était venu, un jour blafard et triste.

L'orage s'était calmé, la pluie avait cessé, et les grands
arbres, que le vent n'agitait plus, pleuraient silencieusement sur la bruyère.

On entendait de fort loin les pas des arrivants, qui ne
tardèrent pas à se montrer à l'autre extrémité de la
clairière.

Préférant la philosophie contemplative au spectacle
inattendu que le hasard lui procurait, Alcindor s'était
commodément étendu sur le dos, et paraissait fort occupé
à suivre les progrès de l'aube éclairant peu à peu le ciel.

Mais son maître, vivement préoccupé de ce qu'il venait
d'entendre et de ce qu'il espérait voir, avait fini par
découvrir une solution de continuité dans le tas de bois
protecteur, et par cette ouverture, il pouvait suivre, sans
crainte d'être aperçu, tous les détails de la scène qui se
préparait.

Ainsi embusqué, l'hercule ressemblait fort à un bandit
épiant les voyageurs au coin d'un bois ; seulement il
n'était armé que d'une vue perçante et d'une ouïe très
fine dont il comptait bien se servir.

Il comprenait, du reste, qu'il avait besoin d'user de
toutes ses facultés physiques et morales pour percer un
mystère qui s'embrouillait de plus en plus, et son esprit
était pour le moment aussi tendu que sa physionomie.

De l'observatoire qu'il occupait, il ne voyait que le dos
des deux premiers inconnus, tandis que les nouveaux
venus lui faisaient face.

Ceux-ci étaient trois ; un très jeune officier, dont un
ample caban cachait à moitié l'uniforme, et deux hommes
plus âgés, dont la tournure militaire semblait un peu
gênée par un costume bourgeois.

Le plus grand portait à sa boutonnière le ruban rouge

de la Légion d'honneur, et ses favoris blonds, taillés à l'anglaise, indiquaient suffisamment l'arme à laquelle il devait appartenir.

Un marin pouvait seul réunir ces trois conditions, l'absence de moustaches, la décoration et la tenue un peu roide que donne l'habitude du commandement.

L'autre, avec ses cheveux ras et sa barbe en pointe, ressemblait à un de ces gardes de Henri III qu'on appelait les quarante-cinq. Son teint brun et la vivacité de ses mouvements accusaient son origine méridionale.

Celui-là portait sous son bras une boîte oblongue et plate qui devait contenir une paire de pistolets.

Ce petit groupe de survenants rencontra vers le milieu de la clairière les deux personnages qui semblaient les attendre.

On se salua de part et d'autre avec la politesse grave usitée en pareille circonstance; puis l'officier de marine et le jeune homme qui avait porté la lanterne pendant le travail nocturne s'éloignèrent de quelques pas chacun de leur côté.

Ceux-ci étaient évidemment les deux adversaires.

Les trois autres, pour conférer, se rapprochèrent de la cachette où s'étaient blottis Alcindor et son maître.

L'homme à la boîte de pistolets paraissait avoir pris la direction de l'affaire, et il commença par présenter l'un à l'autre les deux témoins.

— M. Pierre Taupier, homme de lettres... M. Roger de Saint-Senier, lieutenant de la garde mobile, dit-il avec une volubilité qui n'était peut-être pas exempte d'embarras.

Le jeune officier s'inclina froidement sans prononcer un mot, mais l'acolyte tortu de Valnoir s'empressa de prendre la parole :

— Monsieur est le frère du commandant de Saint-Senier? demanda-t-il avec un regard étonné.

— Monsieur est son cousin germain, et il vient plutôt

ici en qualité de parent, puisque Valnoir n'a pas eu le temps de se procurer un second témoin, répondit le méridional.

— Fort bien ! mon cher Podensac, reprit Taupier, visiblement préoccupé de se composer un air digne que sa tournure ridicule ne comportait guère ; alors c'est avec vous seul que je vais avoir à régler les conditions de l'affaire, et...

— Elles sont toutes réglées, interrompit celui auquel on venait de donner le nom très gascon de Podensac, et qui crut devoir prendre aussi le ton solennel.

En sa qualité d'offensé, qualité que M. Charles de Valnoir a reconnue lui-même, le commandant Louis de Saint-Senier a droit à tous les avantages du combat.

Il a, comme vous le savez, choisi le pistolet, et il aura le premier feu. On se bat à vingt-cinq pas, on tire au signal, et, après trois balles échangées sans résultat, l'affaire sera terminée.

» Est-ce bien cela ?

Les deux témoins firent à la fois un signe d'assentiment.

— Quant à un arrangement, continua le verbeux Podensac, vu la gravité du motif, je crois qu'il est inutile d'espérer...

— Parfaitement inutile, monsieur, dit le jeune officier. Mon parent vous sait beaucoup de gré d'avoir bien voulu l'assister à titre d'ancien compagnon d'armes, mais son désir formel est qu'il ne soit fait sur le terrain aucune tentative de conciliation.

— C'est ce que je pensais, lieutenant, et il n'en sera plus question.

— Je dois même vous prévenir, messieurs, continua le eune homme avec plus d'animation, que si cette rencontre devait être funeste à mon parent, j'ai l'intention de demander moi-même à M. de Valnoir une réparation par les armes.

Il a insulté une personne qui porte mon nom, et le commandant n'est pas seul en cause.

— Permettez, permettez! s'écria Taupier ; on ne se bat qu'une fois pour le même article, et d'ailleurs, c'est contraire aux usages du duel. .

— Dans tous les cas, c'est un point à discuter plus tard, dit Podensac, qui semblait pressé d'en finir.

Pendant que nous allons charger les pistolets, voulez-vous, monsieur, prendre la peine de compter les pas ? ajouta-t-il en s'adressant à l'officier.

Celui-ci s'inclina et se dirigea vers son parent, qui était resté les bras croisés, adossé à un arbre au pied duquel il ne se doutait guère que son adversaire venait d'enterrer un secret.

Valnoir se promenait le long du taillis.

Les deux acteurs de cette scène à cinq personnages avaient entamé sur-le-champ une conférence intime, et l'hercule suivait tous leurs mouvements d'un œil plus attentif que jamais.

Ils étaient arrivés tout en causant jusqu'à toucher presque le tas de bois, et Alcindor lui-même, s'il ne pouvait pas les voir à cause de la position horizontale qu'il avait adoptée, ne perdait pas du moins une seule de leurs paroles.

— Quelle diable d'idée t'a poussé, demandait Taupier, d'amener ce blanc-bec d'officier de mobiles? Nous avions bien assez de soldats dans cette affaire, sans aller chercher celui-là.

— Vous autres journalistes, vous êtes toujours les mêmes, répondait Podensac en haussant les épaules; est-ce que je pouvais empêcher le commandant de choisir son cousin?

D'ailleurs, je te prie de ne pas blaguer les militaires. Tu sais que je suis à peu près sûr d'être nommé colonel des Enfants perdus de la rue Maubuée; ainsi, tu me dois le respect, et de plus, des réclames dans ta feuille de chou.

— Nous verrons ça, dit Taupier de fort mauvaise humeur. Ouvre la boîte que je charge les pistolets.

— Toi! allons donc! tu serais capable de mettre les balles avant la poudre.

Les petits yeux gris de Taupier lancèrent des éclairs et sa figure terreuse prit une teinte verdâtre.

— Citoyen Podensac, dit-il d'une voix qui sifflait entre ses dents, je suis ton supérieur et je te préviens que je rendrai compte au comité de tes insolences.

L'homme à la barbe en pointe hésita un instant, mais la menace du bossu avait produit son effet, et il finit par obéir en grommelant :

— C'est bon! c'est bon! je sais ça ; l'élément civil doit gouverner les troupiers; et moi, je ne suis qu'un troupier.

Voilà les joujoux et tout ce qu'il faut pour les remplir; d'ailleurs, j'ai confiance en toi et je ne te crois pas capable de me jouer un mauvais tour.

Un duel, vois-tu, c'est sacré, même quand on se bat contre un réactionnaire.

Taupier le regarda de travers et prit la boîte ouverte que Podensac lui tendait.

— Maintenant, dit-il avec un sourire équivoque, va me chercher ce beau fils qui achève là-bas ses enjambées de sept lieues et amène-le-moi. Je veux qu'il assiste à l'opération.

Où sont les balles?

— En voilà six, c'est l'effectif réglementaire, dit Podensac, en lui remettant les accessoires obligés de la mise en scène d'un duel.

L'hercule se tenait coi derrière ses bûches, et si épaisse que fût son intelligence, il devinait vaguement que le secret enfoui au pied du grand chêne n'était peut-être pas le seul dont il allait pouvoir tirer parti.

Dès que le futur chef de corps bizarre recruté dans la

rue Maubuée eut tourné les talons, Taupier posa prestement la boîte sur l'herbe, y prit un des pistolets et se mit en devoir de le charger.

Contrairement aux prévisions railleuses de Podensac, il commença par y verser la poudre qu'il appuya d'une bourre.

Quand il en fut à ce point de son opération, il jeta autour de lui un regard rapide.

Valnoir se promenait le long du taillis.

L'officier de mobiles venait de mesurer la distance : il avait rejoint son cousin au pied du chêne et il lui serrait la main.

Podensac se disposait à les aborder.

A ce moment, le bossu, qui tenait ostensiblement une balle entre le pouce et l'index, la lança par-dessus le tas de bois, et avec une dextérité qui aurait fait honneur à un prestidigitateur de profession, lui substitua un objet de forme ronde qu'il se mit à enfoncer dans le canon à grands coups de baguette.

Après quoi il remit tranquillement l'arme sur le gazon et prit en main l'autre pistolet.

Par un hasard singulier, le plomb était allé tomber sur le visage d'Alcindor, qui avait poussé un gémissement aussitôt réprimé par un geste énergique de son maître.

Peu s'en fallut que Taupier n'entendît l'exclamation contenue du paillasse ; mais son attention était ailleurs.

Le groupe des adversaires et des témoins s'avançait vers lui, et il l'observait du coin de l'œil.

— C'est fini, messieurs, dit-il en achevant de bourrer.

— Voulez-vous examiner les armes ? ajouta-t-il en s'adressant à l'officier.

Celui-ci, au lieu de répondre, fit jouer les batteries, mesura avec la baguette la hauteur des charges, qui se trouva exactement pareille, et rendit les pistolets à Taupier, après avoir mis les capsules sur les cheminées.

Il y eut un instant de silence embarrassant.

Le bossu baissait les yeux.et tenait les armes croisées dans sa main droite qui tremblait visiblement.

Il semblait hésiter avant de remettre à ces deux hommes les instruments avec lesquels ils allaient jouer leur vie.

Mais il releva tout à coup la tête comme s'il venait de prendre un parti et dit brusquement :

— Choisissez, messieurs.

Valnoir s'inclina poliment et laissa la priorité à son adversaire, qui prit sans regarder le pistolet dont la crosse se trouvait le plus à sa portée.

— Bon ! murmura l'hercule qui avait suivi les moindres détails de la scène, je connais le tour.

C'est la carte forcée !

Alcindor, toujours couché sur le dos, n'avait rien vu des manœuvres qui intéressaient si vivement son patron, et continuait à regarder la voûte céleste, en tournant ses pouces.

Sa figure béate n'exprimait que la satisfaction purement physique de l'homme qui se repose après un travail pénible, et son maître ne s'occupait pas beaucoup plus de lui que d'un chien qu'il aurait amené à la chasse.

Un observateur plus fin que l'hercule aurait certainement reconnu à certains tressaillements nerveux que l'indifférence contemplative du paillasse était plus apparente que réelle.

Mais l'alcide barbu était trop persuadé de sa propre supériorité pour se défier des facultés auditives d'un subalterne, et son attention était absorbée tout entière par le spectacle qui se préparait.

La scène, il est vrai, valait bien qu'on la regardât, et le hasard offrait à ce saltimbanque une émotion que des gens blasés auraient payé fort cher.

La civilisation moderne a rapetissé le duel, qui, trois fois sur quatre, n'est plus de nos jours qu'une promenade matinale, suivie d'un joyeux déjeuner.

D'ailleurs, pour apprécier un drame, il ne faut pas

faire partie de la troupe, et les témoins sont des acteurs.

L'hercule, fort indifférent aux existences qui allaient se jouer sous ses yeux, jouissait donc d'un privilège assez rare, car la rencontre à laquelle il allait assister était sérieuse, et, de plus, il gardait toute la liberté d'esprit nécessaire pour profiter des secrets qu'il croyait avoir surpris.

Le dénouement approchait, et les deux adversaires se rendaient à leur place de combat.

L'officier de marine appuyé sur le bras de son cousin, lui donnait ses dernières instructions avec une tranquillité parfaite.

De son côté, Valnoir, escorté de son fidèle Taupier, s'acheminait vers son poste en gesticulant beaucoup.

Ses mouvements saccadés contrastaient avec l'allure calme de M. de Saint-Senier, et il n'était pas difficile de deviner qu'il faisait des efforts pénibles pour conserver une attitude convenable.

Podensac n'avait pas quitté le centre de la clairière et s'apprêtait visiblement à jouer un rôle capital.

Rien qu'à la façon dont il jetait en arrière sa tête pointue et dont il frisait sa moustache en croc, on devinait l'ancien prévôt de régiment, convaincu de l'importance de sa mission.

Les places avaient été choisies sur la lisière du taillis, et il eût été difficile de rencontrer un endroit plus commode pour se tuer dans toutes les règles.

Le sol était nu, et le bois, coupé partout à une hauteur égale, ne pouvait pas fournir de point de mire.

Les bûches entassées sur un des côtés de la clairière en faisaient un véritable champ clos.

Il n'était pas jusqu'au vieux chêne isolé au milieu du terrain qui ne semblât avoir été planté là tout exprès pour abriter les juges du camp.

Les trois amis des combattants l'avaient sans doute compris ainsi, car ils s'étaient réunis autour du tronc séculaire, et ils causaient entre eux avec une animation contenue.

Cette mise en scène, indiquée par la disposition des lieux, se trouvait arrangée de telle sorte que l'hercule, agenouillé devant son observatoire, faisait face aux témoins.

Il voyait, à quinze pas à peu près sur sa gauche, M. de Saint-Senier, et sur sa droite, Valnoir un peu plus rapproché de lui.

Celui-ci se tenait droit et immobile. Il était d'une pâleur que son costume noir rendait encore plus apparente.

Il y avait dans sa contenance, assurément très ferme, quelque chose de tendu, et dans toute sa personne une raideur indéfinissable qui accusait le travail de la volonté luttant contre les nerfs.

Quant à l'officier de marine, il boutonnait avec soin son paletot, qu'il avait ouvert pour remettre à son cousin un paquet de lettres.

A voir son sang-froid, qui allait jusqu'à l'indifférence, on aurait été tenté de croire qu'il assistait à l'affaire en curieux.

— Patron, est-ce qu'ils vont tirer bientôt ? demanda tout bas Alcindor sans changer de position.

— Tiens, il paraît que tu as entendu, grommela l'hercule assez surpris. Eh bien ! je te conseille de continuer à faire le mort.

— Oh ! soyez tranquille, patron, ça ne m'intéresse qu'au point de vue de l'acoustique. Le son parcourt environ 330 mètres par seconde, et je voudrais calculer...

L'exposé du problème que le paillasse se proposait de résoudre fut interrompu par la voix sonore de Podensac.

Le futur colonel des Éclaireurs s'était détaché du groupe et adressait aux deux adversaires la question consacrée :

— Êtes-vous prêts, messieurs ?

Les combattants acquiescèrent d'un signe de tête.

— Au troisième coup que je frapperai, reprit Podensac,

M. de Saint-Senier tirera le premier, M. de Valnoir rendra le feu immédiatement.

Il y eut quelques secondes de silence solennel.

Si peu accessible qu'il fût aux émotions, l'hercule, sans cesser de regarder de tous ses yeux, passait rapidement sa grosse main sur sa barbe; ce qui était chez lui l'indice certain d'une forte préoccupation.

Le chant clair d'un pinson, qui ramageait dans les branches, fut interrompu par le signal donné par Podensac.

Le coup de pistolet de l'officier de marine partit en même temps que le dernier claquement de mains.

— Manqué! dit l'hercule d'une voix étouffée.

En effet, Valnoir avait tressailli légèrement, mais il était resté en position, le corps de profil, l'arme haute, et le bras droit couvrant la poitrine.

— C'est drôle! murmurait Alcindor; je n'ai pas entendu passer la balle; impossible de calculer la distance.

Après avoir tiré, M. de Saint-Senier s'était à peine effacé, et, dédaignant de se garantir avec son arme, il regardait fixement son adversaire, qui le visait déjà.

Presque aussitôt, Valnoir fit feu avec une précipitation qui dénotait un médiocre sang-froid.

— Cette fois, elle a sifflé, dit à demi-voix le paillasse, et le carré des distances...

— Mille trompettes! il est mort! cria l'hercule, oubliant qu'on pouvait l'entendre.

Mais son exclamation se perdit au milieu du trouble qui suivit le second coup de feu.

M. de Saint-Senier venait de tomber les bras en avant et la face contre terre.

Les témoins avaient couru à lui tous à la fois, pendant que Valnoir jetait son pistolet avec un geste de regret trop spontané pour ne pas être sincère.

— Il a été tué sur le coup; la balle est entrée au-dessus

de la cinquième côte, dit Podensac en se penchant à l'oreille de Taupier.

— Louis! réponds-moi! criait l'officier de mobiles en secouant la main de son malheureux cousin, dont la mort n'était que trop certaine.

Les yeux fixes et la figure livide de M. de Saint-Senier indiquaient assez qu'il avait été atteint dans la région du cœur.

Le sang avait à peine coulé par l'étroite ouverture qui trouait le paletot à la hauteur du sein. L'épanchement avait dû se faire intérieurement et déterminer une mort instantanée.

— Il n'a pas souffert, et bien des soldats comme nous envieraient sa fin, reprit Podensac, qui n'avait pas trouvé d'autres consolations à offrir à un parent désespéré.

Mais le jeune officier ne paraissait pas l'entendre.

Il s'était jeté à genoux auprès du mort et le regardait d'un œil égaré, en répétant tout bas un nom de femme :

— Renée!

Taupier, après les premiers instants consacrés à l'expression quelque peu forcée d'une douleur de commande, avait jugé convenable de s'éloigner du groupe désolé et d'aller rejoindre son ami Valnoir.

Celui-ci, qui semblait fort troublé de l'issue du combat, s'était assis en tournant le dos à la scène et tenait sa tête dans ses mains.

Cloué par l'émotion dans sa cachette, l'hercule n'avait pas encore bougé.

L'événement tragique auquel il venait d'assister avait fortement remué les fibres grossières de son intelligence, et il s'opérait dans son lourd cerveau un travail complexe.

Il se croyait bien sûr d'avoir mis la main sur un double mystère qu'il comptait exploiter sans scrupule, et il comprenait parfaitement que, s'il laissait partir sans se montrer les acteurs de ce drame, il allait perdre le fil conducteur le plus important de tous.

D'un autre côté, il se souciait médiocrement de se mêler à une affaire où il y avait eu mort d'homme.

Les gendarmes ou les gardes forestiers pouvaient sur-
venir d'un moment à l'autre, et, par instinct autant que
par profession, l'artiste forain redoutait le contact des
représentants de l'autorité.

Le plus sage parti eût été assurément de reprendre
le chemin par lequel il était venu et de rejoindre la carriole, sauf à revenir visiter la place un peu plus tard.

Mais il était fort difficile de s'éloigner sans être vu, et
cependant le pire était encore de se laisser prendre en
flagrant délit d'espionnage.

Plus indécis que jamais après tant de réflexions, le
saltimbanque caressait fiévreusement sa barbe, et, dans
son embarras, il en était venu jusqu'à interroger de l'œil
son inférieur, que d'habitude il ne consultait guère.

Alcindor n'avait pas changé de position et semblait
absorbé dans des calculs ardus, car il fermait les yeux à
moitié en marmottant des chiffres.

Son maître, impatienté, allait le pousser du pied pour
l'arracher à ses calculs, quand tout à coup le paillasse
se leva, comme s'il eût été poussé par un ressort, en
s'écriant :

— Régine !

L'effet naturel de ce mouvement, dont Alcindor n'avait
sans doute pas calculé la portée, fut que sa longue personne dépassa le niveau de la coupe de bois, et que
sa tête effarée apparut tout à coup aux yeux étonnés des
acteurs du drame qui s'achevait dans la clairière.

Le cri qu'il avait poussé en même temps aurait suffi du
reste pour attirer leur attention, et tous les yeux se tournèrent à la fois du même côté.

Une créature étrange venait de se montrer à quelques
pas du groupe qui se pressait autour de M. de Saint-
Senier frappé à mort.

Si étrange, qu'au premier abord il était difficile de juger

à quel sexe appartenait l'être fantastique dont la robe rouge tranchait sur la verdure du taillis.

La figure de l'apparition était aussi bizarre que son costume.

Une tête couronnée de cheveux noirs, éclairée par des yeux étincelants et dorée par le soleil des tropiques, surmontait un long cou chargé de colliers de corail.

Le corps souple et frêle ondulait sous les plis d'une simarre écarlate, que dépassaient à peine des pieds d'enfants chaussés de mules vertes à hauts talons.

Les bras étaient nus jusqu'au coude et couverts de bracelets en verroterie.

Ce fantôme, qui n'aurait pas déparé le cinquième acte d'une féerie, marchait si légèrement qu'il avait pu traverser la route et arriver à la lisière du bois sans faire le moindre bruit.

Si Alcindor avait été tiré de ses rêveries mathématiques, c'était surtout par cet instinct qui vous avertit de la présence de quelqu'un qu'on ne voit pas, car il avait à peine entendu le frôlement de la soie dans les branches.

Mais il savait à quoi s'en tenir sur cette visite inattendue, et il s'épuisait à faire signe à l'apparition de s'arrêter.

De son côté, son maître s'était décidé fort à contrecœur à se lever aussi, et il était sorti de sa cachette, tout pâle de surprise et de colère.

Il en résulta que les témoins du duel aperçurent à la fois les trois êtres qui venaient à eux.

Podensac qui, en sa qualité de méridional, avait horreur de l'incertitude, marcha droit aux intrus.

Il s'apprêtait à les questionnner rudement, quand l'hercule jugea prudent de devancer l'interrogatoire, en prenant la parole.

— Pardon ! excuse ! messieurs, dit-il en portant la main à son front et en exécutant avec la jambe droite la glissade qui constitue le salut traditionnel des saltimbanques, je suis artiste et je m'appelle Antoine Pilevert, pour vous servir.

— Que nous fait cela ? interrompit Taupier qui s'était rapproché du groupe et qui semblait vivement contrarié de cet incident. Au lieu de nous dire votre nom, vous feriez mieux de nous expliquer ce que vous faites ici.

— Égaré dans cette forêt, avec mes élèves, j'ai été attiré par les coups de pistolet ; mais je sais ce que c'est qu'une affaire d'honneur et je suis discret par état, de sorte que vous pouvez compter...

— Sur votre silence, s'écria Podensac, parbleu ! je le pense bien ; mais ce n'est pas de ça qu'il s'agit pour le moment. Avez-vous une voiture ?

— A six roues, mon officier, s'empressa de répondre l'hercule qui avait flairé un gradé sous la tenue bourgeoise du colonel des Enfants perdus de la rue Maubuée.

— Bon ! Alors vous pouvez nous aider à transporter à Saint-Germain un... blessé ?

— Un blessé, un mort, tout ce que vous voudrez, mon général, dit Pilevert, de plus en plus respectueux.

Pendant ce dialogue, Taupier n'avait cessé de promener sur les nouveaux venus des regards soupçonneux.

— C'est ce *pitre* et cette sorcière que vous appelez vos élèves ? demanda-t-il brusquement.

Le ton dédaigneux du bossu piqua au vif Alcindor, qui se porta en avant par une immense enjambée, et dit d'un air solennel :

— Je suis en effet l'élève de maître Antoine Pilevert, dit le Rempart d'Avallon, professeur de canne au gymnase de Saint-Gaudens, et physicien breveté du grand conseil de la république d'Andore, mais j'ai suivi d'autres cours que les siens.

Taupier, peu touché sans doute de cet étalage de titres, se contenta de hausser les épaules, ce qui, vu sa difformité, imprima à toute sa personne un mouvement de roulis des plus grotesques.

Podensac, toujours positif, donna à la conversation un tour plus pratique.

— Il y a de braves gens partout et j'ai confiance en vous, dit-il à Pilevert, qui s'inclina de rechef. Voici le cas : un de nos amis vient d'être grièvement blessé en duel...

— *Facies* hippocratique, *décubitus* dorsal, raideur des membres *thoraciques*... il est mort par le cœur... voyez Bichat, murmura l'incorrigible Alcindor.

— Silence dans le rang ! cria le colonel.

Nous sommes venus à Maisons, et nous perdrions beaucoup de temps pour aller chercher une voiture. Pouvez-vous nous prêter la vôtre ?

— Avec honneur et plaisir, je vous l'ai déjà dit, mon général, répondit Pilevert. Seulement, nous ferons bien de nous dépêcher, car les Prussiens arrivent grand train, et ce serait dommage de nous faire pincer.

— Les Prussiens ! s'écria Taupier ; allons donc ! ils ne sont pas encore à Reims.

— Possible ! mais ce que je sais, c'est qu'on a vu hier des uhlans du côté de Pontoise. Demandez plutôt à mon élève.

Alcindor, ainsi interpellé, n'avait garde de manquer une si belle occasion de faire montre de ses connaissances.

— Il se peut, dit-il gravement, que le principal corps d'armée teuton se trouve attardé dans les champs Catalauniques ; mais, quant à l'arrivée des troupes légères, nous l'apprîmes hier à Poissy où nous logeâmes à l'auberge de l'Esturgeon, *acipenser fluvialis*.

Cette réponse, où l'élève de maître Pilevert venait en une seule phrase de se révéler stratégiste, naturaliste et latiniste, parut impressionner Podensac, qui n'était pourtant rien de tout cela.

— Raison de plus pour partir au pas accéléré, dit-il vivement. Votre cheval est-il en état de nous mener à Saint-Germain, en une heure ?

— Bradamante ne marche pas vite, mais elle a du fond et, je crois que nous ferions mieux de filer sur Paris, où, d'ailleurs, je suis appelé par mes affaires, dit l'hercule avec une certaine majesté.

— Mais nous n'y arriverons jamais !

— Nous irons toujours bien aujourd'hui jusqu'à Rueil, et là nous serons déjà à l'abri des casques à pointe.

Podensac réfléchissait et semblait hésiter.

Taupier, qui éprouvait probablement le besoin d'en finir, se chargea de trancher la question.

— Tu comprends, dit-il tout bas au colonel, que Valnoir n'a plus rien à faire ici. Je vais l'emmener et tâcher de le remonter, car ce garçon, qui a pourtant un tempérament littéraire, manque absolument de moral.

Croirais-tu qu'il est ému comme un enfant ?

— On le serait à moins, grommela Podensac, et j'ai beau avoir trimé cinq ans au Mexique, où on n'est pas tendre, la mort du commandant m'a remué.

— Moi, ça me laisse froid, dit Taupier en se posant, et je serais capable...

— Toi, tu as ton cœur dans ta bosse, cria le colonel révolté de cette fanfaronnade d'insensibilité, et je t'engage à faire demi-tour le plus tôt possible.

Je me chargerai, avec le lieutenant, de ramener le corps à Paris.

— Très bien, ça se passera entre soldats, dit Taupier sèchement.

Je m'en vais, et je t'attendrai samedi au Comité central. Tu sais que tu as besoin de moi pour être nommé. On me lit beaucoup rue Maubuée

Et il tourna sur ses talons avec toute la désinvolture que comportaient ses jambes inégales.

— Canaille de journaliste ! murmura Podensac, comme je t'enverrais au diable, si je n'avais pas peur de tes tartines.

Le bossu n'entendit pas, ou ne fit pas semblant d'en-

tendre, et se dirigea, en sautillant pour dissimuler son
infirmité, vers son ami Valnoir qui n'avait pas bougé.

En passant devant l'officier toujours agenouillé auprès
du corps de son cousin, il salua pour cacher un mouvement nerveux dont son indifférence réelle ou affectée
n'avait pu le garantir.

Mais M. de Saint-Senier, absorbé dans sa douleur, ne
parut pas l'apercevoir.

— Alors, c'est convenu; faisons vite, dit Podensac à
l'hercule; allez chercher votre carriole, je vous attends
ici.

Toi, l'homme à l'esturgeon, ajouta-t-il en se tournant
du côté d'Alcindor, tu vas te mettre en faction sur la
route, pour qu'on ne vienne pas nous déranger.

Quant à cette fille, je ne sais pas trop ce que nous en
ferons, mais elle peut rester là en attendant.

— Elle ne vous gênera pas; elle est muette, dit Pilevert.

— Tant mieux, je n'aime pas les bavardes. Et sourde
aussi probablement?

— Oui, mais ne vous y fiez pas trop. Elle n'entend
pas, elle devine. Avec ça, bonne enfant tout de même.

Tiens! où est-elle donc passée, notre Régine?

En effet, la créature singulière qu'on appelait de ce
doux nom s'était écartée dès que Taupier avait pris part
à la conversation.

On aurait dit qu'elle fuyait le contact de cet être dif-
forme, comme les bonnes fées s'éloignent des génies mal-
faisants.

C'était bien une jeune fille et, malgré la bizarrerie de
son costume et de sa coiffure, il y avait dans toute sa personne un charme indéfinissable.

Ses traits irréguliers exprimaient une sorte de bonté
passionnée, et ses grands yeux noirs brillaient d'intelligence.

Elle était allée s'asseoir à côté du mort et elle avait
pris une de ses mains dans les siennes.

Le jeune officier n'avait pas entendu son pas, léger

2.

comme celui d'un oiseau, et il la regardait avec étonnement.

— Au fait, murmura Podensac, les femmes c'est toujours utile dans une ambulance.

En route, vous autres ! je vous attends dans un quart d'heure.

Alcindor exécuta l'ordre sans dire un seul mot, mais non sans jeter sur Régine un regard mélancolique.

Pilevert, satisfait de sa matinée et décidé à suivre l'aventure jusqu'au bout, s'achemina vivement vers le ravin où son domicile ambulant s'était échoué.

Il y retrouva Bradamante, qui était parvenue à se remettre sur ses jambes, sauta sur le siège et, à grand renfort de coups de fouet, réussit à tirer du chemin creux la lourde carriole.

Une fois arrivé à l'Étoile du Chêne-Capitaine, la vieille jument prit le trot sans se faire prier, et, en moins de cinq minutes, Pilevert déboucha avec son équipage sur la clairière où Podensac l'attendait.

Régine tenait toujours la main du mort.

Valnoir, appuyé sur le bras de Taupier, s'éloignait sous les arbres.

II

Trois jours après le dénouement de ce drame, par une brûlante soirée de septembre, la place de la Madeleine était encombrée de promeneurs.

Le marché aux fleurs étalait des triples rangées de rosiers et de bruyères multicolores, et les cafés n'avaient pas assez de chaises pour les consommateurs altérés qui venaient chercher un peu de fraîcheur sous les maigres arbres du boulevard.

A voir cette foule oisive et bruyante, on ne se serait pas douté que Paris, investi complètement depuis la veille, allait être fermé pour cinq mois.

Le seul détail qui rappelât la situation était une poussière intense qui obscurcissait l'air et qui fut le trait caractéristique des premiers temps du blocus.

De longs troupeaux de moutons, tout effarés du mouvement des voitures, remontaient tumultueusement le boulevard Malesherbes.

On les regardait passer avec curiosité, et on supputait en riant le nombre de jours de résistance que représentaient ces provisions vivantes.

Personne n'était triste et on lisait sur les figures beaucoup plus d'étonnement que d'inquiétude.

C'était l'âge d'or du siège.

L'affluence était surtout énorme auprès de la fontaine artificielle construite au centre de l'angle rentrant qui termine la rue Royale.

Les minces filets d'eau qui jaillissaient du bassin réjouissaient les bourgeois et les enfants assis en cercle autour de la corbeille fleurie de ce square en miniature.

Au second étage d'une des plus belles maisons de ce côté de la place, une femme, accoudée sur un balcon, regardait ce riant tableau.

Elle était vêtue d'un long peignoir blanc et jouait d'une main avec ses cheveux qui flottaient à moitié dénoués sur ses épaules.

Rien qu'à voir sa pose nonchalante on devinait qu'elle s'ennuyait mortellement, et cette toilette du matin, exhibée à quatre heures du soir, aurait appris à un Parisien de quelque expérience que la rêveuse du balcon appartenait au demi-monde.

Le Parisien aurait deviné juste.

La dame au peignoir était célèbre, depuis le lac du bois de Boulogne jusqu'à l'hippodrome de Vincennes,

sous le nom harmonieux de Rose de Charmière, et, pour
le moment, elle mourait, en effet, d'ennui, de cet ennui
sans bornes qui est particulier aux femmes galantes et
qui les rend féroces.

Cette fâcheuse disposition se traduisait par des bâille-
ments nerveux qu'elle ne prenait pas la peine d'étouffer
et par un léger trépignement de son joli pied dont l'extrémité dépassait la saillie du balcon.

Son regard indifférent errait sur la foule avec tout le
mépris qu'elle croyait devoir à des gens qui se promènent
à pied.

De temps en temps, la belle indolente suivait de l'œil
une voiture où elle avait cru reconnaître une figure fami-
lière, mais elle se détournait avec un mouvement d'impatience en s'apercevant qu'elle venait d'honorer de son
attention une calèche de louage chargée de vulgaires
nconnus.

Une fois, elle daigna s'arrêter un moment à examiner
deux promeneurs, qui levaient la tête de son côté avec
une persistance marquée, mais ce fut sa dernière tentative
de distraction.

Fatiguée du spectacle monotone de la rue et de la curiosité qu'elle inspirait aux passants, elle quitta brusquement le balcon, et rentra dans son salon en disant tout
haut :

— Ces gens sont infects ! Dieu ! que j'ai été bête de
rester à Paris !

Soulagée sans doute par cette exclamation triviale, la
dame se jeta sur un immense divan à l'orientale et se
mit à jouer avec la cordelière de son peignoir en fre-
donnant d'une voix assez fausse l'air alors nouveau des
Drinn... Drinn...

Rose de Charmière était une grande et assez élégante
personne.

Sa beauté était incontestable, si des yeux bien fendus,
un front élevé, un nez droit et une petite bouche consti-
tuent la beauté.

Seulement, en la voyant pour la première fois, on était tenté de croire qu'on la connaissait déjà, tant elle se rapprochait du modèle invariable qui est devenu le type des dames du lac.

Elle était évidemment née brune et la nuance dorée de ses cheveux avait dû lui coûter plus d'une séance chez un coiffeur expert en teinture capillaire, mais son teint mat pouvait se passer des préparations savantes usitées dans le monde interlope.

Elle avait la peau méridionale, sans éclat, mais chaude et unie.

Les dents étaient superbes, l'oreille petite, le pied étroit et cambré ; mais la main, malgré des soins assidus, manquait de distinction, comme l'ensemble manquait de charme.

Dans cette grande armée de la galanterie parisienne qui a ses soldats, ses officiers, ses maréchaux et même sa vieille garde, Rose faisait incontestablement partie de l'état-major.

Avait-elle obtenu un avancement précoce ou était-elle arrivée à l'ancienneté ?

C'était fort difficile à décider au premier abord.

Sa taille dégagée et son allure vive constituaient des signes indiscutables de jeunesse, mais il y avait dans l'expression de son visage quelque chose de trop arrêté qui accusait de longs états de service dans la milice galante.

Il résultait de ces contrastes que son âge était un problème pour ses amis les plus intimes.

Les naïfs lui donnaient vingt-deux ans, les forts, vingt-cinq, et il n'y avait guère que les vieux viveurs endurcis par une longue pratique du turf qui affirmaient carrément que Rose avait dépassé la trentaine.

Ceux-là, du reste, ne venaient pas chez elle et, s'ils avaient osé s'y présenter, elle les aurait mis à la porte, pour l'exemple.

Elle avait d'ailleurs sur ses contemporaines un grand avantage, celui d'avoir passé ses premières années en province ou à l'étranger, circonstance qui déroutait les recherches indiscrètes.

Madame de Charmière était arrivée à Paris armée de toutes pièces et elle était entrée de plain-pied dans les régions supérieures du demi-monde, sans passer par les tristes étapes de l'appartement garni.

Cette absence d'antécédents parisiens était une force dont elle usait avec toutes les ressources d'un esprit aussi étroit que positif.

Du reste, depuis six semaines, elle traversait une crise et les événements politiques qui, pour la première fois, venaient influer sur son existence, surexcitaient les redoutables facultés calculatrices dont la nature l'avait pourvue.

Aussi, sur le tapis de Smyrne qui lui servait de lit de repos, se livrait-elle à des réflexions d'autant plus sérieuses qu'elle venait de causer longuement avec son homme d'affaires.

Ses méditations sur l'inconvénient des placements à gros intérêts furent interrompues par l'apparition de sa femme de chambre, montrant à travers la portière discrètement soulevée, un minois de soubrette qu'un vaudevilliste aurait payé très cher.

— Qu'est-ce que c'est, Fanfine ? demanda Rose d'un air ennuyé.

— Madame, c'est monsieur ! dit doucement la camériste.

Cette formule, consacrée dans le monde galant pour désigner l'adorateur officiel, produisit sur la dame un effet magique.

— Qui ça ? Gontran ? demanda-t-elle en se levant avec empressement.

— Mais non, madame, c'est M. Charles de Valnoir.

— Tiens ! c'est vrai, dit Rose avec un sourire qui ressemblait fort à une grimace, j'oublie toujours que cet imbécile de La Giraudière a éprouvé le besoin d'aller lever un corps franc dans ses terres et que c'est Valnoir qui est « monsieur ».

— Madame veut-elle que je dise qu'elle a sa migraine ? demanda l'intelligente Fanfine.

— Non, fais-le entrer, dit Rose du ton résigné d'un fonctionnaire obligé d'accorder une audience ennuyeuse.

La soubrette disparut sans bruit et quelques secondes après, la portière se souleva de nouveau pour laisser passer le principal acteur du duel de Saint-Germain.

Valnoir était, comme toujours, correctement vêtu, soigneusement ganté et fort pâle.

— Bonjour, chère amie, dit-il d'un air dégagé que démentait le tremblement de sa voix.

— C'est vous, Charles ? demanda négligemment madame de Charmière qui avait eu le temps de reprendre sur le divan une pose gracieuse ; je ne vous attendais qu'à sept heures.

— En effet, c'est l'heure où dînent les gens qui se respectent, répondit aigrement Valnoir, et je me conduis comme un pleutre en arrivant trop tôt.

Il y eut un moment de silence dont Rose profita pour allumer tranquillement une cigarette.

— Mon bon ami, dit-elle après une pause calculée, depuis trois jours, vous devenez parfaitement insupportable. Votre mauvaise humeur est très injuste, puisque je vous ai sacrifié une liaison excessivement sérieuse.

Je vous préviens que l'état de siège ne me paraît pas excuser suffisamment vos accès de jalousie.

— Le sacrifice dont vous me parlez n'a pas été volontaire, dit brutalement Valnoir, et si M. de La Giraudière n'était pas parti...

— Si Gontran n'était pas parti, interrompit Rose, il penserait à me distraire au lieu de me faire des scènes ridicules.

Parce que vous venez d'avoir un duel, ce n'est pas une raison pour prendre des airs ténébreux.

— Vous oubliez que j'ai eu le malheur de tuer un homme, dit Valnoir avec une violence contenue.

— Mon cher, je vous croyais plus fort, reprit dédaigneusement madame de Charmière. Quand on est de race, comme vous prétendez l'être, on ne prend pas un duel pour un événement; on laisse ces émotions-là aux collégiens.

Parlons affaires, tenez ! j'aime mieux ça.

— Soit, répondit le jeune homme, qui venait de faire un violent effort sur lui-même, Le *Serpenteau* a paru et, dès le second jour, nous avons tiré à dix mille.

— Qu'est-ce que c'est que le *Serpenteau*, demanda Rose qui suivait de l'œil les spirales bleuâtres de la fumée du maryland.

— Un journal que je fonde, je vous l'ai dit vingt fois, dit sèchement Valnoir.

— Très bien ! et qu'entendez-vous par tirer à dix mille ? S'agirait-il de dix-mille francs que vous auriez l'intention de m'apporter sur un plat d'argent, comme les clefs de Paris que vos amis ne manqueront pas d'offrir un de ces jours au roi de Prusse ?

Valnoir ne répondit rien, mais il enfonça rageusement son chapeau sur sa tête et alla s'accouder sur le balcon.

— Vous avez trop chaud, mon ami ? dit Rose d'un ton doucereux; au fait, on étouffe ici, et je vous rejoins, ajouta-t-elle en se dirigeant vers la fenêtre qui s'ouvrait sur la place.

Son amant semblait absorbé par la contemplation du péristyle de la Madeleine, mais il était devenu plus pâle.

— Que regardez-vous donc là ? demanda-t-elle.

Une femme vêtue de deuil montait lentement les marches de l'église, et Valnoir la suivait d'un œil fiévreux.

— Ah ! ah ! je comprends, dit railleusement madame de Charmière, qui venait de s'armer d'une lorgnette de spectacle; vous êtes venu ici, à ce qu'il paraît, pour voir la belle Renée de Saint-Senier allant à l'office du soir.

— Rentrez ! rentrez sur-le-champ ! cria Valnoir en lui serrant le bras avec une violence inouïe.

Rose, ennemie par instinct des scènes en public, se

laissa sans résistance arracher du balcon, mais elle profita de l'avantage que venait de lui donner la violence de Valnoir.

Dans le monde interlope auquel madame de Charmière appartenait, un amant est un ennemi, et, pour n'avoir pas fourni le sujet d'un traité technique, la stratégie galante n'en est pas moins une science aussi positive que dangereuse.

Dans cette guerre incessante, les flegmatiques finissent toujours par triompher, et le rédacteur en chef du « Serpenteau » n'était rien moins que flegmatique.

Rose le savait bien et tendait souvent des pièges au caractère emporté de son adorateur.

Parfois, la querelle qu'elle lui cherchait avait un but sérieux; plus souvent, la dispute était amenée par le simple désir de constater une domination qui n'était que trop réelle.

Madame de Charmière faisait alors de l'art pour l'art, comme disent les peintres, et, ce soir-là, c'était le cas.

Au fond, elle s'inquiétait fort peu que son amant regardât ou non mademoiselle de Saint-Senier, et elle avait entamé la scène uniquement pour le principe.

— C'est ignoble ! dit-elle avec un accent d'autant plus convaincu que Valnoir ne lui avait fait aucun mal en lui serrant le bras; j'aurais dû savoir que vous n'étiez qu'un manant.

Et, après avoir lancé cette phrase comme un coup de fouet, elle se laissa tomber sur le divan avec un mouvement dont la brusquerie calculée n'excluait pas la coquetterie.

Rose excellait dans l'art de se fâcher sans être laide, et réussissait surtout dans le drame intime.

Le coup avait porté juste et le malheureux Valnoir, atteint dans les fibres les plus secrètes de son orgueil et de sa passion, cherchait vainement à reprendre l'équilibre.

— Vous n'avez pas de cœur, murmura-t-il en se jetant dans un fauteuil.

Il fallait que la fascination fût bien forte pour qu'un
journaliste, dépouillé par état de toute illusion naïve, se
laissât prendre à cette comédie, mais la magicienne
Circé a fait école et madame de Charmière avait retrouvé
le secret qui changea en bêtes les compagnons d'Ulysse.

— Pas de cœur, s'écria-t-elle en sanglotant avec un
talent de premier ordre, pas de cœur ! moi qui me suis
résignée aux privations et aux dangers d'un siège pour
rester avec un homme qui en aime une autre.

Tenez ! ce que vous venez de faire m'a blessée profondément. Venir chez moi pour voir passer votre maîtresse, c'est lâche !

Valnoir devint pâle et se leva pour sortir de cet antre
capitonné.

La scène de la forêt venait de passer devant ses yeux
comme un éclair, et il avait senti tout ce qu'il y avait d'indigne à laisser insulter la sœur de l'homme qu'il avait tué.

Mais Rose avait secoué ses superbes cheveux blonds,
avec un mouvement de tête irrésistible, et le philtre opérait déjà.

L'esclave avait repris sa chaîne avant d'avoir eu le
temps de fuir.

— Vous savez bien que je n'ai jamais parlé à mademoiselle de Saint-Senier, dit-il avec un reste de colère,
et d'ailleurs...

— Qu'importe ? on peut aimer de loin, interrompit madame de Charmière ; j'ai bien été assez sotte pour me to-
quer de vous à la première d'une de vos pièces, et Dieu
sait si elle était mauvaise !

Ce changement de gamme, habilement calculé, devait
ramener le dialogue à un diapason plus modéré, et Rose
avait ses raisons pour se radoucir.

Au fond, sa liaison avec le journaliste n'était que le
résultat d'une série de combinaisons financières très
compliquées, et la dame, qui avait à moitié franchi le

Rubicon en se laissant volontairement bloquer dans Paris, désirait éclaircir la situation, avant de se fier définitivement à la barque qui portait Valnoir et sa fortune.

— Écoutez, Rose, dit le journaliste, ce n'est en vérité pas le moment de me chercher une querelle d'Allemand...

— Quand les Prussiens sont à Versailles, interrompit madame de Charmière en riant. Vous faites des mots. C'est bon signe.

Valnoir, subjugué par ce trait qu'il aurait trouvé idiot dans la bouche d'un confrère, eut la faiblesse de sourire.

Aussitôt, Rose fit donner la réserve en jouant avec sa mule à talon pointu, et son pied cambré n'avait pas quitté trois fois sa prison de satin noir, que l'amant, reniant son indignation, était à genoux devant l'idole.

En ce moment même, madame de Charmière se demandait s'il fallait vendre ses certificats du dernier emprunt pour acheter des obligations du Crédit foncier, et elle supputait mentalement ce que pouvait bien rapporter un tirage à dix mille.

Les chiffres avaient la propriété de se graver sur-le-champ dans son esprit, et celui que Valnoir avait énoncé l'avait particulièrement frappée.

Mais, d'une scène de jalousie à une question de finance, la transition était scabreuse, et Rose jugea sagement qu'il était temps de revenir aux larmes, moyen qui a l'immense avantage de couper court aux récriminations.

Elle pleura donc, comme elle savait pleurer, sans vilaines grimaces et sans hoquets ridicules.

Sur Valnoir, déjà fortement ébranlé, cette charge à fond produisit un effet décisif.

— Rose ! qu'as-tu, ma Rose blanche, demanda-t-il d'une voix émue, et que faut-il faire pour que tu sois heureuse ?

— Rien, Charles, rien, répondit la charmeuse, en passant avec distraction les doigts dans les cheveux de son amant.

— Écoute, reprit Valnoir emporté sur les ailes de sa chimère amoureuse, je sais ce que tu as fait pour moi et je veux que tu ne le regrettes jamais.

Je ne t'ai pas tout dit, et je voulais te faire une surprise ; cet appartement qu'un autre a meublé me déplaît ; j'ai trouvé à Auteuil une charmante maison et... je crois que bientôt je pourrrai l'acheter et l'arranger pour toi.

— Tu es fou, mon Charles, dit Rose toujours dans les nuages ; crois-tu donc que je voudrais peser sur l'avenir d'un homme de talent qui n'a que sa plume pour vivre ?

— La plume va être dorée, ma Rosalinde, dit vivement Valnoir atteint à l'endroit sensible ; avant un mois, *le Serpenteau* rapportera cinq cents francs par jour.

— Vraiment? demanda madame de Charmière, avec un air d'admiration merveilleusement joué.

— Oui, ma chérie ; seulement Taupier prétend qu'il faut accentuer encore notre politique.

— Ton ami a raison, dit gravement Rose, après une pose employée à essuyer avec art ses yeux parfaitement secs ; il faut défendre le peuple.

— Je ne te savais pas des opinions si avancées, dit Valnoir en riant.

— Moi ! reprit madame de Charmière, qui avait eu le temps de se composer un visage passionné, mais tu ne sais donc pas que j'ai plus souffert qu'une fille du peuple, moi qui suis née noble et pauvre. Le premier de notre maison est mort en Palestine et...

Valnoir leva la tête et attendit la suite, mais Rose s'arrêta prudemment.

Puisées dans Geneviève de Brabant, ses connaissances n'étaient pas assez étendues pour lui permettre de citer des dates.

— Pourquoi ne veux-tu pas que je fasse des recherches sur ta famille? demanda Valnoir, après un silence.

— A quoi bon? soupira madame de Charmière. Mon père s'était ruiné, il est mort en exil, et le seul frère qui me reste est entré au service de l'Espagne.

Des parchemins sans patrimoine ne valent pas qu'on les montre, et je garde les miens pour le jour où tu seras riche.

Valnoir, touché au cœur, allait répondre avec effusion, quand un bruit lui fit tourner la tête.

La tête fine de la soubrette apparaissait, encadrée dans les plis de la lourde portière.

— On demande madame, prononça-t-elle de ce ton discret qui s'apprend dans les antichambres du demi-monde.

— Qui? interrogea brusquement Rose que cet incident contrariait fort.

Fanfine répondit par une pantomime qui, dans tous les pays, veut dire : Je ne sais pas.

— Prends le nom de ce monsieur, dit madame de Charmière.

Elle avait compris tout de suite, aux façons de sa femme de chambre, qu'il s'agissait d'une visite masculine.

Valnoir, frappé de la même idée, s'était levé et se frappait le front d'un air de mauvaise humeur.

— Ce n'est pas un monsieur, c'est un homme, dit la camériste en dissimulant une forte envie de rire.

— Comment! un homme!... un fournisseur?

— Non, madame; un homme que je n'ai jamais vu et qui est bien drôle, allez !

— Fanfine, ma fille, dit sèchement Rose, je n'aime pas les charades et je ne suis pas disposée à plaisanter.

— Madame m'excusera, mais si elle l'avait vu, elle rirait plus que moi.

— Qui, vu? cria madame de Charmière impatientée.

— Un grand escogriffe qui a les cheveux jaunes et qui parle latin.

— Tu es folle ! c'est un mendiant, et tu sais que je ne les aime pas ; mets celui-là à la porte.

— Mais non, madame, il ne demande rien, il m'a même offert un franc pour l'annoncer au salon ; mais madame pense bien que pour vingt sous...

— Tu sais comment il s'appelle, alors ; parle vite et finissons-en.

— Il ne me l'a pas dit, madame, mais il paraît qu'il vient de la part de M. Antoine Pilevert.

Ce nom produisit sur madame de Charmière l'effet d'un coup de foudre.

— Pilevert ! s'écria-t-elle pâle et tremblante. C'est impossible !

— C'est pourtant bien le nom qu'il m'a donné, dit la soubrette, en s'efforçant d'imposer à sa figure de fouine une expression à la fois bête et respectueuse.

— Mais ce... ce Pilevert n'est pas là ? demanda madame de Charmière avec une hésitation presque craintive.

— Non, madame, il a envoyé son *groom*, voilà tout ; seulement, le *groom* a une bien drôle de livrée, répondit Fanfine, qui reprenait de l'aplomb en raison directe du trouble qu'elle constatait chez sa maîtresse.

Il eût été difficile, du reste, de ne pas s'apercevoir de l'effet produit sur la descendante des croisés par le nom très vulgaire que venait de prononcer la camériste.

Après Godefroy de Bouillon, Pilevert arrivait assez mal à propos, et Valnoir lui-même semblait avoir reçu une douche d'eau froide sur son enthousiasme.

Quand on aime dans le monde où le journaliste avait placé son idéal, on n'est jamais bien sûr de ne pas être ramené brusquement aux réalités parisiennes, et la jalousie de Valnoir entrevoyait déjà l'arrivée de quelque rival appuyé sur des millions récoltés dans l'épicerie.

Son dépit se traduisit tout naturellement par une maladresse.

— Si je vous gêne, ma chère, je vais vous laisser seule, dit-il d'un ton aigre-doux auquel Rose ne pouvait pas se méprendre.

En d'autres temps, elle aurait répondu sur le même ton ; mais l'annonce apportée par la femme de chambre semblait avoir assoupli le caractère impérieux de la superbe madame de Charmière.

— Vous vous trompez, ami, dit-elle en tendant la main à Valnoir.

Ce nom ridicule vient de me rappeler de bien tristes événements que je vous raconterai peut-être un jour.

Il faut que je voie cet homme. Restez, et attendez-moi dans mon cabinet de toilette.

Elle avait su mettre tant d'émotion dans sa voix que le lion amoureux était dompté.

Il eut même un scrupule de générosité et ne voulut pas être en reste de confiance.

— Je vais fumer un cigare aux Champs-Elysées, dit-il en prenant son chapeau, et je serai de retour à sept heures.

— Non, Charles, je t'en prie, murmura Rose, en se penchant à son oreille, ne t'éloigne pas, je puis avoir besoin de toi.

Et, sans attendre une réponse, elle ouvrit la porte qui donnait dans son boudoir et installa Valnoir sur une des causeuses de cet élégant réduit.

Dès qu'elle eut casé son jaloux dans ce poste rapproché, ou, du reste, il ne pouvait rien entendre, grâce à l'épaisseur des tentures, madame de Charmière s'empressa, par surcroît de précaution, de pousser un verrou de sûreté.

Ce procédé ingénieux la débarrassait d'un surveillant incommode, tout en lui permettant d'appeler du secours en cas d'urgence.

Ces opérations préliminaires lui avaient d'ailleurs donné le temps de retrouver tout son calme, et ce fut avec un visage aussi froid qu'un hiver polaire, qu'elle dit à Fanfine :

— Fais entrer cet homme !

Rose avait le talent de régler son attitude sur le plan qu'elle avait en tête, — et elle avait toujours un plan.

Chez elle, le mot, le geste et la pose s'accordaient à volonté avec l'idée du moment.

C'était même là sa grande force, et plus d'une fois elle avait regretté de ne pas avoir exploité sur la scène ses merveilleuses facultés de comédienne.

Mais le théâtre, c'est elle-même qui le disait, lui aurait fait perdre trop de temps.

Pour recevoir l'inconnu, elle s'était campée dans un fauteuil bas, en ayant bien soin de tourner le dos à la fenêtre.

Mettre le jour dans les yeux de l'adversaire était une des manœuvres favorites de Rose, accoutumée à traiter comme un duel les conversations d'amour ou d'affaires.

La porte s'ouvrit, mais personne n'entra, ou plutôt madame de Charmière n'aperçut que les jambes d'un personnage dont la tête, haut perchée, s'empêtrait dans les draperies supérieures de la portière.

Cette entrée était assez comique pour troubler la gravité calculée de la dame, mais, dans les occasions sérieuses, Rose savait se priver de tout, même d'éclater de rire.

D'ailleurs, le flot de soie dans lequel disparaissait le visiteur finit par s'écarter, et la longue personne d'Alcindor apparut.

L'artiste forain avait évidemment sacrifié au goût bourgeois depuis son arrivée à Paris, car le costume fantaisiste qu'il portait dans la forêt de Saint-Germain avait subi des modifications sensibles.

Ses jambes maigres flottaient dans un pantalon à bandes rouges, et le reste de sa personne disparaissait dans un immense paletot d'alpaga blanchâtre dont les longs poils juraient avec la saison.

Il tournait entre ses doigts un képi que n'ornait pas le numéro de cuivre adopté par les bataillons de nouvelle formation, et malgré cette coiffure guerrière, personne ne l'aurait pris pour un garde national sérieux.

Rose avait jugé d'un seul coup d'œil la valeur sociale du nouveau venu, et elle avait pris sans hésiter ce qu'elle appelait : sa figure pour les fournisseurs.

— Que me voulez-vous ? demanda-t-elle en jouant avec un éventail turc à travers les mailles duquel elle examinait l'intrus.

— Moi ? rien, répondit tranquillement Alcindor, en se balançant comme un peuplier caressé par la brise.

Madame de Charmière avait compté sur un effet plus marqué. Elle possédait le don de déconcerter les gens, et elle le savait. Aussi, éprouva-t-elle quelque surprise en constatant que sa phrase d'attaque n'avait pas porté.

— Alors, que venez-vous faire ici ? reprit-elle en accentuant son dédain.

— Distinguons, madame, distinguons, dit Alcindor en posant son index sur son nez avec un geste rempli d'intentions fines ; moi je ne vous veux rien, mais mon maître vous veut quelque chose.

— Et qui est votre maître ?

— M. Antoine Pilevert, je l'ai déjà dit à cette jeune fille qui garde votre porte, en latin *puella*, en anglais *girl*, en espagnol...

— Assez ! s'écria Rose que l'impatience mettait déjà hors de garde ; j'ai connu autrefois quelqu'un qui portait le nom que vous venez de citer, mais...

— Tiens ! le patron, avait raison, il paraît que vous le connaissez, interrompit Alcindor.

Madame de Charmière se mordit les lèvres. Dès les premières passes, elle venait de commettre une faute et elle cherchait le moyen de la réparer.

— Je vous répète mon garçon, reprit-elle en adoucissant sa voix, que vous vous trompez, car la personne dont je parlais doit être morte depuis longtemps.

8.

Voyons que fait-il, votre maître ?

— Il voyage, madame, répondit majestueusement Alcindor.

— Ce n'est pas une profession, dit Rose avec un sourire destiné à encourager le paillasse dans la voie des éclaircissements, où il ne se pressait pas d'entrer.

— C'est la sienne pourtant, et c'est celle qui convient le mieux à un artiste.

— Alors il est artiste ?

— Oui, madame ; artiste gymnaste.

— Gymnaste ? demanda Rose en fronçant le sourcil.

— Oui, c'est un mot qui vient du grec.

Madame de Charmière, en ce moment ne pensait guère aux étymologies.

Les affiches du cirque des Champs-Elysées l'avaient familiarisée avec le titre ambitieux que se donnait Pilevert, et elle se disait tout bas :

— Saltimbanque ! c'est bien lui !

Elle eut quelque peine à cacher son trouble, mais elle réussit pourtant à reprendre un air indifférent.

— Décidément, mon garçon, il y a erreur, et je regrette que vous ayez pris la peine de monter ici, dit-elle en se levant.

La secousse avait été assez vive pour qu'elle éprouvât le besoin de respirer l'air du balcon.

— Ma foi ! c'est bien possible, après tout, dit Alcindor en exécutant un mouvement de retraite, et j'expliquerai au patron...

— Mais, au fait, qui vous a donné mon nom et mon adresse ? demanda madame de Charmière qui le regardait de côté sans quitter la fenêtre.

— Personne, madame ; c'est M. Pilevert qui avait cru vous reconnaître et qui m'a dit de monter au second...

— Me reconnaître ! Et où m'avait-il vue ?

— Là, à votre balcon. Il se promène sur la place depuis une heure.

3

Rose tressaillit comme si elle eût été piquée par un serpent et rentra vivement dans le salon.

— Et qui vous avait-il dit de demander ? reprit-elle d'une voix agitée.

— Oh! ce n'est pas la peine que je vous le dise, répondit Alcindor en soulevant la portière. Il s'est trompé pour sûr, et vous ne pouvez pas vous appeler comme ça.

— Dites toujours, mon ami, insista Rose, en essayant de sourire.

— Eh bien! madame, il m'a recommandé de vous parler à vous-même ; c'est à cause de ça que j'ai insisté de rentrer et de vous demander si vous ne vous nommiez pas...

— Si je ne me nommais pas? interrogea madame de Charmière dont les yeux brillaient.

— Catiche, madame, balbutia le malheureux Alcindor fort intimidé.

Il y eut un instant de silence. La dame était très pâle et mordait son éventail.

— Le nom est un peu champêtre, reprit Alcindor avec l'intention évidente de s'excuser, mais c'est un diminutif de Catherine, qui est un nom d'impératrice russe.

— Votre maître est un insolent, interrompit Rose, qui venait de prendre son parti, et je vous prie de sortir pour aller lui dire que je ne connais pas mademoiselle Catiche.

— Entendre, c'est obéir, dit gravement le paillasse en portant ses deux mains à son front, à la façon des esclaves du sérail.

Il allait ouvrir la porte, quand le bruit d'une violente discussion s'éleva de l'antichambre.

L'organe flûté de Fanfine s'élevait au diapason le plus aigu et dominait une grosse voix qui jurait sur tous les tons en répétant :

— Je vous dis que c'est elle, sacrebleu! et il faut que je lui parle.

Madame de Charmière avait sans doute reconnu la voix qui prodiguait ainsi les jurons, car son émotion fut

si vive qu'elle dut s'appuyer sur un meuble placé là
fort à propos pour la soutenir.

Presque aussitôt la porte s'ouvrit violemment et un
homme se précipita dans le salon avec l'impétuosité d'un
taureau furieux.

Pilevert, car c'était lui, tremblait de colère, et ses
yeux, très ternes d'habitude, lançaient des éclairs.

Il venait de se débarrasser de la femme de chambre
par une dernière bourrade, et il repoussa d'un coup de
poing magistral le pauvre Alcindor qui, bien involontai-
ment, lui barrait le passage.

Madame de Charmière était cachée à moitié par les
plis de la portière, si bien qu'il ne l'aperçut pas d'abord
et qu'il arriva jusqu'au milieu du salon en vociférant :

— Ah ! on ne veut pas me recevoir ! ah ! on dit qu'on
ne me connaît pas !

Mais je suis chez moi, ici ! criait-il en martelant du
poing les fauteuils innocents.

Au plus fort de l'explosion, Rose, qui, dans les occasions décisives, redevenait promptement maîtresse d'elle-
même, s'avança et toucha doucement le bras de l'hercule.

— Vous voilà donc enfin ! cria-t-il en se retournant
avec un geste qui aurait fait fuir toute autre que la dame
du logis.

Madame de Charmière, ferrée sur l'art d'apprivoiser
les bêtes féroces ou autres, ne bougea pas.

— Vous ne direz plus maintenant que ce n'est pas
vous ! hurla Pilevert en lui mettant sous le nez le poing
qu'il avait levé dans une autre intention.

— Pardonnez-moi, monsieur, de vous avoir fait attendre, dit Rose avec un sang-froid parfait, j'étais si loin
d'espérer le plaisir de vous revoir à Paris que j'ai cru à
une méprise de ce garçon quand il m'a dit votre nom.

Je vous croyais au fond de l'Espagne.

— J'en arrive, et de plus loin encore, grommela l'hercule dont la colère commençait déjà à se refroidir.

Madame de Charmière le regardait en face, comme

un dompteur regarde un tigre, et ne perdait pas un seul de ses mouvements.

— Quand à mon nom, ajouta Pilevert, il me semble que vous avez de bonnes raisons pour ne pas l'oublier, Madame... Madame... Comment vous appelez-vous pour le quart d'heure ?

Rose ne jugea pas sans doute à propos de répondre directement à la question, car elle dit d'un ton bref à sa femme de chambre qui paraissait écouter ce dialogue édifiant avec le plus vif intérêt :

— Laissez-nous et dites que je n'y suis pour personne. Je serai charmée de pouvoir causer longuement avec vous, monsieur, ajouta-t-elle en s'adressant à l'hercule, stupéfait de tant d'aplomb, et je ne veux pas que nous soyons dérangés.

— Vraiment ! exclama Pilevert. Eh bien ! au fait... ça me va ! D'ailleurs, pour ce que nous avons à nous dire, nous n'avons pas besoin de témoins.

Allons, toi, Pierrot, tourne-moi les talons et va m'attendre sur la place !

— Suffit, patron, répondit Alcindor, qui sortit en jetant une œillade mélancolique à la soubrette.

Les deux principaux acteurs de cette scène intime se trouvèrent seuls.

Ils se regardèrent un instant sans se parler, comme deux lutteurs qui s'examinent avant de se prendre corps à corps.

Ce fut madame de Charmière qui engagea le combat.

— Asseyez-vous, Antoine, dit-elle de sa voix la plus douce.

Le ton sur lequel cette invitation lui était adressée acheva de désarçonner l'hercule, qui s'attendait évidemment à tout une autre attaque.

— Ce n'est pas la peine, grommela-t-il en essayant de ressaisir sa colère qui s'évaporait peu à peu sous l'influence des tendres accents de Rose ; nous parlerons aussi bien debout.

Pour toute réponse, la dame s'empara de la grosse main de Pilevert et le força de s'asseoir sur le divan.

Quand elle eut ainsi amené l'adversaire à la place voulue, elle vint se poser à côté de lui, légère et gracieuse comme un oiseau.

L'investissement était complet, et, si robuste qu'il fût, le pauvre hercule ne se trouvait pas de force à rompre les lignes.

— Causons, maintenant, dit Rose, aussi tranquille que si son interlocuteur l'avait quittée la veille.

— Causons, soit. Il y a assez longtemps que je te cherche, riposta Pilevert, qui essayait encore d'être brutal.

Ce fut sa dernière tentative de révolte.

— Et moi donc ! soupira madame de Charmière ; crois-tu que depuis cinq ans je n'aie pas fait tout au monde pour savoir ce que tu étais devenu.

— Bah ! s'écria l'hercule d'un air peu convaincu.

— Veux-tu que je te le prouve ?

— Ma foi ! je n'en serai pas fâché, car, franchement, je ne m'en suis jamais douté.

— Tu m'a quittée à Bordeaux, n'est-ce pas, en me disant que tu partais pour l'Espagne ?

— Parbleu ! j'avais un engagement superbe pour le cirque de Séville ; seulement, quand j'arrivai en Andalousie, le directeur venait de faire faillite, et j'ai été obligé d'entrer dans une troupe qui partait pour San Francisco.

— Et tu as oublié de me l'écrire. Oh ! je ne t'en veux pas, mais que pouvais-je faire ? j'étais seule, sans ressources, sans amis. Je fis demander des renseignements par le consul d'Espagne ; il ne put en obtenir aucun. Veux-tu que je te montre ses lettres ?

— Ce n'est pas la peine, dit Pilevert avec un geste d'insouciance : puisque je t'ai retrouvée et que tu as fait fortune, je n'ai plus besoin de courir les foires et c'est tout ce que je demande, car j'en ai assez de lever des poids dans la baraque.

Un tressaillement de colère contracta un instant la figure de Rose ; mais ce fut un éclair, et l'hercule ne s'en aperçut même pas.

— J'espère bien, en effet, mon ami, que tu vas quitter ce triste métier, reprit-elle vivement, et tu peux croire que je ne laisserai pas mon frère travailler dans la rue.

— C'est bien, ça, petite sœur, s'écria Pilevert touché ; j'avais toujours dit que tu n'étais pas si mauvaise que tu en avais l'air.

Cet éloge mitigé ne parut pas du goût de madame de Charmière, qui ne put s'empêcher de froncer le sourcil.

— Ainsi, c'est convenu, reprit le saltimbanque, je m'installe chez toi. C'est gentil ici. J'y serai mieux que dans ma carriole. Tu trouveras bien un coin pour nous nicher, moi, mon pitre Alcindor, et ma...

Rose arrêta d'un geste l'enthousiasme de Pilevert.

— Pardon, mon ami, dit-elle en posant la main sur la large épaule du professeur de canne, tu n'as pas l'intention de me ruiner, n'est-ce pas..

— Pas si bête ! s'écria naïvement l'hercule.

— Eh bien ! alors tu dois comprendre que ma situation ne me permet pas de te loger chez moi.

— Pourquoi ça, Catiche ? demanda d'un ton hargneux le frère de la soi-disant descendante des croisés.

— Parce que j'ai une situation à ménager et que la famille de Catherine Pilevert serait fort mal accueillie par les amis de madame de Charmière.

— Ça, je m'en moque, dit l'hercule en faisant craquer ses doigts.

Ce geste, qui manquait absolument d'élégance, ne déconcerta pas la noble dame.

— Veux-tu que nous parlions sérieusement ? demanda-t-elle d'un ton sec.

— Je ne suis venu que pour ça.

— Alors, écoute-moi. Je ne puis pas te loger, mais je puis t'aider et je suis toute prête à le faire, à une condition.

— Laquelle ? demanda Pilevert défiant.

— C'est que tu m'aideras aussi.

— Moi ! tu sais bien que je n'ai pas le sou, dit le frère en haussant les épaules.

— Ce n'est pas de ta bourse que j'ai besoin, mais de ton activité et de ton intelligence.

— Quant à ça, murmura Pilevert, évidemment flatté, tu peux compter sur moi, et tu n'as qu'à me dire de quoi il s'agit.

— Tu le sauras bientôt : mais, en attendant je vais te donner de l'argent pour te loger et t'habiller, car j'aurai besoin de te voir souvent, et tu comprends qu'avec ce costume...

— Pourtant, il me semble que je ne suis pas trop mal vêtu, dit Pilevert en jetant un coup d'œil satisfait sur son paletot à larges boutons de nacre et sur les chaînettes de cuivre qui servaient de sous-pieds à son pantalon.

Rose sourit et se dirigea vers un petit secrétaire en bois de rose qu'elle ouvrit pour en extraire un billet de cinq cent francs.

A la vue du papier teinté de bleu que sa sœur lui tendait gracieusement, l'hercule s'épanouit tout à fait.

— Allons, décidément, Catiche, s'écria-t-il, tu es une bonne fille, et je crois que nous pourrons nous entendre.

Voilà une papillote qui va me servir de mise de fonds pour l'affaire que j'ai en tête, ajouta-t-il en engloutissant le billet dans la poche de côté de sa houppelande.

— Tu as une affaire ? demanda Rose devenue très attentive.

— Oui, oui, et une bonne.

— Puis-je t'être utile ?

Pilevert passa plusieurs fois sa main sur sa barbe, selon son invariable habitude dans les cas épineux.

— Au fait ! pourquoi pas ? murmura-t-il.

— Oh ! si c'est un secret, je ne te le demande pas, dit sa sœur d'un air dégagé.

L'hercule ne se pressait pas de répondre, mais les

veines gonflées de son front se tendaient comme des cordes, ce qui était chez lui le signe évident d'une forte contention d'esprit.

— Voilà ce que c'est, ma petite Catiche, dit-il enfin d'un air embarrassé; quand je dis que j'ai une affaire, ce n'est pas tout à fait ça... je crois que je tiens une piste, voilà tout....

— Une piste? répéta Rose étonnée.

— Oui, je sais une chose qui... enfin une chose que des gens payeraient peut-être bien cher...

L'hercule s'arrêta court, comme s'il craignait d'en avoir trop dit.

Sa sœur ne le quittait pas des yeux. Elle commençait à comprendre, et elle entrevoyait déjà tout le parti qu'elle pourrait tirer de la confidence suspendue aux lèvres de Pilevert.

Il s'agissait de l'obtenir complète, et pour cela, elle voulut d'abord le rassurer.

— En effet, dit-elle du ton le plus naturel, tout se paye à Paris, et les secrets s'y vendent très bien.

— Ainsi tu crois que je pourrais tirer parti?...

— Parfaitement. C'est un commerce très répandu et qui a même un nom.

— Oui! mais voilà le diable! c'est que je ne sais pas où trouver les gens auxquels j'ai affaire.

— Sont-il à Paris?

— Ils y sont, mais je n'ai pas leur adresse, ou plutôt je l'ai perdue.

— Écoute, dit Rose avec bonhomie, je n'ai pas envie de savoir ton secret; dis-moi seulement le nom dont tu as besoin.

— Je connais par hasard, un M. de...

Il s'arrêta encore, pris d'un dernier scrupule.

— M. de... quoi? demanda froidement madame de Charmière.

— Ma foi! tant pis! s'écria Pilevert. Connais-tu un M. de Valnoir?

— Valnoir! tu as dit : Valnoir ! s'écria madame de Charmière.

— Tu le connais donc ! comme ça se trouve ! dit Pilevert enchanté de la découverte.

Il attendait une plus ample explication qui ne vint pas.

Sa sœur, absorbée dans des réflexions inquiètes, regardait machinalement les fleurs du tapis.

— C'est impossible ! pensait-elle. Valnoir n'a pas quitté Paris depuis plus d'un an ; où l'aurait-il rencontré?

— Ma petite Catiche, reprit Pilevert, si tu peux me donner son adresse, à ce paroissien-là, tu me rendras un fameux service, et après... là, foi d'homme, si l'affaire rapporte quelque chose, tu auras ta part.

— Je me trompais, mon ami, dit Rose ; la personne à laquelle je pensais porte bien ce nom-là, mais elle n'est pas en France.

— Mais c'est peut-être un parent.

— Je ne crois pas. Qu'est-ce que fait ce Valnoir que tu cherches ?

— Ça, je n'en sais trop rien. Il me semble bien pourtant avoir entendu dire qu'il écrivait dans les journaux.

Rose eut un mouvement nerveux, mais elle trouva la force de répondre :

— Je ne connais personne dans ce monde-là, et je crains fort que ton secret ne vaille pas cher. Les journalistes ne sont pas riches.

— Possible ! mais je ferai bien payer celui-là, et de plus, à la rigueur, je n'ai pas besoin de lui pour palper.

Ah! si ces gueux de Prussiens ne nous avaient pas appuyé une chasse quand j'ai quitté Saint-Germain, l'affaire serait faite ; mais ils ne seront pas toujours là, mille trompettes! et puis je trouverai bien moyen de leur passer la jambe un de ces jours, et alors...

— Prends garde! tu vas m'en dire plus long que tu ne voudrais, interrompit Rose en souriant. Voilà que je sais déjà que tu as rencontré ce M. Valnoir à Saint-Germain.

La vieille ruse qui consiste à affirmer ce qu'on ne sait

pas pour se faire dire qu'on ne voudrait savoir réussît cette fois comme toujours.

— Oh! je ne m'en cache pas; c'est là que je lui ai servi de témoin, il y a trois jours, reprit Pilevert.

Il avait déjà bien assez parlé pour que madame de Charmière devinât au moins une partie de la vérité.

Le secret se rattachait évidemment au voyage de son amant à Saint-Germain, voyage dont elle connaissait le triste résultat, mais non les détails.

Que Valnoir se fût fait assister dans son duel par un saltimbanque, elle n'en croyait pas un mot, et savait son respectable frère très capable de mentir, mais elle sentait qu'il y avait là un mystère.

Quelque envie que la dame éprouvât de l'éclaircir, elle comprit qu'il ne fallait pas trop insister et se décida à prendre un moyen terme.

Elle pensait d'ailleurs qu'il devenait urgent d'abréger l'entretien.

Valnoir devait trouver le temps long dans le cabinet de toilette, et ce voisinage était plein de danger.

— Mon ami, dit-elle, je vais te donner l'adresse d'un homme qui te renseignera beaucoup mieux que moi.

Présente-toi de ma part chez M. Frapillon, rue Cadet, 97. On le trouve tous les jours jusqu'à midi. Explique lui ton histoire. Il est fort habile et il trouvera certainement ce que tu cherches.

Et il me contera ce que tu lui auras dit, ajouta mentalement la prudente Rose.

— Oui, mais combien me prendra-t-il pour ça? demanda Pilevert, peu prodigue de sa nature.

— Rien. Je le paye à l'année pour s'occuper de mes affaires, et il fera la tienne par-dessus le marché.

Maintenant, mon cher Antoine, il faut nous quitter. Reviens me voir dès que tu seras logé et habillé. J'aurai besoin de toi, et si tes démarches ne réussissent pas, j'ai autre chose à te proposer.

Pilevert aurait volontiers prolongé l'entretien, car il

se trouvait fort bien sur le divan, et il avait encore une foule d'éclaircissements à demander à sa sœur, mais le billet de cinq cents francs l'avait rendu très coulant sur les procédés.

— Tu as raison, Catiche, dit-il : Alcindor doit m'attendre, et puis, c'est l'heure de mon vermouth, et ça, c'est sacré !

Seulement, avant de partir, il faut que je t'embrasse.

Madame de Charmière se serait bien passée de cette marque de tendresse fraternelle, mais pour abréger les adieux, elle se résigna à tendre le front.

Elle attendait ainsi, les yeux baissés, quand un léger bruit lui fit relever la tête.

Antoine n'eut pas le temps de déposer son baiser, car sa sœur bondit comme une panthère.

Un homme venait d'entrer et s'avançait vers le canapé par une marche oblique et bizarre.

— Fanfine ! cria madame de Charmière d'une voix irritée, j'avais dit, ce me semble que je n'y étais pour personne.

— Excepté pour moi, puisque je dîne chez vous, dit le nouveau venu.

— Je l'avais oublié, monsieur... monsieur Taupier, je crois, dit Rose d'un ton à mettre en fuite tout autre qu'un journaliste bossu.

— Moi pas, répondit le cynique personnage, car Valnoir m'a dit qu'on dînait très bien chez vous.

Le nom que Taupier venait de prononcer produisit l'effet d'un coup de trompette lancé au milieu de gens qui sommeillent.

Rose, dans le premier moment de colère, n'avait pas envisagé toutes les conséquences possibles de cette entrée imprévue, et le danger venait de lui apparaître.

De son côté, l'hercule avait dressé l'oreille en entendant nommer Valnoir, et s'était levé, bien plus par curiosité que par politesse.

— Tiens ! l'homme de la forêt de Saint-Germain !
s'écria le bossu, qui le reconnut sur-le-champ.

L'étonnement fut réciproque.

Pilevert n'en pouvait croire ses yeux ; il les ouvrait
démesurément et il les promenait sur Rose et sur Taupier, comme s'il eût espéré apercevoir le fil qui reliait
deux personnes dont il n'aurait jamais soupçonné les
relations.

Il commençait du reste à comprendre que sa sœur
l'avait trompé, et il se préparait à lui faire payer cher ses
mensonges.

Mais c'était précisément dans les situations dangereuses que brillait l'esprit net et positif de madame de
Charmière.

Elle savait prendre son parti sans hésiter et marcher
droit à l'ennemi.

— Puisque vous le connaissez, dit-elle tranquillement
à Taupier, je n'ai pas besoin de vous présenter monsieur
qui est venu m'apporter des nouvelles de mon frère.

Tout en parlant, elle commandait le silence à Pilevert
d'un coup d'œil impérieux.

— Monsieur arrive d'Espagne, reprit Rose sans
cesser de tenir l'hercule sous son regard clair et froid
comme l'acier.

— D'Espagne ? répéta Taupier. En passant par la
Normandie, alors, car il venait de Poissy quand nous
nous sommes rencontrés là-bas dans la forêt.

— Eh bien ! après ? dit l'hercule, tout chemin mène à
Rome, pas vrai ?

Son épaisse intelligence, pénétrée par le regard aigu
de madame de Charmière, avait fini par comprendre
qu'une alliance offensive et défensive avec elle était com-
mandée par les circonstances.

Il avait donc résolu de faire provisoirement cause
commune, sauf à s'expliquer plus tard.

— Citoyen, vous avez raison, dit Taupier, vos affaires

ne me regardent pas, quoique vous vous soyez bien
un peu mêlé des nôtres.

A propos, c'est bien votre pitre que j'ai rencontré en
bas sur la place ?

— Possible, répondit sèchement Pilevert.

— Eh bien ! il me plaît ce grand échassier-là. Il a
une manière de bayer aux corneilles qui dénote de
fortes tendances à la philosophie sociale.

Quelle est sa manière de voir en politique ?

On aurait demandé à Pilevert des renseignements sur
le souverain temporel du Japon qu'on ne l'aurait pas embarrassé davantage.

— Je n'en sais rien, et ça m'est bien égal, grommela-t-
il entre ses dents.

— Curieuse indifférence ! s'écria Taupier ; mais vous,
mon cher citoyen, vous même, que pensez-vous de l'avenir
des sociétés modernes ? Un artiste doit avoir des opinions,
que diable !

Je parie que vous êtes positiviste.

L'hercule ahuri n'eut même pas l'énergie de chercher
une réponse.

— Très bien ! citoyen, vous n'êtes pas forcé de parler ;
nous ne sommes pas ici au club, reprit l'imperturbable
bossu en s'installant dans un fauteuil, sans attendre qu'on
l'y invitât.

Depuis quelques instants, madame de Charmière méditait de délivrer Valnoir, et surtout de le préparer à une
rencontre inévitable.

En effet, maintenant que Pilevert était averti, il paraissait peu probable qu'il consentît à partir sans avoir vu
l'homme qu'il cherchait, et ce que Rose voulait empêcher avant tout, c'était un tête-à-tête entre son frère et
son amant.

Quant à Taupier, qu'elle ne croyait pas mêlé au secret
de Pilevert, elle ne voyait aucun inconvénient à le laisser
en conversation avec lui.

— Vous m'excuserez, monsieur, dit-elle en s'adressant

à l'hercule, j'ai quelques ordres à donner, mais je compte bien que vous me ferez le plaisir de rester à dîner avec deux de mes amis.

Au moins, je pourrai le surveiller, pensait-elle, et j'aurai bien du malheur si le chambertin ne lui délie pas la langue.

— Ma foi! ça n'est pas de refus, dit Pilevert enchanté de l'occasion de faire bonne chère; mais c'est que j'ai Alcindor qui m'attend toujours en bas...

— Je vais l'envoyer chercher, dit madame de Charmière.

Et, en passant à côté de son frère, touché de tant de bonne grâce, elle lui dit à l'oreille :

— Reste et laisse-moi faire. Demain, je t'expliquerai tout.

Après avoir murmuré cette phrase destinée à prévenir des velléités de révolte, elle disparut avec la légèreté d'un oiseau.

Taupier se frottait les mains et se disposait à faire poser l'hercule.

Se moquer des gens vigoureusement bâtis était pour le bossu un plaisir de choix, et il n'avait garde de manquer une si belle occasion de blaguer un homme dont un seul coup de poing l'aurait pulvérisé.

Il aurait été moins gai s'il avait pu se douter que ce grossier saltimbanque avait sur lui l'avantage, bien autrement redoutable, d'avoir tout vu dans la clairière.

— Eh bien! mon brave, demanda-t-il en se balançant sur son siège à la façon des singes, comment vous êtes-vous tiré d'affaire l'autre jour avec votre corbillard? Avez-vous mené l'illustre défunt jusqu'au tombeau de ses pères?

L'hercule ne répondit pas à cet odieux persiflage.

Il avait tiré de sa poche un objet rond qu'il faisait rouler entre son pouce et son index, et semblait complètement absorbé par cette opération.

— Tiens! tiens! s'écria Taupier, vous travaillez même quand vous êtes en société, vous? Voyons, citoyen escamoteur, faites-moi un joli tour.

C'est une muscade que vous tenez-là?

— Non, dit Pilevert en le regardant bien en face, c'est une balle.

— Une balle! répéta Taupier toujours gouailleur. Tiens! c'est une idée. Nous sommes en état de siège et les patriotes ne doivent plus jouer qu'avec du plomb.

Citoyen escamoteur, tu as bien mérité de la patrie!

Pilevert ne se formalisa point de ce tutoiement inattendu, mais il continua à présenter son projectile au bout de ses doigts, comme un talisman dont la puissance devait se manifester bientôt.

— Seulement, tu retardes, mon vieux; elle n'est pas conique, continua le bossu qui pensait beaucoup plus à blaguer l'hercule qu'au duel de Saint-Germain.

Nous avons changé tout ça. On ne tue plus avec des balles rondes.

— Tout de même, reprit le saltimbanque, poursuivant son idée.

Ceci est une balle de pistolet, et j'ai idée qu'elle aurait tué son homme, si on ne l'avait pas arrêtée en route.

Cette fois, l'allusion était trop claire pour ne pas porter.

Taupier fit un mouvement de surprise, comme un duelliste qui croyait avoir affaire à une mazette et qui reconnaît la force de son adversaire, après une botte savamment poussée.

Ainsi que la plupart de ses pareils, le bossu avait l'esprit vif, mais la méchanceté nuisait parfois à sa lucidité ordinaire.

Un scélérat moins complet aurait eu des inquiétudes en retrouvant un témoin plus ou moins instruit du criminel escamotage de la forêt.

Taupier, lui, faisait le mal avec une sorte de naïveté

inconsciente qui le préservait des remords et des transes.

Il avait déjeuné aussi gaiement après le duel où M. de Saint-Senier avait été assassiné, qu'il dînait chaque soir après avoir insulté un honnête homme dans son journal, et la rencontre de Pilevert ne lui avait troublé ni la digestion ni le cœur.

Cependant, si cuirassé qu'il fût, le publiciste contrefait avait senti le coup, et la phrase du saltimbanque lui ouvrait des horizons redoutables.

On pouvait l'avoir vu préparant le meurtre dont Valnoir avait été le complice involontaire et, pour la première fois, l'idée du châtiment venait troubler sa foi dans l'impunité.

Le grossier personnage qui entrait ainsi dans son jeu possédait-il tous les secrets de cette nuit passée dans la clairière? Taupier se le demandait encore, et il avait beaucoup de peine à le croire.

Mais enfin, c'était un point à éclaircir, et le bossu, qui ne se déconcertait pas pour si peu, croyait avoir facilement raison des réticences de l'hercule.

— Tu as ramassé ça dans la forêt de Saint-Germain, n'est-ce pas, mon brave? demanda-t-il en payant d'aplomb.

— Possible, dit froidement Pilevert.

— Et tu as l'intention de la faire monter en bague pour l'offrir à ton épouse, car tu dois avoir une épouse.

— Non, je veux m'en faire des rentes, répondit le frère de Rose, oubliant complètement que sa sœur lui avait recommandé la prudence.

— Diable! l'argent est plus rare que le plomb, par le temps qui court, s'écria Valnoir décidé à pousser l'enquête jusqu'au bout.

— On en trouve encore au pied des chênes, riposte le saltimbanque.

Cette fois, l'acolyte de Valnoir ne put dissimuler une grimace nerveuse.

— Allons! il a tout vu et il est plus fort que je ne cro-

4

yais, pensa-t-il en se levant pour ne pas perdre contenance.

Son sang-froid était à bout, et il cherchait le moyen de
battre en retraite afin de couper court à une conversation
qui prenait une tournure menaçante; quand madame de
Charmière rentra fort à propos pour le tirer de peine.

La belle maîtresse de Valnoir n'avait pas été absente
plus d'une demi-heure, mais ce temps lui avait suffi pour
changer de toilette, et, tour de force moins facile à accomplir, pour amener son amant au point où elle voulait
le conduire.

Les confidences tronquées de Pilevert et les premiers
mots de la conversation de Taupier l'avaient suffisamment éclairée.

Elle était sûre qu'il y avait un secret entre Valnoir et
l'hercule, et que ce secret se rattachait au duel où M. de
Saint-Senier avait péri.

Une femme moins forte aurait cherché à éviter une
rencontre entre les intéressés. Rose avait manœuvré
plus hardiment et aussi plus habilement.

D'abord, en dix minutes de causerie intime, elle avait
pu s'assurer que le prisonnier du boudoir ne se doutait
pas d'être à la merci de Pilevert. Le mystère restait
donc entre son frère et elle, qui se réservait de l'éclaircir
plus tard.

Pour le moment, l'important était de s'assurer le droit
de recevoir le saltimbanque en toute liberté, et, pour arriver à ce résultat, Rose n'avait rien trouvé de mieux que
de faire dîner ensemble les acteurs, très disparates, de
cette trame dont elle tenait tous les fils.

Quelques caresses et une demi-douzaine de mensonges
lui avaient suffi pour convertir Valnoir, qui avait cru
pieusement à l'arrivée inattendue d'un message portant à
la noble dame de Charmière des nouvelles de son frère,
exilé en Espagne.

Elle avait même prévenu toute surprise en racontant
qu'un hasard assez romanesque avait conduit précisément

sur le terrain du duel de Saint-Germain ce messager providentiel, et que l'ami Taupier venait de le reconnaître.

Une fois ces bourdes acceptées, grâce à l'aveuglement dont la vie littéraire ne défend pas les amoureux, il n'était pas très difficile d'amener le journaliste à dîner en compagnie d'un hercule et d'un paillasse.

La proposition avait d'ailleurs un côté excentrique bien fait pour plaire au rédacteur en chef du « Serpenteau ».

— Ce sera drôle, avait dit madame de Charmière, et Valnoir, que sa passion rendait capable de bien d'autres lâchetés, avait accepté sans trop se faire prier.

Il fit donc son entrée à la suite de l'enchanteresse, et dans le salut qu'il adressa au convive imposé par les parentés voyageuses de Rose, rien ne trahit la contrariété ou l'embarras.

Il poussa même la condescendance jusqu'à offrir une poignée de main à l'hercule.

Pilevert, tout à la fois flatté et troublé par la politesse de l'homme auquel il comptait extorquer des rentes, répondit par une étreinte qui faillit briser les doigts de Valnoir.

Taupier, charmé de cette diversion, respirait plus à l'aise et ruminait déjà un plan pour mater le dangereux ennemi qui lui tombait des nues.

L'apparition d'Alcindor vint encore à son secours.

Le long personnage, que la soubrette était allée arracher sur la place à la contemplation des bonnes d'enfants, entra dans le salon doré de madame de Charmière avec autant d'aisance que s'il avait foulé toute sa vie des tapis d'Aubusson.

Sa face blême exprimait une douce satisfaction, et il salua l'assistance par une révérence circulaire qui manquait absolument de grâce, mais non d'une certaine majesté

Le savant méconnu perçait sous le paillasse, à ce point que Valnoir entrevit sur-le-champ le moyen d'égayer le dîner.

Il fit signe de l'œil à Taupier, qui comprit parfaitement et qui saisit avec joie l'occasion de tourner les difficultés de la situation.

Bafouer Alcindor et griser Pilevert, c'était un programme qui convenait fort au bossu, très peu rassuré par la mine renfrognée de l'hercule.

— Madame est servie! vint annoncer la voix aigrelette de Fanfine.

Madame de Charmière montra le chemin à ses convives, négligeant toute formalité cérémonieuse, au grand désappointement d'Alcindor, qui, pour montrer ses belles manières avait déjà arrondi son bras en forme d'anse de panier.

Le couvert était mis dans une salle à manger tendue en cuir de Cordoue et garnie de crédences sur lesquelles brillaient une argenterie respectable et des poteries variées.

Valnoir avait introduit le luxe artistique des faïences chez sa maîtresse qui préférait de beaucoup la vaisselle plate à la céramique.

La table était ronde, les sièges confortables, la nappe éblouissante, et devant chaque couvert se dressait la série complète des cristaux de Bohême, depuis la coupe évasée en tulipe pour développer le bouquet des grands crus bordelais, jusqu'au verre allongé qui fait mousser le vin de Champagne.

Cette ordonnance engageante dérida le front soucieux de Pilevert, qui avait poussé la préoccupation jusqu'à oublier son vermouth.

Rose lui fit les honneurs de la droite et mit à sa gauche Alcindor, qui se trouva flanqué de Taupier.

Valnoir, en sa qualité d'amphitryon sérieux, faisait vis-à-vis à la maîtresse de la maison.

Le premier acte du dîner fut silencieux.

De tous les convives, Alcindor était à peu près le seul qui mangeât sans arrière-pensée, mais il paraissait doué d'un appétit capable de mettre un frein à son éloquence naturelle.

Le service était fait par Fanfine, qui possédait tous les talents de son emploi, même celui de découper adroitement et de verser à boire à propos.

Madame de Charmière, experte en l'art de graduer les ivresses, avait d'abord mis en jeu l'innocente tisane qui se glace dans des carafes frappées, et ne voulait pas faire donner trop tôt la puissante réserve bourguignone.

Pilevert, qui méprisait souverainement la piquette rafraîchissante d'Epernay, se contentait, en attendant des boissons plus sérieuses, d'un beaujolais qui n'était pas de force à lui délier la langue.

Taupier puisait du courage au fond d'une bouteille de madère, qu'il avait menée grand train.

Valnoir, qui avait le moët sentimental, cherchait les yeux de Rose et les rencontrait rarement, car la dame n'était occupée que du messager envoyé d'Espagne par le dernier des Charmière.

Il finit par y renoncer et il revint à son idée de mettre le paillasse sur la sellette.

— Monsieur, lui dit-il à brûle-pourpoint, je suis sûr que vous avez des aspirations littéraires.

— O mes rêves ! soupira mélancoliquement Alcindor en se versant à boire.

— Tu as des rêves, ô Alcindor ! dit Taupier, qui avait la manie de tutoyer les gens.

Le bossu attendait avec impatience le moment d'engager le feu, et il avait ramassé le mot au vol, comme un joueur de raquette relève le volant.

Mais le mélancolique paillasse ne répondit pas.

Plongé dans la béatitude que procurent les premiers verres de vin de Champagne, il regardait le plafond et semblait suivre dans les corniches dorées la trace des rêves qu'il venait d'invoquer.

— Encore une âme de poète ! s'écria Valnoir pour donner la réplique.

4.

— Monsieur est jeune, insinua Rose, qui, en dépit de ses graves préoccupations, ne sut pas résister au plaisir de faire poser un nigaud. .

La noble héritière des preux avait suivi les cours qu'on professe au Grand-Seize, ce célèbre cabinet du Café Anglais dont le renom s'étend du Caucase au Kentucky, et elle était de première force pour mettre en lumière les ridicules d'un provincial ou d'un débutant.

Alcindor secoua tristement la tête et demanda de nouvelles consolations à la carafe frappée.

— Pitre, mon ami, tu dois avoir eu des aventures, s'écria Taupier, qui ne se décourageait pas facilement ; narre les-moi.

Le patient soupira, mais il resta aussi muet qu'un poisson.

— Tu te fais prier, Alcindor ? reprit le bossu sur un ton tragique ; tu refuses d'épancher ton âme dans la mienne ! et cependant tu dois avoir un passé, car ce nom romantique d'Alcindor m'apprend que tes ancêtres ont dû figurer sur les pendules, en costume de troubadour.

Parle-moi, je t'en conjure, parle-moi de tes impressions de jeunesse.

Ce bouquet de plaisanteries d'un goût douteux ne réussit même pas à dérider l'hercule, que le beaujolais commençait à affadir.

— Romanée-conti 1858, dit gravement Fanfine sur un signe de sa maîtresse.

Ce cri de Rallie-Bourgogne entraîna Pilevert, qui depuis trois quarts d'heure, marchandait son ivresse pour ne pas nuire à sa discrétion.

— Vas-y gaiement, la fille, dit-il en tendant son grand verre ; j'en ai assez de vos dés à coudre ; et vous autres, n'déclamez plus, mes p'tits agneaux ! Alcindor vous vaut bien.

Valnoir et Taupier échangèrent un coup d'œil satisfait comme ils auraient salué au théâtre l'entrée d'un acteur impatiemment attendu.

— Comment donc! cher monsieur, s'écria le rédacteur en chef du « Serpenteau, » mais nous n'en doutons pas et nous supplions monsieur votre employé de nous exposer ses idées.

Je suis sûr qu'il a un système politico-littéraire, et je suis tout prêt à lui ouvrir nos colonnes.

— Ouvrir quoi, blanc-bec? demanda l'hercule qui s'égarait déjà dans les vignes de la Côte-d'Or.

— Nos colonnes, notre feuille, si cette image te plaît mieux, vénérable Alcide, répondit Taupier ravi de voir opérer le Romanée.

— Déclame pas, Fénelon ! cria Pilevert avec un geste majestueux.

— Pourquoi me donnes-tu le doux nom du cygne de Cambrai? reprit le bossu; appelle-moi philistin, terrible Samson, j'aime mieux ça, à condition que tu me fourniras la mâchoire d'âne.

— Gare à la tienne, méchant bombé ! vociféra l'hercule en se levant furieux; je vais causer de toi avec le commissaire de police.

— Vous plairait-il, cher monsieur, de porter la santé de mon frère ? dit gracieusement Rose en attachant sur Pilevert un regard clair et froid.

On aurait versé une douche d'eau glacée sur la tête de l'irascible lutteur qu'on ne l'aurait pas calmé plus vite.

Il se laissa retomber lourdement sur sa chaise en grommelant :

— Faut pas m'en vouloir; j'ai dit Fénelon, parce que c'est un auteur et que j'aime pas les auteurs.

Enfin, suffit !

Cette péroraison fut accompagnée d'un formidable coup de poing qui secoua les cristaux comme un tremblement de terre.

Taupier, dont la face terreuse avait pâli, comprit que ses plaisanteries avançaient au moins de trois bouteilles, et qu'il était dangereux d'agacer l'hercule avant le second service.

Valnoir, qui n'aimait pas les scènes de cabaret, trouvait que le dernier des Charmière envoyait d'étranges messagers à sa sœur.

Rose jugea que le moment était venu de détourner l'orage, et se servit d'Alcindor pour éloigner la foudre.

— Et vous, monsieur, lui demanda-t-elle de sa voix la plus musicale, ne boirez-vous pas aux absents?

— Aux absents! s'écria le paillasse, qui commençait à entrer dans les régions lyriques de l'ivresse; les absents, hélas! ce sont mes rêves!

— Il y tient, murmura l'incorrigible bossu.

— Oui, mes rêves, mes illusions, qui se sont envolées, car j'ai vingt-six ans, et personne encore ne m'a compris.

— Eh bien! voilà une occasion de vous faire comprendre, cher monsieur Alcindor, dit Valnoir, qui eut la force de garder son sérieux.

Expliquez-nous votre théorie, car avec des cheveux comme les vôtres, on a toujours une théorie.

— Vous le voulez? dit Alcindor d'un ton tragique; soit! je vais encore une fois m'exposer aux railleries du monde, car vous êtes du monde vous autres, tandis que je ne suis plus qu'un histrion.

Les deux journalistes protestèrent par un geste encourageant.

— Il faut que je commence par vous raconter ma vie, reprit le paillasse, car tout est dans tout, et l'histoire de ma vie, c'est l'histoire de mes convictions.

— Il parle bien, murmura Taupier d'un air d'admiration.

— Sachez donc, continua l'orateur flatté, que je suis d'origine grecque, comme vous l'indique mon nom d'Alcindor Panaris; seulement je naquis à Pontoise, où mes parents me firent donner une excellente éducation.

— Diable! ce sera long, dit tout bas Valnoir.

— A vingt ans, j'avais déjà été refusé à l'École navale, à l'École polytechnique, à l'École normale, à l'École...

— Ce que tu nous chantes-là, interrompit l'hercule,

c'est des boniments perdus, et tu sais que je n'aime pas ça.

— Pas plus que je n'aime à perdre de la copie, observa judicieusement le journaliste bossu.

—A l'école de Saint-Cyr même, où je m'étais présenté, malgré mon horreur pour les armées permanentes, reprit l'imperturbable pitre.

— Cher Alcindor, s'écria Taupier, si tu continues à raconter tes malheurs, madame va être obligée de pleurer, et nous ne pourrons plus chanter au dessert.

Explique nous tout de suite ton système.

— Pourquoi faire? grogna l'orateur, vexé d'avoir été interrompu.

— Mais pour l'adopter, ô grand homme incompris! Contemple en nous des écrivains naïfs qui cherchent encore leur voie, et ouvre-nous des horizons.

— Je suis « fusionien » dit Alcindor, de l'air dont un contemporain de Sylla aurait dit : Je suis citoyen romain.

— Fusio... quoi? ricana Taupier.

— Quelle est cette religion? demanda Valnoir sans rire.

— Celle de l'avenir, s'écria le paillasse d'un air inspiré, tout en se versant le reste de la bouteille de madère entamée par son voisin.

Je fusionne tout... les cultes, les opinions, les nationalités.

— Et les vins, dit Rose en souriant.

— Plus de rois, plus de riches, plus de guerres. L'homme produit et consomme, la terre se couvre de moissons qui mûrissent sur l'emplacement des palais démolis...

— Musset a dit ça en deux vers, interrompit Valnoir :

> Et le globe rasé, sans barbe ni cheveux,
> Comme un grand potiron roulera dans les cieux.

— Ah! la soupe au potiron! comme grand'mère la

faisait bien ! soupira l'hercule en se tournant vers madame de Charmière, qui se serait bien passée de ce détail
rétrospectif.

— Vous voyez bien que vous ne comprenez pas, grommela le fusionien. Les littérateurs sont les plus grands
ennemis de la philosophie humanitaire : je les exclurai
de la société que je veux fonder.

— Tu veux donc fonder une société ? demanda Taupier
qui venait d'avoir une idée.

— Le plan est là, dit Alcindor en se frappant le front.

— Et pourrait-on connaître, ajouta Valnoir avec un
sérieux parfait, le but de cette société et le moyen de l'é-
tablir ?

— Le but, je viens de vous le dire : c'est la fusion de
tout ; le moyen, c'est l'abolition de tout.

— Bravo ! c'est large ; c'est beau, ça me va, cria Taupier en battant des mains avec enthousiasme.

— Sans compter que ça prendrait très bien par le temps
qui court, ajouta Valnoir.

— Voyons, Alcindor, demanda le bossu en changeant
de ton tout à coup, serais-tu en état de parler dans un
club ?

— En six langues et sur n'importe quoi, répondit sans
hésiter le philosophe de l'avenir.

— Bon ! maintenant, es-tu capable d'écrire un article
qui se tienne sur ses pieds ?

— Dix par jour, si vous voulez. Avant de débuter avec
le patron, j'ai rédigé à moi tout seul l'*Amalgame*, organe
fusionien, qui avait déjà huit numéros quand il fut supprimé.

— Jeune homme, ton avenir est dans tes mains. Veux-
tu fusionner avec la rédaction du *Serpenteau* ?

— Oui, si elle veut soutenir mes principes, répondit
Alcindor avec la fermeté d'un apôtre.

— Es-tu fou ? dit tout bas Valnoir en poussant le coude
du bossu.

— Laisse-moi aller, je sais ce que je fais, répondit Taupier.

Madame de Charmière suivait ce dialogue avec attention, tout en égrenant une superbe grappe de raisin de Fontainebleau ; car on était arrivé au dessert.

Quant à Pilevert, il n'avait pas compris grand'chose à la conversation humanitaire, et il s'entretenait avec un grand cru des côtes du Rhône, quand la proposition du bossu lui fit dresser l'oreille.

— Minute ! cria-t-il, je ne veux pas qu'on débauche mon pitre.

— Illustre rempart d'Avallon, tu n'en auras plus besoin, reprit Taupier ; *le Serpenteau* t'engage aussi. Tu dois être fort à toutes les armes ?

— Un peu, mon neveu. Pointe et contre-pointe. J'ai mes brevets.

— Très bien ! Tu seras là pour répondre aux réclamations. Dix francs par jour et du tabac à discrétion.

— Taupier, mon ami, ta charge est trop longue, murmura Valnoir.

— Ce n'est pas une charge, reprit à haute voix le bossu et je vais m'expliquer tout à l'heure. Mais avant de vous exposer mes vues, que notre belle présidente adoptera, j'en suis sûr, je fais appel à vos lumières pour trouver le nom de notre société.

— C'est inutile, j'en ai un et je ne le changerai pas, dit Alcindor d'un ton rogue.

— Voyons le nom, demanda Rose en souriant.

— L'association *fusionienne*, prononça majestueusement le paillasse, s'appellera la *Société de la lune avec les dents*.

— Il est fou, murmura Valnoir.

— Laissez parler l'orateur, cria Taupier, qui paraissait prendre fort au sérieux les propos du paillasse.

A vrai dire il y avait bien de quoi.

Depuis qu'il avait lâché la bride à son éloquence, Alcindor semblait transfiguré.

Ses gros yeux sortaient de leur orbite, ses cheveux jaunes ondulaient sur ses maigres épaules, et ses longs bras esquissaient dans le vide des gestes oratoires.

Il s'agitait tant sur sa chaise de cuir, et sa loquacité subite contrastait si fort avec le silence mélancolique du premier service, qu'un classique aurait pu le comparer indifféremment à la Sibylle de Cumes ou à l'ânesse de Balaam.

— Citoyens, commença-t-il avec un sérieux imperturbable, le nom que je veux donner à la société *fusionienne* vous fait sourire.

Je reconnais bien là l'influence désastreuse de la presse contemporaine. Vous êtes des journalistes de la décadence, et vous blasphémez ce que vous ne comprenez pas.

Ah ! si vous compreniez !...

— Mais nous ne comprenons pas, dit Valnoir entre ses dents. J'ai déjà entendu ça aux Variétés dans *les Saltimbanques.*

— Eh bien ! vous allez comprendre, reprit Alcindor en se levant pour pérorer plus à l'aise.

— Prendre *la lune avec les dents*, c'est la formule usitée dans notre société vieillie pour exprimer l'impossible.

L'impossible ! je veux rayer de la langue de l'avenir cet adjectif rétrograde.

Oui ! par la force de l'association, citoyens, le prolétariat émancipé prendra *avec les dents la lune* du bonheur universel...

A cette image plus hardie que littéraire, Valnoir ne put s'empêcher d'éclater de rire, et Rose eut toutes les peines du monde à ne pas en faire autant.

Pilevert, réduit au silence par une dernière bouteille de vin de Tavel, n'avait plus la force de défendre à son pitre de gaspiller les boniments.

Le bossu était le seul qui s'enthousiasmât aux divagations d'Alcindor.

— Tu es grand comme le monde ! cria-t-il en faisant mine d'embrasser l'orateur.

La Société de la « Lune avec les dents » est fondée, et le « Serpenteau » devient son organe officiel.

— Joli moyen d'augmenter le tirage ! ricana Valnoir en haussant les épaules.

— Toi ! veux-tu m'écouter et me répondre ? lui dit Taupier avec le ton ferme d'un homme sûr de son fait.

Crois-tu à la puissance des mots dans ce pays-ci ?

— Parbleu ! je suis payé pour ça. Si j'écrivais comme tout le monde, mon journal n'aurait pas trois cents acheteurs.

— Crois-tu que le mystère attire les imbéciles ? Crois-tu qu'avec des mots de passe et des serments sur des poignards on puisse recruter une armée de nigauds capables de renverser n'importe quel gouvernement ?

— Connu. C'est l'histoire du carbonarisme que tu me contes-là.

— Bon ! nous y sommes. Tu vas fonder avec nous la « Lune avec les dents. »

— Pourquoi faire ?

— Pour que tu sois président de la République dans six mois, naïf publiciste.

— Pardon, mais je ne veux ni président, ni République, interrompit le paillasse.

— Laisse-moi développer à mon tour, illustre novateur.

Notre ami Valnoir a du talent et des lecteurs, mais il manque d'utopie pour entraîner les masses. Alcindor, lui, tient l'utopie, mais il n'en a pas le placement.

Donc, ils vont se compléter l'un par l'autre. Le *Serpenteau* propage doucement le *fusionisme* qui, de son côté, recrute une armée pour le vote et au besoin pour les barricades, et nous gouvernons Paris, en attendant que nous gouvernions l'univers.

— Pourquoi pas ? dit madame de Charmière qui n'avait pas perdu un mot des raisonnements du bossu.

5

Cette interrogation perfide fut accompagnée d'un regard savamment calculé pour éveiller chez Valnoir toutes les ambitions et toutes les convoitises.

Depuis qu'on s'était mis à table, Rose, tout en surveillant les progrès de l'ivresse de son frère, avait eu le temps d'écouter et de réfléchir.

Elle commençait à entrevoir à travers les exagérations de Taupier un plan dont l'exécution pouvait lui permettre d'utiliser largement ses relations avec un journaliste.

Des perspectives infinies s'ouvraient à la voix séduisante du bossu, et cette liaison que la dame avait acceptée d'abord sous bénéfice d'inventaire prenait des proportions inattendues.

Très experte en affaires d'intérêt, madame de Charmière manquait de ce jugement droit qui fait apprécier sainement les situations.

Pour elle, en politique aussi bien qu'en amour, tout était possible; elle pensait donc sérieusement à fonder sa fortune sur la grandeur future de son amant.

La combinaison bizarre de Taupier lui offrait d'ailleurs l'avantage de rassembler des hommes qu'elle voulait surveiller de près et qu'elle comptait bien mettre tous au service de ses intérêts.

— Pourquoi pas ? reprit-elle en s'adressant à Valnoir; pourquoi ne seriez-vous pas tout ce que dit votre ami ? S'élever en servant la cause de l'humanité, c'est une ambition qu'on peut avouer, et cette ambition-là, je l'ai pour vous, mon cher Charles.

— Mais c'est absurde, dit le rédacteur en chef du *Serpenteau*. Comment voulez-vous que je soutienne dans mon journal des théories auxquelles personne ne comprend rien, ni moi non plus ?

— Ne t'inquiète pas de ça, je m'en charge, reprit le bossu. Alcindor t'écrira des tartines superbes, et moi je te ferai un feuilleton humanitaire dont tu me diras des nouvelles.

— Si c'est avec cette littérature-là que tu comptes nous faire monter !...

— Peut-être, cher ami, peut-être, dit Taupier d'un air vexé. Dans tous les cas, tu ne nous empêcheras pas d'organiser notre société secrète.

Le plan est tout fait. L'association se subdivise en sections qui s'appelleront des quartiers ; le comité directeur, dont tu feras partie, si tu veux, s'appellera la pleine lune, et, quant au mot de passe, ce sera éclipse ou croissant.

Il y aura des insignes et un serment.

— C'est admirable ! cria le paillasse transporté.

— Très bien ! et de l'argent ? dit froidement Valnoir.

— Deux sous par semaine et par tête d'amant de la lune, car les sociétaires s'appelleront les amants de la lune, et je sais où les recruter.

Nous aurons des millions avant trois mois.

— Et moi, j'ai un caissier à vous proposer, ajouta madame de Charmière.

— Qui ça, s'il vous plaît ? demanda le bossu, qui se serait volontiers réservé l'emploi.

— Frapillon, mon homme d'affaires, dit Rose sans hésiter. Il est discret comme une tombe, il aime le peuple et il est honnête.

— Et habile par-dessus le marché, murmura Valnoir ébranlé. C'est lui qui a les fonds du journal, et s'il jugeait l'association possible, je crois que je n'aurais plus d'objections.

— J'en ai une, moi, grommela Pilevert que les convives croyaient absorbé par sa lutte avec les vins du Rhône.

— Tu écoutes donc, vénérable hercule ? dit Taupier en s'accoudant pour admirer ce buveur, capable de suivre une conversation après la septième bouteille.

— Oui, j'écoute, mais je ne comprends pas.

— Inutile, mon brave, complètement inutile !

— Je vous dis que je veux savoir ce que vous mani-

gancez, reprit le frère de Rose en martelant la table de
son poing forminable.

La lune, le *Serpenteau*, tout ça m'est égal ; mais on a
parlé de Frapillon, et j'en ai besoin de Frapillon ; j'ai un
renseignement à lui demander.

— Le misérable est ivre et il va tout dire, pensa Rose
avec effroi.

Messieurs, reprit-elle tout haut, le café est servi dans
le salon, et j'ai d'excellents cigares à vous offrir.

— Je vous dis que je veux voir Frapillon, continua Pilevert avec l'obstination particulière aux ivrognes.

— Tu le verras, rempart d'Avallon, tu le verras au
journal où tu vas être employé pour la pointe et la contre-
pointe ; une, deusse ! là, mon brave, cria le bossu en dé-
sinant des dégagements avec son bras aussi long qu'un
fleuret.

— Ah ! oui, murmura l'hercule en cherchant à rappeler
ses souvenirs ; un emploi... dix francs par jour et... le
tabac, mais je n'en veux pas, j'ai mieux que ça ; et puis je
ne peux pas quitter Régine.

— Qu'est-ce que Régine, vaillant guerrier ? demanda
Taupier en ricanant ; la dame de tes pensées, je suppose ?

A ce nom, qu'elle entendait prononcer pour la première fois, madame de Charmière était devenue attentive.

— Régine, c'est mon élève, reprit Pilevert, et le premier
qui en dirait du mal...

— Je n'en ai nulle envie, alcide de mon cœur, mais serait-ce par hasard cette sauvage beauté que nous avons
entrevue dans la forêt de Saint-Germain ?

— Pourquoi ça, tortillard ?

— Parce que nous la caserions dans les ambulances ;
elle a une vocation décidée pour le métier d'infirmière. Je
la vois encore à genoux auprès de...

— On étouffe ici, dit Valnoir en se levant brusquement ;
allons prendre l'air au salon.

— L'air, et le café, surtout, sans oublier les alcools,
ajouta Taupier.

Madame de Charmière, ravie de lever la séance, s'était empressée de montrer le chemin à ses invités.

Alcindor la suivit en tâchant de garder une attitude digne, et Pilevert, encore très ferme sur ses jambes, ferma la marche.

Le café avait été préparé par les soins intelligents de l'universelle Fanfine, et le bossu, qui appréciait fort cet épilogue obligé d'un bon dîner, s'installa près de la table couverte de flacons séduisants.

Alcindor et son maître, que Rose tenait à ne pas perdre de vue, furent retenus dans les mêmes parages par l'offre gracieuse d'une tasse de moka brûlant.

Valnoir seul, pour chasser le triste souvenir grossièrement évoqué par le bossu, alla s'accouder sur le balcon.

La nuit était venue depuis longtemps et le ciel était brillant d'étoiles.

L'amant de madame de Charmière avait allumé un cigare et regardait vaguement sur la place quand un spectacle singulier attira son attention.

Sous les arbres, les promeneurs étaient devenus rares.

A peine quelques acheteurs retardataires marchandaient-ils encore les derniers bouquets cueillis dans ces charmants villages de la banlieue que la guerre allait bientôt détruire.

Mais dans le coin de la place que bordait d'un côté la maison de madame de Charmière, un groupe nombreux s'était formé et le bruit confus de cette réunion tumultueuse montait jusqu'au balcon.

Valnoir ne pouvait pas deviner le sens des exclamations et bien moins encore la cause de l'attroupement, mais il distinguait très bien une femme placée au centre de ce cercle bruyant.

Il lui sembla même que cette femme cherchait à percer les rangs pressés de la foule et qu'on s'opposait à sa fuite.

Dans la disposition d'esprit où se trouvait l'amant de Rose, les épisodes de la rue ne pouvaient guère l'intéresser, mais il cherchait à chasser les idées noires et, pour se distraire, il se mit à suivre les mouvements de cette masse animée qui s'agitait à ses pieds.

La femme qui causait tout ce tumulte avait fini par s'asseoir sur un banc.

Valnoir crut remarquer qu'elle cachait son visage dans ses mains et il en conclut qu'elle pleurait.

La polémique ardente du journal et les orages quotidiens de ses amours n'avaient pas tellement blasé le rédacteur en chef du *Serpenteau* qu'il eût cessé d'être accessible à un sentiment de pitié.

Il éprouvait d'ailleurs ce besoin de mouvement qui succède presque toujours aux émotions violentes, car, depuis trois jours, les événements avaient étrangement surexcité les nerfs.

La soirée qui s'achevait n'était pas faite pour les calmer, et quoiqu'il eût médiocrement fêté la cave de madame de Charmière, Valnoir étouffait dans la lourde atmosphère de l'appartement.

D'ailleurs, la compagnie des deux saltimbanques commençait à lui devenir odieuse et les plaisanteries de Taupier l'agaçaient.

Il lui vint à l'esprit d'aller voir de plus près ce qui se passait sous la fenêtre, et de profiter de ce changement d'air pour remettre un peu de calme dans ses idées.

— Vos cigares sont exécrables, ma chère, dit-il en rentrant dans le salon ; toutes ces prétendues marques de la Havane ne valent pas le diable, et je vais acheter tout simplement des londrès au bureau qui est en bas.

En tout autre moment, Rose, qui ne laissait passer sans y réfléchir ni un mot ni un détail, se serait demandé quel caprice poussait Valnoir à sortir.

Mais elle avait fort à faire de surveiller son frère, qui, sous l'influence d'un kirsch venu directement de la Forêt-Noire, tenait à Taupier des propos inquiétants.

Elle sentait même la nécessité d'abréger la séance.

— Faites, mon ami, dit-elle, sans se déranger, et si

vous voyez sur le boulevard une calèche à quatre places,
retenez-là ; nous irons respirer un peu aux Champs-
Elysées.

— Je ne demande pas mieux, car j'ai un mal de tête
fou, dit Valnoir en prenant son chapeau.

Pendant qu'il traversait l'antichambre, il entendit la
voix criarde du bossu qui disait à Pilevert :

— C'est convenu, mon vieil alcide, je ferai entrer ton
élève à l'ambulance de mon illustre ami, le grand docteur Molinchard.

Ce propos de l'incorrigible Taupier lui remit en mémoire la jeune fille dont l'hercule avait prononcé le nom
à la fin du dîner.

Il l'avait à peine entrevue dans la forêt de Saint-Germain, et cependant cette apparition s'était gravée dans
son esprit, comme se gravent toujours les objets qui ont
servi de cadre ou d'accessoires à une scène terrible.

D'autres figures se mêlaient à ce souvenir et Valnoir,
tout en descendant l'escalier, pensait à l'étrange concours de circonstances qui avait amené chez madame de
Charmière ceux que le hasard avait déjà conduits sur le
terrain de ce duel funeste.

Depuis sa rentrée à Paris, il était fort peu sorti de chez
lui, et ne s'était pas senti d'humeur à aller voir Podensac
pour se renseigner sur les événements qui avaient suivi
le combat.

Les journaux, envahis par le récit des événements militaires, s'étaient à peine occupés de cette rencontre, qui,
en d'autres temps, aurait été une nouvelle à sensation.

Ils s'étaient bornés à raconter le retour de la carriole qui
ramenait M. de Saint-Senier et ses témoins, et qui avait
eu beaucoup de peine à échapper aux Prussiens.

Un parti de ulhans l'avait poursuivie presque jusqu'aux
avant-postes,

C'était tout ce que Valnoir savait, et il n'avait eu ni le
temps ni le courage d'interroger Pilevert sur la fin de ce
triste voyage.

Le souvenir de mademoiselle de Saint-Senier montant les marches de la Madeleine en habits de deuil venait encore d'assombrir ses idées, et quand il arriva sur la place, il avait à peu près oublié le motif qui l'avait décidé à y descendre.

Du reste, il s'aperçut qu'il s'était dérangé inutilement, car le cercle s'était rompu et la foule achevait de se disperser.

— C'est une folle, disaient les curieux en s'éloignant pour obéir aux exhortations de deux gardiens de la paix que le rassemblement avait attirés.

Valnoir questionna un de ces agents qui venaient de remplacer les sergents de ville, et apprit que les badauds s'étaient attroupés sottement devant une femme bizarrement vêtue, mais très inoffensive.

— Je l'ai débarrassée de tous ces flâneurs, et elle vient de filer du côté de la Madeleine, dit le placide représentant de l'autorité; mais elle aura de la chance si elle ne se fait pas ramasser avec un costume pareil.

Ainsi renseigné, Valnoir, que ces détails intéressaient peu, se dirigea machinalement du côté du marché aux fleurs, où il pensait trouver un peu de fraîcheur sous les arbres.

III

La soirée était magnifique et, à la pâle clarté des étoiles, la longue colonnade de la Madeleine prenait des proportions grandioses.

Le silence s'était fait autour du monument, et les chaises de l'esplanade étaient vides.

Valnoir remonta lentement jusqu'au bout du marché sans rencontrer personne, car les vendeuses de bouquets venaient de plier bagage.

Il allait tourner l'angle de l'église pour faire le tour de la place, quand il se trouva face à face avec une femme qui venait du côté opposé.

Il faillit la heurter, et, en se reculant, il leva la tête et ne put retenir une exclamation de surprise.

A la lueur d'un bec de gaz, il avait cru reconnaître la jeune fille de la forêt de Saint-Germain.

La vision, cette fois, fut plus courte encore que dans la clairière, car l'étrange créature fit volte-face et revint rapidement sur ses pas.

Mais elle n'avait pas pu se retourner si vite que Valnoir n'eût eu le temps de remarquer un détail de son costume.

La mante de couleur sombre qui l'enveloppait laissait voir ses petits pieds chaussés de mules vertes à talons pointus.

Elle traversa en courant le large trottoir qui s'étend derrière la Madeleine.

Une voiture de place s'éloignait au même instant vers la rue Tronchet, et, par la portière, Valnoir crut apercevoir une femme qui faisait avec la main un signe d'adieu.

Tout cela s'était passé si vite qu'il se demandait encore s'il n'avait pas rêvé, quand l'inconnue se retourna avant de disparaître au coin de la grille opposée.

Cette fois il n'eut plus de doute. Son manteau s'était entr'ouvert, et il avait distingué clairement sa robe rouge et ses bras nus.

C'était bien l'étrange créature qu'il avait vue agenouillée auprès de M. de Saint-Senier.

Poussé par un instinct vague, l'amant de madame de Charmière pressa le pas.

L'occasion était bonne pour chasser les idées qui l'obsédaient et pour savoir à quoi s'en tenir sur celle que Pilevert appelait son élève.

Du reste, la promenade projetée et la société des convives de Rose ne le tentaient guère, et il se décida sans peine à y renoncer pour suivre la jeune fille.

5.

Quand il arriva à l'angle de la place, il vit qu'elle avait déjà gagné du terrain et qu'elle marchait vers la rue Royale.

Il prit le même chemin, en ayant soin de garder sa distance pour ne pas attirer l'attention de l'inconnue.

Elle semblait du reste avoir oublié la rencontre de Valnoir, car elle ne se retournait plus, et elle avançait vers la place de la Concorde d'un pas ferme et rapide.

Il était évident qu'elle avait un but, et il n'était pas probable que ce but fût bien éloigné.

Valnoir avait donc toutes raisons de croire qu'il allait bientôt savoir où courait à pareille heure une femme en souliers de bal et la tête nue.

— C'est bien certainement autour d'elle qu'on s'attroupait sous la fenêtre de Rose, pensait-il ; mais que diable venait-elle faire là ?

Plus il cherchait une réponse raisonnable à cette question, moins il la trouvait.

Il eut un instant l'idée qu'elle était véritablement folle, et il fut sur le point de renoncer à sa poursuite. Mais il se souvint de l'autre inconnue qui avait fait des signes par la portière d'un fiacre, et il revint à la pensée d'éclaircir cette complication de mystères.

Il y avait bien un moyen de savoir à quoi s'en tenir, c'était d'aborder la belle de nuit et de lui demander une explication ; seulement Valnoir ne se souciait pas trop de se montrer avant d'être un peu mieux fixé sur le motif de cette bizarre promenade.

La jeune fille venait de prendre une direction inattendue.

Au lieu de passer le pont ou de remonter l'avenue des Champs-Élysées, où brillaient encore les lanternes de quelques voitures, elle s'engagea sous les grands arbres du Cours-la-Reine.

Valnoir, assez étonné, marcha un peu plus vite, afin de ne pas la perdre de vue.

Il arrivait au tournant de l'allée, et l'inconnue n'avait plus sur lui qu'une vingtaine de pas d'avance, quand un homme caché dans un massif de verdure sauta brusquement sur la route.

Le dernier candélabre de la place éclairait assez pour que Valnoir pût voir briller une arme, et le coquin qui la tenait se jeter sur la jeune fille.

L'influence de madame de Charmière avait fortement gâté l'esprit et le cœur de Valnoir, mais elle n'en avait pas fait un lâche.

S'il avait eu le temps de réfléchir, peut-être aurait-il hésité à s'exposer pour une inconnue d'allures suspectes ; mais le premier mouvement l'emporta, et il ne vit qu'une jeune fille charmante attaquée par un bandit.

— Attends, gredin ? cria-t-il en courant droit à l'homme.

En quelques secondes il fut sur lui et il le saisit à la gorge.

— Lâchez-moi, mille tonnerres ! cria le misérable en laissant tomber le fusil qu'il tenait à la main.

Avec beaucoup de présence d'esprit, Valnoir ramassa l'arme et mit l'homme en joue en lui criant :

— Au large ! ou je te casse la tête.

— Mais c'est moi qui devrais te dire de passer au large, répondit une voix avinée.

L'inconnue avait profité de la surprise du coquin pour se dégager, et s'appuyait toute tremblante contre un arbre.

Valnoir s'approcha en croisant la baïonnette, et vit alors à qui il avait eu affaire.

L'assaillant n'était autre qu'un garde national ivre à ne pas se tenir sur ses jambes.

— Pourquoi attaquez-vous cette femme ? lui demanda Valnoir assez satisfait au fond de ne pas se trouver en face d'un ennemi plus redoutable.

— J'l'attaquais pas, j'l'arrêtais.

— Et de quel droit l'arrêtiez-vous ?

— Eh ben ! quoi ! puisque je suis de service, c'est pour arrêter le monde. A quoi que ça servirait donc d'avoir fait une révolution, si un brave de la 7ᵉ du 322 ne pouvait pas mener une femme au poste ?

Tout en proclamant cette étrange théorie, l'ivrogne avait saisi le bout du fusil et cherchait à l'arracher des mains de Valnoir, qui crut le moment venu d'en finir.

D'un coup de poing vigoureusement appliqué, il envoya le défenseur de l'ordre rouler dans le fossé, et courut à la jeune fille.

Elle n'était pas encore tout à fait revenue de sa frayeur, mais elle trouva la force de tendre la main à son libérateur, qui la conduisit jusqu'au quai, où il la fit asseoir sur un banc pendant que l'ivrogne essayait en jurant de se relever.

Sans s'occuper davantage de ce gredin, Valnoir posa son fusil à côté de lui et tira de sa poche un flacon de sels qu'il voulut faire respirer à l'inconnue.

Il avait écarté doucement ses cheveux qui retombaient en boucles sur son front, et il admirait l'étrange beauté de ce visage pâle, à peine entrevu le jour du duel, quand la jeune fille, qui le regardait avec une attention profonde, se leva brusquement.

— Qu'avez-vous, mademoiselle ? lui demanda Valnoir étonné.

Il voulut lui prendre encore la main, mais elle le repoussa d'un geste qui exprimait l'horreur et le dégoût.

L'amant de madame de Charmière n'était pas habitué à inspirer une répulsion aussi énergiquement caractérisée, et après le premier moment de surprise, il éprouva une irritation très vive qu'il ne put s'empêcher d'exprimer.

— Vous avez une singulière façon de remercier les gens qui vous rendent service, dit-il d'un ton sec. Savez-vous, la belle, que j'ai bien envie de vous confier à cet aimable ivrogne qui vous appelle là-bas ?

La jeune fille ne répondit pas, mais elle leva fièrement la tête et le regarda fixement comme pour lui dire :

— Faites-le donc, si vous l'osez !

Les arbres du Cours n'étendaient pas leur ombre

jusque sur le quai, et la nuit était assez claire pour que ce jeu de physionomie fût visible.

L'inconnue était si belle ainsi, que Valnoir eut un remords et voulut se faire pardonner sa grossièreté.

— J'ai tort, mademoiselle, dit-il d'une voix douce, et je conçois que j'ai pu vous blesser, mais pourquoi me traitez-vous ainsi?

L'éclair des grands yeux noirs s'éteignit, mais ce fut tout.

— Je ne suis pas tout à fait un étranger pour vous, reprit Valnoir en se rapprochant un peu. Je vous ai vue une fois déjà dans une circonstance douloureuse et je sais votre nom.

Vous vous appelez Régine.

La jeune fille fit un pas sur la route.

— Pourquoi refusez-vous de me répondre? demanda l'amant de Rose, qui ne comprenait plus rien à ce silence obstiné.

Régine s'éloignait toujours.

— Je crois en vérité qu'elle est muette, dit à demi-voix Valnoir en se rapprochant.

La jeune fille s'arrêta court et fit un geste qui signifiait : — Partez!

— Voilà qui devient curieux! murmura Valnoir stupéfait.

Comment se fait-il que ce saltimbanque n'ait rien dit de cela?

Le saltimbanque l'avait dit, mais il l'avait dit à Podensac, et ni le rédacteur en chef du *Serpenteau*, ni son acolyte Taupier, n'avaient écouté ses confidences.

— Bah! elle n'est peut-être pas sourde, et nous allons bien voir.

Après avoir fait tout bas cette réflexion, Valnoir reprit, en touchant le bras de Régine, qui tressaillit au contact :

— Mademoiselle, je ne sais pas si vous m'entendez, mais je vous préviens que, malgré le désir que vous exprimez très clairement de vous débarrasser de moi, je suis parfaitement décidé à vous reconduire chez vous, ou ailleurs, à votre choix.

Je n'ai nullement l'intention de vous offenser, mais je ne puis pas vous laisser errer seule à pareille heure sur des quais déserts.

Je vous accompagnerai donc jusqu'à ce que vous soyez à l'abri des mauvaises rencontres.

Régine s'était arrêtée et le regardait comme si elle eut suivi le mouvement de ses lèvres.

— Je vous ferai remarquer, d'ailleurs, continua Valnoir, qui crut l'avoir persuadée, que si vous voulez cacher le but de votre promenade nocturne, vous vous y prenez fort mal.

Où que vous alliez dans ce costume, et surtout par le temps où nous vivons, vous serez certainement arrêtée, comme vous avez déjà failli l'être deux fois.

Ne niez pas! je vous suis depuis la place de la Madeleine et je vous ai vue sur le banc où les gardiens de la paix sont venus vous protéger.

Or, quand vous serez tombée entre les mains d'une patrouille ou d'un agent de police, votre secret sera, ce me semble, très compromis.

La jeune fille fit de la main un signe que son protecteur volontaire prit pour un consentement, et se mit à suivre rapidement le quai dans le sens du cours de la Seine.

— C'est trop fort! s'écria Valnoir en marchant obstinément à côté d'elle; c'est trop fort! et l'histoire est trop curieuse pour que je ne tienne pas à en avoir le cœur net.

Plus il avançait dans cette aventure, assurément fort inattendue, plus il se perdait en conjectures, et plus il avait envie d'aller jusqu'au bout.

Avant de se lancer dans la politique, il avait écrit des romans, et il lui était resté de son ancien métier un fonds d'imagination qu'il ne trouvait guère l'occasion de dépenser dans sa liaison avec madame de Charmière.

Rose, qui excellait dans la conduite des affaires de cœur, manquait absolument d'imprévu, et chez elle les querelles et les tendresses alternaient avec une régularité désespérante.

Valnoir, faible comme tous les amoureux, s'accommodait de ces relations aussi réglées qu'un bordereau d'agent de change, mais le naturel revenait au galop depuis que l'ex-romancier se retrouvait en présence du charme de l'inconnu.

Ce n'était que de la curiosité, et son ardeur pour madame de Charmière n'y avait rien perdu; seulement c'était de la curiosité surexcitée jusqu'à la passion.

Tout en marchant, il observait Régine, qu'il avait peine à suivre, tant elle se hâtait, et il s'exaspérait de ne rien lire sur son visage.

La jeune fille ne se retournait plus. Elle avançait en ligne droite, et ses yeux fixes semblaient regarder un but invisible pour son persécuteur.

Le quai de Billy fut parcouru d'un pas qui s'accélérait toujours et le Trocadéro était déjà dépassé quand Valnoir fit une dernière tentative.

— Régine! ma chère enfant! arrêtez-vous, je vous en supplie! dit Valnoir d'une voix émue; la route est déserte et vous mène au mur d'enceinte; les portes sont fermées depuis le siège. Évidemment, vous suivez ce chemin pour me lasser, et vous n'y parviendrez pas.

Revenez avec moi, et je vous donne ma parole d'honneur de vous remettre entre les mains de votre tuteur, de ce Pilevert qui vous a élevée.

Régine ne parut pas entendre. Ses traits immobiles n'exprimaient rien qu'une sorte d'exaltation intérieure.

On aurait dit une somnambule qui marche sans voir la terre où elle pose ses pieds.

Passy fut dépassé, puis le quartier d'Auteuil qui touche au pont de Grenelle.

Les rares passants qu'on avait rencontrés ne s'étaient

pas occupés de ce couple, dont l'allure éveillait l'idée
d'un jeune ménage pressé de regagner son domicile.

La colère commençait à prendre Valnoir ; une colère
froide faite de lassitude et surtout d'orgueil froissé.

Encore quelques minutes et ils allaient arriver à la
porte du Point-du-Jour.

L'amant de Rose ne se souciait nullement d'être forcé
d'expliquer sa singulière équipée aux gardes nationaux
de service aux remparts.

— Décidément, dit-il en serrant les dents, il paraît que
vous ne voulez pas m'écouter.

Eh bien! puisque vous tenez à vous faire arrêter, c'est
moi qui vais m'en charger.

Et il saisit brusquement le bras de Régine.

La jeune fille se dégagea d'un bond et se jeta en courant de toutes ses forces, dans une ruelle qui s'ouvrait à
gauche de la route.

Valnoir la poursuivit ; mais il était fatigué, et la fugitive arriva sur le quai avant qu'il réussît à l'atteindre.

Le viaduc du chemin de fer de ceinture dressait devant
eux ses arches colossales, et la rive était encombrée par
des embarcations de toute forme et de toute grandeur.

— Sacrebleu! elle va se jeter à l'eau, cria Valnoir en
voyant qu'elle se lançait sur ce plancher flottant.

Il la suivit en sautant de barque en barque, et il arriva
en même temps qu'elle dans un canot plus avancé dans la
Seine que les autres.

Au moment où il la saisissait par son manteau, Régine
s'échappa de ses mains et se précipita dans le fleuve.

Valnoir était tellement surexcité, qu'il fut sur le point
de se jeter à l'eau après la fugitive.

Les actions violentes ont le pouvoir de réagir sur le
moral, et telle résolution extrême dont on serait incapable quand on se promène tranquillement vous vient
naturellement après une course effrénée.

Un soldat, sous le feu, enlève en trois enjambées une

barricade qu'il mettrait cinq minutes à franchir de sang-froid.

De même le rédacteur en chef du *Serpenteau*, qui deux heures plus tôt, n'aurait peut-être pas jeté son cigare pour sauver la vie à Régine, faillit sauter dans la Seine, uniquement parce qu'il s'était échauffé de corps et d'esprit en poursuivant la jeune fille.

La réflexion, il est vrai, le calma promptement, et il s'arrêta à temps ; mais enfin il avait hésité au moins une minute.

La chute de Régine avait fait très peu de bruit, et d'ailleurs le quai paraissait désert, de sorte qu'il ne fallait pas compter sur un secours étranger.

Du reste, Valnoir, déjà refroidi, se souciait médiocrement d'appeler à son aide.

Il lui aurait fallu expliquer ce qu'il faisait là et raconter tout au long cette aventure aussi ridicule que tragique.

Pendant qu'il faisait rapidement toutes ces réflexions il crut voir le corps de la jeune fille reparaître sur l'eau à quelques mètres du canot.

Un remords le prit, et il pensa alors à ramer vers la noyée.

Il se baissait pour détacher l'embarcation, quand il s'aperçut que c'était chose faite.

L'élan de deux personnes lancées à toute vitesse et tombant à la fois dans cette coquille de noix avait rompu la corde qui l'amarrait, et le canot s'en allait à la dérive.

— Bon ! pensa Valnoir revenu tout à coup à son premier mouvement, j'arriverai plus vite.

Un coup d'œil rapide lui avait montré un point noir flottant à la surface.

Il était encore temps.

Le journaliste, avant de devenir un homme politique, avait assez fréquenté les parages de Bougival pour acquérir des notions suffisantes sur l'art du canotage.

— J'aurai bien du malheur si je ne la repêche pas,

murmura-t-il en cherchant les avirons qui manquaient au bordage.

Mais il eut beau explorer le fond du bateau, il n'y trouva rien qui ressemblât à une rame.

Il se releva vivement et tâcha de saisir une des barques voisines.

Elles étaient déjà trop loin, et il lui fallut renoncer à l'espoir de s'y accrocher.

Le courant n'était pas très fort auprès du bord mais les mouvements brusques de Valnoir avaient déjà poussé l'embarcation fort au large, et dans le milieu de son lit, la rivière roulait assez d'eau pour l'entraîner rapidement.

Le viaduc se dressait devant l'amant de Rose, qui commençait à s'inquiéter des suites de son équipée.

Il n'y avait aucun moyen de diriger le canot, que le cours du fleuve conduisait vers l'arche centrale.

Mais il lui restait l'espoir de saisir en passant un des anneaux de fer rivés dans les piles, et il se tint prêt à utiliser cette ancre de salut.

L'ombre du pont s'étendait au loin sur la Seine, et le corps de Régine avait disparu.

Valnoir pensa que la pauvre fille était noyée et il ne s'occupa plus que de lui-même.

Plus le viaduc se rapprochait, plus le courant augmentait de force, et le bateau fut emporté très rapidement sous la voûte.

Valnoir se tenait d'une main au bordage et de l'autre tâchait d'accrocher un point d'appui.

En s'allongeant beaucoup au risque de faire chavirer le canot, il atteignit les pierres de la maçonnerie, mais ses doigts glissèrent sur leur surface polie, et les anneaux, placés trop haut ou trop bas, lui échappèrent.

En quelques secondes, l'arche fut franchie, et Valnoir fatigué de ses efforts inutiles, allait se laisser retomber au fond de la barque, lorsqu'il aperçut une masse noire qui barrait la rivière un peu plus bas.

L'espoir lui revint en se rappelant qu'on avait planté là tout récemment des pilotis pour s'opposer aux tentatives nautiques des Prussiens, et que cet obstacle devait forcément arrêter le canot.

Mais il avait compté sans les nécessités de la défense. Pour faciliter les manœuvres des canonnières et des batteries flottantes, on avait laissé un passage libre au milieu du barrage, et, par malheur, la barque était entraînée tout droit vers cette ouverture.

Si le navigateur forcé avait eu en sa possession un instrument quelconque, ne fût-ce qu'un simple bâton, il aurait encore eu quelque chance de se retenir à un des pieux de l'estacade ; mais le canot ne contenait absolument rien que deux banquettes solidement clouées.

On en avait enlevé jusqu'au gouvernail, dont Valnoir à défaut de rames, aurait pu se servir pour modifier la direction.

Au moment où, bien malgré lui, il passait juste au milieu de la porte d'eau, il eut un moment de vive émotion en voyant flotter à sa portée un objet dont il ne pouvait distinguer la forme.

Croyant mettre la main sur un point d'appui, il se pencha et saisit le manteau de Régine qui était resté sur l'eau.

Valnoir reconnut sur-le-champ ce vêtement et le jeta au fond de la barque, en pensant que c'en était fait de la jeune fille. Il ne se demanda pas ce qu'était devenu le corps, car le moment eût été mal choisi pour se livrer à de longues réflexions.

La situation devenait très grave.

Tant qu'il avait navigué en deçà de l'enceinte, l'amant de madame de Charmière ne courait pas de grands risques.

Le pis qui pouvait lui arriver, c'était d'être forcé d'appeler au secours et d'expliquer les motifs de sa promenade sur la Seine à des soldats ou des gardes nationaux.

Maintenant, il venait de dépasser la ligne des fortifications, et le courant l'entraînait lentement, mais sûrement vers des dangers beaucoup plus sérieux.

Valnoir, fort au courant des nouvelles militaires, en sa qualité de journaliste, savait parfaitement que les Prussiens occupaient déjà la rive gauche de la Seine, et le fleuve faisait assez de détours pour que la barque, livrée à elle-même, eut grande chance d'aller aborder en pays ennemi.

C'était le renversement de tous les projets d'avenir politique du rédacteur en chef, et, ce qui le désolait encore davantage, c'était de perdre Rose.

L'amoureux ne s'aveuglait pas assez sur sa maîtresse pour croire que sa fidélité fût à l'épreuve de l'absence, et il n'espérait pas retrouver son cœur libre après la guerre.

D'ailleurs, on racontait que les prisonniers étaient expédiés au fond de l'Allemagne, et la perspective de passer l'hiver dans quelque bourg perdu de la Poméranie était désolante pour un homme dont la vie, les amours et l'ambition tenaient si étroitement au boulevard des Italiens.

Valnoir envisageait tristement cette chance ; il pensait aussi que les tirailleurs français et prussiens garnissaient les bords de Seine, et qu'il allait bientôt se trouver entre deux feux.

Il s'étonnait même d'avoir pu franchir sans accident l'espace qui s'étendait entre le viaduc et les fortifications.

Le bruit sec d'un coup de fusil interrompit ses réflexions, et une balle vint frapper l'eau à quelques mètres de la barque.

On avait tiré sur lui du bastion du Point-du-Jour qu'il venait de dépasser.

Il était brave, dans le sens qu'on donne assez légèrement à ce mot, c'est-à-dire qu'il ne refusait pas de se battre avec les gens qu'il insultait, et qu'il se tenait convenablement sur le terrain ; mais il n'était pas assez maître de ses nerfs pour ne pas saluer les balles quand personne ne le regardait.

L'idée qui lui vint ensuite fut d'appeler et de se faire reconnaître comme Français, mais il n'était pas bien sûr d'être compris, et ses cris pouvaient fort bien attirer sur lui une décharge générale.

Il crut plus prudent de se laisser dériver encore un peu et de se fier à sa bonne étoile.

Pour le moment, la barque suivait le milieu de la rivière; la nuit était assez sombre, et, en se tenant coi, Valnoir avait des chances pour éviter les projectiles, jusqu'à ce qu'une heureuse direction du courant le poussât vers la rive droite.

Malheureusement le coup de feu parti du bastion avait réveillé les tirailleurs dispersés sur les berges, et la fusillade commençait à pétiller.

Le danger n'était pas immédiat, car l'engagement avait lieu un peu plus bas; mais, dans quelques minutes, la barque, qui suivait lentement le fil de l'eau, allait se trouver fort exposée.

Valnoir s'était assis à l'arrière et il regardait autour de lui avec inquiétude, quand il crut distinguer en avant et à droite un nageur qui cherchait à aborder en terre française.

Cette fois, il n'y tint plus et il cria de toutes ses forces :

— A moi ! à moi !

Mais, soit qu'il n'eût pas entendu, soit qu'il eût ses raisons pour ne pas obtempérer à l'invitation, le nageur au lieu de s'arrêter, accéléra ses mouvements, et disparut presque aussitôt dans les saules qui bordaient la rive.

Valnoir aurait bien voulu faire comme lui, mais dans ses exercices de canotier, il avait négligé la natation, et il était incapable de faire dix brassées.

Mieux valait encore tomber entre les mains des Prussiens que de se noyer, et bien lui en avait pris déjà de n'avoir pas cédé à son premier mouvement en se jetant à l'eau après Régine.

Par contre, il regretta bientôt d'avoir appelé, car trois

ou quatre coups de fusil partirent de la rive gauche, et un bruit mat l'avertit que les balles avaient frappé l'avant du canot.

Valnoir se coucha encore une fois et ne bougea plus

En ce moment, il déplorait la sotte fantaisie qui l'avait poussé à suivre Régine, et il aurait donné volontiers la pleine et entière propriété du *Serpenteau* pour que le bateau obliquât à droite.

Mais il crut au contraire s'apercevoir qu'il tendait plutôt vers le côté opposé et surtout qu'il filait moins vite.

Le courant était cependant à peu près le même, mais l'embarcation semblait alourdie.

Valnoir cherchait dans sa tête l'explication de ce phénomène, quand il sentit une fraîcheur très vive.

Il allongea la main et la retira mouillée.

Il tâta encore et il ne put retenir un cri de désespoir.

L'eau entrait par l'avant et le canot commençait à s'enfoncer.

Valnoir tâta avec ses mains et s'aperçut que l'eau pénétrait par une large ouverture.

Le bateau était construit de planches très minces, et une de ses planches avait été brisée sur l'avant, au-dessous de la ligne de flottaison.

Cet accident provenait-il d'un choc sur quelque pieu du barrage ou des balles qui avaient frappé le canot? Valnoir n'en savait rien et n'avait pas le temps d'y songer, car il lui fallait boucher immédiatement la voie d'eau sous peine de périr.

Le manteau de Régine fut le premier objet qui lui tomba sous la main, et il s'en servit en guise de tampon, mais cette opération ne fit que retarder les progrès de l'eau.

Si peu qu'elle se fît jour, comme Valnoir n'avait aucun ustensile pour vider la barque à mesure qu'elle se remplissait, le naufrage n'était plus qu'une question de temps.

Il essaya bien de rejeter l'eau avec son chapeau et même avec ses mains, mais il fut obligé de renoncer à ces moyens, assez dangereux d'ailleurs, car le canot n'avançant plus que très lentement, était de nouveau le point de mire des tireurs prussiens.

Les balles commençaient à siffler de telle sorte que Valnoir osait à peine remuer dans la crainte de se montrer au-dessus du bordage.

C'était une de ces situations où l'esprit le plus fécond en ressources n'entrevoit aucune chance de salut et le malheureux amant de madame de Charmière se crut bien perdu.

— Mourir noyé dans ce sabot, comme un rat dans une souricière, disait-il en grinçant des dents, quel sort !

Puis il pensa qu'on retrouverait son corps et qu'on le porterait à la Morgue, et cette idée lui donna froid.

Il lui passa aussi par l'esprit que les journaux où ses ennemis écrivaient ne manqueraient pas de dire que le rédacteur en chef du *Serpenteau* avait péri en allant porter des renseignements aux Prussiens.

— Taupier ne sera pas fâché de me remplacer, pensa-t-il avec amertume.

Le nom de Rose vint alors sur ses lèvres, et il se dit qu'elle aussi le remplacerait.

La colère lui rendit un peu d'énergie.

Mieux valait encore se faire prendre par les Prussiens que de couler au fond de la Seine. Il résolut donc de les appeler à son secours, au risque de recevoir encore une fois des coups de fusil pour réponse.

— Mourir pour mourir, murmura-t-il, j'aime encore mieux que ce soit d'une balle ; ce sera plus vite fait.

La barque s'enfonçait toujours, et il n'y avait plus à hésiter.

— Ils ne me comprendront peut-être pas, pensa Valnoir, mais ils croiront que je suis un espion et que je leur apporte des nouvelles.

Ils viendront et je serai sauvé.

Le danger était de se montrer et de servir de cible, en attendant que l'ennemi se fût décidé à capturer le bateau.

Le raisonnement péchait d'ailleurs en ce point que les Prussiens n'avaient peut-être pas de barque disponible pour venir amarrer leur prise, et, dans ce cas, Valnoir ne pouvait guère espérer qu'ils se mettraient à la nage pour le tirer de là.

Il était probable, au contraire, que le spectacle de la noyade d'un Français ne leur serait pas désagréable.

Mais Valnoir n'avait plus le choix des moyens.

Il avait remarqué, du reste, qu'on ne tirait pas de la rive française, qui, en cet endroit paraissait déserte.

Beaucoup plus bas, au delà de l'île qui s'allonge devant Billancourt, la fusillade continuait, mais peu nourrie.

— C'est le moment, pensa Valnoir, et il se mit à crier le plus fort qu'il put :

— Ami ! ami ! sauvez-moi !

Il avait eu la précaution de rester étendu sur les bancs du canot pour se garantir, dans le cas où il prendrait fantaisie aux Allemands de l'accueillir par une nouvelle salve.

Cette fois, les ennemis furent moins féroces.

Ils ne tirèrent pas ; seulement ils se rapprochèrent.

Valnoir les entendait très distinctement parler et rire derrière les arbres qui garnissaient la berge.

Il ne comprenait pas ce qu'ils disaient, mais son instinct l'avertissait que les soldats du Nord s'amusaient de sa détresse et qu'ils allaient le laisser périr.

L'eau était arrivée presque au niveau du bordage, et il était évident que le canot allait sombrer d'un instant à l'autre.

Le manteau de Régine, qui avait servi à boucher la voie d'eau, s'était déroulé peu à peu et flottait maintenant à la surface.

La vue de cette dépouille rappelait à Valnoir la cause

de sa triste aventure, mais en même temps elle lui inspira une idée.

Le canot, fait de bois très léger, coulait sous le double poids de celui qui le montait et de l'eau qui le remplissait; mais il suffisait de l'alléger pour le maintenir à flot.

Valnoir, incapable de traverser la rivière à la nage, se sentait de force à se soutenir avec un point d'appui, et il conçut un projet qui devenait sage à force d'être hardi.

Depuis qu'il avait appelé à l'aide, la situation s'était nettement dessinée.

Les Prussiens ne voulaient évidemment ni le tuer, ni le sauver; ils aimaient mieux se donner le plaisir de le voir mourir, et ils se préparaient à jouir de son agonie.

Pour éviter leurs balles, il fallait donc avoir l'air de se noyer.

La nuit était assez sombre et ne permettait pas de distinguer bien loin.

En simulant le mouvement d'un homme qui lutte contre l'asphyxie, Valnoir pouvait encore espérer d'échapper aux impitoyables Teutons.

Il ne perdit pas de temps pour exécuter son plan.

Il commença par rouler en corde le manteau de Régine; puis il noua un des bouts autour du bordage troué, et avec l'autre il se fit une ceinture.

Ce lien improvisé l'attachait solidement au canot et l'aurait entraîné très vite au fond de la rivière ; mais en se levant brusquement, Valnoir donna une violente secousse à la barque et la fit chavirer.

Cette manœuvre avait le double avantage de vider l'embarcation, qui se mit à flotter la quille en l'air et de faire croire aux Prussiens que tout était fini.

Le naufragé volontaire en fut quitte pour un très court plongeon.

Quand il revint à la surface, il se sentit maintenu par le manteau comme par une amarre, et, pour ne plus enfoncer, il n'eut qu'à poser la main gauche sur l'épave et à remuer doucement le bras droit et les jambes.

Le canot défoncé qui avait été sur le point de l'engloutir devenait à la fois une planche de salut et un abri protecteur, car il se trouvait placé entre lui et les Prussiens.

Ceux-ci avaient salué sa chute par un formidable éclat de rire poussé avec l'ensemble qui caractérise toutes les manœuvres allemandes.

Evidemment, ces aimables guerriers croyaient le Français bien et dûment englouti, et ils célébraient la catastrophe à leur manière.

C'était précisément ce que souhaitait Valnoir, qui s'applaudissait de sa ruse et qui commençait à reprendre un peu de confiance.

La barque renversée suivait doucement le fil de l'eau, et chaque instant qui s'écoulait l'éloignait du danger.

Il ne s'agissait plus que de se laisser conduire par le courant, et même, si mauvais nageur qu'il fût, le naufragé pouvait encore influer sur la direction par des mouvements bien combinés.

Ses yeux, comme ses espérances, étaient tournés vers la rive française qui restait silencieuse, mais qui n'était peut-être pas aussi déserte qu'elle en avait l'air.

Plus d'une fois déjà, il avait cru voir s'agiter les touffes de roseaux au bord de l'eau. D'ailleurs, à deux ou trois cents mètres en aval, la Seine faisait un coude, et, sur ce point, une lumière brillait par intervalles au milieu des arbres.

— Ce sont nos avant-postes, pensait Valnoir; si je pouvais aborder là, je serais sauvé.

Et il tâchait d'attirer doucement le canot du côté où était le salut.

Mais il s'aperçut alors que ses jambes s'engourdissaient, et il comprit qu'il allait avoir à lutter contre un nouvel et plus dangereux ennemi, — le froid.

On était au commencement de l'automne, et la température de la rivière était supportable; mais, en se jetant brusquement à l'eau après une longue course suivie d'émotions très vives, Valnoir avait éprouvé un saisissement dont les suites commençaient à se faire sentir.

Il voulut s'agiter, et il n'aboutit qu'à se paralyser davantage.

Alors il ne pensa plus qu'à se soutenir, ce qui n'était même plus chose facile, car le poids de ses vêtements mouillés le gênait beaucoup.

La main gauche, qui tenait la quille, se fatiguait de plus en plus, et il avait toutes les peines du monde à conserver sa position.

— Si dans un quart d'heure je n'ai pas touché terre, murmura-t-il, je suis perdu.

C'était à peu près le temps qu'il fallait pour atteindre le promontoire, où il espérait trouver des soldats français.

Il restait donc encore une chance à Valnoir, quand tout à coup il sentit une forte secousse.

Le canot venait de s'arrêter subitement.

Le manteau roulé qui l'amarrait au bateau venait de s'accrocher à un pieu planté dans le milieu de la rivière.

L'effet naturel de ce choc fut de séparer Valnoir de la barque.

Il fut entraîné d'un côté de l'obstacle pendant que l'épave passait de l'autre et il se trouva retenu par le lien que lui-même avait fabriqué.

Par un effort suprême, il réussit à remonter à la force du poignet le long de l'amarre et à saisir la tête du pilotis qui dépassait à peu près d'un pied le niveau du fleuve; mais ce travail l'épuisa.

Cramponné à ce poteau funeste, le malheureux sentait le froid qui étreignait ses membres remonter peu à peu vers le cœur.

Bientôt sa pensée s'engourdit et il éprouva des sensations étranges.

Des lueurs de souvenirs traversaient son cerveau, éclairant quelque scène oubliée de sa jeunesse ou de son enfance, de ces temps heureux où il ne rédigeait par le *Serpenteau*, et où il ne connaissait pas madame de Charmière.

Puis le sentiment de la douleur physique lui revenait, et alors une souffrance aiguë traversait sa poitrine.

Il lui semblait par moments que son corps se rapetissait et que le sommeil le gagnait lentement.

Alors il comprit que la mort allait venir, et il ferma les yeux.

Valnoir s'était presque évanoui, mais ses mains crispées serraient encore le pieu avec cette énergie convulsive que donne à l'homme qui se noie l'approche de la mort.

Il fut rappelé à lui par une douleur aiguë.

Il avait glissé peu à peu, et un clou planté dans le poteau lui déchirait la chair.

En ouvrant les yeux, il s'aperçut que le nœud s'était défait et que la barque s'en allait au fil de l'eau.

Le manteau détaché du bordage était resté roulé autour de sa ceinture et flottait encore à la surface.

Il entendait toujours la voix des Prussiens, qui probablement se livraient à de joyeux commentaires sur le naufrage auquel ils venaient d'assister.

Ils avaient cessé de tirer, et Valnoir en conclut qu'ils ne le voyaient plus, mais il sentait aussi que les forces allaient bientôt lui manquer tout à fait.

Ses souffrances d'ailleurs devenaient intolérables.

Avant d'ouvrir les bras et de se laisser couler, il jeta un regard désespéré vers la rive droite.

Là était la France, là était le salut, et le malheureux se disait qu'il allait mourir faute de pouvoir nager pendant cinq minutes.

Par une de ces évolutions rapides qui se produisent dans les moments suprêmes, sa pensée se porta tout à coup sur les événements funestes qui l'avaient conduit à cette horrible fin, et la figure pâle de Saint-Senier mourant lui apparut comme dans un rêve.

Valnoir, élevé par une mère simple et pieuse, mais lancé de bonne heure dans la bohème littéraire, avait oublié depuis longtemps la foi de son enfance.

Il lui restait encore cependant une vague croyance dans la juste rémunération des actions humaines en ce monde.

— J'ai tué, je dois mourir, murmura-t-il en levant les yeux vers ce ciel, où il y a un Dieu qui récompense et qui punit.

Son père, dont il connaissait à peine la vie, son père, était tombé sur les barricades de Juin, et le dogme de la fatalité, auquel se rallient presque toujours les incrédules, lui avait fait entrevoir dans l'avenir une mort violente.

— C'était écrit ! pensait Valnoir en se sentant couler peu à peu dans l'abîme.

Alors il regarda une dernière fois autour de lui, comme pour dire adieu à la vie.

Le cadre qui entourait cette scène d'agonie ressemblait à un décor de mélodrame.

Le vent d'ouest s'était levé, et les nuages qui couraient au-dessus de la tête du naufragé cachaient les étoiles.

La Seine avait pris une teinte plombée, et le silence n'était plus troublé que par le canon du Mont-Valérien, qui tirait à de longs intervalles, car la fusillade avait cessé tout à fait au-dessous de l'île, et, sur la rive gauche, les Prussiens ne riaient plus.

Le calme était si profond qu'un bruit très faible et assez éloigné vint frapper Valnoir.

Ses sens avaient acquis cette finesse de perception que donnent les nerfs surexcités par le danger.

Le bruit partait de la rive droite.

Il fit un dernier effort pour se soutenir au-dessus de l'eau, et il regarda attentivement du côté où il avait cru entendre le son mat d'une chute.

Un point noir à peine visible se détachait sur la surface grisâtre de la rivière unie comme une glace.

Le cœur de Valnoir se serra en pensant que peut-être

6.

on venait à son secours et que le sauveur arriverait trop tard.

Il se sentait défaillir, et il eut à peine la force de se soulever pour regarder encore.

Le point noir s'était rapproché, et son oreille percevait distinctement un bruit faible et régulier.

Le naufragé ne pouvait plus en douter ; un homme, un Français sans doute, nageait vers lui avec précaution.

Encore une minute, et il pouvait échapper à une mort affreuse, mais cette minute, il n'était pas sûr que l'épuisement la lui laisserait.

Une crampe terrible tordait ses membres raidis, et ses ongles, qui s'enfonçaient dans le poteau, ne pouvaient plus supporter le poids de son corps.

— Tenez bon ! dit la voix contenue du nageur, qui fendait l'eau avec une rapidité surprenante.

Valnoir essaya de se retenir avec les dents, mais ses mâchoires contractées ne pouvaient pas mordre la tête du pieu ; ses mains s'ouvrirent et il allait disparaître, quand un bras vigoureux le saisit par l'épaule et lui maintint la tête au-dessus de l'eau.

— Respirez un instant et appuyez-vous sur moi, dit à voix basse l'homme qui arrivait si à propos.

Le naufragé, auquel la joie venait de rendre des forces, se cramponna au cou du nageur avec une énergie désespérée.

— Pas ainsi, vous m'étouffez, reprit la voix ; allongez le corps et posez seulement vos deux mains sur mes épaules.

Mais Valnoir ne semblait pas entendre et, pour se débarrasser d'une étreinte dangereuse, l'inconnu fut obligé de le repousser violemment.

Valnoir lâcha prise et s'agita en battant l'eau de ses deux bras. Il avait perdu la tête et il se serait infailliblement noyé, si son sauveur ne l'eût remis dans une position verticale.

Il commença alors à reprendre un peu de sang-froid ;

ses yeux se rouvrirent, sa poitrine oppressée se remplit d'air, et il poussa un long soupir de soulagement.

— Placez-vous comme je vous l'ai dit et laissez-moi faire, souffla l'inconnu.

— Oh ! merci ! balbutiait Valnoir à demi suffoqué par l'émotion.

— Faites vite, continua la voix ; nous n'avons pas de temps à perdre, je crains qu'on ne nous ait vus.

L'homme qui parlait n'avait que trop raison.

Le bruit de cette courte lutte avait attiré l'attention des Prussiens, et un coup de fusil partit de la berge.

La balle ricocha sur la rivière à dix mètres du poteau.

— Ils tirent mal, mais dépêchons-nous, dit tranquillement l'inconnu.

Cette fois, Valnoir ne se fit pas répéter l'invitation.

Sans prendre le temps de se débarrasser du manteau de Régine, il se laissa aller sur l'eau en s'appuyant des deux mains sur le dos du nageur, qui se mit à fendre le courant avec une vigueur et une adresse incroyables.

Autant qu'on en pouvait juger dans l'obscurité, c'était un jeune homme, et il avait dû prendre à peine le temps de se déshabiller pour se jeter dans la Seine, car ses épaules étaient couvertes d'un vêtement de laine.

Valnoir n'avait pas pu distinguer les traits de son sauveur, mais sa voix lui causait une impression singulière.

Il lui semblait qu'elle ne lui était pas inconnue, et il cherchait à se rappeler dans quelles circonstances il l'avait entendue ; mais sa tête était encore trop troublée pour lui permettre de rassembler sur-le-champ ses souvenirs.

La situation d'ailleurs n'était rien moins que rassurante, car le péril n'avait fait que changer de nature.

Les tirailleurs allemands, attirés par les coups de fusil de leurs camarades étaient revenus s'embusquer dans les saules et avaient ouvert un feu nourri sur les fugitifs.

La nuit était trop sombre pour que leur tir pût être bien précis, mais des sifflements aussi désagréables que fréquents rappelaient à Valnoir que sa vie ne tenait encore qu'à un fil.

— Courage ! lui disait de temps en temps l'intrépide nageur, nous approchons !

En effet, la rive droite commençait à se dessiner nettement, et le naufragé, qui ne la perdait pas de vue, croyait déjà voir des formes humaines se mouvoir à travers les arbres.

A mesure qu'il avançait vers la terre si ardemment désirée, l'amant de Rose se rassurait, mais il se demandait aussi en quelles mains sa bonne étoile l'avait fait tomber et comment il faudrait expliquer son étrange aventure.

Il supposait bien que son sauveur était un soldat, car, à pareille heure et sous le feu de l'ennemi, les bourgeois de la banlieue ne se promenaient guère sur le bord de la Seine.

Le poste ne devait pas être loin et Valnoir pouvait s'attendre à être interrogé par l'officier qui le commandait.

Avec la manie de voir des espions partout, qui sévissait dans les premiers temps du siége, l'affaire avait chance de tourner fort mal.

Un sifflement sec, le plus bref qu'il eût encore entendu, arracha le naufragé à ses réflexions.

Une balle venait de passer tout près de lui, et il crut sentir que le nageur avait tressailli.

— Etes-vous blessé, monsieur ? lui demanda-t-il avec une émotion d'autant plus sincère que sa vie tenait étroitement à celle de son sauveur.

— Ce n'est rien, répondit l'inconnu en tirant vigoureusement sa coupe avec le bras droit.

Quelques brassées à peine le séparaient du bord et il l'atteignit sans beaucoup de peine.

— Feu ! maintenant, mes gars ! cria-t-il en prenant pied.

Une salve très nourrie partit de la berge pour répondre

à cet appel, et on put conjecturer que tous les coups n'avaient pas été perdus, car un cri de douleur s'éleva de la rive prussienne.

Valnoir avait touché terre ; mais quand il se retrouva debout, l'énergie factice qui le soutenait encore pendant le trajet tomba subitement.

Sa vue se troubla, ses jambes fléchirent sous lui, et il chancela comme un homme ivre.

— Aidez-le à marcher et conduisez-le au poste, dit son sauveur aux soldats qui venaient de se montrer.

Valnoir ne s'était pas trompé dans ses conjectures ; il allait avoir affaire à des militaires.

— Mais vous, mon lieutenant, demanda un de ceux qui s'étaient avancés pour le soutenir, j'espère que ces gueux-là ne vous ont pas touché ?

— Si, là, au-dessous de l'épaule, mais si peu que je n'aurai pas besoin de chirurgien ; tu pourras faire le pansement toi-même, mon vieux Landreau, dit le nageur en secouant son bras gauche.

— Allons vite à la Maison-Rouge, alors, dit le soldat, parce que, voyez-vous, mon lieutenant, les blessures c'est comme la soupe, ça perd à refroidir.

Valnoir se laissa conduire en s'appuyant sur le bras des deux hommes qui avaient remis leur chassepot en bandouillère.

L'obscurité ne lui permettait ni de reconnaître les uniformes, ni de voir la figure de l'officier, mais il se trouvait si heureux de sentir la terre ferme sous ses pieds, qu'il ne s'inquiétait plus beaucoup des suites de son accident.

Seulement, l'humidité le glaçait, et tout en arrangeant dans sa tête une histoire plausible, il hâtait le pas dans l'espoir de se réchauffer bientôt au feu du poste.

Le terrain s'élevait par une pente assez raide et redescendait ensuite vers la route, au bord de laquelle il vit briller la fenêtre éclairée d'une maison.

L'officier suivait le groupe, qui n'eut que vingt pas à

faire pour arriver à la porte de ce poste assez bien choisi, puisqu'on ne pouvait pas l'apercevoir de la rive droite.

Valnoir entra le premier dans une salle où brûlait un feu très vif dans une large cheminée.

Le naufragé, pressé de se sécher, courut à ce foyer et se retourna pour présenter son dos à la flamme.

Ce mouvement le mit face à face avec l'officier, qui recula de surprise.

Le sauveur et le sauvé venaient de se reconnaître.

Valnoir avait devant lui un des témoins du duel de Saint-Germain, le lieutenant Roger de Saint-Senier.

Son émotion fut si vive qu'il faillit tomber à la renverse dans le foyer.

Devoir la vie à un homme qui avait une terrible raison de le haïr mortellement, c'était une surprise à laquelle le journaliste ne s'attendait guère, et, pour son amour-propre, mieux aurait valu assurément tomber entre les mains des Prussiens.

L'étonnement de l'officier n'avait pas été moindre, et sa figure avait pris sur-le-champ un air de répugnance hautaine qui blessa au vif l'amant de madame de Charmière.

M. de Saint-Senier était grand, mince et blond; ses traits réguliers avaient une finesse et une douceur presque féminines et sa moustache naissante n'annonçait pas plus de vingt-trois ans, mais des yeux d'un bleu clair et d'une mobilité singulière donnaient à ce visage juvénile une remarquable expression de courage et d'audace.

Le lieutenant était vêtu du pantalon bleu à bande rouge de la garde mobile et d'une chemise de flanelle blanche.

Pour se jeter à la nage, il avait ôté précipitamment sa capote d'uniforme, et il n'avait pas même pris le temps de retirer les bottes en cuir jaune qui lui montaient jusqu'aux genoux.

Il se tenait debout à quelques pas de Valnoir, dont la

personne offrait avec celle de son sauveur un contraste frappant.

Le rédacteur en chef du *Serpenteau* était de taille moyenne et très brun ; les lignes tourmentées de sa figure osseuse et fatiguée indiquaient plutôt la passion que l'énergie.

On lui aurait donné largement dix ans de plus qu'à M. de Saint-Senier, et cependant il n'avait pas encore atteint la trentaine.

Pour un observateur, ces deux hommes représentaient deux types opposés que les hasards du siège rapprochèrent souvent, — le fils de famille élevé à la campagne dans ce milieu provincial dont l'influence modère l'esprit et affermit le caractère, et l'enfant jeté en sortant du collège dans la vie militante des grandes villes où on échange vite ses illusions contre des vices.

Ils s'étaient devinés comme se devinent à première vue les races ennemies, et leur antipathie réciproque éclatait dans les regards qu'ils échangeaient.

Seulement, dans cette lutte muette, Valnoir avait tout le désavantage.

Il ne pouvait pas oublier que M. de Saint-Senier, en venant généreusement à son secours, l'avait arraché à une mort certaine.

C'était donc à lui à rompre, pour le remercier, le silence glacial qui avait suivi le premier moment de surprise, mais, avant de parler, il cherchait à renouer dans son cerveau le fil des événements.

Tout en tâchant de s'expliquer les étranges aventures qui avaient rempli les premières heures de cette nuit féconde en péripéties, Valnoir préparait une phrase de reconnaissance à l'adresse de son sauveur, et il avait beaucoup de peine à la trouver.

L'intervention d'un personnage subalterne vint le tirer d'embarras.

— Voyons l'égratignure, mon lieutenant, dit un des soldats en s'approchant de M. de Saint-Senier.

L'homme qui offrait ainsi ses services portait l'uniforme de moblot, comme on disait alors, mais il avait depuis longtemps passé l'âge de servir dans la garde mobile et même dans l'armée.

Petit, sec et maigre, quoique large d'épaules et bien pris dans sa taille, ce singulier militaire était porteur d'une figure longue, d'un nez busqué et d'une moustache grise taillée en brosse.

Sa peau ridée et brunie indiquait une vie passée au grand air, et ses petits yeux bruns pétillaient de vivacité et d'intelligence.

— Ah! monsieur Roger, dit cet infirmier volontaire en relevant la manche tachée de sang qui couvrait le bras gauche de son officier, je vous l'avais bien dit que c'était une folie d'aller servir de cible à ces gueux de Prussiens, sans compter la chance d'attraper une fluxion de poitrine. Et s'exposer comme ça, sans savoir seulement pour qui...

— Je t'ai déjà dit que ce n'était rien, mon brave Landreau, murmura le blessé qui semblait beaucoup moins occupé du pansement que de Valnoir.

— C'est vrai que la balle n'a pas enlevé beaucoup de chair avec la peau, dit le soldat qui examinait la blessure en connaisseur, mais c'est encore trop.

Vous en aurez bien assez à terre des occasions de recevoir du plomb, sans aller les chercher au milieu de la rivière.

Ah! j'ai joliment bien fait de m'engager dans votre bataillon. Les braconniers de Saint-Senier tueront quelques chevreuils de plus, pendant que je ne suis pas là pour les pincer, mais au moins, monsieur Roger, je pourrai veiller sur vous, et mademoiselle Renée dira que j'ai eu raison de troquer ma plaque de garde-chasse contre une cartouchière.

A ce nom de Renée, qui éveillait en lui plus d'un souvenir, Valnoir ne put dissimuler un mouvement nerveux, et l'officier fronça le sourcil.

— Savez-vous, monsieur Roger, qu'elle ne sera pas

contente tout de même, mademoiselle Renée, reprit Landreau qui avait tiré de sa poche une compresse et s'était mis en devoir de bander le bras blessé.

— C'est bon, mon ami, fais vite, dit le lieutenant avec impatience.

— Et si vous vous étiez fait tuer, continua le vieux garde, qui est-ce qui lui resterait à mademoiselle, maintenant qu'elle n'a plus mon pauvre maître pour la protéger ?

Ah ! si j'avais été présent à ce maudit duel, le brigand qui a fait le coup ne serait pas entré à Paris. Je l'aurais tué comme un chien enragé.

Valnoir pâlit et retint la phrase qu'il avait sur les lèvres. Le moment lui paraissait mal choisi pour remercier son sauveur.

— Je n'ai plus besoin de toi maintenant, dit vivement M. de Saint-Senier ; je vais rester ici au coin du feu avec monsieur qui doit avoir comme moi envie de se réchauffer.

Retourne à la berge avec le camarade et veille à ce que les hommes ne s'exposent pas inutilement là-bas.

— Hum ! s'ils faisaient comme leur officier ! grommela l'incorrigible serviteur.

Au moins, monsieur Roger, si vous aviez besoin de moi, vous savez que je ne suis pas loin, ajouta-t-il en jetant à Valnoir un coup d'œil médiocrement bienveillant.

— Sois tranquille, si je veux t'appeler, je sifflerai deux coups.

Sur cette assurance, Landreau se décida à sortir avec l'autre soldat, et ferma la porte en répétant :

— Surtout, n'oubliez pas que je suis là.

Pour la première fois, Valnoir et l'officier se trouvèrent seuls.

Celui-ci, pendant que son vieux garde le pansait, s'était assis, près de la cheminée, sur un des rares escabeaux qui, avec une longue table, formaient tout le mobilier du poste.

7

Cette salle, éclairée par une seule fenêtre, avait dû être la cuisine de la malheureuse maisonnette, que son emplacement avait vouée aux chances de la guerre, et que ses habitants s'étaient empressés d'évacuer.

Après s'être débarrassé, en le posant sur la table, du manteau qui lui servait de ceinture, Valnoir avait pris place de l'autre côté du foyer et, comme il avait eu le temps de se préparer, il entama sans trop d'embarras le scabreux entretien auquel la situation le condamnait.

— Je vous dois la vie, monsieur, dit-il chaleureusement, et je suis heureux de vous la devoir.

Si j'ai tardé à vous remercier, c'est que je n'ai pas voulu faire allusion devant vos soldats au funeste événement qui a précédé notre rencontre de ce soir.

Mais, maintenant que nous sommes seuls, permettez-moi de vous exprimer en même temps que ma reconnaissance la vive et sincère douleur que m'a causée l'issue de ce duel funeste.

— C'est inutile, monsieur, interrompit l'officier, je ne puis accepter ni les remerciements que vous m'offrez, ni les regrets que vous me témoignez, mais je dois vous rappeler que vous me devez à moi aussi une réparation par les armes.

— A vous, monsieur ! à vous qui venez de me sauver, s'écria Valnoir.

— Je vous l'ai demandée sur le terrain, un instant avant le combat, reprit froidement M. de Saint-Senier, et vous connaissez les circonstances qui ont empêché une seconde rencontre.

Je n'ai pas pu me battre avec vous parce que les Prussiens arrivaient et vous savez que, pour leur échapper, nous avons dû profiter de la voiture de cet homme que le hasard avait amené là.

— Je me rappelle parfaitement tout ce qui s'est passé, dit vivement le journaliste, mais je n'ai pas revu Podensac : aussi j'ignore encore comment s'est terminé cet affreux voyage et je vous demanderai ..

— Veuillez donc me dire, monsieur, reprit l'officier sans répondre à la question, où et quand je pourrai vous rencontrer.

Valnoir n'avait pas prévu la tournure que prenait l'entretien, et se trouvait fort mal préparé pour discuter la possibilité d'un duel avec son sauveur, mais, d'un autre côté, il était fort aise d'échapper à l'obligation de raconter ses aventures.

L'idée lui vint même de profiter des dispositions belliqueuses de M. de Saint-Senier pour détourner la conversation jusqu'à la fin.

Si le tête-à-tête avait dû se prolonger toute la nuit, l'entreprise eût été difficile, mais Valnoir comptait bien que les nécessités du service d'avant-postes abrégeraient l'entrevue.

— Monsieur, dit-il, avec une fermeté triste, j'ai pour ne pas me battre avec vous des raisons que tout homme de cœur appréciera, et, de plus, je ne vous ai jamais offensé personnellement.

— Vous avez insulté le nom que je porte, dit gravement l'officier.

— La polémique d'un journal a pu m'entraîner à des violences de langage que j'ai amèrement regrettées, reprit Valnoir.

M. de Saint-Senier eut un geste d'indifférence.

— Mais je vous jure, monsieur, continua le rédacteur en chef, que je n'aurais jamais consenti à cette fatale affaire si j'avais eu l'honneur de connaître vous ou... les vôtres.

— Ainsi, vous refusez absolument de vous battre ? demanda l'officier.

Valnoir préparait une réponse évasive, mais il n'eut pas le temps de la formuler.

M. de Saint-Senier s'était levé tout à coup, pâle, les yeux étincelants et la main étendue sur le manteau de Régine.

Valnoir comprit et pâlit à son tour.

Le manteau qu'il avait jeté sur la table en arrivant était fait d'une étoffe grossière évidemment tissée dans quelque bazar de Smyrne ou du Caire, et la fantaisie orientale l'avait orné de deux glands d'or qui le rendaient très-facilement reconnaissable.

Il suffisait d'avoir vu une seule fois cet étrange vêtement pour ne pas pouvoir se méprendre sur la femme qui l'avait porté.

L'officier, absorbé par les pensées de vengeance qu'avait réveillées la rencontre imprévue du meurtrier de son cousin, n'avait pas fait attention d'abord à la singulière ceinture dont le naufragé s'était débarrassé en entrant.

Mais le hasard lui avait enfin fait jeter les yeux sur la table, et il s'était levé comme s'il eût été frappé d'une commotion électrique.

— Où avez-vous pris ce manteau, monsieur, demanda-t-il d'une voix qui tremblait de colère.

Il fallait que l'épave recueillie par Valnoir rappelât à M. de Saint-Senier des souvenirs bien émouvants, car il oublia subitement le duel qu'il proposait à son adversaire.

L'amant de Rose, pris à l'improviste par cette question dangereuse, ne se pressait pas d'y répondre.

Il cherchait à reconstruire dans sa tête l'échafaudage de mensonges qu'il avait laborieusement préparé, et, dans son trouble, il ne trouvait que des histoires inacceptables.

— Expliquez-vous! justifiez-vous! cria l'officier plus menaçant que jamais.

— Me justifier! de quoi? demanda Valnoir uniquement pour gagner du temps.

M. de Saint-Senier avait la colère froide des gens du Nord, et la question du journaliste lui rendit promptement la possession de lui-même.

— Vous avez raison, monsieur, dit-il en se rasseyant, et j'ai tort de m'emporter.

C'est moi maintenant qui vais m'expliquer clairement, et je vous engage, dans votre propre intérêt, à me répondre de même.

Le provocateur se changeait subitement en juge d'instruction, et Valnoir n'eut besoin que d'un coup d'œil pour comprendre que la situation devenait grave.

Si l'officier faisait passer l'enquête sur le manteau de Régine avant le soin de venger la mort de son parent, c'est qu'il avait de puissants motifs pour s'intéresser à la jeune fille.

Il fallait donc plus que jamais jouer serré, et Valnoir s'y prépara de son mieux.

— Monsieur, reprit son sauveur, en le regardant fixement, j'étais de garde tout à l'heure, sur les bords de la Seine, quand j'ai entendu appeler au secours en français.

Mes hommes ont voulu m'empêcher de m'exposer pour ramener à terre l'homme qui allait périr, mais je ne pouvais pas abandonner un compatriote, je me suis jeté à l'eau et j'ai réussi à vous tirer du double danger que vous couriez.

— Je n'ai pas oublié le service que vous m'avez rendu, s'écria chaleureusement Valnoir, et je suis tout prêt à vous prouver ma reconnaissance.

— Veuillez ne pas m'interrompre et m'écouter jusqu'au bout, reprit M. de Saint-Senier sans s'émouvoir.

L'homme que je venais sauver, je ne le connaissais pas. Cet homme était peut-être un déserteur et un espion.

Valnoir fit un geste de dénégation indignée.

— J'ai dit : peut-être, continua froidement l'officier, j'aurais pu dire : probablement.

Qui donc, en effet, sinon un déserteur ou un espion, pouvait traverser la Seine, la nuit, en face d'un poste prussien ?

Je n'ai même aucune raison pour vous cacher que je me proposais de vous questionner sévèrement après vous avoir sauvé.

Mais quand je vous ai reconnu à la clarté de ce feu, je n'ai plus vu en vous que l'ennemi mortel de tous ceux qui portent mon nom; et alors, je l'avoue, j'ai pensé à venger notre honneur avant de songer à mon devoir de soldat.

M. de Saint-Senier s'arrêta un instant comme pour chercher des expressions qui rendissent exactement sa pensée.

— Il me plaît maintenant, reprit-il avec hauteur, de me souvenir que je suis de service aux avant-postes, et de vous demander compte de vos actions de cette nuit.

Valnoir avait eu le temps de prendre un parti et de préparer sa défense.

— A votre aise, monsieur, dit-il avec l'accent d'un honnête homme blessé par un soupçon injuste.

— D'où veniez-vous, alors? demanda l'officier qui ne parut pas s'apercevoir du ton indigné que l'interrogé croyait devoir affecter.

— De Paris.

— Les portes sont fermées à sept heures, comment avez-vous pu sortir ?

— Dans une barque.

— Où l'avez-vous prise !

— Près du viaduc du chemin de ceinture.

— Et vous avez pu franchir le barrage qui est sévèrement surveillé?

— Oui. On a tiré sur moi du bastion, mais on ne m'a pas atteint.

— Fort bien. Où alliez-vous?

— Nulle part.

— Je vous préviens, dit M. de Saint-Senier avec une froideur glaciale, que si vous refusez de vous expliquer avec moi, je suis parfaitement décidé à vous envoyer chez le commandant du secteur, qui trouvera sans doute le moyen de vous faire parler.

— Je vous ai dit la vérité, reprit Valnoir sans se déconcerter, je ne savais pas où j'allais, parce je n'avais aucun moyen de diriger le canot qui me portait.

— Vous jouez sur les mots, monsieur, et je n'ai pas de

temps à perdre. Pourquoi étiez-vous entré dans ce
canot?

— Pour sauver la vie à quelqu'un, répondit froidement le
journaliste qui avait enfin trouvé une histoire plausible.

— A qui? demanda l'officier avec un empressement
qui contrastait déjà avec la raideur de ses premières
questions.

— A une femme.

Le coup avait porté juste, car M. de Saint-Senier ne
dissimulait plus son émotion.

— Et ce... ce manteau? demanda-t-il d'une voix
agitée.

— Lui appartenait; je l'ai recueilli flottant sur la
rivière et je l'ai gardé dans l'espoir qu'il servirait à
connaître le nom de la pauvre victime d'un acte de
désespoir.

L'officier cacha sa figure dans ses mains, et Valnoir
n'eût garde de laisser échapper l'occasion d'intéresser et
d'attendrir son adversaire.

— Puisque vous ne m'interrogez plus, monsieur, dit-il
avec une dignité très bien jouée, je suis prêt à vous raconter tous les détails de cette triste histoire.

J'étais seul, sur le quai d'Auteuil, où m'avait amené
une... visite à un ami, quand je fus croisé par une femme
qui courait vers la rivière. Son air égaré, autant que sa
démarche précipitée, me firent penser qu'elle allait se
suicider. Je la suivis et je vis que j'avais trop bien deviné.

Elle venait de se jeter dans la Seine, et, malheureusement, j'étais arrivé trop tard.

— Et vous n'avez pas essayé de la sauver? demanda
l'officier.

— C'est pour l'avoir tenté que j'ai failli périr, répondit doucement Valnoir.

Je ne sais pas nager, vous avez pu le voir, vous qui
m'avez sauvé, continua-t-il en regardant M. de Saint-
Senier ; j'ai fait alors la seule chose qui fût en mon pou-

voir ; j'ai détaché une barque et j'ai voulu rejoindre la pauvre femme qui venait de disparaître.

Malheureusement je ne l'ai plus revue ; son manteau flottait encore, je l'ai ramassé... vous savez le reste.

Dans cette histoire habilement arrangée, Valnoir avait eu soin de retrancher tout ce qui pouvait le compromettre et de s'attribuer un rôle honorable.

Il évitait ainsi de raconter la persécution qu'il avait fait subir à Régine en la suivant malgré elle, et il espérait bien se concilier la bienveillance de l'officier.

Ce dernier point était important, car l'amant de madame de Charmière n'avait pas plus envie de se battre encore une fois qne d'aller s'expliquer devant l'autorité militaire.

Il n'avait pas à craindre d'ailleurs que la pauvre fille vînt le démentir, puisqu'il l'avait vue s'enfoncer dans les eaux profondes de la Seine.

— Allons, décidément, pensait-il, je crois que je sortirai mieux que je ne l'avais espéré de cette sotte aventure.

— Et cette... cette femme, demanda M. de Saint-Senier qui semblait hésiter à pousser plus loin ses questions, vous ne la connaissiez pas.

— Je ne l'avais jamais vue, répondit Valnoir avec une rare impudence.

Il lut presque aussitôt le doute dans les yeux de M. de Saint-Senier, et il se hâta d'ajouter :

— D'ailleurs, quand même je l'aurais déjà rencontrée auparavant, ce que je ne crois pas, je n'aurais pu la reconnaître, car la nuit était assez sombre ; je n'ai pas vu son visage.

— Son costume ne vous a pas frappé, insista l'officier.

— Mais, non... je n'ai remarqué que ce manteau, répondit Valnoir avec moins d'assurance.

La persistance de M. de Saint-Senier à le questionner commençait à l'étonner.

— Monsieur, reprit le lieutenant, je veux bien croire

que vous dites la vérité, mais je suis obligé de vous affirmer que vous aviez déjà vu la jeune fille qui s'est noyée sous vos yeux.

— Mais... je... je ne sais, balbutia Valnoir, assez déconcerté.

— Je vais vous rappeler dans quelle grave circonstance vous l'avez rencontrée, dit M. de Saint-Senier en appuyant sur les mots.

— Je vous en saurai gré, murmura le journaliste en se levant pour échapper au regard clair de son adversaire.

Mais je vais m'éloigner un instant de ce feu, qui est vraiment trop vif, ajouta-t-il.

Pour se donner une contenance, il fit quelques pas dans la salle et marcha vers l'unique fenêtre qui donnait sur la rivière.

Sa tête brûlait et il allait appuyer son front contre les vitres quand il crut voir au dehors une forme humaine.

Il ne s'était pas trompé.

Deux yeux ardents le regardaient.

La nuit était sombre et l'éclatante lumière du foyer qui brûlait dans la salle empêchait Valnoir de distinguer clairement les objets en dehors de la fenêtre.

La personne qu'il avait entrevue venait de disparaître, et il n'avait pas eu le temps de la reconnaître.

Il crut avoir eu affaire à quelque soldat trop curieux, et il ne s'inquiéta pas autrement de la silhouette qui l'avait occupé un instant.

M. de Saint-Senier ne s'était pas retourné et attendait une réponse.

— Je vous répète, monsieur, dit-il lentement, que vous aviez déjà vu celle qui est morte. Son costume, d'ailleurs, était assez bizarre pour attirer votre attention, et il est au moins étrange que vous ne l'ayez pas reconnue.

— Voudriez-vous parler de la jeune fille qui accompagnait cet homme dans la forêt de Saint-Germain, demanda Valnoir.

7.

— Précisément, répondit l'officier, en se levant pour regarder son adversaire en face.

— Oh! mais alors c'est une fatalité, s'écria le journaliste qui avait retrouvé tout son aplomb.

L'accent de sincérité avec lequel il prononça cette phrase aurait fait honneur à un comédien consommé, et Valnoir avait dû, sans s'en douter, profiter des leçons de madame de Charmière.

— Mais, si je ne l'ai pas reconnue, elle du moins aurait dû me reconnaître, continua-t-il pour aller au-devant d'une objection prévue.

— C'est ce que je pensais, dit froidement M. de Saint-Senier.

Il y eut un silence assez long.

Valnoir avait repris place sur son escabeau et se chauffait au foyer, oubliant dans son trouble qu'il venait de se plaindre de l'ardeur du brasier allumé par les soins du fidèle Landreau.

L'officier était retombé dans ses réflexions et semblait suivre une idée qu'il hésitait à exprimer.

— Tenez, monsieur, dit-il tout à coup, je vais vous parler franchement.

Valnoir s'inclina comme pour remercier.

— Votre récit, reprit le lieutenant, paraîtrait vraisemblable à tout autre qu'à moi, mais je dois vous dire qu'il m'est impossible de l'accepter.

— Pourquoi cela, s'il vous plaît? demanda le journaliste, qui se crut obligé de prendre un air indigné.

— Parce que cette jeune fille ne pouvait pas penser au suicide et parce qu'elle avait, au contraire, de puissantes raisons pour tenir à la vie...

— Qui sait? un accès de désespoir! un amour contrarié! interrompit Valnoir en haussant les épaules.

— Ne la calomniez pas, je vous prie, dit M. de Saint-Senier avec hauteur.

Elle avait une mission à remplir, et elle n'a pu y faillir en quittant volontairement la vie. Sa mort reste donc

pour moi inexpliquée, et, jusqu'à ce que j'en connaisse la
véritable cause, vous resterez mon prisonnier.

— Diable ! mais cela pourra être fort long, dit Valnoir
redevenu railleur, et, si grande que soit ma reconnaissance, elle ne va pas jusqu'à consentir à passer ma vie
aux avant-postes pour suivre mon sauveur.

— Préférez-vous que je vous fasse conduire devant un
juge qui vous demandera ce que vous faisiez à pareille
heure sur la Seine ?

— Oh ! un juge !... en état de siège ! murmura Valnoir
d'un ton dégagé.

— Un juge qui porte un sabre au côté et qui condamne
sans appel, le grand-prévôt de l'armée.

Le journaliste pâlit, mais il resta maître de lui et il ne
jugea pas que la partie fut perdue.

Un mot l'avait frappé dans la phrase menaçante de
M. de Saint-Senier.

— Monsieur, dit-il, vous avez parlé tout à l'heure d'une
mission confiée à cette jeune fille ; j'ignore en quoi pouvait consister cette mission.

— A venir me trouver ici, ce soir même, dit le lieutenant.

— Très bien ! reprit Valnoir ; alors avec ce renseignement, et d'autres encore que vous pourrez sans doute lui
fournir, votre magistrat militaire n'aura pas de peine à
découvrir la vérité : aussi, je suis tout prêt à m'expliquer
devant lui.

L'amant de Rose soupçonnait que son adversaire y
regarderait à deux fois avant de donner à cette affaire la
publicité d'une audience de la cour martiale.

L'attitude de M. de Saint-Senier lui montra qu'il ne
s'était pas trompé.

Le lieutenant se taisait et se mordait les lèvres, comme
s'il eût regretté d'en avoir trop dit.

Valnoir jugea le moment favorable pour frapper un
coup décisif.

— Mon Dieu ! monsieur, dit il en nuançant très habilement les inflexions de sa voix, je crois que nous faisons fausse route tous les deux.

J'ai refusé de vous accorder une réparation par les armes, que je ne croyais pas devoir à l'homme qui vient de me sauver la vie; vous me menacez maintenant de me faire arrêter pour un crime que je n'ai pas commis.

Je crois que nous ferions mieux de régler entre nous seuls, et un peu plus tard, une affaire dont la solution ne me paraît pas urgente.

Je ne pourrais pas quitter Paris, quand même j'en aurais envie, puisque l'investissement est complet; vous êtes donc sûr de m'y retrouver, quand il vous plaira, et je vous donne ma parole d'honneur de me tenir toujours à votre disposition, si vous persistez à exiger une rencontre.

M. de Saint-Senier se promenait dans la salle avec agitation.

— Quant à l'événement mystérieux de cette nuit, reprit Valnoir, je désire autant que vous l'éclaircir, et, si la publicité dont je dispose peut vous être utile...

— Monsieur, interrompit l'officier en s'arrêtant brusquement, je désire au contraire que tout le monde ignore ce qui s'est passé, et si j'accepte votre parole, c'est à condition que vous vous tairez.

— Je vous le promets! s'écria le journaliste, enchanté d'en être quitte à si bon marché.

— Demain matin, vous pourrez rentrer à Paris; mais je compte sur votre promesse et j'enverrai deux de mes amis vous la rappeler, dès que mon bataillon aura été relevé de garde.

M. de Saint-Senier ne s'était pas décidé sans effort à différer une rencontre irrévocablement arrêtée dans son esprit, et la vue de son futur adversaire semblait lui être odieuse, car il alla s'asseoir à l'autre bout de la table, en tournant le dos à Valnoir.

Celui-ci, qui ne tenait pas du tout à prolonger l'entrevue, crut devoir profiter de l'occasion.

—Le jour ne tardera pas beaucoup à venir, dit-il en se

dirigeant vers la porte, et, si vous n'avez plus rien à me dire, je vais aller sur la route attendre que l'on baisse le pont-levis.

— Vous êtes libre, monsieur, dit froidement l'officier.

Valnoir ne se fit pas répeter deux fois la permission de s'éloigner et il allait sortir quand la porte s'ouvrit vivement.

— Régine ! s'écria M. de Saint-Senier qui venait de se retourner au bruit.

L'amant de madame de Charmière bondit d'étonnement et presque de frayeur.

La jeune fille qu'il croyait morte était devant lui, vêtue comme elle l'était le jour du duel, et cette apparition bouleversait toutes ses idées.

Il recula comme s'il se fût trouvé subitement en présence d'un spectre, mais Régine ne paraissait par le voir.

Elle marcha droit à l'officier qui tremblait d'émotion et de joie et lui tendit une lettre.

— Vivante ! murmurait le jeune homme en lui serrant les mains, vous êtes vivante ! Mais comment avez-vous pu échapper à la mort ? qui vous a sauvée ?

— Ah ! j'oublie qu'elle ne m'entend pas, ajouta-t-il avec un geste de dépit.

Mais Régine avait sans doute deviné la question au mouvement des lèvres de celui qui l'interrogeait, car elle imita avec ses bras le mouvement d'une personne qui nage.

Valnoir commençait à comprendre.

— Elle s'était jetée à l'eau pour m'échapper, pensa-t-il, et il a failli m'en coûter cher pour avoir voulu courir après elle.

— Mais pourquoi vous êtes-vous exposée à ce danger, reprit M. de Saint-Senier en faisant asseoir auprès du feu la jeune fille, dont les vêtements ruisselaient encore. Pourquoi Renée vous a-t-elle envoyée si tard ?

Régine prouva encore une fois qu'elle entendait avec les yeux, car elle mit un doigt sur ses lèvres.

— Très bien! pensa le journaliste, elle vient de la part de mademoiselle de Saint-Senier.

Demain je saurai à quoi m'en tenir sur toute cette histoire.

Par une pantomime encore plus expressive que son regard, la jeune fille indiqua à l'officier qu'il fallait lire la lettre qu'elle venait de lui remettre.

M. de Saint-Senier baisa d'une main tremblante un large cachet noir sur lequel le journaliste, qui avait de très bons yeux, crut reconnaître des armoiries.

A mesure que l'officier lisait, sa figure s'éclaircissait, mais, quand il eut achevé, deux grosses larmes roulèrent sur ses joues.

Régine suivait tous ses mouvements avec une attention passionnée.

— Merci! merci! dit-il avec effusion, mais je vous en supplie, ne vous exposez plus ainsi.

Dans quelques jours, j'irai, je pourrai les voir, les...

Un mouvement de la jeune fille lui rappela que Valnoir était là.

L'amant de Rose pensa qu'il n'en apprendrait pas davantage en écoutant des monologues que Régine avait toujours soin d'arrêter à propos.

— Je vais partir, monsieur, dit-il doucement, mais permettez-moi de vous exprimer ma joie de revoir saine et sauve une personne à laquelle vous vous intéressez vivement, et...

Les yeux de la Régine suivaient le mouvement de ses lèvres avec une persistance qui finit par le déconcerter, et il crut devoir abréger le compliment.

— Je suis heureux aussi d'avoir pu, avant de vous quitter, vous prouver mon innocence, ajouta-t-il avec un sourire forcé.

— Je m'étais trompé, monsieur, dit gravement l'officier, et je vous répète que vous êtes libre.

Valnoir salua et fit un pas pour sortir.

Régine alors se leva et se plaça devant la porte en étendant les bras pour lui barrer le passage.

La démonstration était bien faite pour inquiéter Valnoir.

Forcer le passage n'eût été ni prudent, ni même facile, car l'air déterminé de la jeune fille annonçait qu'elle ne céderait pas.

D'ailleurs, le rédacteur en chef du *Serpenteau* était obligé de soutenir jusqu'au bout le rôle qu'il avait pris et de paraître désintéressé dans la question.

Et puis il avait vu jouer la *Muette* et il croyait les ressources de la pantomime trop bornées pour expliquer une situation autre part qu'à l'Opéra.

— Elle aura beau faire les grands bras et rouler les yeux, pensa-t-il, ce traîneur de sabre ne devinera pas que je l'ai poursuivie de la Madeleine à Auteuil.

L'officier semblait beaucoup plus préoccupé que son adversaire de l'action de Régine.

Il s'était approché et il la regardait attentivement.

— Pourquoi voulez-vous empêcher monsieur de sortir, demanda-t-il en scandant ses paroles pour lui donner le temps de suivre le mouvement des lèvres.

Cette fois, Régine ne parut pas avoir compris.

L'amant de madame de Charmière avait cru devoir reculer et, satisfaite sans doute de l'avoir condamné à rester, la jeune fille venait de démasquer la porte.

Elle était revenue s'asseoir devant le feu et s'absorbait dans ses pensées, mais ses yeux ne quittaient pas son persécuteur et Valnoir comprenait fort bien qu'une nouvelle tentative de départ n'aurait pas plus de chances de succès que la première.

— C'est une plaisanterie, sans doute, dit-il en essayant de sourire.

— On ne plaisante pas quand on vient d'échapper à la mort, dit gravement M. de Saint-Senier.

— Alors, monsieur, répliqua le journaliste, veuillez faire cesser cette scène qui serait d'un grand effet au théâtre de la Porte-Saint-Martin, mais qui me semble ici parfaitement déplacée.

L'officier se récusa d'un geste.

— Fort bien ! continua Valnoir, j'attendrai qu'il plaise à mademoiselle de rendre une ordonnance de non-lieu.

Cette raillerie porta coup.

— Monsieur, dit le lieutenant, je vous ai déjà déclaré deux fois que vous étiez libre et je ne m'oppose nullement à votre départ ; mais je connais cette jeune fille et je suis sûr qu'elle a un motif sérieux pour vous retenir ici.

— Je ne puis pourtant pas le lui demander, ricana le journaliste.

— Elle s'expliquera, je le crains pour vous, monsieur, murmura M. de Saint-Senier, que les façons de Valnoir commençaient à offenser.

— Le plus tôt sera le mieux, car le jour ne tardera pas à venir, et j'ai affaire autre part qu'aux grand'gardes.

Cette phrase, jetée du ton le plus insolent, fit sortir l'officier de la réserve froide où il avait essayé de se retrancher.

Il marcha droit à son prisonnier et lui dit en le regardant bien en face :

— Il y a un moyen très simple d'en finir. J'ai deux sabres. Cette salle est assez grande. Nous allons nous battre sur-le-champ. Si vous me tuez, vous pourrez rentrer à Paris à temps pour écrire de nouvelles calomnies dans votre journal.

— Et cette... cette dame nous servira de témoin ? demanda Valnoir avec ironie.

— Vous l'avez dit, articula froidement M. de Saint-Senier en se dirigeant vers le coin de la salle où il avait déposé ses armes.

Quoiqu'il n'eût aucune envie de courir les chances d'un nouveau duel, le journaliste commençait à craindre de ne pouvoir l'éviter.

Au fond, il ne manquait pas de cœur, pas assez du

moins pour reculer devant une rencontre à peu près forcée, et d'ailleurs la chance de se débarrasser d'un personnage au moins incommode le tentait fortement.

Régine n'avait pas bougé, mais elle suivait tous les mouvements de M. de Saint-Senier avec des yeux brillants d'intelligence.

Il était évident qu'elle comprenait parfaitement ce qui allait se passer et rien n'annonçait encore qu'elle tentât de s'y opposer.

L'officier était très occupé à examiner les sabres qu'il avait tirés du fourreau et dont il venait d'essayer le tranchant et la pointe quand une fusillade assez vive éclata dans la direction de la rivière.

On distinguait parfaitement les détonations sèches du chassepot alternant avec des coups de fusil d'un timbre plus grave.

Le bruit était très rapproché, et l'affaire devait se passer précisément à la place où le naufragé avait pris terre.

M. de Saint-Senier hésita un instant. On devinait qu'il était partagé entre le désir d'en finir avec son adversaire et le devoir de s'occuper de ses soldats.

Valnoir trouva l'occasion bonne pour se montrer chevaleresque.

— Vous pouvez y aller, monsieur, dit-il avec une pointe d'ironie, je vous promets d'attendre votre retour.

Cette assurance ne parut sans doute pas suffisante à l'officier, car, au lieu de se diriger vers la porte, il ouvrit la fenêtre et tira deux appels précipités d'un sifflet qu'il portait suspendu à son cou.

— La prudence est la mère de la sûreté, murmura Valnoir assez haut pour être entendu de M. de Saint-Senier, qui se retournait pour venir à lui, juste au moment où la figure de Landreau se montrait.

La tête du vieux garde-chasse dépassait à peine l'appui de la fenêtre, et il ne chercha pas à regarder dans l'intérieur.

— Ce n'est rien, monsieur Roger, dit-il d'un ton tout

à fait calme, c'est ce grand nigaud de Tournois, le fils du fermier de la Bretèche, qui a fait la bêtise de se montrer sur la berge. Les Prussiens l'on vu, et les voilà qui font un bruit du diable avec leurs clarinettes.

— Personne de touché? demanda le lieutenant.

— Pas ça! répondit Landreau en faisant craquer son ongle sous sa dent; ils s'en iront bredouilles, les maladroits.

— C'est bon! retourne là-bas, et appelle-moi si la chose devenait sérieuse.

— Suffit, monsieur Roger, on ouvrira l'œil, dit le vieux garde en s'éloignant.

M. de Saint-Senier ferma la fenêtre et revint aux sabres.

— Pour la dernière fois, monsieur, dit Valnoir, je vous ferai remarquer que, dans les conditions où nous sommes ici, un duel est insensé.

En parlant ainsi, il regardait Régine, et il s'attendait à la voir intervenir.

A sa grande surprise la jeune fille ne fit pas un mouvement, et il devint évident que ces préparatifs de combat ne l'effrayaient nullement.

— Peu importe, répondit l'officier avec l'accent d'une résolution froide, je suis décidé à en finir avec vous cette nuit même.

— Et si je refuse? demanda le journaliste en se croisant les bras.

— Si vous refusiez, je saurais bien vous y forcer.

M. de Saint-Senier appuya sa réponse d'un geste si menaçant que Valnoir comprit qu'il n'y avait plus moyen de reculer.

L'officier repoussa la table qui occupait le milieu de la salle et s'avança en présentant les deux sabres par la poignée.

Régine assistait à cette scène sans laisser percer la moindre émotion.

Elle avait l'immobilité d'une statue et le regard fixe d'une somnambule.

Les coups de fusil n'avaient pas cessé et l'engagement semblait se prononcer de plus en plus.

Valnoir avait pris un sabre et se disposait à ôter son habit, quand on frappa aux vitres avec violence.

— Mon lieutenant, dit un soldat à M. de Saint-Senier qui venait d'ouvrir la fenêtre, Landreau m'envoie vous dire que nous avons déjà deux hommes blessés et que les Prussiens font mine de passer la Seine.

— J'y vais, répondit l'officier.

Et se retournant vers Valnoir, il ajouta :

— Voulez-vous me suivre?

Le rédacteur en chef du *Serpenteau* hésita un instant, mais il comprit bien vite qu'il lui importait surtout de se débarrasser de Régine.

— Je suis prêt, répondit-il hardiment.

Et pour donner à son consentement une couleur d'héroïsme, il ajouta :

— Faites-moi donner un fusil pour que je sois du moins bon à quelque chose. J'aime mieux être tué par l'ennemi que par vous.

— Soit, dit M. de Saint-Senier, en bouclant son ceinturon.

Il allait sortir suivi de Valnoir, qui se louait fort de ce dénouement très imprévu, quand la jeune fille, qui s'était levée, lui toucha doucement le bras.

— Que voulez-vous, Régine? demanda l'officier.

De la main elle désigna Valnoir et de la tête elle fit un signe négatif, comme pour dire :

— Je ne veux pas qu'il sorte.

M. de Saint-Senier, très surpris, essaya d'avancer. La jeune fille le retint avec une énergie qui annonçait une résolution bien arrêtée.

— Régine ! mon enfant ! il faut que je parte, reprit doucement l'officier.

La fusillade semblait se rapprocher.

— Monsieur, dit Valnoir, nous perdons du temps et, si vous m'en croyez, nous laisserons là mademoiselle.

— Adieu ! Régine ! cria M. de Saint-Senier en s'élançant vers la porte.

La jeune fille lui barra le passage comme elle l'avait déjà fait pour Valnoir, mais, cette fois, par un mouvement aussi rapide que la pensée, elle mit la main dans son corsage et en tira un papier qu'elle tendit à l'officier.

— Misérable ! s'écria celui-ci, après avoir lu rapidement.

En même temps, il fit un pas vers Valnoir qui regardait cette scène avec stupéfaction.

Au même instant, la porte s'ouvrit avec violence, et le vieux garde-chasse se précipita dans la salle.

— Monsieur Roger ! balbutia-t-il tout essoufflé, les Prussiens !... ils ont passé la Seine !... nous allons être enlevés.

M. de Saint-Senier s'élança dehors, et Régine, qui n'avait pas pu le retenir, le suivit en s'accrochant à ses habits.

Les cris et les coups de fusil redoublaient de violence.

Valnoir, éperdu, se demandait s'il fallait rester ou partir, quand ses yeux tombèrent sur le papier que l'officier, avant de sortir, avait jeté sur la table.

Il le prit d'une main tremblante et il lut.

Il n'y avait d'écrit que ces mots, tracés d'une grosse écriture très nette et très ferme :

« Cet homme et son complice ont assassiné votre cousin. »

IV

Valnoir, comme beaucoup d'hommes de lettres, habitait les hauteurs du quartier Saint-Georges.

La fortune du *Serpenteau* était encore de trop fraîche

date pour avoir enrichi son rédacteur en chef, et, bien que disposant de grosses sommes et dépensant beaucoup d'argent, l'amant de madame de Charmière n'avait pas encore osé prendre son vol vers les régions opulentes de la Madeleine.

Depuis que leur liaison était devenue sérieuse, Rose avait bien des fois plaisanté son adorateur au sujet de l'entresol qu'il persistait à habiter dans la peu aristocratique rue de Navarin.

Mais, comme elle n'y mettait jamais les pieds, et que Valnoir courait au-devant de toutes ses fantaisies, elle avait fini par faire ce raisonnement très judicieux que plus le journaliste réduirait ses dépenses personnelles, plus il lui resterait de fonds disponibles.

Or, ces fonds, la sœur d'Antoine Pilevert possédait à merveille l'art de les extraire de la caisse de son amant et de les employer en placements productifs.

Valnoir, épris jusqu'à la folie et aussi désordonné que sa maîtresse était rangée, s'accommodait parfaitement de cet arrangement.

Il résultait de cette cote fort mal taillée que l'homme qui dépensait trois louis pour dîner avec Rose au café Anglais et qui ne sortait jamais à pied, s'en tenait encore à un loyer de six cents francs et n'avait d'autre valet de chambre que son portier.

Du reste, le nid que s'était arrangé le journaliste dans ce quartier cher aux artistes ne manquait ni de confortable, ni même d'élégance.

Les fenêtres de son entresol donnaient sur de vastes jardins, et son appartement se composait de quatre pièces meublées avec beaucoup de goût.

On ne vit pas dix ans en pleine bohème littéraire et artistique, sans recueillir beaucoup d'épaves des ateliers célèbres et des théâtres à la mode.

Les murs du cabinet de Valnoir et de sa chambre à coucher disparaissaient littéralement sous les tableaux, signés de noms autorisés et sous les portraits d'actrices, enrichis d'un autographe qui en doublait assurément la valeur, mais qui avait presque toujours coûté fort cher au donataire.

La pièce de prédilection de l'homme de lettres était un petit fumoir qu'il avait fait construire à peu de frais sur une terrasse attenant à la maison qu'il habitait et dominant le jardin de l'hôtel voisin.

Valnoir, paresseux à ses heures, comme tous ceux qui se livrent avec excès à des travaux intellectuels, avait rassemblé dans ce réduit tout ce qu'il fallait pour écrire, mais surtout pour fumer et pour dormir.

Une table en chêne, un large divan couvert d'étoffe de Perse, deux fauteuils en canne, et des pipes de toute forme et de toute grandeur composaient tout l'ameublement du sanctuaire où ne pénétraient jamais que les intimes.

C'était là que s'était retranché le journaliste, le lendemain de cette nuit agitée qu'il venait de passer au bord de la Seine.

Après le tumulte qui l'avait délivré de M. de Saint-Senier et de Régine, Valnoir s'était éloigné le plus vite qu'il avait pu de ce poste dangereux à tous les points de vue.

Sans s'inquiéter de la fusillade et des cris qu'il entendait du côté de la rivière, il avait remonté à grands pas la route du Point-du-Jour, et s'était bientôt trouvé assez loin du théâtre de l'action pour s'arrêter et attendre en toute sûreté l'ouverture de la porte.

Après deux heures employées à se reposer de tant d'émotions et à réfléchir, assis sur le revers d'un fossé, aux étranges péripéties de la soirée, Valnoir avait vu venir le jour et avait pénétré dans Paris sans difficulté, au milieu d'une longue file de voitures maraîchères.

A une heure aussi matinale, il ne pouvait pas songer à se présenter chez madame de Charmière.

L'ingénieuse Rose, sous prétexte de se conformer aux us et coutumes du grand monde, avait mis son amant sur le pied de ne jamais venir chez elle à l'improviste, et, ce jour-là, Valnoir aurait d'autant moins osé forcer la consigne qu'il prévoyait une explication orageuse.

Il s'était trop fait attendre la veille au soir pour reparaître sans préparation chez la dame de la place de la Madeleine, et il se contenta de saluer en passant le balcon qui avait été le point de départ de son odyssée.

Une voiture de place, rencontrée à Passy, le ramena à son domicile brisé de fatigue, mécontent de lui-même et surtout inquiet des suites de son aventure.

Il avait ramassé le papier que Régine avait fait lire à M. de Saint-Senier et, bien qu'il ne comprît rien à cette phrase énigmatique où on parlait de complice et d'assassinat, il pressentait sous ce mystère un danger. Il se coucha cependant en arrivant rue de Navarin et s'endormit sur cette pensée consolante que l'officier et la bohémienne seraient tués ou pris par les Prussiens et qu'il en serait débarrassé.

En se réveillant vers midi, Valnoir trouva sur sa table de nuit un billet de madame de Charnière.

« Vous avez préféré passer la soirée sans moi, je passerai la journée sans vous, écrivait Rose qui affectionnait le style net et précis. Demain, je vous permettrai de venir à trois heures.

En attendant, M. Taupier vous donnera de mes nouvelles et vous parlera de nos projets pour faire prendre la *Lune avec les dents.* »

Ce gracieux avis n'était ni daté ni signé, en vertu d'un principe de prudence auquel la dame ne manquait jamais ; mais Valnoir, habitué à ces réserves, se décida sans peine à passer la journée chez lui.

Il avait un arriéré de correspondances à liquider ; la rédaction du *Serpenteau* se faisait le matin et il était trop tard pour envoyer de la copie ; deux raisons suffisantes pour ne pas sortir.

— Taupier viendra après sa mise en page, dit le journaliste en s'étirant, et il me racontera comment la soirée a fini chez Rose.

— Ah ! vous voilà, maître Bourignard, ajouta-t-il en voyant entrer son portier avec un plateau à la main.

Vous avez deviné que j'avais besoin de prendre du thé. Cette perspicacité vous honore.

Le personnage auquel s'adressait ce compliment rappelait d'une manière frappante le type de Joseph Prud'homme.

Doué d'un nez magistral et d'un menton proéminent qui tendaient visiblement à se rejoindre, M. Bourignard était porteur de lunettes d'or qu'il avait relevées sur son front complètement chauve.

Son cou maigre était entouré d'une cravate blanche dont les bouts brodés retombaient sur les larges revers d'un gilet à la Robespierre.

On aurait pu croire qu'il cherchait à imiter la tenue correcte du trop célèbre avocat d'Arras, car il avait endossé un habit bleu à boutons de métal pareil à celui que portait Robespierre, le jour de la fête de l'Être Suprême.

Ce majestueux portier n'avait gardé de la tenue réglementaire de son emploi qu'un tablier en toile grise qui cachait ses jambes cagneuses et une calotte grecque posée sur le haut de son chef pointu.

— Citoyen rédacteur, dit maître Bourignard, d'une voix qui paraissait sortir des profondeurs de son nez immense, je suis flatté de votre suffrage.

Cette phrase solennelle fut accompagnée d'un salut plein de dignité, et le personnage qui l'avait prononcée se prépara à poser le plateau sur la table de nuit.

— Portez ça dans le fumoir, père noble, et ne me laissez monter personne que M. Taupier, dit Valnoir en sautant à bas de son lit.

— C'est bien, citoyen rédacteur, reprit gravement M. Bourignard, mais je vous demanderai de ne plus m'appeler père noble.

— Bah ! ça vous gêne donc de ressembler à M. Samson

de la Comédie Française ? Et moi qui croyais vous faire un compliment !

— Je suis père, il est vrai, et j'en suis fier, car mon fils Agricola me donne beaucoup de satisfaction, mais je ne suis pas noble et je m'en vante. Tous prolétaires de père en fils dans ma famille, monsieur... Je veux dire : citoyen.

— Hum ! prolétaire ! on dit que vous avez des rentes sur le grand livre.

— Je suis même bien aise de ne pas être noble, continua l'homme aux lunettes d'or, car si je l'étais...

— Si vous l'étiez, vous aimeriez la noblesse et vous ne pouvez la souffrir, interrompit Valnoir en riant aux éclats.

Tenez, Bourignard, venez me servir mon thé, ça vaudra bien mieux que de parler politique.

Le citoyen concierge se décida à suivre son locataire dans le fumoir et se mit à préparer le déjeuner, sans rien perdre de la majesté qui lui était naturelle.

— Les nouvelles sont excellentes, dit-il, et je pense que nous serons bientôt débarrassés des hordes de Guillaume.

— Excellentes, mon cher Bourignard, excellentes ! Les Prussiens ont passé la Seine cette nuit, et nos avant-postes sont refoulés sous le canon des forts.

Le portier sourit d'un air fin et se pencha à l'oreille de son maître.

— On voit bien que monsieur ne sait pas ce que je sais, dit-il en oubliant de donner du : citoyen à Valnoir.

— Et que savez-vous, grand stratégiste Bourignard ?

— Je sais que Gringalet est là et qu'il n'en retournera pas un en Prusse, de ces soldats du despotisme, dit le concierge patriote.

— Qui ça, Gringalet ? demanda le journaliste en tâchant de garder son sérieux.

— Un marin, monsieur, qui pointe tous nos canons les uns après les autres, et qui ne manque jamais son coup.

8

Les Prussiens veulent mettre une pièce en ba⸱　　᾽ naf !
Gringalet tire, il met juste son boulet dans la　᷄᷄᷄᷄᷄ de
la pièce ; elle éclate... alors, vous comprenez...

— Parfaitement, parfaitement ! dit Valnoir qui avait
réussi à ne pas rire. Du moment que nous avons Gringalet, je ne vois pas pourquoi on a fait venir tous ces mobiles de province. Gringalet suffit.

— Aussi, j'ai fait habiller mon fils Agricola en mate-
lot, reprit Bourignard.

— Idée judicieuse et patriotique ! s'écria Valnoir en
trempant une tartine dans son thé.

La rédaction du *Serpenteau* n'avait pas fait entièrement
oublier à l'amant de Rose les charges dont il se diver-
tissait avant d'être devenu un homme politique.

— Mon épouse voulait lui acheter un costume complet
de *moblot* à la Belle-Jardinière, continua le portier, mais
je m'y suis opposé, parce que je soupçonne ces militaires
d'avoir apporté de leur province des idées rétrogrades. La
réaction relève la tête.

— La relève-t-elle, Bourignard ? demanda Valnoir
avec un air de doute.

— Elle la relève, monsieur, elle la relève, et on ne voit
dans les rues de Paris que ces suppôts de la féodalité.
Ça me fait penser qu'il en est venu un demander
monsieur.

— Qui est venu ? un mobile ?

— Oui, et un officier encore ! il était avec un civil qui
avait l'air d'un aristocrate fieffé. Je leur ai dit que monsieur dormait, et ils doivent revenir ce soir ou demain.

— Déjà lui ! murmura Valnoir devenu rêveur, ce serait
étrange.

Le citoyen portier Bourignard ne se doutait guère de
l'effet qu'il venait de produire en annonçant à Valnoir
la visite d'un militaire.

Le rédacteur en chef, qui avait oublié un instant ses
aventures nocturnes pour se livrer au plaisir de blaguer

son grotesque valet de chambre, se trouvait tout à coup rappelé brusquement à la réalité menaçante.

Si M. de Saint-Senier venait lui-même ou lui envoyait ses témoins, c'est qu'il était décidé à suivre cette affaire dont les côtés mystérieux inquiétaient beaucoup Valnoir.

L'amant de Rose s'était flatté un instant du secret espoir d'être débarrassé de l'officier et de Régine par les Prussiens qui avaient attaqué le poste.

Bourignard lui apprenait qu'il fallait en rabattre et compter avec les survivants de ce combat de nuit.

— Vénérable père d'Agricola, dit-il avec un sourire qui ressemblait beaucoup à une grimace, je n'ai plus besoin de vos services, et j'ai trois articles à écrire.

— Suffit, monsieur ; suffit, citoyen, murmura le plus jacobin des concierges, je me retire pour vaquer aux soins du ménage.

Si ces aristocrates reviennent, que faudra-t-il leur dire ?

— Que je ne suis pas rentré, répondit vivement Valnoir. Taupier seul ! rien que Taupier ! c'est la consigne pour aujourd'hui.

— Avec plaisir, monsieur, avec plaisir, grommela Bourignard en sortant. Le citoyen Taupier est un pur et on ne peut que profiter dans sa société.

Le journaliste, resté seul, alluma une pipe, s'étendit sur un divan et se mit à rêver.

— Qu'a voulu dire cette bohémienne ? pensait-il en tirant de sa poche le papier où elle l'accusait d'assassinat.

Il eut beau lire et relire la phrase, assez énigmatique d'ailleurs, il n'y comprit rien du tout.

— Mon complice ! murmurait-il, ce ne peut être que Taupier qu'elle a voulu désigner. Or, il me semble que si j'ai eu le malheur de tuer ce marin, je l'ai tué du moins dans toutes les règles. Son témoin, Podensac, serait là pour l'attester au besoin.

Assassiner ! peste ! comme elle y va ! Et cet imbécile

de lieutenant qui à l'air de croire à de pareilles bourdes.

Bah! ajouta-t-il en posant sa pipe, je suis bien sot de m'inquiéter. Cette fille est tout bonnement folle, et quant au nouveau duel auquel cet enragé veut me forcer, je le défie bien de trouver des témoins.

Satisfait de ce raisonnement rassurant, Valnoir se leva et se mit à préparer sur un bout de la table, où il venait de déjeuner, ce qu'il lui fallait pour écrire.

Il avait quelque peu négligé depuis vingt-quatre heures la rédaction du *Serpenteau*, et il éprouvait le besoin de passer sa mauvaise humeur en éreintant, c'est le terme consacré, ses adversaires politiques.

. Mais, ce jour-là, Valnoir n'était pas en veine ; après avoir griffonné dix lignes, il s'aperçut que les injures ne venaient pas sous sa plume avec la même abondance et qu'il ne trouvait plus pour calomnier ces tours ingénieux et ces oppositions de mots qui constituaient le fond de son talent.

L'image de Rose courroucée lui apparaissait à travers les phrases venimeuses qu'il alignait sur le papier, et il finit par abandonner une tirade laborieusement et perfidement ciselée, pour réfléchir à son aise au dîner de la veille et à ses singuliers convives.

Il en était à se demander s'il fallait croire à la mission du sieur Pilevert et aux projets d'Alcindor le fusionien, quand apparut tout à coup la personne anguleuse de Taupier.

— Tiens! te voilà, s'écria-t-il enchanté de la diversion que lui apportait le bossu. Je ne t'attendais pas sitôt.

— Merci! grogna Taupier qui semblait d'assez méchante humeur.

— Allons! ne te fâche pas et dis-moi si nous avons monté hier.

— Non, et nous ne monterons pas tant que le *Serpenteau* ne s'affirmera pas carrément comme organe des idées socialistes...

— Et fusioniennes, n'est-ce pas, pendant que nous y

sommes. Aurais-tu pris au sérieux les boniments de ce paillasse ?

— Mon cher, dit le bossu en s'enfonçant jusqu'au cou dans un fauteuil de canne, tu as du style, tu trousses proprement un article, mais en politique tu n'es qu'un niais.

— Je m'en doutais, dit Valnoir en riant, depuis que j'ai refusé ton roman en cinq parties, les *Amours d'un prolétaire*.

— Tu as eu tort, reprit Taupier, mais ce n'est pas de feuilleton qu'il s'agit. Si tu veux que le journal marche, il te faut une ligne. Or, tu attaques assez proprement les réactionnaires, mais tu n'as pas de ligne.

— Alors, tu en as une, toi, demanda ironiquement Valnoir. Je ne m'en serais jamais douté en te voyant.

Cette allusion aux lignes tortueuses de sa personne ne fut pas du goût de Taupier, qui reprit avec une aigreur marquée :

— Si mes idées ne te conviennent pas, je ne serai pas embarrassé de les développer ailleurs, et je suis venu pour savoir si tu veux marcher avec nous...

— Avec vous... les bossus de Paris ? interrogea fort impertinemment Valnoir.

— Avec nous, fondateurs de la Société de la « Lune avec les dents », continua Taupier, sans relever l'insolence.

Cette fois, le rédacteur en chef ne retint plus un immense éclat de rire et se renversa sur son divan en battant des mains.

— En attendant que je me décide, fais-moi le plaisir de m'expliquer ce logogriphe, ajouta-t-il en présentant au bossu le papier ramassé sur la table du poste.

Taupier le lut avec beaucoup d'attention, et sa figure n'exprima d'abord que l'étonnement d'un homme auquel on donne à lire un hiéroglyphe indéchiffrable.

— Eh bien ? demanda-t-il froidement.

— Eh bien ! mon cher, ce griffonnage nous traite tout

8.

simplement d'assassins : cet homme dont il est question dans ce billet doux, c'est moi; son complice, c'est toi; et l'homme assassiné, c'est l'officier du duel de Saint-Germain.

Cette explication eut le pouvoir de faire pâlir l'imperturbable bossu, qui demanda avec un émoi mal dissimulé :

— D'où te vient ce papier ?

— L'histoire serait trop longue à te raconter en détail. Sache seulement que ce gracieux avis a été remis en ma présence à M. de Saint-Senier, lieutenant de la garde mobile et cousin du mort, par une manière de tireuse de cartes associée de tes amis Pilevert et compagnie.

— Elle aussi ! dit entre ses dents Taupier.

— Comment ! elle aussi ! répéta Valnoir. Est-ce que par hasard ces drôles s'aviseraient, comme cette coureuse, de m'accuser d'assassinat ?

— Peut-être ! répondit le bossu, après un silence.

— Vraiment ! s'écria le journaliste exaspéré, et c'est ainsi que tu prends la chose, toi, que ces gens-là traitent de complice.

— Il paraît, dit froidement Taupier dont les yeux brillaient de méchanceté.

— Ah ! très bien ! à ton aise, mais je te déclare que je ne pousse pas l'indifférence jusqu'à me laisser insulter par des gredins de cette espèce, et, si tu m'abandonnes dans cette ignoble affaire, je saurai bien me faire justice tout seul.

— Qui t'a dit que je t'abandonnais ?

— Parle alors, sacrebleu !

— Parle toi-même, cria le bossu. Comment veux-tu que je te donne un conseil quand tu ne me dis pas seulement ce qui s'est passé ?

— Je t'en ai dit assez; mais, du reste, voici l'affaire en deux mots.

Hier soir, j'ai rencontré dans la rue cette sorcière en robe rouge que nous avions laissée l'autre jour dans la clairière; j'ai eu la sotte idée de la suivre, elle s'est jetée à la rivière pour m'échapper et moi j'ai failli me noyer pour la rattraper...

— Tu feras toujours des bêtises, interrompit le bossu.

— Bref, nous sommes tombés entre les mains de Saint-Senier qui était justement de garde par là. Il a voulu me forcer à me battre et j'allais être obligé d'en découdre quand les Prussiens ont attaqué le poste.

— Et tu as pu te sauver !

— Oui, mais la folle avait remis à cet enragé ce joli papier que j'ai rapporté. Elle ne parle pas, mais elle écrit, comme tu vois. Qu'est-ce que tu dis maintenant de la situation ?

— Que l'officier et sa sourde-muette sont probablement, à l'heure qu'il est, en route pour la Prusse. Notre reporter nous a dit ce matin que le poste avait été enlevé.

— Ah ! bien oui ! le Saint-Senier vient de m'envoyer deux témoins.

— Diable ! et tu les as reçus ?

— Non, je dormais. Mais ils ont dit à Bourignard qu'ils reviendraient.

— Il ne faut pas qu'ils le trouvent.

— Ah ! ça ! ma parole d'honneur, s'écria Valnoir furieux, on dirait que tu crois aux absurdes accusations de cette folle.

Nous aurions réellement assassiné l'officier de marine que tu ne me répondrais pas autrement.

— Si on m'accusait d'avoir volé les tours de Notre-Dame, je commencerais par me sauver, dit le bossu d'un ton sentencieux.

— Taupier ! mon ami, sais-tu bien que tu m'ennuies fortement, dit le rédacteur en chef qui se mit à marcher à grands pas dans le fumoir.

— Crois-tu que tu m'amuses en m'apprenant que tout est découvert.

Valnoir bondit, et, saisissant le bossu par le collet, il le fit pirouetter pour lui dire bien en face :

— Je sais que tu n'es qu'un lâche, mais moi je ne suis

pas du bois dont on fait les Taupier et je ne crains personne, entends-tu ? Je ne crains personne, parce que, si j'ai tué M. de Saint-Senier je l'ai tué loyalement.

— En es-tu bien sûr, demanda le bossu avec un sourire venimeux.

Valnoir recula d'un pas et devint d'une pâleur livide.

— Que veux-tu dire, misérable ? s'écria-t-il.

— Je veux dire que cette fille a raison, et qu'au lieu de t'emporter, tu ferais mieux d'aviser avec moi aux moyens de parer le coup.

— Mais tu n'as donc pas compris ! tu n'as pas lu ces mots odieux !...

— Parfaitement ; je les sais par cœur, et je te répète qu'elle dit la vérité.

Tu as assassiné l'officier de marine et je suis ton complice.

Valnoir passa la main sur son front comme un homme qui cherche à rassembler ses idées.

Il commençait à se persuader que le bossu devenait fou, car le ton sérieux de Taupier ne permettait pas de croire à une plaisanterie.

— Allons ! soit ! dit-il en riant d'un rire forcé, j'ai assassiné à mon insu M. de Saint-Senier ; je suis Valnoir, ou le criminel sans le savoir, — joli titre de drame pour le théâtre Saint-Marcel, — mais je voudrais bien être renseigné un peu sur les détails de mon forfait.

— C'est très simple, répondit le bossu avec un sang-froid qui glaça le malheureux rédacteur en chef.

Tu te battais avec un homme qui était de première force au pistolet et qui devait tirer le premier. Selon toutes les probabilités, tu étais donc un homme mort. J'ai voulu égaliser les chances, voilà tout.

— Je... je ne comprends pas, balbutia Valnoir, qui commençait à entrevoir une partie de la vérité.

— Tu vas comprendre ; je n'ai rien à te cacher.

Je te disais donc que je tenais beaucoup à te sauver

la vie et que j'avais ruminé un petit plan pour t'assurer contre un accident trop probable.

Si j'avais hésité, tes pressentiments et tes inquiétudes nerveuses sur le terrain m'auraient décidé.

On vise mal quand on a remué de la terre pour... ce que tu sais, et encore plus mal quand on a la superstition des souvenirs.

Tu parlais si tristement de ton père, tué d'un coup de fusil en juin 1848, que tu aurais sans doute fini comme lui, aux barricades près, si je n'avais pas pris mes précautions.

— Qu'as-tu donc fait? demanda le journaliste, terrifié.

— En chargeant les pistolets, j'ai mis une balle de plomb dans l'un et une balle de liège dans l'autre, et je me suis arrangé pour que le marin choisît l'arme inoffensive.

— Scélérat! cria Valnoir en saisissant le bossu à la gorge.

Mais Taupier se débarrassa de son éteinte avec une vigueur que sa construction physique n'annonçait guère et se retrancha derrière la table.

— Voilà bien du bruit pour un réactionnaire supprimé, dit-il en ricanant, et je te conseille vraiment de te plaindre.

Cet excès d'impudence calma presque Valnoir qui se rappela fort à propos les circonstances du duel.

— Mais, misérable! c'est toi, toi seul qui es l'assassin de cet homme! Je n'ai ni vu, ni touché les pistolets, et personne ne peut m'accuser de l'infamie qu'il t'a plu de commettre...

— Personne, excepté la bohémienne, à ce qu'il me semble.

— Mais cette jeune fille se trompe, je le lui prouverai et je te laisserai porter seul le poids de ton crime.

— C'est bien pensé, mais je crois que tu auras de la peine à séparer nos deux causes. Tu as fait ton droit et tu dois connaître l'axiome latin qui dit : « Le coupable, c'est celui qui a profité du crime. » Or, à qui profitait, je te prie, la mort de ton adversaire ?

L'argument avait porté. Valnoir se laissa tomber sur le divan et cacha sa figure dans ses mains.

Il y eut un assez long silence.

Le bossu jouissait de son triomphe, et, crânement campé sur le coin de la table, laissait tomber des regards de pitié sur son complice involontaire.

— Mais, malheureux, tu me perds et tu te perds avec moi, murmura Valnoir d'une voix étranglée par l'émotion.

— Peut-être, dit Taupier d'un air dégagé.

— Voyons ! tu n'as donc pas écouté ce que je t'ai dit ! tu oublies donc qu'on connait ton affreuse action et que tu n'as même pas eu l'habileté de te cacher pour la commettre.

— Ah ! voilà ! s'écria le bossu, du ton vexé d'un artiste auquel on signale un défaut dans son œuvre, je ne pouvais pas prévoir que nous serions espionnés par toute une nichée de saltimbanques.

Pour arranger les pistolets, je m'étais débarrassé adroitement du cousin et même de ce grand hâbleur de Podensac, mais je n'avais pas pensé au tas de bois qui servait d'écran à ces acrobates de malheur.

— Ainsi, cette jeune fille n'est pas seule à savoir !...

— Mais non, dit tranquillement Taupier. Ils sont bien jusqu'à trois qui connaissent notre secret.

Il eut soin d'appuyer sur le mot *notre*, qui impliquait la complicité de Valnoir.

Celui-ci tressaillit, mais il n'eut pas le courage de protester.

— Il me semble, reprit le bossu, que tu deviens raisonnable. Si tu veux m'entendre seulement deux minutes, je suis sûr que nous tomberons d'accord.

Valnoir secoua la tête d'un air que Taupier prit pour une menace.

— Oh ! je ne te demande pas de me remercier, ni même de m'approuver, reprit-il avec une rare audace.

Mais maintenant que la chose est faite, tu conviendras bien qu'il nous faut tâcher d'en prévenir les conséquences.

L'amant de Rose, au lieu de répondre, regarda le bossu avec une attention inquiète.

— Je te disais donc que nous avions contre nous trois personnes, et même quatre, puisque cette péronnelle a été raconter par écrit nos petites affaires au cousin, reprit Taupier de l'air tranquille d'un homme qui examine les chances d'une entreprise commerciale.

— Alors, ce saltimbanque et son acolyte ont vu aussi...

— Le saltimbanque, comme il te plaît d'appeler l'honorable messager du dernier des Charmière, le saltimbanque est parfaitement au courant, dit le bossu sans paraître remarquer la grimace de Valnoir.

Il a même entre les mains ce que les magistrats appellent une pièce « conviction, car il a ramassé la balle de plomb que j'avais jetée adroitement par-dessus la coupe de bois.

L'infortuné journaliste laissa échapper un profond gémissement.

— Quant au philosophe Alcindor, continua Taupier, je ne suis pas sûr qu'il ait consenti à descendre des hauteurs du *fusionisme* pour s'occuper de ces détails terrestres, mais il était derrière les bûches avec son maître, et il est bien probable qu'il a saisi comme lui mon petit escamotage.

— Nous sommes perdus, murmura Valnoir.

— Bah! pourquoi donc! sur les quatre témoins à charge, toujours pour parler le langage des cours... de justice, dit l'infernal bossu, j'en tiens deux, et je te réponds qu'ils ne diront rien sans ma permission.

— Comment cela? demanda timidement le rédacteur en chef du *Serpenteau*.

— Parbleu! ce n'est pas difficile à deviner; en mettant le journal au service de la nouvelle société si heureusement nommée *la Lune avec les dents*, je me suis concilié le dévouement à toute épreuve de l'hercule et de son *pitre*.

— Je ne veux pas, s'écria Valnoir, je refuse absolument de défendre les stupides théories de ces deux imbéciles.

— Alors je ne vois aucun moyen de les empêcher de bavarder, dit froidement Taupier.

— Tu oublies que le *Serpenteau* a réussi parce qu'il fait de l'opposition à l'usage des gens d'esprit ; comment veux-tu qu'il soutienne des absurdités assommantes ? Au bout de huit jours, je n'aurais plus un acheteur.

— Et qui te parle de les soutenir avec ta plume de lettré ? Est-ce que tu te figures par hasard que nos futurs sociétaires liront tes articles ? Il y a une bonne raison pour que la plupart s'abstiennent, car ils ont négligé d'étudier l'alphabet.

— Je ne comprends plus, dit Valnoir.

— Mais, grand niais que tu es, tu ne vois donc pas qu'avec ton talent de pamphlétaire, tu es une force. *La Lune avec les dents* se servira de cette force pour démolir les bourgeois, les patrons, toutes les autorités qui gênent l'expansion de l'idée « fusionnienne », et, avant six mois, nous installerons notre principe sur la place que tu auras déblayée.

— Jolie mission que tu me proposes là ! grommela le journaliste humilié.

— Paul-Louis Courrier n'a pas fait autre chose, sans s'en douter, reprit l'impitoyable bossu, mais ce n'est pas de cela qu'il s'agit.

Si tu veux me laisser agir à ma guise, je te garantis la discrétion de Pilevert et d'Alcindor.

— Mais, malheureux, quand bien même je consentirais à me déshonorer pour acheter le silence de ces brutes, nous serions toujours à la merci de cette fille et de M. de Saint-Senier.

— Ça, c'est une autre affaire, et je m'en charge encore. Seulement, il faut me dire tout ce que tu sais sur les deux personnages en question.

— Je t'ai raconté tout ce que savais.

— Nous avons d'abord le Saint-Senier, reprit le bossu
sans s'arrêter à cette fin de non-recevoir. Celui-là n'est
pas bien dangereux, car en supposant que les Prussiens
ne nous aient pas débarrassés de son illustre personne, il
n'a rien vu sur le terrain et il ne peut nous accuser que
par ouï-dire.

— C'est bien assez, murmura le journaliste.

— Ce n'est rien du tout, dit péremptoirement le bossu,
Reste la fille; et celle-là pourrait vraiment nous nuire,
si je n'y mettais ordre.

— Et que veux-tu faire contre une espèce de folle qui
ne parle pas, qui ne demeure nulle part, et qui ne tient à
rien ni à personne?

— Tu crois ça, toi, reprit Taupier; eh! bien, moi, je
suis sûr que, par cette prétendue folle, nous arriverons à
connaître le fond du sac de tous ces gens-là.
Seulement, il faut que je sois un peu mieux renseigné. J'ai déjà essayé de tirer les vers du nez à Pilevert,
mais j'ai eu beau lui faire avaler un carafon de kirsch, je
n'ai pas pu le faire parler.
Voyons! où l'as-tu rencontrée, hier soir?

— Derrière la Madeleine, à l'entrée de la rue Tronchet.

— Seule?

— Oui. Pourtant, il m'a semblé qu'elle venait de quitter une personne qui s'éloignait en voiture au moment où
j'arrivais.

— Un homme?

— Non, une femme. Elle a mis la tête à la portière, et
elle a fait un geste d'adieu.

— C'est palpitant d'intérêt, s'écria le bossu triomphant.
Continue, mon cher, je tiens la piste.

— Oh! dit Valnoir, je crois que tu te réjouis trop vite.
J'ai à peine entrevu la personne qui était dans le
fiacre, et, à plus forte raison, je ne sais pas où elle est
allée.

— C'était donc un fiacre? dit le bossu qui paraissait
réfléchir profondément.

9

— Oui, et je me rappelle même qu'il était attelé de deux chevaux gris.

— Bien entendu, tu n'as pu voir le numéro...

— Je n'ai guère pensé à le regarder, je t'assure, et d'ailleurs la voiture était déjà loin quand je me suis trouvé nez à nez avec la donzelle.

— C'est dommage, dit Taupier entre ses dents.

Dire qu'avec un morceau de carton comme celui-là, nous saurions à quoi nous en tenir, ajouta-t-il en jouant avec un papier carré que ses doigts venaient de rencontrer sur la table.

Valnoir, perdu dans des réflexions sérieuses, suivait d'un regard distrait les mouvements du bossu, quand celui-ci s'écria tout à coup :

— Mais, au fait, d'où te vient ce numéro imprimé ?

— Je... je ne sais, dit l'amant de Rose en examinant avec surprise l'objet que maniait Taupier.

C'était un de ces cartons que les cochers sont tenus de remettre au voyageur qui monte dans leur voiture, et celui-là semblait avoir été froissé et même mouillé, car les indications en étaient à peine lisibles.

Le bossu l'avait ramassé machinalement à côté du papier accusateur que Valnoir avait jeté sur la table après le lui avoir fait lire.

— Voyons ! dit vivement Taupier, tâche de te rappeler si tu as pris un fiacre hier et si ce numéro a pu tomber de ta poche en rentrant.

— Je suis sûr du contraire, et ce carton n'était pas là ce matin, car Bourignard, qui a la rage de balayer, l'aurait enlevé.

— Donc, tu viens de le semer, sans t'en apercevoir quand tu m'as montré l'écriture de cette drôlesse.

— C'est bien possible, murmura Valnoir, qui ne comprenait pas encore.

— C'est sûr ; maintenant, te souviens-tu des mouvements de la susdite quand elle a mis son acte d'accusation sous le nez de Saint-Senier ?

— Parfaitement ; elle l'a tiré de sa poitrine où il était roulé et passablement déformé par l'eau ; l'officier n'y a jeté qu'un coup d'œil avant de le laisser tomber sur la table du poste où je l'ai pris et fourré dans ma poche après l'avoir lu rapidement.

— Et tu ne t'en es plus occupé, si ce n'est, tout à l'heure pour l'exhiber ?

— Non, je viens de la retrouver tel que je l'avais pris.

— Très bien ! s'écria Taupier triomphant. Maintenant nous y sommes, et avec ce brimborion-là nous saurons à qui la sorcière avait donné rendez-vous derrière l'église.

J'ai même une vague idée que je devine déjà.

— Tu es plus habile que moi.

— Cherche à te rappeler si tu n'as pas vu une personne de ta connaissance monter les marches de la Madeleine.

— Non... je ne me souviens pas.

— Je vais t'aider ; la dame de tes pensées est plus perspicace que toi et elle m'a fait hier soir ses petites confidences.

— Je comprends de moins en moins.

— Et qui pouvait aller faire sa prière si tard, sinon une dévote... une dévote affligée ?

— Renée de Saint-Senier ! s'écria Valnoir frappé d'un souvenir oublié dans les agitations de la nuit.

— Allons donc ! tu y arrives enfin, la belle Rose a eu bien raison de me conter la scène de jalousie qu'elle t'a faite à propos de cette noble « damoiselle ».

— Oui, oui, c'est vrai, je l'ai vue entrer dans l'église.

— A quelle heure ?

— Mais, à la chute du jour, bien longtemps avant de rencontrer la bohémienne, et je ne crois pas...

— Bah ! bah ! les pieuses personnes du grand monde font de longues dévotions et je parierais volontiers que la dame du fiacre était mademoiselle de Saint-Senier qui venait de causer avec la sauteuse.

— Au fait ! dit Valnoir en se parlant à lui-même, cette Régine avait l'air d'attendre sur le banc où je l'ai aperçue d'abord... mais d'un autre côté, quel rapport entre l'élève d'un saltimbanque...

— Tu oublies sa vocation pour le métier d'ambulancière, et son retour de Saint-Germain, en compagnie de l'illustre mort. Ni toi, ni moi ne savons au juste ce qui s'est passé dans ce voyage sentimental, car je n'ai pas encore pu mettre la main sur ce fier-à-bras de Podensac, mais je suis sûr qu'il y a là un mystère, et ce mystère, je l'éclaircirai avec ceci.

Taupier montrait le carton imprimé.

— Numéro 5721 ! épela le bossu. Par la grâce de ce talisman et par la force des démarches du citoyen Frapillon, homme d'affaires et caissier du « Serpenteau », je saurai en trois jours tout ce que je veux savoir.

— Et nous n'en serons pas plus avancés, puisque cette fille a tout vu et tout dit, interrompit Valnoir avec humeur.

— Laisse-moi faire, et je te garantis que bientôt elle ne rédigera plus de poulets dans le genre de celui que tu m'as montré.

Le malheureux rédacteur en chef regarda son complice forcé avec inquiétude, comme s'il eût craint de lire dans ses yeux le présage d'un nouveau malheur.

— Oh ! n'aie pas peur, dit Taupier, qui avait compris, j'opérerai par les moyens doux.

— Mais, demanda Valnoir, si ces gens-là étaient cachés dans la clairière, ils ont vu aussi.

— Le petit travail que nous avons exécuté au pied du gros chêne avant le duel ?

L'amant de madame de Charmière répondit par un signe de tête affirmatif.

— Je n'en suis pas sûr, mais c'est probable, dit froidement le bossu, qui, depuis sa première conversation avec Pilevert, savait très bien à quoi s'en tenir.

— Et cela ne t'inquiète pas ?

— Tant que les Prussiens auront une garnison à Saint-Germain, je pense que nous pouvons dormir tranquilles. L'hercule n'ira pas donner de représentations de ce côté-là avec son paillasse et sa sorcière.

Après la levée du siège, nous aviserons, comme disaient les rois de France, quand il y en avait encore.

Valnoir devint plus sombre et retomba dans ses réflexions.

— Je me résume, reprit Taupier qui ne voulait pas lui laisser le temps de se rétracter ; tu me confies ce carton et tu me donnes carte blanche pour dresser mes batteries avec le concours de l'intègre Frapillon.

— Soit! murmura le journaliste.

— Quand à la *grrrande* association, continua le bossu du ton d'un charlatan qui fait une annonce, nous en discuterons les statuts demain soir au célèbre café du *Rat-Mort* où j'ai convoqué nos illustres amis et j'espère que tu voudras bien honorer de ta présence ce cénacle humanitaire.

— Ne compte pas sur moi ; je ne sais pas si je serai libre.

—Tu demanderas la permission de dix heures à la citoyenne Charmière, cria l'irrévérencieux bossu en prenant le chemin de la porte ; je cours au journal et de là chez Frapillon, le plus socialiste des caissiers.

— Pour lui demander une avance ? dit le rédacteur en chef avec une grimace.

— Pour protéger tes précieux jours contre les hobereaux de province, ingrat! répondit Taupier, qui disparut comme un Parthe après avoir lancé sa flèche.

Valnoir se trouva seul avec ses pensées, qui n'étaient rien moins que gaies.

La révélation qu'il venait d'entendre de la bouche de l'abominable bossu pesait de tout son poids sur sa conscience troublée, et il se demandait s'il ne ferait pas mieux de rompre avec ce scélérat et d'aller tout raconter à M. de Saint-Senier.

L'inspiration était loyale et salutaire, et, en d'autres temps, le journaliste n'aurait pas hésité à la suivre, mais, depuis que madame de Charmière était entrée dans sa vie, le souvenir de l'enchanteresse s'interposait toujours entre ses résolutions et ses actes.

— Si je consultais Rose ? se disait-il invariablement dans les circonstances graves, et jamais occasion plus sérieuse ne s'était offerte de consulter cette dangereuse Égérie.

Aussi se décida-t-il à lui soumettre le cas, et il allait s'habiller pour se transporter chez elle, quand il se souvint de la consigne.

L'appartement de la place de la Madeleine lui était interdit pour toute la journée, de par le billet de la dame du logis, et force lui était de remettre au lendemain la terrible confidence.

Il alluma un cigare pour tuer le temps jusqu'à l'heure du dîner, et il s'installa dans un fauteuil en rêvant à ses récentes aventures.

La conversation avec Taupier avait été fort longue et le soleil à son déclin dorait de ses derniers rayons la cime des arbres du jardin qui s'étendait sous la terrasse.

A travers les feuilles des clématites et des pois de senteur qui grimpaient le long du treillage et que le citoyen Bourignard ne dédaignait pas d'arroser deux fois par jour, Valnoir voyait se dérouler devant lui une large pelouse où picoraient joyeusement les moineaux du voisinage.

Ce gazon, rarement fauché, précédait le pavillon construit en forme de chalet isolé au fond de ce parc qui paraissait avoir dépendu autrefois d'un grand hôtel, rasé, comme tant d'autres, pour faire place à des maisons de rapport.

Les fenêtres de ce pavillon ne s'ouvraient jamais, et le journaliste avait toujours cru qu'il était inhabité.

Indifférent, d'ailleurs, comme on l'est à Paris, il ne s'était jamais enquis des locataires qui pouvaient l'occuper, et se contentait de trouver que ce toit rustique bornait fort agréablement la perspective.

Ce soir-là, par extraordinaire, il remarqua que les persiennes du chalet étaient levées, au premier étage de la façade.

Il pensa que les habitants étaient revenus de quelque villa des environs de Paris, chassés par les Prussiens, et pesta intérieurement contre le siège qui lui ramenait peut-être des voisins incommodes et indiscrets.

Personne ne se montrait sur la galerie qui faisait extérieurement le tour du pavillon, mais le soleil éclairait en plein la chambre du milieu dont la fenêtre était ouverte.

Le fond de cette pièce était occupé par de vastes tentures blanches au pied desquelles, à sa grande surprise, l'amant de Rose distingua parfaitement une femme agenouillée.

Cette femme était vêtue de noir et son costume de deuil s'accordait parfaitement avec son attitude.

Elle avait l'air de prier sur un tombeau.

Elle tournait le dos à Valnoir, qui ne pouvait juger de son âge que par sa taille, évidemment jeune.

Quant à ses dévotions, il était très difficile de deviner à qui elles s'adressaient.

Les vastes tentures blanches qui garnissaient le fond de la pièce pouvaient recouvrir un cercueil ou entourer le lit d'un malade.

Mais la première hypothèse était invraisemblable.

Comment admettre, en effet, que ce pavillon, inhabité depuis longtemps, se fût rouvert pour célébrer des funérailles ?

On n'enterre personne sans formalités préalables, à Paris surtout, et un décès dans le chalet aurait certainement amené des allées et venues qui n'auraient pas échappé à l'œil des voisins.

Le même raisonnement pouvait, il est vrai, s'appliquer au cas de maladie, et le silence qui avait toujours régné autour de cette maisonnette abandonnée ne s'accordait guère avec le mouvement obligé des visites du médecin.

Valnoir fit promptement toutes ces réflexions et sa surprise s'accrut d'autant.

Il ne pouvait détacher ses yeux de ce singulier spectacle et, pour ne pas être aperçu, au cas où l'inconnue se retournerait, il prit position derrière le treillage qui le cachait complètement.

Depuis qu'il était engagé dans une série d'aventures bizarres, le journaliste, d'ordinaire assez sceptique, se sentait très porté à croire au merveilleux, et surtout, à rattacher ce qu'il voyait à sa propre histoire.

La conversation de Taupier lui trottait par la tête et il lui suffisait d'apercevoir une femme en deuil pour penser à mademoiselle de Saint-Senier.

Mais quelle apparence que la sœur de son adversaire, fort bien apparentée au faubourg Saint-Germain, fût venue occuper un pavillon isolé sur les hauteurs du quartier Bréda ?

Avant le duel, Valnoir savait qu'elle avait passé l'été à Maisons-Laffite, chez une tante qui revenait l'hiver habiter avec elle un petit hôtel de la rue d'Anjou-Saint-Honoré.

C'était même à propos de ce séjour à la campagne, en brillante compagnie, que le « Serpenteau » avait publié sous le titre : « Nouvelles du grand monde », quelques lignes où le frère de Renée avait vu une allusion blessante.

Le rédacteur en chef rejeta donc bien loin la supposition qui s'était présentée d'abord à son esprit, mais il n'en resta pas moins à son poste.

Le soleil avait disparu et l'intérieur de la chambre mystérieuse se remplissait d'ombre.

Les draperies blanches étaient encore visibles, mais la forme de la femme en noir s'effaçait déjà dans la demi-obscurité du crépuscule.

— Il faudra bien qu'elle allume, ne fût-ce qu'un cierge, pensa Valnoir, et alors je verrai bien la figure de cette beauté désolée.

Il fut tiré de ces réflexions par l'entrée du majestueux Bourignard qui lui apportait les journaux du soir.

— Monsieur, dit le citoyen concierge, le « moblot » est revenu vous demander, mais cette fois je lui ai dit que vous n'étiez pas rentré depuis hier et que j'étais même très inquiet de vous.

— Parfait, père Bourignard, parfait. Vous êtes rempli d'imagination. Et qu'a dit ce guerrier provincial ?

— Il n'a pas paru trop surpris, seulement, il a chuchoté avec son camarade, et, même j'ai entendu qu'il lui disait : « Au fait, il est possible qu'il ne revienne jamais ! » et l'autre a répondu : « Tant mieux ! c'est toujours un de moins. »

— Vraiment ! s'écria Valnoir, vous êtes sûr qu'ils ont dit cela ?

— Sûr comme je suis sûr de savoir par cœur la « Déclaration des droits de l'homme, » répondit solennellement le portier.

— Bourignard ! vous êtes un serviteur modèle, et je vous donnerai cette semaine des places pour les Variétés.

— Si ça ne faisait rien à monsieur, j'aimerais mieux deux entrées au café-concert pour aller entendre madame Bordas chanter la *Canaille*. Mon fils Agricola préfère cet hymne à tous les spectacles frivoles et réactionnaires.

— Vous aurez vos entrées, vertueux Bourignard ; je vais sortir pour aller dîner et je rentrerai tard ; ainsi, ne m'attendez pas.

— Monsieur désire-t-il de la lumière ?

— Non, c'est inutile... A propos, le chalet d'en face est donc habité à présent ?

— Je ne l'ai point ouï dire ; il est vrai que la politique ne me laisse pas le temps de m'occuper de ce qui se passe dans le quartier.

D'ailleurs, l'entrée du pavillon est dans la rue de Laval, et, de ce côté-ci, je n'ai jamais vu personne.

— Alors je me serai trompé, dit négligemment Valnoir,

9.

qui ne se souciait pas de mettre Bourignard dans la confidence de ses préoccupations.

Dès qu'il se retrouva seul, il se remit à son observatoire, mais il eut le chagrin de constater que la fenêtre avait été fermée pendant son colloque avec le portier, et il ne vit pas briller la moindre lueur à travers les persiennes.

La toile tombait au moment où le spectacle allait devenir intéressant, mais Valnoir avait de quoi se consoler avec le récit que Bourignard venait de lui faire.

— Ils croient que j'ai été tué ou pris dans la bagarre, pensa-t-il, et j'en suis débarrassé au moins pour quelques jours. D'ici à ce que le Saint-Senier soit détrompé, j'aurai le temps de prendre mes mesures, car il ne doit pas lire souvent les journaux.

Cette pensée rassurante le fit songer à parcourir ceux que le concierge avait apportés.

Il n'avait plus à craindre d'être vu du pavillon qui semblait plus désert que jamais. Il alluma donc une bougie et il se mit à parcourir les feuilles du soir.

Elles étaient, comme de coutume, remplies de considérations stratégiques que Valnoir s'empressa de sauter pour arriver aux faits divers.

L'escarmouche de la nuit n'avait pas dû passer inaperçue et le rédacteur en chef se doutait bien que les reporters n'auraient pas négligé une si belle occasion de faire de la copie.

Il trouva en effet dans le premier journal qui lui tomba sous la main un long récit du combat nocturne auquel le narrateur n'avait pas manqué de donner des proportions grandioses.

L'ennemi avait été vigoureusement repoussé et avait repassé la Seine en emportant beaucoup de morts et de blessés.

Malheureusement, ajoutait le rédacteur militaire, le lieutenant qui commandait le poste le plus avancé a disparu. M. de Saint-Senier qu'on a tout lieu de croire mort était un brillant officier, qui a payé de sa vie le tort de s'être laissé surprendre.

Valnoir se dispensa de lire les commentaires ajoutés par le stratégiste d'occasion qui déplorait vivement la fatale négligence de nos officiers.

Ce qu'il venait d'apprendre suffisait à le rassurer.

— Allons, dit-il entre ses dents, je crois que je me tirerai sans encombre de cette vilaine affaire. On ne parle pas de la bohémienne, donc elle a disparu comme le Saint-Senier.

Je laisserai Taupier s'arranger avec les deux saltimbanques, et je saurai bien plus tard me débarrasser de lui aussi, car ce bossu devient par trop dangereux.

Le seul point noir, c'était la visite des moblots; mais Valnoir se persuada sans peine que les deux troupiers qui étaient venus le demander cherchaient tout simplement des nouvelles de leur camarade et ami le lieutenant.

— Je suis assez connu à Paris, pensa-t-il, pour qu'un soldat du poste leur ait dit mon nom : et ils auront facilement trouvé mon adresse.

La réponse de Bourignard a dû les décourager, et il est probable qu'ils ne reviendront plus.

Après avoir ainsi arrangé les choses dans sa tête, Valnoir se sentit plus léger et se décida à s'habiller pour aller dîner dans un restaurant du voisinage.

La maison de madame de Charmière lui était fermée jusqu'au lendemain, et il éprouvait le besoin de se distraire par le bruit et le mouvement d'un lieu public.

Il allait sortir du fumoir quand le son éloigné d'une cloche attira de nouveau son attention du côté du jardin.

— Tiens! tiens! murmura-t-il, on reçoit des visites au chalet mystérieux.

Le tintement se renouvela deux fois coup sur coup.

Cet appel paraissait venir d'une entrée qui devait donner sur la rue de Laval, comme l'avait dit Bourignard.

Il était donc peu probable que le visiteur, quel qu'il fût,

se montrât, sur la pelouse qui s'étendait derrière le pavillon.

A tout événement, néanmoins, Valnoir souffla sa bougie et attendit.

Sa persévérance fut récompensée.

Il n'était pas en observation depuis cinq minutes que deux formes humaines parurent à l'angle du chalet.

La nuit était trop sombre pour lui permettre de distinguer le sexe des promeneurs qui arpentaient lentement le gazon à cinquante pas de lui.

Tout ce qu'il pouvait voir, c'est qu'un dialogue animé devait être engagé entre eux, car ils s'arrêtaient de temps en temps et gesticulaient avec beaucoup de vivacité.

Valnoir crut même remarquer que l'un des inconnus élevait souvent le bras vers les fenêtres du chalet et il en conclut qu'il était question de la chambre aux draperies blanches.

Le vent, qui était assez fort, empêchait les voix d'arriver jusqu'à la terrasse, à la grande contrariété du spectateur de cette scène.

— Je suis bien sot de m'obstiner ainsi, pensa le journaliste ; j'enverrai demain aux renseignements dans la rue de Laval et probablement ce que j'apprendrai ne m'intéressera guère.

Au moment où il allait lever le siège, il s'aperçut que les promeneurs avaient changé de direction et se rapprochaient peu à peu de la terrasse.

— Bah ! se dit-il, espionnons jusqu'au bout, pendant que j'y suis ; je vais peut-être savoir à quoi m'en tenir sur mes voisins ou voisines ; et, dès que j'aurai deviné la charade, j'irai dîner.

Le couple avançait lentement, à cause des temps d'arrêt fréquents qui retardaient sa marche, et Valnoir ne distinguait encore que des gestes, sans avoir pu recueillir une parole.

Son cœur battait sans qu'il sût trop pourquoi, et il se

sentait cloué à son poste par un instinct dont il ne se rendait pas bien compte.

Sa curiosité allait être satisfaite, car les mystérieux promeneurs arrivaient enfin à portée de la voix, et il redoublait d'attention, quand un formidable éclat de rire partit derrière lui.

— Que diable fais-tu là? criait à tue-tête l'insupportable Taupier, qui venait d'entrer sur la pointe du pied.

Avant que Valnoir eût le temps de se retourner, les deux inconnus avaient disparu.

V

Le cabinet de J.-B. Frapillon, agent d'affaires, était situé au troisième étage d'une maison de la rue Cadet.

Cet immeuble, composé de deux immenses corps de bâtiment séparés par une longue cour, était un véritable phalanstère.

On rencontrait à ses divers étages toutes les catégories de la population parisienne.

Le rez-de-chaussée était occupé par un marchand de vin, par un facteur d'instruments de musique et par un libraire qui vendait des journaux.

Le premier était habité par un entrepreneur de bals publics et par un escompteur se disant banquier, quoique sa véritable industrie consistât à exploiter par l'usure les petits marchands du quartier.

Au second, on trouvait une modiste, deux couturières et un fabricant de bijoux faux.

L'appartement de J.-B. Frapillon marquait la limite entre les locations commerciales et les domiciles de fantaisie.

Au-dessus, ce n'étaient plus que lorettes de quatrième ordre, employés de magasin et courtiers en disponibilité.

La maison, malgré cette bizarre confusion de locataires,

ou plutôt à cause de cette promiscuité, était merveilleusement choisie pour y exercer une profession interlope.

Les escaliers étaient incessamment montés et descendus par des gens de toute condition qu'attiraient là les motifs les plus variés.

Le gandin en quête d'une bonne fortune tarifée y coudoyait le négociant besoigneux qui venait solliciter un acompte sur des valeurs douteuses.

L'habituée de Mabille, armée et caparaçonnée en guerre, y rencontrait la mère de famille économe, à la recherche de chapeaux à bon marché.

Il résultait de ce mouvement incessant qu'un client pouvait venir consulter l'homme d'affaires sans avoir à craindre d'être remarqué, à quelque classe sociale qu'il appartînt.

J.-B. Frapillon jouissait, d'ailleurs, auprès du concierge de cette vaste ruche, d'une considération sans limites, grâce aux généreux pourboires dont il appuyait toujours le payement de ses termes de loyer, acquittés avec une régularité exemplaire.

Dans le quartier, il passait pour un habile homme et même, jusqu'à preuve du contraire, pour un honnête homme.

Il avait de tout temps professé des opinions démocratiques assez avancées, mais il affichait un profond respect pour l'ordre et remplissait très exactement tous ses devoirs civiques et sociaux.

Il était souvent désigné comme scrutateur dans le dépouillement des opérations électorales et, depuis la dernière révolution, il était grandement question de le choisir pour commander un bataillon.

De ses antécédents, ses concitoyens, savaient fort peu de chose.

On disait qu'il avait été jadis notaire en province, puis commissionnaire au Mont-de-Piété de Paris et qu'il s'était défait de toutes ces charges pour se consacrer exclusivement aux *affaires*.

Ce mot vague, qui pouvait servir d'étiquette à toutes sortes d'opérations, licites ou autres, était pris en bonne part par les voisins.

On répétait même tout bas que J.-B. Frapillon ne bornait point ses travaux à la gestion des affaires contentieuses, et que son intelligence, doublée d'une probité toute républicaine, lui avait valu la confiance de plusieurs notabilités politiques.

On ne lui connaissait, du reste, ni femme, ni enfants, ni maîtresse, ni chien, ce qui le plaçait au-dessus des commérages et le distinguait de ses confrères.

L'appartement de ce notable se composait d'une antichambre, formant bureau, d'un salon meublé en velours d'Utrecht, d'un cabinet garni de cartons superposés et étiquetés, et de plusieurs autres pièces réservées pour l'existence personnelle de l'agent d'affaires.

J.-B. Frapillon professait cet axiome salutaire que la vie privée doit être murée, et le public ne pénétrait pas au delà des trois locaux professionnels.

Il y avait même des catégories parmi les clients.

Les employés sans place s'arrêtaient à l'antichambre, où ils conféraient avec un commis maigre et blême, fruit sec de la basoche, qui enregistrait leurs demandes et leur distribuait des prospectus et des conseils payés.

Les débiteurs courant après le renouvellement d'un effet protesté, les boutiquiers en contestation avec leur propriétaire pour un bail à résilier s'abouchaient dans le salon avec le directeur de l'agence.

Les industriels importants et les gens du monde franchissaient seuls la porte à clous dorés du cabinet.

Ces trois pièces se commandaient, mais la partie intime de l'appartement s'accédait par un couloir entièrement séparé qui aboutissait sur le palier, en face de l'entrée officielle.

Le maître ouvrait toujours lui-même l'huis consacré aux privilégiés.

Quand il y avait concomitance de visites ordinaires et

extraordinaires, un timbre électrique, mis en mouvement par le commis, avertissait J.-B. Frapillon qu'on l'attendait au cabinet ou au salon.

Pas de rencontre fâcheuse ou de confusion possibles.

Ce jour-là, par une jolie matinée d'automne, l'important personnage qui exerçait rue Cadet ses industries complexes avait remis à son subordonné le soin d'accueillir les trois classes de clients ordinaires.

Il s'était retranché dans le coin le plus retiré de son logement particulier, et il y donnait audience à une belle et élégante personne qui n'était autre que madame Rose de Charmière.

Ce réduit interdit à la foule était une salle ronde dont l'ameublement rappelait les vicissitudes de la vie accidentée de J.-B. Frapillon.

Les murs disparaissaient littéralement sous les cadres sculptés, les trophées d'armes et les objets d'art, épaves recueillies dans des liquidations commerciales ou dans des saisies mobilières.

Il y avait cinq lustres pendus au plafond, trois pendules sur des consoles et une argenterie variée sur des dressoirs.

Tous ces reliquats du Mont-de-Piété juraient avec les collections de journaux entassées sur le parquet et les énormes registres cerclés de cuivre qui s'étalaient sur un pupitre colossal.

Dans cette agglomération bizarre d'objets hétérogènes, le seul qui parût avoir été placé là par le goût personnel de l'agent d'affaires, était un portrait du conventionnel Hébert, dans un cadre de bois noir et surmonté d'une couronne de chêne.

L'admirateur du trop célèbre communiste de 1793 était un homme de quarante ans à peu près, grand, gros, fort et orné, en dépit de sa paisible profession, d'une barbe rousse qui aurait fait honneur à un sapeur.

La bouche était grande, les lèvres minces, le nez

pointu et le front assez bas, malgré une calvitie précoce
qui en doublait les dimensions apparentes.

Les yeux petits, mais vifs et intelligents, brillaient
derrière les verres de lunettes très fines.

Il y avait dans la physionomie un mélange de ruse et
d'audace, la ruse d'un spéculateur véreux, soutenue par
l'audace d'un sectaire.

J.-B. Frapillon se drapait dans une robe de chambre
en cachemire, mais il arborait dès le matin la cravate
noire, le gilet blanc et le pantalon gris.

C'était la tenue d'un chef de bureau, moins l'habit traditionnel.

Assise en face de lui madame de Charmière avait l'air
d'une grande dame qui daigne solliciter une faveur admi-
nistrative sans rien perdre de sa désinvolture supérieure.

Elle venait d'entrer et jouait du bout de son ombrelle
avec les papiers étalés sur le bureau, en femme habituée
à traiter les affaires comme une commande de bottines.

— Il y a donc du nouveau, chère belle, dit l'homme à
lunettes.

Pour que vous veniez me voir si matin, il faut que
vous ayez besoin de moi, ajouta-t-il avec un sourire
équivoque.

— Vous avez deviné, futur dictateur, répondit Rose;
c'est étonnant comme la politique forme les hommes.

— C'est mon état d'être perspicace, reprit J.-B. Frapillon, et vous savez de plus que je vous suis dévoué, jusqu'à la caisse, inclusivement.

— Ce n'est pas seulement d'argent qu'il s'agit, et j'ai
à causer avec vous.

— De quoi, s'il vous plaît?

— De tout un peu.

— Très bien! j'écoute.

— De Valnoir, d'abord.

— Ah! Ah! ce cher ami, il y a trois jours que je ne
l'ai vu, et je crois qu'il se dérange.

Seriez-vous jalouse?

— Ne dites donc pas de sottises, Frapillon, dit madame de Charmière, en haussant les épaules.

Où en est le journal ?

— Il marche à merveille, et l'affaire me paraît toujours excellente.

— Alors, vous croyez que j'ai fait un bon placement ?

— Exceptionnel ; c'est de l'argent à vingt pour cent au moins, sans compter que vous pourriez toujours retirer vos fonds, si l'affaire se gâtait.

— Vous n'avez rien dit à Valnoir, j'espère.

— Pour qui me prenez-vous ? Il croit toujours que notre bâilleur de fonds est un Américain qui veut soumissionner des fournitures d'armes.

Rose approuva d'un signe de tête.

— Savez-vous, chère belle, reprit l'agent d'affaires que je vous ai trouvé là une jolie opération. Vous touchez d'un côté comme capitaliste et de l'autre en votre qualité de femme charmante, car, entre nous, la part que prélève l'ami Valnoir rentre en détail dans votre caisse.

— Parbleu ! dit cyniquement la dame.

— Vous étiez née pour les affaires, et je ne suis pas de votre force, reprit J.-B. Frapillon, en assurant ses lunettes par un geste qui lui était familier.

— Je viens pourtant vous demander un conseil et un coup de main.

— A vos ordres, vous le savez bien.

Madame de Charmière tourmentait la pomme de son ombrelle et ne se pressait pas de parler.

— C'est donc grave ? demanda l'homme d'affaires qui n'était pas habitué à voir sa cliente embarrassée.

— Mon cher, quelqu'un lit dans mon jeu, dit Rose avec le ton décidé d'une personne qui vient de prendre son parti.

— Diable ! serait-ce Taupier qui vous gêne ?

— Lui ? Peut-être ; mais surtout un autre.

— Qui donc ?

— Un frère que j'ai, répondit la dame après un silence.

— Un frère! répéta Frapillon. Je vous croyais sans famille... officielle.

— C'est tout ce qui me reste de la mienne et c'est beaucoup trop.

— Et ce parent... oublié revient tout exprès pour vous demander une pension alimentaire?

— Si ce n'était que cela, je m'en tirerais avec deux ou trois billets de mille francs.

— Oh! oh! il est très fort, alors, votre frère. Il paraît que c'est dans le sang.

— Ne plaisantez pas; il a entre les mains une arme qui peut tuer Valnoir, moi, vous et, de plus, le journal.

— Et cette arme, c'est...

— Un secret qu'il a surpris et dont il va user.

J.-B. Frapillon pâlit et remonta ses lunettes pour cacher son trouble.

Il allait parler quand le timbre électrique fit entendre sa vibration sonore.

— Quel est ce bruit? demanda madame de Charmière.

— Rien. Mon commis qui m'avertit de l'arrivée d'un client.

— Alors, allez le recevoir et revenez.

— Inutile. Il attendra ; contez-moi votre histoire, chère madame.

— Je vous préviens qu'elle sera longue.

— J'y compte bien, car vous savez mon système. Quand je joue une partie, je veux connaître toutes les cartes d'avance.

— Je n'ai aucune raison pour vous cacher les miennes. Je vous disais donc qu'il a un secret et que ce secret concerne Valnoir.

— Et ce secret, vous le connaissez?

— Pas encore; je sais seulement qu'il s'agit de ce duel où Charles a eu le... malheur de tuer M. de Saint-Senier.

— Diable! mais c'est fort obscur ce que vous me dites là, et je ne vois pas trop quel rapport...

— Ni moi non plus, mais si je savais à quoi m'en tenir, je n'aurais pas besoin de vous consulter, dit assez sèchement madame de Charmière.

— Alors, ma chère amie, renseignez-moi un peu mieux, si vous voulez que je vous aide.

— Vous seriez déjà au courant si vous ne m'aviez pas interrompue si souvent.

— Très juste. Le temps c'est de l'argent, disent les Anglais.

— Donc, reprit la dame avec quelque impatience, ce frère que je n'avais pas vu depuis plusieurs années est revenu à Paris au moment où je m'y attendais le moins. J'avoue même que je le croyais mort. C'est vous dire que nous n'avons jamais été en correspondance bien suivie.

— Excellente méthode. La famille ne donne que du désagrément.

— A qui le dites-vous, mon cher Frapillon, soupira madame de Charmière. Mon frère n'a jamais fait que me compromettre. Croiriez-vous que, malgré tous les sacrifices auxquels je me suis résignée pour le remettre dans la bonne voie, il est arrivé à courir les foires pour se donner en spectacle.

— Peuh ! il n'y a pas de sots métiers, murmura l'homme d'affaires, qui semblait compatir médiocrement aux chagrins de famille de sa cliente.

— C'est possible ; mais il y a de sottes gens, et si mon frère avait eu quelque bon sens, il aurait fait fortune en Amérique.

— Que voulez-vous !... c'est un déclassé, dit philosophiquement J.-B. Frapillon.

— Bref ! continua Rose, il est arrivé à Paris, traînant avec lui un paillasse ; il s'est présenté chez moi en cette honorable compagnie.

— Comment n'avez-vous pas pu vous débarrasser de ces gens-là ?

— Je m'en serais bien gardée avant de tenir le secret. Je les ai au contraire invités à dîner et j'ai tâché de faire parler mon frère, mais j'ai eu beau le griser, je n'en ai tiré que des renseignements très vagues.

— C'est dommage; l'idée était bonne, dit l'homme d'affaires, en hochant la tête d'un air connaisseur.

— Peut-être en serais-je venue à mes fins, mais le malheur a voulu que Valnoir dînât chez moi ce soir-là. Mon frère a vu que je le connaissais, et il s'est défié de moi.

— Oh! oh! voilà qui se complique. Et Valnoir qu'a-t-il pensé de la rencontre?

— Je n'en sais trop rien, mais dans tous les cas, il n'a pas paru le moins du monde embarrassé.

— Bon! c'est signe qu'il ne croit pas son secret découvert, observa judicieusement Frapillon.

— Inutile de vous dire que je lui ai présenté mon convive comme un étranger qui venait m'apporter des nouvelles d'un frère exilé.

— Très bien joué! mais voyons le secret. Vous ne soupçonnez pas du tout à quoi il peut se rapporter?

— Evidemment à un fait qui a dû se passer dans la forêt de Saint-Germain et auquel le hasard a fait assister mon honorable frère.

Il faut vous dire, mon cher, que malgré toute mon influence sur Valnoir, il y a un côté de sa vie que je ne connais pas. Plusieurs fois il s'est absenté, sans motif apparent, et j'ai su qu'il allait toujours du côté de Saint-Germain.

— Le mystère est là, évidemment, et c'est à Saint-Germain qu'il faudrait chercher; mais, tant que le siège durera, nous ne pouvons pas penser à aller prendre des renseignements au milieu des Prussiens.

— Aussi ai-je songé à autre chose, reprit madame de Charmière.

— Voyons votre plan, aussi bien les plans sont à la mode, dit J.-B. Frapillon, qui ne dédaignait pas d'égayer de temps en temps les affaires par une agréable plaisanterie.

— Voilà. D'abord j'ai appuyé une combinaison inventée par ce Taupier que je n'aime guère...

— Il a du bon.

— En politique, peut-être; mais du reste c'est de la politique qu'il s'agit.

— Ma toute belle, dit lentement l'homme d'affaires, je ne demande pas mieux que de vous servir, mais avant de marcher, je veux savoir où je vais. Il s'agit donc de bien nous entendre.

— Que voulez-vous dire? demanda Rose assez étonnée.

— C'est bien simple. Pour qui êtes-vous?

— Je ne comprends pas.

— Je vais m'expliquer plus clairement. Si votre frère veut exploiter le secret, c'est que le secret peut rapporter gros, n'est-ce pas?

— C'est probable.

— Donc, vous pourriez avoir intérêt à l'exploiter avec lui.

D'un autre côté, la susdite exploitation peut être fort préjudiciable à Valnoir, qui est... votre ami et le mien.

— Évidemment.

— Bon! maintenant voulez-vous prendre parti pour lui ou pour votre frère?

A cette question cyniquement posée, madame de Charmière ne put s'empêcher de rougir.

L'agent la regardait par-dessus ses lunettes, comme s'il avait voulu lire jusqu'au fond de sa pensée, et la dame était résolue à jouer serré.

— Comment pouvez-vous supposer que j'hésiterais entre un homme que j'aime et un frère qui ne m'a jamais causé que du chagrin? dit-elle hypocritement.

— Très bien! reprit J.-B. Frapillon sans s'émouvoir; alors, je vais marcher contre monsieur... A propos, comment s'appelle-t-il?

— Qui cela? demanda Rose qui comprenait fort bien.

— Mais, votre frère?

— Antoine Pilevert, répondit sèchement la noble personne qui n'aimait pas à prononcer son nom de famille, même devant son homme d'affaires.

Le timbre électrique résonna de nouveau et cette fois les vibrations se prolongèrent quelques secondes ; c'était le signal convenu avec le commis pour annoncer une visite importante.

— Voulez-vous me permettre d'aller voir ce qu'on me veut ? demanda Frapillon en se levant.

— Faites, mon cher, dit madame de Charmière ; j'ai encore quelques instructions à vous donner et je vous attendrai.

L'agent profita de la permission et disparut par une porte qui communiquait avec son cabinet.

Rose se demandait si elle n'avait pas fait fausse route en lui confiant la conduite d'une affaire aussi épineuse.

Sa foi dans l'honnêteté de Frapillon était médiocre, et les objections perfides de cet homme lui avaient donné à réfléchir.

— Ce qu'il me proposait, pensait-elle, il est bien capable de le faire sans moi.

Qui l'empêche de s'entendre avec mon frère ?

Décidément, je verrai Antoine ce soir, et je tâcherai encore de le confesser, avant de m'engager tout à fait avec Frapillon.

Ses réflexions furent interrompues par l'apparition de l'agent, qui entra en marchant sur la pointe du pied.

— C'est lui ! dit-il en mettant un doigt sur ses lèvres.

— Qui, lui ?

— Votre frère... M. Antoine Pilevert en personne.

— Déjà ! s'écria Rose que cette visite précipitée contrariait fort.

— Voulez-vous que je le renvoie ? demanda Frapillon, qui voyait parfaitement l'embarras de sa cliente.

— Non... non... dit madame de Charmière. Seulement, je serais bien aise de connaître vite le résultat de l'entrevue, et puisque je me trouve ici...

— Vous voulez y rester? Faites mieux, chère belle, assistez à la visite.

— Vous perdez la tête. Il ne faut pas qu'il me voie.

— Il ne vous verra pas, soyez tranquille.

— Comment cela?

— Venez avez moi ; je vais vous montrer comme mon appartement est *machiné*.

La proposition avait bien de quoi tenter madame de Charmière.

Assister sans être vue à l'entretien de Frapillon et de son frère, c'était s'assurer contre une trahison possible de l'homme d'affaires.

Elle s'attendait même si peu à cette invitation qu'elle hésita un instant à l'accepter, de crainte de tomber dans un piège.

C'était chez elle une vieille habitude de supposer toujours le mal, et toute action dont elle n'apercevait pas clairement le motif lui était suspecte.

— Ah ! ça, vous avez donc ici des *trucs* comme dans un théâtre, dit-elle d'un air défiant.

— J'ai tout simplement à côté de mon cabinet une cachette d'où on peut tout voir et tout entendre.

— C'est bon à savoir, dit en riant madame de Charmière, et quand vous me recevrez dans le cabinet en question, j'aurai soin de m'assurer que la cachette est vide.

— Oh ! nous ne causons jamais que dans la pièce où nous sommes en ce moment et où, je vous le jure, personne ne nous écoute.

— Eh ! eh ! qui sait?... mais à quoi vous sert, s'il vous plaît, ce système d'espionnage à la vénitienne?

— Chère amie, ça rentre dans mon état. Je tiens la partie des renseignements, vous ne l'ignorez pas, et c'est un excellent moyen de les fournir de première main.

J'installe mon client dans le réduit que vous allez voir tout à l'heure, et je confesse à portée de ses yeux et de ses oreilles la personne qu'il a intérêt à surveiller.

— C'est très ingénieux.

— Oh! c'est d'un usage assez rare. Il n'est pas toujours facile d'amener le gibier dans le traquenard. Aussi, le plus souvent, je me sers du cabinet tout bonnement pour jeter un coup d'œil d'exploration sur les gens qui me demandent.

C'est par ce procédé que je viens d'examiner monsieur votre frère. Je l'aurais reconnu quand même mon commis ne m'aurait pas remis sa carte.

— Ah! et qu'en pensez-vous?

— Il a l'air très pressé et de très mauvaise humeur. Il se promène en gesticulant et en parlant tout seul. Je crois même qu'il est sage de ne pas le faire attendre davantage.

— Conduisez-moi, alors, dit madame de Charmière.

Frapillon poussa une porte et, prenant sa cliente par la main, il la guida à travers un long couloir garni d'un tapis très épais qui amortissait complètement le bruit des pas.

— C'est ici, dit-il tout bas, en soulevant une portière.

Deux points lumineux brillaient devant eux et Rose comprit que le jour pénétrait par deux trous percés dans la cloison.

L'homme d'affaires la fit asseoir dans un fauteuil et appliqua son œil à une des ouvertures.

Et, dès qu'il eut regardé :

— Comment! il est parti! murmura-t-il.

Puis se penchant à l'oreille de sa cliente :

— Je n'y comprends rien, dit-il; il faut qu'il se soit impatienté, mais je suis sûr qu'il est à parlementer avec mon commis et je vais le ramener.

— Et si vous ne le rattrapez pas? demanda Rose à voix basse.

— Alors je reviendrai sur-le-champ vous délivrer, répondit Frapillon en s'éloignant avec précaution.

Le couloir, après avoir fait un coude, aboutissait au

10.

cabinet qu'il fallait traverser pour gagner le salon et ensuite la pièce où siégeait le commis.

L'homme d'affaires entra et constata de rechef que le visiteur avait disparu sans laisser d'autre trace de son passage qu'un bout de cigare jeté tout allumé sur le parquet, comme pour témoigner de son impatience.

Frapillon allait se précipiter sur les traces du fugitif, quand la porte du salon s'ouvrit avec violence.

Un bruit de voix, montées au diapason le plus élevé, éclata en même temps, et l'agent vit apparaître avec stupéfaction Pilevert escorté et même poussé par Taupier.

— Entre donc, mon brave, criait le bossu; on ne lâche pas les amis comme ça, que diable!

— Mais je vous dis que je suis pressé, grommelait le saltimbanque; Alcindor m'attend.

— Il attendra, sacrebleu! Viens que je te présente à la perle des caissiers, au plus démocrate des comptables. Salut, Frapillon!

L'agent d'affaires semblait goûter médiocrement les politesses de Taupier, et cette invasion de son cabinet le contrariait fort.

En introduisant madame de Charmière dans la cachette, il avait bâti tout un plan que l'arrivée du bossu dérangeait tout à fait, et il cherchait déjà dans sa tête le moyen d'abréger l'entretien.

Pilevert paraissait du reste aussi embarrassé que lui.

Rencontré sur l'escalier au moment où il s'en allait très mécontent d'avoir attendu si longtemps, le malencontreux hercule avait été ramené à peu près de force par Taupier qui l'étourdissait de ses blagues incessantes.

Vainement le commis s'était-il opposé à cette infraction aux règles établies par son maître; l'obstiné bossu avait forcé la consigne et traîné le saltimbanque jusque dans le sanctuaire.

Mais Pilevert, s'il n'avait pas su se défendre, était du moins bien décidé à ne pas s'expliquer devant témoins.

Il ne se doutait pas assurément que sa sœur le voyait

et l'entendait; mais la présence de Taupier suffisait pour lui fermer la bouche.

— Voyons, rempart d'Avallon, qu'est-ce tu lui veux, à mon ami ? reprit l'incorrigible plaisant. Viendrais-tu par hasard chercher un engagement pour le cirque de Toulouse ou pour l'Alcazar de Lyon?

L'hercule, au lieu de répondre, exprimait son mécontentement par des grognements sourds.

— Mais non, continua le bossu, je m'abuse, j'oublie que la politique te réclame et que tu es dorénavant le plus ferme soutien du *Serpenteau.*

Parle alors, explique tes désirs. Mon ami Frapillon est un homme universel; est-ce un renseignement que tu cherches ?

— Ça ne vous regarde pas, grommela Pilevert.

— Tu te fâches ?... alors, je suis fixé, c'est un renseignement et tu crains d'ouvrir ton cœur devant moi. Tu as tort ! je t'aime et je suis incapable d'abuser de tes secrets.

Tiens ! veux-tu que je te le prouve ? Moi aussi, je viens pour un renseignement et je vais te donner l'exemple de la confiance en le demandant en ta présence.

J.-B. Frapillon suivait avec attention ce flux de plaisanteries, mais il n'avait aucune envie d'en rire.

L'idée de profiter de la rencontre fortuite de ces deux hommes venait de germer dans son esprit.

— Veuillez-donc prendre un siège, monsieur, dit-il avec une affectation de politesse, et m'apprendre à qui j'ai l'honneur de parler.

Le saltimbanque ouvrait la bouche pour répondre, quand Taupier lui coupa la parole :

— Je vais te présenter, illustre hercule, dit l'intarissable bossu.

Frapillon, tu as devant toi le citoyen Antoine Pilevert, qui a déjà un double titre à ton amitié. D'abord, il est attaché à la rédaction du *Serpenteau* en qualité de... de champion... et de plus, il est chéri et protégé par notre charmante patronne, la citoyenne de Charmière.

— C'est plus qu'il n'en faut pour que monsieur soit le bienvenu ici, dit l'homme d'affaires.

— Très bien, tu vas en conséquence prodiguer tes conseils à notre aimable associé, mais en attendant et pour l'encourager, je réclame une consultation personnelle.

— Tout à ton service ! se hâta de dire Frapillon, saisissant l'occasion d'empêcher l'hercule de s'expliquer devant Taupier.

— Numéro 5721, reprit le bossu en montrant le carton ramassé chez Valnoir. Il faut me trouver le fiacre qui a remis ce papier, mercredi soir, auprès de la Madeleine, à une femme en robe rouge, et savoir où il a conduit une autre femme en robe noire.

Pilevert était subitement devenu très attentif et l'expression de son regard n'échappa point à Taupier, qui s'écria aussitôt :

— Mais, j'y pense, le cher Pilevert est à même de nous aider. Il s'agit d'une jeune personne qu'il connaît parfaitement.

Tu sais mon vieux, c'est ta somnambule, ta sourdemuette, celle que tu voiturais à Saint-Germain.

— Régine ! s'écria le saltimbanque. Ah ! la gueuse ! ah ! la coquine !

— Tiens ! tiens ! mais il paraît que tu ne la portes plus dans ton cœur.

— Elle s'est sauvée, dit Pilevert qui ne contenait plus sa colère, elle m'a planté là, moi qui la nourris depuis cinq ans.

— Et tu ne sais pas où elle est allée?

— Non ! mille trompettes, mais si jamais je la retrouve !...

— Tu la retrouveras, Pilevert, c'est moi qui t'en réponds. Où et quand t'a-t-elle quitté !

— Après ce maudit duel, je l'avais laissée à Rueil avec la carriole et le mort qui était dedans, et j'étais allé faire un tour à Paris. Quand je suis revenu, je n'ai plus trouvé que la carriole.

— Très bien ! parfait ! ça se corse, et maintenant je demande la parole pour moi tout seul.

Frapillon, mon ami, voici la chose. Valnoir et moi nous avons contre nous la sœur de l'officier qui a, comme tu sais, terminé sa carrière à Saint-Germain, plus un autre Saint-Senier, cousin du précédent.

Tous ces gens-là nous veulent mal de mort ; ils font courir toutes sortes de vilains bruits sur notre compte, et ils ont embauché contre nous l'élève du vertueux Pilevert.

Le cousin vient d'être pincé par les Prussiens, mais la sœur machine, avec la fille en rouge, des choses qui pourraient nous nuire.

Il faut me la trouver d'abord, car elle se cache je ne sais où, et ensuite...

— Ensuite? demanda l'agent.

— Nous en défaire, parbleu !

— Très bien ! dit Frapillon sans sourciller.

— Et toi, l'hercule, ça te va-t-il ?

— Ça me va, grogna Pilevert.

— C'est au mieux, mes enfants, s'écria le bossu. L'union fait la force et nous allons conclure sur place une sainte alliance entre les amis du *Serpenteau*.

— Tu peux compter sur moi, dit l'agent d'affaires ; seulement il me faudra des renseignements un peu plus complets pour mener à bien mes recherches.

— Tu les auras. En attendant, mets-toi en quête avec ce carton.

— Ça, c'est l'*a*, *b*, *c* du métier, et le fiacre sera bientôt retrouvé. Pour les femmes, ce sera un peu plus long.

— Voyons combien te faut-il de temps, au maximum pour mettre la main dessus?

— Quinze jours au plus, où alors j'y renonce.

— Quinze jours, soit ! L'affaire est dans le sac, Vive Frapillon, qui va nous offrir *illico* deux absinthes !

— Ça me va encore ! exclama l'hercule.

— Citoyens! cria le bossu d'un ton solennel, la ligue contre les ennemis du *Serpenteau* est formée.

10.

Vive la ligue! et à quinzaine, comme on dit au palais.

VI

Octobre était venu, et à mesure que l'automne s'avançait, se voilait le soleil radieux qui éclaira les premiers désastres de la funeste guerre de 1870.

Le siège de Paris entrait dans sa seconde période, celle où la population comprit que l'épreuve serait longue et se résigna à tous les sacrifices.

Les vivres ne manquaient pas encore et la température était supportable, mais on pressentait déjà l'entrée en ligne des deux terribles auxiliaires de la Prusse, la faim et le froid.

Aussi la ville n'avait plus cet aspect animé et presque joyeux des jours qui suivirent l'investissement.

Les chants patriotiques avaient cessé, les boutiques se fermaient de bonne heure et les voitures devenaient plus rares.

Plus de ces encombrements, plus de ces flots de lumière qui, dans le commencement du blocus, donnaient encore la vie aux grands boulevards.

On ne se promenait plus, on passait ; et, dans les rues éloignées du centre, la circulation cessait presque entièrement à l'entrée de la nuit.

Ce soir-là, Paris était plus sombre et plus triste encore que de coutume.

Le canon avait grondé toute la journée et une sortie tentée par nos soldats avait été repoussée.

La nouvelle de cet insuccès s'était répandue promptement, et sur toutes les figures, on lisait la douleur d'une espérance déçue.

Les passants, fort peu nombreux, marchaient à grands pas et la tête basse, et, si par hasard, un groupe se formait au milieu de la chaussée déserte ou sur le seuil d'une porte, c'était pour causer à demi-voix, comme on cause dans la chambre d'un malade.

Il y avait du deuil dans l'air, et certains quartiers excentriques avaient réellement pris un aspect lugubre.

La rue des Martyrs, assez bruyante d'ordinaire, était silencieuse, et à la lueur douteuse des becs de gaz, très clairsemés, on voyait à peine quelques ombres se glisser le long des murs.

Vers le sommet de la rude montée que forme en cet endroit le versant méridional de la butte Montmartre, une femme seule suivait, en hâtant sa marche, le trottoir de gauche.

Arrivée au coin de la rue Laval, elle s'arrêta un instant et se retourna pour jeter derrière elle un regard rapide.

Elle voulait sans doute s'assurer qu'on ne la suivait pas et le résultat de cet examen fut satisfaisant.

Pas un piéton ne se montrait en deçà de la rue de Navarin.

Seul, un fiacre traîné par deux maigres rosses grimpait péniblement la côte pavée.

Les malheureuses bêtes, que les nécessités de la défense avaient vouées à une mort prochaine, trébuchaient et s'arrêtaient à chaque instant, malgré les coups de fouet du cocher.

Les voyageurs impatientés avaient mis la tête à la portière et les encourageaient de la voix, mais leurs cris ne produisaient pas plus d'effet que la mèche qui cinglait les flancs des chevaux essoufflés, et l'attelage n'avançait guère.

La femme entra dans la rue de Laval et se mit à courir comme une personne qui touche au but et qui a des raisons pour l'atteindre vite.

En quelques secondes, elle arriva devant un grand mur au milieu duquel une porte basse montrait ses panneaux vermoulus.

Il ne semblait pas que cette entrée dérobée dût servir souvent, car la serrure se rouillait et les ais commençaient à se disjoindre.

Mais le chemin était sans doute familier à la femme qui venait de se jeter rapidement dans l'étroite baie formée par la muraille.

Elle mit la main sur un des larges clous semés au milieu du vantail supérieur et appuya fortement.

Une cloche résonna aussitôt à l'intérieur, et, un instant après, la porte s'ouvrit.

L'inconnue entra, non sans avoir donné un dernier coup d'œil au dehors.

Au moment où elle disparaissait, deux formes humaines se montraient à la hauteur des premières maisons, et on entendait claquer au loin le fouet du cocher qui excitait encore ses rosses sur l'escarpement de la rue des Martyrs.

Le mur, assez élevé, cachait une étroite allée de tilleuls dont les branches se rapprochaient jusqu'à former une voûte.

La femme referma la porte dont les gonds et le pêne devaient avoir été huilés, car il suffisait de la pousser pour qu'elle rentrât sans bruit dans son alvéole de pierre.

Elle s'arrêta un instant pour écouter si on marchait dans la rue et s'engagea ensuite résolument dans le chemin sombre.

Une lumière brillait au loin et, malgré l'obscurité, la visiteuse nocturne atteignit rapidement un perron au haut duquel brûlait une lampe placée là comme un phare.

— Enfin, c'est vous, dit une voix rude, ces dames sont joliment inquiètes, depuis le temps qu'elles vous attendent.

Allons ! voilà que j'oublie encore qu'elle ne m'entend pas, ajouta l'homme qui parlait en ramassant la lampe pour guider Régine, — car c'était elle, — à travers une galerie vitrée.

La jeune fille le suivit, après lui avoir adressé un geste

amical, et se débarrassa tout en marchant, d'une mante à capuchon qui l'enveloppait de la tête aux pieds.

Elle avait quitté le costume bizarre qu'elle portait encore la nuit de son aventure avec Valnoir et elle était vêtue comme une ouvrière aisée.

Sa robe de laine noire et la résille qu'elle avait jetée sur sa tête nue faisaient encore valoir sa merveilleuse beauté.

Ses grands yeux brillaient d'un éclat singulier, et l'animation d'une course précipitée avait légèrement coloré la blancheur mate de son teint.

Son introducteur fut sans doute frappé de tant de charmes, car il ne put s'empêcher de murmurer :

— Qui est-ce qui dirait pourtant qu'une si belle fille a couru les foires avec un saltimbanque? Et honnête avec ça, et brave! Si je ne m'étais pas mis devant elle, elle se faisait tuer par le Prussien qui a blessé ce pauvre M. Roger.

Entrez, mademoiselle, ajouta-t-il en ouvrant une porte, ces dames sont là.

Au milieu d'une chambre très simplement meublée, deux femmes étaient assises autour d'une table ronde.

La plus âgée lisait une lettre, l'autre tenait un livre qu'elle posa vivement sur la table en voyant paraître la eune fille.

— Enfin, la voilà, dit le guide, et je crois qu'il ne lui est pas arrivé malheur, car elle a l'air tout joyeux.

Régine courut à la vieille dame et lui baisa la main.

— Dieu soit loué, chère enfant, nous tremblions de vous savoir si tard dans les rues de cette maudite ville.

Ces mots prononcés d'une voix douce et sympathique, Régine les comprit sans doute au mouvement des lèvres, car elle y répondit par un regard qui exprimait la plus vive reconnaissance.

La dame qui venait de parler avait certainement passé la soixantaine, mais elle n'était ni courbée, ni ridée et, n'eussent été ses cheveux d'un blanc de neige, personne ne lui aurait donné son âge.

Elle avait dû être remarquablement belle, et la courbure aristocratique de son nez accentuait dans ses traits une expression de fierté que tempérait la douceur de ses yeux bleus, un peu voilés.

Du reste pour juger de ce qu'elle avait été dans sa jeunesse, il suffisait de regarder la jeune fille qui brodait à côté d'elle et qui s'était levée pour tendre la main à Régine.

C'était son portrait vivant, avec toutes les grâces et toute la fraîcheur de vingt ans.

Grande, mince et blonde, mademoiselle Renée de Saint-Senier réalisait l'idéal de la beauté anglaise, relevée par une finesse de lignes et une vivacité de mouvements qu'on ne rencontre guère de l'autre côté de la Manche.

Sa tante, sœur de son père et titrée comtesse de Muire, offrait le type le plus parfait des douairières de l'ancienne cour, et la race se révélait dans ses manières encore plus que dans sa personne.

— Asseyez-vous, mon enfant, dit-elle en indiquant une chaise à Régine.

Landreau, avez-vous eu soin d'enlever la lumière et de fermer les volets? ajouta-t-elle en s'adressant au domestique qui avait introduit la jeune fille.

Le garde-chasse n'avait gardé de son uniforme de mobile que le pantalon bleu à bandes rouges, et il portait un habit vert à retroussis qui comptait de longs services dans les bois de Saint-Senier.

— Pas de danger que j'oublie la consigne, madame la comtesse, répondit le vieux serviteur. Il rôde trop de mauvaises figures autour du pavillon depuis quelques jours.

— Bien, mon ami ; faites bonne garde. Renée, montrez donc à cette chère enfant la lettre qui nous apprend que Roger est blessé et prisonnier à Saint-Germain.

Mademoiselle de Saint-Senier tendit à Régine un papier de format ministériel.

La jeune fille le prit avidement, et à mesure qu'elle

lisait; sa figure s'éclairait et ses yeux se mouillaient de larmes.

— Pauvre petite, dit madame de Muire, comme elle est bonne et dévouée!

— Oh! ma tante, elle nous l'a bien prouvé, répondit mademoiselle de Saint-Senier en la regardant avec attendrissement, et j'espère qu'elle ne nous quittera plus.

— Je le désire autant que vous, ma chère enfant, mais je crains toujours qu'elle ne retombe entre les mains de ce misérable saltimbanque.

Ne pensez-vous pas aussi que son obstination à nous cacher son histoire est bien étrange?

— Elle est timide et défiante comme tous ceux qui ont souffert, dit Renée, mais je suis sûre qu'elle me dira tout.

— Vous vous exprimez comme s'il elle pouvait parler, dit en souriant madame de Muire. Il est vrai qu'elle écrit avec une facilité et une correction qui m'étonnent.

— Avez-vous remarqué aussi, ma tante, sa merveilleuse intelligence? Elle entend vraiment avec les yeux.

— J'ai toujours cru, reprit la vieille dame d'un air pensif, que cette jeune fille avait dû être élevée par des gens bien nés.

Mais parlons un peu de notre pauvre Roger. Comme il doit souffrir d'être loin de nous! bien plus que de sa blessure, n'est-ce pas, Renée?

Mademoiselle de Saint-Senier rougit légèrement.

— Oh! oui, ma tante, soupira-t-elle; si du moins, nous pouvions lui faire savoir de nos nouvelles, lui écrire que nos inquiétudes sont moins vives...

— Qui sait! dit madame de Muire, peut-être qu'un messager adroit et hardi parviendrait à franchir les lignes.

— Qu'en dites-vous, Landreau?

— Pas facile, madame la comtesse.

S'il ne s'agissait que de risquer sa peau, la mienne est toute à votre service; mais ces gueux de Prussiens montent si bien la garde, que personne ne passe.

Je me ferai prendre et je n'aurai même pas la consolation de voir M. Roger, car on m'enverrait tout droit en Allemagne, sans compter que je suis bien utile ici.

— Hélas ! il a raison, dit la vieille dame. Mais voyez donc, Renée, ce qu'a écrit cette enfant.

Régine venait de tracer quelques mots sur une ardoise que le fidèle Landreau avait eu soin de placer sur la table.

Renée la prit des mains de la jeune fille et lut tout haut ces mots qui lui arrachèrent un cri de surprise :

« Si vous n'avez plus besoin de moi, j'irai à Saint-Germain et je ramènerai M. de Saint-Senier.

— Pauvre enfant ! soupira madame de Muire après avoir lu, son dévouement passe ses forces. Je ne me pardonnerais jamais d'avoir consenti à l'exposer aux dangers d'un pareil voyage.

Régine suivait d'un œil attentif les impressions qui se reflétaient sur la physionomie de la vieille dame.

Elle devina sans doute que sa généreuse proposition n'était pas acceptée, car elle reprit l'ardoise et se mit à écrire avec une ardeur fiévreuse.

Mademoiselle de Saint-Senier s'était levée très émue et suivait par-dessus son épaule les lignes qu'elle traçait.

— Que dit-elle ? demanda la comtesse.

— « Ne craignez rien, lut Renée, les Prussiens ne me feront pas de mal ; je sais leur langue et je leur dirai la bonne aventure. »

— Ça, c'est vrai, observa Landreau, qu'une femme aurait plus de chances de se tirer d'affaire en amusant ces coquins-là par des tours de passe-passe qu'un homme en bravant les coups de fusil.

— Cela peut être, dit madame de Muire, mais je ne puis vraiment pas permettre qu'elle risque encore une fois sa vie pour Roger.

— Et d'ailleurs, ajouta tristement Renée, alors même qu'elle réussirait à franchir les lignes, comment pourrait-elle le ramener, lui, blessé, mourant peut-être ?

Les pleurs lui coupèrent la parole.

— Quant à ça, mademoiselle, reprit le vieux garde-chasse, j'ai vu tomber mon lieutenant, et je suis sûr qu'il n'avait reçu qu'un coup de crosse sur la tête, même que j'ai embroché le Prussien qui l'avait donné.

Les blessures du crâne, ça tue ou ça guérit très vite, et je parierais bien que M. Roger va sortir de l'hôpital un de ces jours pour filer sur l'Allemagne.

— Et qui sait si nous le reverrons jamais, sanglota Renée.

Madame de Muire se taisait et semblait réfléchir.

— Non, non, dit-elle après un silence, s'il arrivait malheur à cette petite, je me le reprocherais éternellement.

Et puis, il m'en coûterait trop de lui voir reprendre son affreux métier, même pour sauver mon neveu.

Faites-lui comprendre que je m'oppose à cette folie, et que d'ailleurs nous avons besoin d'elle pour achever ce qu'elle a si bien commencé.

Mademoiselle de Saint-Senier essuya ses larmes et écrivit :

« C'est impossible. Vos soins sont nécessaires ici. »

Régine lut d'un seul coup d'œil et baissa tristement la tête.

Sa poitrine se souleva sous l'empire d'une vive émotion et ses mains agitées d'un tremblement nerveux replacèrent l'ardoise sur la table.

— Comme elle l'aime ! dit madame de Muire qui la regardait avec un intérêt profond.

Renée leva sur sa tante ses yeux encore humides.

— Pas tant que vous, je le sais, ma chère fille, dit la vieille dame en souriant doucement mais vraiment je suis fière pour notre Roger qui inspire de pareils dévouements.

— Il est si bon, murmura mademoiselle de Saint-Senier.

— Aussi bon que beau, reprit la comtesse, car il est

11

bien de notre race et je trouve qu'il ressemble beaucoup au portrait de votre grand-oncle, le colonel de Saint-Senier.

Tenez, en uniforme surtout, c'est frappant, ajouta-t-elle en examinant une carte photographiée. Savez-vous bien, mon enfant, que vous aurez là un charmant mari.

— Je n'ai jamais pensé qu'à son cœur, dit Renée en rougissant.

— La figure ne gâte rien, ma fille, dit la dame, qui avait gardé sur ce point les idées du premier Empire, mais je pense comme vous que Roger a bien d'autres mérites, et, dès que cette affreuse guerre sera terminée, nous irons faire le mariage dans ma terre de Bourgogne.

— L'avenir est bien noir, dit mademoiselle de Saint-Senier.

Sa tante lui prit les mains, et elle allait sans doute chercher à la rassurer, quand elle s'écria tout à coup :

— Mais cette petite se trouve mal. Landreau, vite, de l'eau et mon flacon de sels, qui est là sur la cheminée.

En effet, Régine était devenue affreusement pâle.

Renée et le vieux serviteur s'empressèrent à la fois autour d'elle ; mais la jeune fille se raidit par un violent effort intérieur, le sang remonta à ses joues et elle fit signe que le mal était passé.

— Diable ! dit Landreau entre ses dents, et moi qui la croyais si forte ! Mais, bah ! toutes ces jeunesses, ça vous a des syncopes pour un oui, pour un non.

— Cette enfant est épuisée de fatigue, dit madame de Muire, et il lui faut absolument du repos. Je ne veux plus qu'elle aille courir la ville, ni qu'elle passe ici ses nuits sans dormir. Nous veillerons à sa place, au besoin, et nous enverrons Landreau au dehors quand il le faudra.

— Ma permission ne finit que dans trois jours ; et d'ailleurs je demanderai une prolongation au capitaine, répondit le garde-chasse.

— Conduisez-la chez elle, mon ami, reprit la comtesse ; et nous, ma chère Renée, montons à la chambre blanche.

Régine s'était levée en même temps que la vieille dame, et semblait absorbée par une pensée profonde.

Elle se laissa embrasser par mademoiselle de Saint-Senier, et prit machinalement le bras que lui offrait Landreau.

— Soyez tranquille, madame la comtesse, dit le garde, tout le monde peut dormir tranquille, je fais ma ronde tous les soirs, comme si le jardin de la rue de Laval était le parc de Saint-Senier.

La jeune fille suivit son guide, qui la conduisit avec des attentions presque paternelles jusqu'à la porte du logement que madame de Muire avait fait arranger pour elle.

— Bonsoir, la belle enfant ! dit le vieux serviteur en l'introduisant, ne faites pas de mauvais rêves, et surtout n'ouvrez pas les volets.

Allons, bon ! voilà encore que je parle pour le roi de Prusse !

Sur cette réflexion, qu'il avait déjà faite plus d'une fois, le brave Landreau s'éloigna après avoir soigneusement enfermé la jeune fille.

La chambre où Régine se trouva seule était longue et étroite.

Cette partie du pavillon avait dû autrefois être habitée par un homme, probablement par l'un de ceux qui portaient le nom de cette famille de Saint-Senier si cruellement frappée par le sort depuis les premiers jours du siège.

Des armes de chasse étaient encore disposées en trophées sur les murs et des caisses de cigares s'empilaient sur un dressoir.

Une vieille tapisserie à personnages séparait en deux moitiés cette galerie transformée en chambre à coucher.

Une haute cheminée surmontée d'une glace ancienne encadrée de bois sculpté faisait face à la tenture.

Deux bougies allumées par Landreau éclairaient faiblement cette vaste pièce où l'ombre s'amassait à l'autre extrémité.

Les deux fenêtres donnaient directement sur le jardin, car la galerie était au rez-de-chaussée, mais des volets intérieurs soigneusement clos interceptaient toute lumière et toute communication avec le dehors.

Régine était allée s'appuyer sur le manteau de la cheminée et regardait un portrait, celui de Roger, qu'elle avait pris sur la table du salon et qu'elle avait tenu serré dans sa main droite.

Ni madame de Muire, ni mademoiselle de Saint-Senier n'avaient remarqué que la jeune fille s'était emparée de ce carton posé à côté de l'ardoise.

Depuis que Régine était seule, son visage semblait transfiguré, et son attitude résignée avait fait place à un air de résolution virile.

Ses yeux brillaient d'un éclat singulier, son teint pâle se colorait et sa taille souple se redressait comme pour affronter, la tête haute, un danger prochain.

Elle tira de son corsage un médaillon qu'elle baisa à plusieurs reprises, puis elle se remit à examiner le portrait de l'officier.

Ses lèvres remuaient comme si elle avait pu parler et bientôt des larmes roulèrent sur ses joues.

Après quelques instants de contemplation muette, elle se jeta à genoux et se mit à prier.

Elle resta longtemps ainsi, la tête appuyée sur ses mains jointes qui reposaient sur une table où le fidèle Landreau avait préparé des livres, du papier et les menus objets à l'usage d'une jeune fille.

Puis, elle se releva lentement, et marcha vers la fenêtre qu'elle entr'ouvrit après avoir eu soin de masquer les bougies de façon à ce que la clarté ne parût pas à l'extérieur.

La nuit était sombre et une pluie fine chassée par le

vent d'ouest venait fouetter la figure de la jeune fille qui se penchait pour regarder dans le jardin.

Rien ne bougeait dans l'enclos désert au milieu duquel s'élevait le chalet que Valnoir avait si souvent examiné du haut de sa terrasse.

Le silence était profond, car cette nuit-là, les batteries des forts se taisaient.

On aurait dit que la ville assiégée se recueillait après la bataille qui venait de finir, et l'artillerie prussienne, qui attendait le moment psychologique, n'avait point encore ouvert son feu.

Un coup d'œil jeté sur la pelouse et sur les allées solitaires avait suffi pour rassurer Régine.

Elle revint vivement à la table et, sans prendre le temps de s'asseoir, elle se mit à tracer avec une rapidité fébrile quelques lignes sur une large feuille de papier.

« Pardonnez-moi de vous désobéir, écrivait-elle d'une main tremblante; je pars. Il faut que je le sauve ou que je meure.

» Si dans cinq jours vous ne m'avez pas revue, priez Dieu pour moi, et pensez quelquefois à celle qui vous aimait et qui s'estime heureuse de vous donner sa vie. »

Elle signa : « Régine » et resta un instant immobile. On aurait dit qu'elle hésitait à ajouter un nom de famille.

Mais presque aussitôt, elle jeta la plume et, secouant la tête comme pour repousser une pensée qui lui était venue, elle se releva et fit un pas vers la cheminée où les bougies brûlaient encore sur le marbre, à côté du portrait de Roger.

Elle étendit la main pour prendre cette image qu'elle voulait mettre sur son cœur comme un talisman contre les balles prussiennes, mais elle s'arrêta pétrifiée.

Dans la glace elle venait de voir, debout, derrière elle, un homme.

Régine voulut crier, mais elle n'en eut pas le temps.

Avant d'avoir pu jeter ce son inarticulé qui est comme

la voix des sourds-muets, la malheureuse jeune fille fut saisie à la taille par deux bras robustes.

En même temps, un autre homme caché derrière la tapisserie s'élançait sur elle d'un seul bond et lui appliquait un mouchoir sur la bouche.

L'attaque avait été si brusque et si imprévue que Régine fut renversée et bâillonnée sans pouvoir se défendre.

L'un de ses agresseurs profita du premier moment de surprise pour souffler les bougies, et avec l'obscurité complète qui envahit subitement la chambre, le sens de la vue, le seul qui lui restât, lui devint inutile.

Elle ferma les yeux et se prépara à mourir.

— Enlevons-la, et vivement, dit tout bas le misérable qui l'avait attaquée le premier.

— Attends un peu que je prenne le papier où elle vient d'écrire, répondit l'autre.

— Pourquoi faire ?

— On ne sait pas. Ça peut servir plus tard.

— Laisse donc ça et dépêchons-nous. Cet animal de soldat peut revenir rôder par ici, et nous n'avons pas le temps de flâner.

Les deux scélérats tombèrent sans doute d'accord sur la nécessité d'opérer promptement, car Régine, soulevée par une étreinte énergique, fut emportée vers la fenêtre.

— Est-ce fait ? dit une voix qui partait du jardin.

— Oui, citoyen, répondit un des coquins.

— Alors, envoyez le colis, et filons.

L'enlèvement s'acheva avec une adresse et une rapidité qui dénotaient une grande habitude des expéditions clandestines.

La fenêtre n'était pas très élevée au-dessus du sol et le corps frêle de la jeune fille ne pesait guère aux mains vigoureuses qui la tenaient.

Régine fut reçue dans les bras du complice aposté au dehors ; les deux autres bandits sautèrent sur le gazon sans faire le moindre bruit, saisirent la victime et l'affreux cortège se mit en marche.

La nuit était plus noire que jamais, le vent avait redoublé de violence, et les habitants du chalet devaient être endormis, car on ne voyait pas de lumière et on n'entendait aucun bruit.

Les ravisseurs semblaient connaître parfaitement le chemin ; ils tournèrent l'angle du pavillon, s'engagèrent dans l'allée de tilleuls, et arrivèrent promptement à la porte.

Ils étaient même au courant du secret qui servait à l'ouvrir, car l'un d'eux n'eut qu'à toucher un ressort pour faire jouer la serrure.

La rue de Laval était complètement déserte.

A la lueur douteuse d'un bec de gaz lointain, on distinguait à peine un fiacre arrêté au coin de la montée des Martyrs.

— Je cours devant pour vous annoncer, dit l'homme qui avait monté la garde dans le jardin.

Depuis l'instant où elle était tombée entre les mains de ses ennemis inconnus, Régine n'avait pas fait un mouvement pour leur échapper.

C'était à croire que la frayeur l'avait tuée, car ses bras pendaient immobiles le long de son corps, et sa tête retombait inerte et échevelée sur la poitrine du bandit qui la soutenait.

En quelques enjambées rapides, les porteurs arrivèrent au fiacre.

Celui qui paraissait être le chef de l'expédition les attendait en tenant la portière ouverte.

— Emballez, dit-il d'une voix rauque.

L'ordre fut exécuté avec une dextérité qui aurait fait honneur à des brigands calabrais, et en un clin d'œil, la jeune fille, jetée sur les coussins du fiacre, se trouva serrée de près par deux gardiens décidés à tout faire pour empêcher leur prisonnière de fuir.

Elle ne paraissait pas y songer et s'était placée sans

résistance au milieu des deux geôliers qui occupaient les coins de la voiture.

L'autre, qui venait de donner ses ordres au cocher, sauta aussi dans l'intérieur, et le fiacre roula vers le carrefour formé par la rencontre de la rue de Laval et de la rue de Bréda.

— Eh! eh! mes enfants, voilà ce que j'appelle travailler proprement, dit le personnage auquel les autres semblaient obéir.

— Faut dire aussi que nous avons eu de la chance, grommela un des coquins subalternes. Trouver justement la porte de la cuisine ouverte, des tapis dans l'escalier pour ne pas faire de bruit, et une tenture dans la chambre pour nous cacher.

— Sans compter, reprit l'autre, qu'avec une fille qui ne parle pas et qui n'entend pas, la moitié de la besogne est faite d'avance.

— La nôtre n'est pas finie, dit laconiquement le chef de l'expédition.

— Dites donc, au fait, monsieur Taupier, demanda le premier gredin, qu'est-ce que nous allons faire de notre marchandise?

— Frapillon ne te l'a pas dit?

— Ma foi non, le patron est comme ça, voyez-vous; il vous dit : Faut marcher! et on ne demande pas d'explications.

— Oh! c'est un fier homme, pour sûr, reprit l'autre acolyte, et généreux, quand on le sert bien.

Il nous a fait venir, il y aura demain quinze jours et il nous dit : — Mes lapins, il faut que le gibier soit levé cette semaine et pris la semaine suivante.

Il y a cinq cents *balles* pour vous, si l'affaire est dans le sac avant l'autre quinzaine, mais je retiendrai cinquante francs par chaque jour en plus.

— Et comme nous finissons cette nuit, vous n'aurez pas de dédit à payer, mes petits agneaux, dit l'infernal bossu qui s'était chargé de commander les agents fournis par son ami Frapillon.

— Alors, nous allons déposer la princesse en lieu sûr.

— Tu l'as dit, Mouchabeuf, prononça Taupier d'un ton d'autorité.

— Et où ça se trouve-t-il, cet endroit-là, sans vous commander ? demanda le coquin qui répondait à ce nom gracieux.

— Tu le verras dans un quart d'heure, au train dont le camarade qui est là-haut, sur le siège, mène ses rosses.

— Comme le patron est bien monté tout de même ! reprit avec admiration Mouchabeuf :

— C'est égal, observa l'autre drôle, c'est heureux que la petite soit si sage ; si nous avions du remue-ménage dans cette boîte, ça pourrait nous attirer du désagrément.

— Oh ! dans ce quartier-ci, ils se couchent comme les poules ; nous n'avons pas vu trois passants depuis la place Pigalle.

Le fiacre, en quittant la rue de Laval, avait gagné les boulevards extérieurs et roulait dans la direction de la Villette.

Minuit était sonné depuis longtemps, et, dans ces parages déserts, on ne rencontrait à pareille heure que des ivrognes attardés.

Les baraques récemment construites au milieu de la chaussée pour loger les mobiles de province n'étaient pas occupées cette nuit-là, par suite de la sortie de la matinée.

Les troupes les avaient quittées la veille et bivouaquaient en dehors de l'enceinte.

— Paraît que nous allons consigner notre colis à l'entrepôt, dit Mouchabeuf en riant de son aimable plaisanterie.

En effet, la voiture approchait de ce monument circulaire qui marque l'emplacement de l'ancienne barrière de la Villette et on voyait se dresser sur la gauche les im-

11.

menses bâtiments construits pour emmagasiner les marchandises transportées par le canal.

Régine gardait toujours l'immobilité d'une statue et, n'eût été sa respiration précipitée, on aurait pu la croire morte.

— Puisqu'elle se tient tranquille, nous pourrions bien lui ôter ce mouchoir qui doit diablement la gêner, reprit le facétieux agent qui semblait tenir à apporter dans l'exercice de ses fonctions toute l'humanité compatible avec ses devoirs envers J. - B. Frapillon, son redoutable maître.

— Pas la peine, maintenant, dit laconiquement Taupier, nous sommes arrivés.

— Tiens ! j'avais deviné, observa Mouchabeuf.

— Tu brûles, mais tu n'y es pas tout à fait, mon vieux lascar, répondit le bossu en se retournant pour ouvrir la glace et tirer le cocher par le bas de sa redingote.

— A droite, n'est-ce pas ? demanda celui-ci.

— Oui, pousse un peu tes rosses et file devant toi jusqu'à ce que je frappe aux carreaux.

Le fiacre quitta le boulevard pour s'engager sur une pente assez rapide qui descendait le rond-point vers le quai du canal.

— Il paraît que nous allons nous embarquer, reprit l'agent toujours plaisant ; ça me va, j'ai toujours eu du goût pour la marine.

— Trop d'imagination, citoyen, dit Taupier, ça te nuira dans ta partie.

Tout en parlant, le bossu avait mis la tête à la portière et observait avec attention le chemin suivi par le cocher.

Le pavé était devenu très inégal, et la voiture, assez mal suspendue, secouait rudement les voyageurs sur cette voie peu fréquentée.

A droite s'élevaient de place en place quelques maisons basses séparées par des chantiers de bois ou réunies par de longues murailles grises.

A gauche, s'étendait la berge du canal, couverte de futailles vides et complètement déserte.

On ne voyait même pas s'élever au niveau du quai la coque massive des bateaux à charbon, et on n'entendait que le bruit monotone de l'eau filtrant à travers les écluses.

La guerre avait interrompu la navigation et les douaniers, surveillants habituels de la berge, avaient pris le fusil et montaient la garde aux remparts.

Après quelques minutes d'une course très cahotée, le fiacre arriva devant un hangar en ruines, que l'industrie paraissait avoir abandonné depuis longtemps.

Aucune autre construction n'apparaissait au delà de cette baraque vermoulue, et, de quelque côté qu'on regardât, on pouvait se croire à cent lieues de Paris, tant la rue, ou plutôt la route, était silencieuse et solitaire.

Taupier frappa vivement contre la glace et le fiacre s'arrêta court.

— Nous y sommes, ingénieux Mouchabeuf, dit-il avec le ricanement qu'il affectionnait dans les circonstances graves.

Ouvre la boîte, saute sur le macadam et tends les bras à la donzelle que nous allons te passer.

— Il vaudrait mieux la faire descendre par l'autre portière, observa le méthodique agent; nous aurons moins de chemin pour la porter à la cassine que je vois sur la droite. Drôle de logement, tout de même!

— Fais ce que je te dis sans raisonner, dit rudement le bossu, ce n'est pas de ce côté-là que nous allons.

— Excusez! j'avais cru que vous aviez trouvé là-dedans un logement pour la petite.

D'autant plus que de l'autre côté il n'y a que le canal.

— C'est justement là que j'ai affaire, répondit Taupier en éclatant de rire.

— Au canal! vous avez affaire au canal! répéta Mouchabeuf stupéfait.

— Ouvre donc, mille tonnerres! cria le bossu, nous

perdons notre temps, et je t'expliquerai mieux ça sur la berge.

L'agent se décida à obéir.

Il sauta.à terre et Taupier le suivit, en disant à l'autre coquin :

— Reste-là, toi, et veille à ce que la fille ne bouge pas jusqu'à ce que je revienne.

La recommandation était superflue, car Régine n'avait pas fait un mouvement.

Ses yeux seuls vivaient et le misérable qui la gardait avait plus d'une fois été frappé de leur éclat.

— Viens avec moi, dit brusquement le bossu en secouant le bras de Mouchabeuf.

— On y va, mon général. Où allons-nous ?

— En reconnaissance, mauvais soldat.

Le bossu enjamba lestement la chaîne en fer qui séparait de la rue le quai de déchargement, et marcha droit au canal.

Mouchabeuf, qui devait avoir servi jadis, emboîtait le pas militairement, mais il maugréait entre ses dents :

— Est-ce que le *bombé* aurait l'intention... Nom de nom ! ça passerait la plaisanterie.

Taupier était arrivé au bord du canal et se penchait pour examiner la place.

Elle était admirablement choisie.

L'eau noire et profonde affleurait presque le quai; pas un bateau à portée, pas une lumière à perte de vue.

— Une écluse en dessus ! une autre plus bas ! murmurait le bossu. Pour que la navigation soit rétablie, il faudra que les Prussiens lèvent le siège et nous en avons pour un bout de temps.

Allons ! décidément, j'ai eu la main heureuse ! Ce joli bassin est comme une boîte aux lettres. On peut y jeter tout ce qu'on veut, et c'est le tombeau des secrets.

Le satellite fourni par J.-B. Frapillon observait les mouvement de son chef de file avec une inquiétude visible.

— Faisons vite, dit tout à coup Taupier; retourne à la voiture, empoigne le colis avec ton camarade et apportez-le-moi ici.

Mouchabeuf resta cloué sur place. On aurait dit que ses pieds avaient pris racine sur le granit du quai.

— Es-tu devenu sourd comme la *gonzesse*? Est-ce que ça se gagne ces infirmités-là? ricana le bossu.

— J'entends très bien, dit l'agent sans broncher; mais si ce n'était pas trop vous contrarier, je voudrais savoir, avant d'aller chercher la petite, où vous comptez la mener.

— Curieux, va! qu'est-ce que ça peut bien te faire?

— Une idée que j'ai comme ça!

— L'enfant est fatiguée, nous allons l'envoyer se reposer là dedans, dit Taupier en montrant le canal.

— Je m'en doutais!

— Tant mieux! ça t'évitera les émotions de la surprise. Seulement, dépêche-toi, je n'aime pas les affaires qui traînent.

— Celle-là ne se fera pas, dit froidement Mouchabeuf.

— Et qui s'y opposera? demanda le bossu d'un ton menaçant.

— Moi.

— Ah ça! je rêve, dit Taupier furieux. Voyons, es-tu payé, oui ou non, par Frapillon, pour m'aider à me débarrasser d'une fille qui me gêne?

— Entendons-nous. Pour l'enlever, oui; c'est ma partie; pour la tuer, non; il n'a pas été question de ça et je ne veux pas me mêler de ces opérations-là.

— Très bien, je comprends. Tu trouves que ça n'est pas payé et tu veux un supplément de solde. Soit! je suis bon prince et j'en parlerai à ton patron pour qu'il change le billet de cinq cents en billet de mille. Allons! maintenant, en route!

— Ni pour mille, ni pour dix mille, dit Mouchabeuf en secouant la tête. Je n'ai pas envie de finir sur la place de la Roquette.

— Imbécile! la peine de mort va être abolie. Elle est immorale, et j'écris tous les jours dans mon journal pour qu'on la supprime.

Cette assurance offerte, en ricanant, par l'odieux bossu n'eut pas le pouvoir de convaincre Mouchabeuf.

— Possible! dit-il froidement, mais en attendant, je tiens à ne pas sortir de ma spécialité.

Je vous aiderai à mener la petite partout où vous voudrez, excepté dans le canal.

— Je l'y mènerai sans toi, triple brute, s'écria Taupier furieux.

Ton camarade ne sera pas si difficile et je suis sûr du cocher.

— File ton nœud, et plus vite que ça! nous nous passerons de tes services.

Tout en exhalant sa colère, le bossu se dirigeait vers le fiacre; mais Mouchabeuf, au lieu d'obéir en gagnant le large, s'attacha à ses pas et arriva en même temps que lui à la portière.

Le cocher avait quitté son siège et se tenait à côté de ses chevaux.

C'était un grand et solide gaillard qui avait évidemment endossé pour la circonstance l'uniforme de la Compagnie générale et qui paraissait taillé pour toutes sortes d'expéditions nocturnes.

L'agent qui était resté dans la voiture partageait son attention entre Régine toujours immobile et les promenades de Taupier sur la berge.

— Allons! vous autres, êtes-vous disposés à me donner un coup de main? demanda l'abominable bossu.

— Tout de même, si j'en étais capable, dit le cocher d'une voix traînante qui révélait son origine normande.

Quoi qu'il faut faire?

— Attacher la fille qui est là dedans, et la porter à dix pas d'ici sur le quai.

Je me charge du reste, et il y a cinquante louis à

gagner pour vous deux, puisque ce clampin-là nous lâche.

— Ça ferait alors cinquante pistoles pour chacun, murmura le cocher, visiblement tenté.

— Et je paye comptant, dit Taupier en faisant sonner l'or dans la poche de son gilet.

— Ma foi! ça pourrait bien m'aller, dit le Normand, sans se prononcer tout à fait.

Mouchabeuf assistait immobile à la conclusion de cet horrible marché.

Il s'était croisé les bras et il paraissait réfléchir.

— Pourquoi que tu refuses d'en être! lui demanda à mi-voix son camarade de la voiture.

— Parce que d'abord je ne veux pas avoir le cou coupé, répondit l'agent avec une véhémence qui témoignait de son attachement à la vie.

— Bah! dit l'autre, pas vu, pas pris.

— Et puis aussi parce que, moi, je ne connais que le patron, et qu'il ne m'a pas soufflé un mot de ça.

Il m'a dit de *filer* la petite, je l'ai *filée*, quand j'ai su où elle perchait, il m'a dit d'enlever, j'ai enlevé : tout ça, ça me connait, mais le canal, *nixe*, comme disent les Prussiens.

Sans compter qu'il ne m'est pas prouvé que ça lui plaise au patron.

— Comment! vrai? tu crois qu'il ne sait pas...

— Si j'ai un conseil à te donner, c'est de ne pas t'en mêler.

Si Régine avait pu entendre le dialogue épouvantable où se débattaient les conditions de sa mort, il aurait fallu qu'elle fût douée d'une force d'âme plus que virile, car elle ne bougea pas, et l'agent qui lui tenait le bras ne l'avait pas sentie tressaillir.

Quant au bossu, il trépignait de rage, et ses traits biscornus se décomposaient par une succession de grimaces hideuses.

Il sentait que sa proie allait lui échapper, et il cherchait

dans sa cervelle, fertile en scélératesses, un argument
capable de lever les scrupules tardifs de ses sicaires.

— Mes enfants, dit-il d'un ton paterne, je vous croyais
moins bêtes que ça ; mais, après tout, vous êtes de bons
enfants et je veux bien prendre la peine de vous prouver
clair comme le jour qu'il est trop tard pour reculer.

— Jamais trop tard pour éviter l'article 302, murmura
Mouchabeuf qui possédait son code pénal.

— Connu ! reprit Taupier, mais toi qui es si fort sur
l'application de la peine de mort, sais-tu ce que c'est que
la complicité ?

— Article 59 et 60, parbleu !

— Bon ! eh bien ! supposons que j'emmène la fille
quelque part, chez moi ou chez Frapillon, par exemple,
et que je trouve moyen de m'en défaire sans vous.

Crois-tu, grand homme de loi, que le voyage auquel
tu viens de contribuer serait du goût du juge d'instruction qui mettrait le nez dans mon affaire ?

Ce raisonnement que le bossu avait déjà essayé sur
Valnoir, produisit encore une fois son effet.

— Mais, monsieur Taupier, dit Mouchabeuf ébranlé,
vous tenez donc absolument à... à supprimer la petite ?

— Je n'ai pas payé son enlèvement pour le plaisir de
regarder ses yeux de près.

— Ils sont assez beaux pour ça, murmura l'agent ;
mais enfin, n'importe, il y aurait moyen de s'arranger
autrement. Si on l'enfermait tout simplement dans une
bonne chambre bien grillée et bien verrouillée. On pourrait vous trouver ça.

— Oui, dit ironiquement le bossu, et les femelles du
chalet pourraient aussi découvrir la cage, un beau jour,
et délivrer l'oiseau...

Alors, aimable Mouchabeuf, gare le Code !

— Oh ! cette petite, c'est un oiseau qui ne chante jamais,
et il ne nous dénoncerait pas.

— Tu crois ça, imbécile ?

— D'ailleurs, il y a des maisons de fous, et on pourrait

très bien la faire passer pour une *toquée*, avec son air de somnambule et ses prunelles qui roulent toujours.

J'ai travaillé dans la partie et j'en ai fait enfermer de plus posées qu'elle.

— Mauvaise affaire ! Le moyen est usé. Et puis un de ces jours, les Prussiens prendront Charenton et on lâchera les pensionnaires, dit le bossu en riant de son atroce facétie.

Mouchabeuf se grattait le front et semblait à bout d'arguments.

Taupier ne lui laissa pas le temps de réfléchir davantage.

— Mes petits agneaux, il ne semble que c'est pesé, dit-il en s'adressant aux deux acolytes.

Le cocher approuva d'un signe de tête, et l'autre agent ne fit pas d'objection.

— Alors, c'est le moment d'enlever.

Eh ! l'homme au fouet, tu dois bien avoir une corde par là !

— Bien sûr... dans le coffre de devant.

— Bon ! passe-la-moi, je vais mettre la main à la pâte, puisque vous ne voulez pas travailler, tas de flâneurs !

Le sort de la malheureuse Régine était décidé et l'horrible opération se fit en un clin d'œil.

Ce fut l'effroyable bossu qui se chargea de lier la jeune fille.

Elle n'essaya même pas de se défendre.

Mouchabeuf s'était assis sur la chaîne tendue le long du quai et tremblait de tous ses membres.

Les deux autres bandits gardaient la portière.

— C'est fait, dit Taupier ; prenez-la.

Les misérables obéirent.

Régine, enlevée de la voiture, fut portée sur la berge.

Elle avait pu joindre ses mains attachées et levait les yeux au ciel.

Elle priait.

— Ici ! dit Taupier en se penchant sur le bord du canal. La place est bonne.

L'horrible cortège traversait lentement le quai, et Régine, portée par les deux scélérats que le bossu avait décidés à le suivre, n'avait plus que quelques secondes à vivre.

Mouchabeuf avait laissé s'accomplir, sans y prendre part, les préparatifs du meurtre.

Le corps de la jeune fille l'avait frôlé en passant et à ce contact, l'agent s'était levé brusquement.

Le misérable avait trempé dans bien des infamies et bu bien des hontes au service de J.-B. Frapillon, mais il n'aimait pas les crimes qui mènent à l'échafaud.

Il est avéré depuis longtemps qu'il y a des degrés dans la scélératesse, et que la race des coquins se subdivise en plusieurs catégories qui ne confondent pas leurs spécialités.

Les scrupules de Mouchabeuf commençaient à l'assassinat.

Mais l'éloquence de Taupier n'avait pu le convaincre, et il cherchait un biais pour convertir cette opération dangereuse en coquinerie plus douce.

Peut-être aussi la vue de la victime, si belle et si résignée, avait-elle touché ce cœur endurci.

Que ce fut frayeur ou attendrissement, le sentiment qui poussait Mouchabeuf à sauver Régine lui donna une inspiration.

Il avait suivi machinalement ses acolytes plus féroces, qui avaient consenti à traîner la jeune fille à la mort, et il eut le temps de se jeter entre eux et l'horrible bossu, penché sur l'eau noire et bourbeuse comme un vautour sur un charnier.

— C'est dit, maintenant, cria-t-il en barrant le chemin au cortège, je ne veux pas qu'on la tue.

Taupier bondit et voulut le saisir au collet.

Mais l'agent était vigoureux, et il se débarrassa sans peine de l'être rabougri qui l'attaquait.

— Tu me le payeras, drôle, criait le bossu, haletant. Je te ferai chasser par Frapillon, et, si tu ne crèves pas de faim, c'est moi qui me chargerai de t'envoyer sous terre.

Les porteurs, troublés, hésitaient et venaient de déposer leur fardeau sur les dalles du quai.

— Excusez, monsieur Taupier, dit Mouchabeuf; si je vous contrarie, c'est pour notre bien à tous; et je mettrais ma tête à couper que le patron aimera mieux que la chose finisse comme ça.

Le bossu grinçait des dents, mais il ne disait rien.

Il ne se sentait pas de force à lutter seul contre l'adversaire inattendu qui venait déranger son affreux dessein, et il cherchait un moyen de s'assurer l'appui des deux autres bandits.

— J'ai une idée, voyez-vous, reprit le coquin scrupuleux.

— Je les connais tes idées, grommela Taupier.

— Celle-là n'est pas comme les autres, et tenez, foi d'homme, si elle ne vous convient pas...

— Après? dit le bossu.

— Eh bien! si elle ne vous convient pas, je ne dirai plus rien et vous ferez ce que vous voudrez.

— Dis vite, alors.

— Ce n'est pas pour le plaisir de la tuer que vous voulez envoyer la petite dans le canal, pas vrai?

— Non. Ensuite?

— C'est tout bonnement pour qu'on ne la revoie plus... pour que les femmes du chalet ne la retrouvent jamais.

— Et pour qu'elle n'embarrasse plus mon chemin et celui de mes amis.

— Bon! eh bien! j'ai trouvé le moyen de faire tout ça sans seulement risquer six mois de prison.

— Oui, la chambre grillée, la maison de fous; tu l'as déjà dit, mon bonhomme.

Invente autre chose si tu veux que je t'écoute.

— J'ai inventé.

— C'est impossible.

— Voyons ! si on pouvait l'expédier sans bruit dans un pays d'où elle ne reviendrait jamais...

— Il n'y a que les morts qui ne reviennent pas.

— Comme qui dirait aux Indes ou en Chine.

— Il y aurait trop de chemin à faire pour aller s'embarquer au Havre ou à Nantes. J'aime mieux l'y envoyer par le canal, dit l'atroce bossu.

— Là où je veux l'expédier on peut aller par terre.

— Où ça ? Accouche donc à la fin.

— En Prusse.

— Es-tu fou ou te moques-tu de moi, animal ? cria Taupier furieux.

— Ni l'un ni l'autre. C'est très sérieux.

— Va-t'en au diable ! J'en ai assez de tes stupidités.

— Voulez-vous m'écouter ?

— Non ! j'aime mieux lâcher la fille et rentrer chez moi. Elle retournera au châlet, elle te dénoncera et tu seras pincé comme un imbécile que tu es, tandis que je me tirerai toujours d'affaire, quand je devrais quitter Paris en ballon.

— Personne ne sera pincé, si vous me laissez faire. Je n'ai qu'un tour dans mon sac, mais il est bon, et je ne vous demande que trois minutes pour vous l'expliquer.

— Achève, sacrebleu ! dit le bossu exaspéré.

— Le patron m'en voudra peut-être ; mais, tant pis, je dis tout.

— Tu feras bien, car voilà un quart d'heure que tu ne dis rien.

— Connaissez-vous Rueil ? demanda Mouchabeuf, sans s'émouvoir des fureurs de Taupier.

— Oui.

— Savez-vous ce qui s'y passe ?

— Je sais qu'on s'y est battu aujourd'hui, ou plutôt qu'on nous y a battus.

— Aujourd'hui, je ne dis pas ; mais les autres jours, Rueil est un terrain neutre, et on peut y causer avec les Prussiens tout tranquillement comme nous causons là.

— Ça m'est égal, et si c'est là tout ce que tu as à me raconter...

— Laissez-moi finir, vous déciderez après. Depuis vingt ans que je travaille, voyez-vous, j'ai fait des économies et je les ai placées dans ce pays-là.

J'adore la pêche à la ligne et, quand la besogne ne donne pas à Paris, vous comprenez...

Le bossu trépignait d'impatience.

— Tout ça, c'est pour vous dire que j'ai acheté une bicoque et un fonds de marchand de vins, tout au bout du pays, sur la route de Bougival, et que, depuis le siège, j'ai eu le temps de faire des connaissance chez les casques à pointe.

— Qu'est-ce que tu nous chantes? tu es toujours ici, dit Taupier qui devenait plus attentif.

— Pas tant que ça, reprit Mouchabeuf d'un air fin; je vais voir mon établissement au moins trois fois par semaine, pour mes petites affaires et aussi pour les commissions du patron.

— Ah! ah! Frapillon te donne des commissions pour les Prussiens?

— Oh! c'est bien innocent. Des journaux que je leur porte; ils me payent un peu cher, c'est vrai, il m'en donnent des leurs en retour, et le patron me les achète — bon marché, c'est encore vrai. — mais enfin tout le monde y gagne...

— Et où se pratique ce joli commerce?

— Chez moi, dans ma boutique. C'est joliment organisé, allez. Chacun a ses heures et on ne se rencontre jamais.

Quand les franc-tireurs sont à boire un coup sur mon comptoir, les Prussiens sont prévenus par leurs vedettes et alors pas de danger qu'ils montrent leur nez. Seulement, dès que nos troupiers s'en vont, ils arrivent et je vous promets qu'un litre de *schnaps* ne leur fait pas peur.

— C'est bon à savoir, grommela le bossu, et le jour où le citoyen Frapillon me gênera...

Mais, continua-t-il tout haut, je ne vois pas à quoi tes accointances avec les Allemands peuvent me servir.

— C'est pourtant bien simple. Vous voulez vous débarrasser de la petite, et pourvu qu'elle ne revienne jamais, vous n'en demandez pas davantage.

— Non.

— Eh bien! je me charge de la confier moi-même aux Prussiens qui ne la lâcheront pas, je vous en réponds.

— Allons donc! ces brutes-là ne prennent pas les femmes.

— Ils prennent tout. Je leur ai fait passer dernièrement deux chanteuses qu'ils ont expédiées à Saint-Germain pour monter un café concert.

— Mais celle-ci ne chante pas, animal.

— N'ayez pas peur. J'arrangerai une histoire avec un ami que j'ai là-bas, le caporal Tichdorf, des fusiliers de Poméranie. C'est un gaillard qui comprend à demi-mot quand on lui montre des « thalers, » et je vous promets qu'il se chargera d'expédier la petite si loin qu'elle ne vous gênera plus.

Taupier avait cessé de s'agiter, et il suivait les nouvelles explications de Mouchabeuf avec beaucoup d'attention.

— Qui me garantit que tu feras ce que tu proposes? dit-il après un instant de silence.

— Vous pouvez venir avec moi, si vous voulez; vous assisterez à la conclusion de l'affaire, et, comme ça, vous serez bien sûr que je ne vous trompe pas.

— Mais quand et comment veux-tu que j'aille à Rueil, surtout avec une marchandise pareille.

— Faut pas que ça vous tourmente. Les portes sont fermées, mais elles ouvriront à sept heures.

J'ai ma carriole remisée aux Ternes; nous avons tout le temps d'y aller au petit trop avec le fiacre.

Une fois là, nous transvasons l'enfant dans mon « berlingot »; le logeur me connaît et il ne s'occupera pas de ce que nous ferons dans sa remise.

Au jour, nous filons par la porte de Neuilly et avant
midi nous sommes chez moi.

— A moins que les jolis gardes nationaux ne nous
arrêtent en route.

— J'ai un laissez-passer pour trois personnes; nous
arriverons aussi facilement que si nous avions pris les
premières du chemin de fer.

— Et si la fille ameute le poste ou les passants?

— Ah! monsieur Taupier! vous qui êtes si malin en affaires, dit Mouchabeuf tout étonné, comment voulez-vous
qu'elle les appelle, puisqu'elle est muette?

— Elle peut faire des gestes.

— Ma carriole est couverte, nous la mettrons dans le
fond. D'ailleurs, je suis connu, et en cas de besoin, je di-
rais que c'est une nièce à moi qui est folle.

— Mais, quand nous arriverons, les Prussiens ne seront pas là à t'attendre.

— Quant à ça, non; ils ne viennent que la nuit; mais
j'ai une bonne cave bien cadenassée où nous logerons la
petite en attendant, et, pour la garder, j'ai Polyte, mon
garçon, qui est un solide.

Taupier se promenait sur le quai d'un pas saccadé.

— Pas moyen de faire autrement, disait-il entre ses
dents; ces brigands-là ne m'obéiraient pas.

Allons, vous autres, reportez-moi ça dans le fiacre et
en route pour les Ternes.

Les deux coquins ne se firent pas prier; les articles du
Code pénal leur avaient donné à réfléchir.

Régine, toujours inerte, fut assise de nouveau dans la
voiture, qui tourna pour gagner le boulevard.

— J'aurais mieux aimé le canal, grommelait le bossu
c'est plus près et c'est plus sûr.

VII

Mouchabeuf n'avait pas menti.

Son cabaret était bien certainement, pendant le siège, l'établissement le plus achalandé du village de Rueil.

Ce n'était pas que la maison payât de mine, car on aurait difficilement rencontré dans les environs de Paris une plus laide baraque.

Bâtie avec des matériaux sans nom, charpentée avec des poutres enlevées dans les démolitions de Paris, cette construction déplaisante affectait la forme d'un carré long et n'était élevée que d'un étage.

Au rez-de-chaussée, occupé presque tout entier par une immense salle destinée aux buveurs, on trouvait encore une sorte de loge étroite dont l'ingénieux patron avait fait une boutique.

Au premier, deux ou trois cabinets, qui avaient la prétention d'être meublés, pouvaient loger pour une nuit des hôtes peu difficiles.

Extérieurement, l'immeuble était peint en jaune et orné de volets et de portes couleur sang de bœuf.

Un maigre jardinet où poussaient pêle-mêle des salades et des carottes complétait les agréments de ce séjour champêtre.

Dans un coin de ce légumier, Mouchabeuf avait trouvé le moyen d'élever avec des lattes arrachées à la clôture du chemin de fer une tonnelle destinée à abriter les buveurs qui tenaient à s'enivrer en plein air.

Il poussait même l'industrie jusqu'à y nourrir des lapins qui échappaient à la cuisine des bivouacs français ou allemands, grâce à la protection d'un énorme dogue enchaîné à portée de leur cage.

La vogue de la taverne ne tenait pas non plus à la qualité des denrées solides ou liquides qu'on y débitait.

Le vin y arrivait des coteaux aussi voisins que mal

famés de Suresnes ; l'eau-de-vie, distillée chez quelque
liquoriste de hasard, s'y mélangeait volontiers de poivre,
et la bière contenait plus de jus de réglisse que de hou-
blon.

Quand aux objets qui garnissaient la boutique, ils
étaient de nature variée, mais de qualité détestable.

On y vendait des cigares fabriqués à Hambourg avec
des feuilles de chou, des bougies qui empestaient le suif
et des cartes d'occasion qui auraient pu fournir une quantité de graisse très suffisante pour faire de la soupe.

— C'était un immense assortiment de tout ce qui ne
vaut rien.

Et cependant, à la maison jaune, tout se vendait au
poids de l'or et les deux pièces de plain-pied suffisaient à
peine aux consommateurs.

Le secret de cette préférence était bien simple et la
prospérité du débit se fondait uniquement sur l'emplacement privilégié qu'il occupait.

Située à l'extrémité et en dehors du village, entre les
avant-postes Prussiens et les avant-postes Français,
la bicoque était complétement isolée.

Elle avait deux sorties, l'une sur la route, l'autre
sur le jardin qui confinait à la Seine, une cave profonde
où on ne redoutait pas les surprises et un pigeonnier
pour voir venir de loin.

Elle eût été édifiée en vue de la guerre que le plan n'en
eût pas été différent, et Mouchabeuf n'avait eu garde de
négliger tant d'avantages.

Le commerce interlope qu'il y exerçait n'était point
ignoré, du reste, des autorités civiles et militaires qui
fermaient les yeux, à certaines conditions.

Outre le trafic clandestin auquel il se livrait pour le
compte de son patron, le respectable J.-B. Frapillon,
Mouchabeuf fournissait assez souvent à ses compatriotes
des renseignements obtenus des officiers allemands,
moyennant un cadeau de vrais havanes et de champagne
authentique dont il possédait un approvisionnement secret.

On le soupçonnait bien de manger, comme on dit, à deux rateliers, mais ce défaut est commun à tous les espions et on en était quitte pour le surveiller.

Pendant les fréquentes absences du maître, l'établissement était tenu par un garçon de vingt-cinq à trente ans, pourvu de biceps énormes et d'une chevelure ébouriffée, qui rappelait celle de Samson, vainqueur des Philistins.

Cet être robuste et peu dégrossi aurait pu compléter la ressemblance en se servant d'une machoire d'âne contre les buveurs récalcitrants, car il exerçait dans ses loisirs la profession d'équarisseur et dépeçait les animaux morts sur les champs de bataille on ailleurs.

Cette industrie constituait même son bénéfice particulier et Mouchabeuf lui abandonnait généreusement le produit de la vente des filets de cheval et des cuissots de mulet qu'il cédait aux pratiques à des prix doux.

Il faisait de plus les commissions à Rueil et à Nanterre, servait de batelier pour traverser la rivière dans une mauvaise barque amarrée au bout du jardin, soignait le chien et nourrissait les lapins.

Ce maître Jacques de banlieue répondait au nom de Polyte.

Le lendemain de la nuit de l'enlèvement de Régine, il avait eu fort à faire toute la journée.

Le combat de la veille avait amené dans les parages du cabaret de nombreuses escouades de brancardiers et des bandes de traînards qui ne manquaient pas de faire une station devant le comptoir.

La salle et la boutique n'avaient pas chômé un seul instant et Polyte s'était multiplié, mais il commençait à être sur les dents.

Aussi avait-il regretté plus d'une fois l'absence de son maître, parti depuis plusieurs jours et attendu dans la matinée.

Le soir approchait, et l'actif serviteur regrettait d'autant plus de ne pas voir arriver Mouchabeuf qu'il avait hâte d'aller inspecter les chevaux restés sur le terrain.

Perdre l'aubaine apportée par la sanglante affaire de la Malmaison n'était pas du goût de Polyte. Il savait bien que la concurrence ne manquait pas, et il courait grand risque, en retardant sa visite, de se laisser devancer par les francs-tireurs du voisinage, hippophages déterminés et grands amateurs de morceaux de choix.

La funèbre besogne des ambulances était terminée et l'affluence des pratiques avait considérablement diminué, mais une demi-douzaine de consommateurs obstinés occupaient encore la grande salle du cabaret, et le fidèle garçon aurait cru manquer à ses devoirs en négligeant de les surveiller.

On était payé à la maison jaune pour se défier des clients fournis par les avant-postes et ceux qui pour le moment buvaient au comptoir ne jouissaient ni d'une confiance ni d'un crédit illimités.

Aussi Polyte bornait-il ses absences à de courtes apparitions sur le pas de la porte.

Là, sans perdre de vue les pratiques sujettes à caution, il pouvait alternativement examiner la route de Rueil où il espérait voir paraître la carriole de Mouchabeuf.

— C'est drôle tout de même, disait-il entre ses dents, il est quatre heures passées et le patron n'arrive pas.

Il a pourtant dû entendre le canon, et il doit savoir que j'ai de la besogne.

— Polyte! encore une tournée de dur! Dépêche toi donc, cabaretier de malheur, cria le chœur des ivrognes.

— On y va!

— Vive Polyte! hurlèrent les buveurs sur l'air des lampions.

— Quoi qu'il vous faut encore. Vous devriez pourtant avoir votre plein.

Les clients qui menaient tout ce bruit paraissaient en effet suffisamment excités.

Ils étaient cinq, vêtus d'un uniforme bizarre qui se composait d'un pantalon bleu de ciel, d'une ceinture

rouge, d'une veste noire agrémentée de parements jon-
quille et d'un chapeau pointu orné d'une plume de coq.

Il ne leur manquait qu'un manteau « du velours le
plus beau » pour réaliser le type complet de Fra-
Diavolo.

Ces costumes de brigards d'opéra-comique ne paraissaient nullement les embarrasser, et il était visible qu'ils
se prenaient tout à fait au sérieux; mais la discipline
militaire ne devait pas être leur fort, à en juger par la
familiarité dont ils usaient avec leur chef.

Ce personnage, fort galonné sur les manches, était un
grand gaillard qui pouvait bien avoir quarante ans, et
qui portait les cheveux ras, la barbe en pointe et la
moustache en croc.

Il ne dédaignait pas de trinquer avec ses soldats, et il
ne semblait rechercher d'autre supériorité sur eux que
celle du nombre de petits verres absorbés.

— A la santé des Enfants-Perdus de la rue Maubuée!
cria ce commandant des francs-buveurs, en ingurgitant
d'un trait la nouvelle rasade versée par la main crasseuse
de Polyte.

Les soldats répétèrent le *toast* en l'accompagnant d'un
hurrah qui aurait fait honneur à des fantassins anglais.

— Ah! mes enfants, reprit l'homme aux galons, avec
cet accent mélancolique qui est particulier aux ivrognes,
si on avait voulu m'écouter, nous n'aurions pas été
brossés encore une fois aujourd'hui.

— Ces états-majors, voyez-vous, mon commandant,
c'est tous *propre à rien*, dit un Enfant-perdu, en reposant
magistralement son verre sur le comptoir d'étain.

— L'attaque en masse, mes vieux lascars, l'attaque en
masse, je ne connais que ça, reprit le chef avec conviction; qu'on me donne à mener un matin trois mille lapins
comme vous, et nous coucherons le soir à Versailles.

Polyte! un punch au kirsch pour rincer les carreaux,
cria-t-il en manière d'affirmation de cette promesse au-
dacieuse.

Mais Polyte ne l'écoutait plus.

Il avait entendu le roulement lointain d'une voiture et il avait couru à la porte.

— C'est le patron! murmura-t-il en mettant sa main sur ses yeux en guise d'abat-jour.

Faut croire qu'il rapporte de rudes provisions, car la carriole a l'air joliment chargée.

C'était bien l'équipage de Mouchabeuf qui s'avançait sur la route de Rueil, au trot peu allongé d'un cheval gris que sa maigreur avait sans doute soustrait aux entreprises culinaires de l'équarrisseur par vocation.

Le maître de la maison jaune, assis sur le devant de la *tapissière*, conduisait lui-même sa rosse, et, à force de la fouailler, il l'amena devant le cabaret.

— Arrive ici, Polyte! cria-t-il en sautant à bas de son siège; j'ai de la compagnie, viens m'aider à la faire descendre.

— Voilà, patron, voilà! vous faites crânement bien de rentrer ce soir.

— Est-ce que nous avons beaucoup de monde?

— Cinq ou six pochards, v'là tout.

— Faudra les faire filer en douceur; il y aura de l'ouvrage cette nuit, dit tout bas Mouchabeuf.

— Hé! l'ami! cria Taupier qui venait de mettre pied à terre, viens décharger le colis.

Moi j'ai besoin de me dégourdir les genoux, ajouta-t-il en se dirigeant vers la maison aussi vite que le lui permettaient ses jambes cagneuses.

— Tiens! une femme! et une *chouette* encore! dit Polyte qui venait de déplier le marchepied.

Une sourde exclamation répondit à la sienne.

— Podensac! pas de chance, sacrebleu! grommelait le bossu qui venait de se trouver nez-à-nez sur le seuil avec le commandant des Enfants-Perdus.

— Tiens! Taupier! cria en même temps le commandant.

Le bossu aurait donné gros pour éviter cette rencontre.

12.

— Voilà ce que c'est que de se laisser attendrir par les imbéciles, grommela-t-il en reculant instinctivement comme pour se ménager une retraite.

— Que diable viens-tu faire ici ? Est-ce que tu t'es mis dans les ambulances ? demanda Podensac en riant.

— Je te conterai ça tout à l'heure, dit Taupier qui sentait l'impossibilité de se dérober.

Mouchabeuf assistait de loin au colloque, et, avec son instinct d'agent de police, il devinait que la rencontre était désagréable à celui pour lequel il travaillait momentanément.

Aussi fit-il une tentative pour empêcher Régine de se montrer.

Il courut à la voiture, mais il arriva trop tard.

La jeune fille s'était appuyée sur l'épaule du complaisant Polyte et venait de sauter légèrement à terre.

Elle ne paraissait du reste ni effrayée ni même étonnée.

On l'avait, pendant le trajet, débarrassée de ses liens et du mouchoir qui lui fermait la bouche, ce qui prouvait que ses persécuteurs ne se défiaient plus d'elle.

— Bon ! bon ! j'y suis, dit le commandant des Enfants-Perdus qui venait d'apercevoir Régine. Il paraît, citoyen Taupier, que nous sommes en bonne fortune.

— Mêle-toi de tes affaires, répondit brutalement le bossu.

— Allons ! ne te fâche pas, farouche amoureux, et viens boire un petit verre avec nous. Il n'y a que de bons enfants ici et tu peux amener ta particulière.

— Je n'ai pas soif, murmura Taupier qui cherchait un mensonge plausible et qui ne trouvait rien pour expliquer son voyage à Rueil en compagnie d'une femme.

— Mais, s'écria Podensac, je crois que je ne me trompe pas... cette belle fille que tu amènes, c'est... parbleu ! oui, c'est notre connaissance de Saint-Germain, l'élève du saltimbanque.

Le bossu fit une horrible grimace et ne répondit rien.

On ne pense pas à tout, et, dans le premier moment de

surprise, il avait complètement oublié que le commandant et Régine s'étaient déjà vus dans des circonstances qu'ils ne pouvaient pas avoir oubliées.

La situation se compliquait, et l'astucieux Taupier se demandait déjà s'il ne serait pas plus simple de mettre Podensac dans la confidence d'une partie de ses projets.

La moralité du chef des Enfants-Perdus lui était suffisamment connue pour qu'il pût sans embarras tenter l'aventure, car ses relations avec lui dataient de loin, et il possédait sur son passé civil et militaire des renseignements assez exacts.

Le brillant Podensac avait servi jadis dans l'armée régulière en qualité de sous-lieutenant, et il comptait même plusieurs campagnes honorables, car il ne péchait nullement par la bravoure, mais le malheur avait voulu qu'en revenant de Crimée, il fût adjoint au trésorier de son régiment.

Ce fut sa perte.

Il aimait l'absinthe et les dames de comptoir ; sa solde était légère autant que ses principes, et, après un an de la vie de garnison, certaines erreurs dans ses comptes l'obligeaient à donner sa démission.

Après cette catastrophe très méritée, l'ex-sous-lieutenant avait pratiqué successivement une foule d'industries, dont la plus honnête était certainement celle qui l'avait mis en rapports suivis avec Taupier.

Tour à tour commis chez un marchand d'hommes, fabricant de prospectus industriels et spéculateur marron sur les trottoirs de la Bourse, Podensac avait fini par se faire courtier d'annonces, et, à ce titre, il avait longtemps collaboré à la quatrième page des journaux où le bossu plaçait sa prose.

Depuis les derniers événements, sa fortune avait semblé prendre une face nouvelle, et ses fréquentations dans les parages peu aristocratiques de la rue Maubuée lui avaient valu le commandement d'un corps franc recruté dans le quartier.

Son élection à ce haut grade ne lui avait enlevé aucun de ses goûts favoris, mais il lui avait procuré d'assez bonnes connaissances, et c'était même au hasard d'une camaraderie d'avant-postes qu'il devait l'honneur d'avoir servi de témoin à M. de Saint-Senier.

Il n'avait fallu à Taupier qu'un instant pour se rappeler tous ces détails, et il allait se décider à user de ses avantages pour influencer le commandant, lorsque celui-ci vint s'enferrer lui-même.

— Je comprends, maintenant, dit Podensac d'un air fin, la petite t'a donné dans l'œil, d'abord parce qu'elle est jolie comme un cœur, et puis parce qu'elle est muette.

Pas de bavardages à craindre et, pour un homme politique aussi sérieux que toi, c'est une excellente affaire.

Le bossu pensa qu'il valait mieux ne pas le détromper que de s'embarquer dans des confidences dangereuses.

— Décidément, on ne peut rien te cacher, dit-il avec un geste résigné.

Il venait de calculer que Régine n'aurait ni le temps ni la possibilité de le démentir.

— Alors, comme ça, on vient en partie fine chez le père Mouchabeuf, reprit le commandant en éclatant de rire.

— Eh bien! après? ce n'est pas défendu.

— Non, sacrebleu! et ça tombe bien, puisque je suis là avec quatre bons garçons de ma compagnie.

Nous allons faire une noce à tout casser, et je t'invite, toi, ta dulcinée et le patron de la cassine.

— Merci, mon vieux, mais je crois que l'enfant est fatiguée et qu'elle aimera mieux aller se reposer.

D'ailleurs tu sais qu'elle ne brille pas par la conversation, et nous rirons tout aussi bien sans elle.

— Entrons toujours, nous verrons après, dit Podensac en poussant dans le cabaret ses francs-tireurs, que la conversation avait attirés sur le pas de la porte.

Polyte et son maître, occupés à extraire de la carriole une foule d'objets hétérogènes, n'avaient rien entendu de ce dialogue, et Mouchabeuf, voyant Taupier causer gaiement avec Podensac, pensa qu'ils s'entendaient à merveille.

Quant à Régine, elle se promenait lentement sans donner le moindre signe de crainte ou d'embarras, et le bossu, qui suivait ses mouvements du coin de l'œil, s'applaudit de la résolution qu'il venait de prendre.

Il alla galamment lui offrir la main et la conduisit à la maison, non sans avoir jeté en passant à Mouchabeuf ces mots significatifs :

— Viens, dès que tu auras fini, et débarrasse-moi de ces gens-là le plus tôt possible.

L'entrée du couple mal assorti fut saluée par les acclamations de Podensac qui arrivait à cette période de l'ivresse où on éprouve le besoin de faire du bruit en compagnie.

— Eh! les enfants! cria le commandant, je vous présente le citoyen Taupier, publiciste de premier ordre, et son épouse, artiste distinguée.

— Quoi que c'est que ça, un publiciste ? demanda un enfant peu lettré de la rue Maubuée.

— Ça veut dire que le citoyen écrit dans les journaux et dans les bons.

C'est lui qui rédige *Le Serpenteau*.

—Fameux, alors! dit l'éclaireur.

— Et pas fier avec ça. Vous allez voir comme il va lamper avec nous.

Eh! Polyte, le punch au kirsch demandé.

— Voilà! voilà, cria le garçon qui venait de rentrer portant un immense saladier où fumait un liquide brûlant.

Mouchabeuf était resté dehors pour remiser la carriole et vaquer à d'autres préparatifs.

L'apparition du punch fut bruyamment fêtée par les francs-tireurs, et Podensac, armé d'une cuiller en fer-blanc se mit en devoir de remplir les verres.

Taupier accepta sans se faire prier et poussa l'impudence jusqu'à offrir à boire à Régine.

La jeune-fille était allée s'asseoir sur un des bancs de la salle, et sa figure presque souriante n'exprimait nullement le dégoût que devait lui causer cette scène de cabaret.

Elle repoussa doucement le verre en faisant signe qu'elle n'avait pas soif, mais elle ne se fâcha point de cette familiarité.

Son calme commençait à étonner et à inquiéter Taupier qui se défiait toujours de ce qu'il ne comprenait pas.

— Sais-tu qu'elle n'est pas aimable avec toi, ta petite, dit Podensac, naturellement porté à taquiner le bossu.

— Je m'en arrange comme ça, répondit celui-ci en haussant les épaules. D'ailleurs, je t'avais prévenu qu'elle n'est pas aimable en société.

— Tiens! mais c'est vrai, je n'y pensais plus, s'écria le commandant, elle est muette...

— Et sourde, par-dessus le marché ; ainsi ne te gêne pas.

— Parbleu! je le sais depuis le jour du duel, où je suis revenu de Saint-Germain dans la carriole de son maître.

A propos, qu'est-ce qu'il est devenu l'hercule avec son grand imbécile de paillasse ?

— Je crois qu'il ont changé d'état, dit Taupier avec indifférence.

— C'est dommage qu'elle ne parle pas. J'aurais voulu lui demander ce qu'il leur était arrivé avec le mort.

— Je croyais que vous étiez revenus ensemble.

— Jusqu'à Rueil, oui, même que les uhlans ont manqué de nous pincer, mais en arrivant dans nos lignes, j'ai quitté la voiture pour rejoindre mes hommes qui étaient du côté de Colombes.

La jeune fille n'avait pas paru surprise en voyant Podensac.

Seulement, elle ne cessait de le regarder et on aurait

dit qu'elle suivait ses paroles au mouvement de ses lèvres.

Au moment où le chef des Enfants-Perdus venait d'exprimer le regret de ne pouvoir l'interroger, elle tira d'un sac pendu à sa ceinture une quantité de jetons en ivoire et les étala sur la table.

— Tiens ! un alphabet ! s'écria Podensac, nous allons pouvoir causer.

— Laisse-la donc tranquille, dit Taupier avec humeur. Elle n'a pas la tête bien solide et je ne veux pas qu'on la fatigue.

Suis-je bête de ne pas avoir pensé à ça ! ajouta-t-il mentalement.

Pendant qu'il cherchait des yeux le complaisant Mouchabeuf pour lui faire signe de le délivrer des francs-tireurs, Régine se leva, marcha droit au commandant et lui prit la main gauche, dont elle se mit à examiner les lignes avec une attention profonde.

— Charmant ! charmant ! dit Podensac en éclatant de rire, elle va me dire la bonne aventure !

— Elle est folle ! grommela Taupier.

La tournure que prenait l'aventure était en effet assez bizarre pour justifier l'étonnement du bossu.

Après la scène du canal, quand il s'était décidé à accepter les propositions de Mouchabeuf, le misérable prévoyait de graves difficultés d'exécution.

Régine n'avait d'abord opposé aucune résistance et sur le quai, à deux doigts de la mort, elle n'avait pas même poussé un soupir.

Jusque-là, Taupier se rendait très bien compte des motifs de cette attitude passive.

La défense était inutile — une femme ne peut pas lutter contre quatre hommes — le secours impossible, à pareille heure et dans un quartier désert.

De plus, les antécédents de la jeune fille témoignaient de la virilité de son caractère.

Il n'était donc pas surprenant qu'elle eût pris héroïquement son parti de mourir.

Mais, si résignée qu'on supposât la victime, il était peu probable que, dans le long trajet de la Villette à Rueil, elle s'abstînt de profiter des chances de salut qui viendraient à s'offrir.

Il y avait l'enceinte à franchir, une route fréquentée à suivre, le pont de Neuilly à passer devant les plantons chargés de réclamer les permis de circulation.

Régine pouvait sinon crier, du moins se débattre et se faire remarquer par des gestes désespérés, et le bossu s'y attendait bien.

Dans le transbordement qui s'était effectué chez le logeur des Ternes, il avait pris toutes ses précautions.

La jeune fille, placée dans le fond de la carriole et surveillée de près, se trouvait dans l'impossibilité de se montrer aux passants, et, au cas où les gendarmes auraient visité l'intérieur, Taupier comptait, pour abréger l'inspection, sur la notoriété dont Mouchabeuf jouissait en ces parages.

Afin d'éviter des explications embarrassantes, il avait renvoyé à J.-B. Frapillon son fiacre, véhicule inusité aux avant-postes, son cocher et son agent en second, gens de mauvaise mine et inconnus des naturels du pays de Rueil.

Mais à sa grande surprise, ces soins méticuleux se trouvèrent superflus.

Régine, délivrée de son bâillon qu'on ne pouvait pas lui laisser sans s'exposer à provoquer les questions du logeur, non seulement n'avait pas cherché à attendrir ce personnage par des gestes ou des pleurs, mais elle s'était tenue tranquillement dans un coin pendant qu'on attelait la voiture.

Sur la route, son attitude avait été la même.

Immobile et droite au fond de la *tapissière*, elle n'avait pas cherché une seule fois à soulever la bâche pour regarder au dehors, et, pendant la visite obligée au pont de Neuilly, elle s'était effacée derrière Taupier.

Un peu plus loin, en sortant de Courbevoie, le voyage fut interrompu par l'encombrement qui s'était produit à la suite du combat de la veille.

Il fallut attendre une partie de la journée que les voitures d'ambulance et les fourgons du train eussent défilé.

Régine ne bougea pas et cependant l'occasion était belle pour attirer l'attention des soldats.

Enfin, quand on approcha de Rueil, Taupier crut remarquer que le visage de sa prisonnière s'éclairait et que ses yeux brillaient.

C'était à croire qu'elle se réjouissait d'être enlevée.

Le bossu ne s'arrêta cependant pas à cette idée par trop invraisemblable.

Il inclinait plutôt à penser que la frayeur avait troublé l'esprit de sa victime, et, s'il eut encore un instant d'inquiétude en apercevant Podensac, il ne douta plus que Régine fût devenue folle, quand il la vit regarder dans la main du commandant.

La jeune fille avait attiré doucement le brillant officier de la rue Maubuée vers la table où elle avait étalé ses jetons alphabétiques et l'avait fait asseoir à côté d'elle sur le banc de bois qui tenait lieu de chaises dans la grande salle de la maison jaune.

Podensac s'était laissé conduire et paraissait trouver l'aventure fort plaisante.

Ses hommes partageaient sa gaieté et s'étaient groupés autour de la jolie sorcière, en échangeant des quolibets d'un goût douteux.

Taupier seul ne riait pas, et son front soucieux attestait qu'il se défiait encore de Régine.

— Les folles ont des moments lucides, pensait-il, et je ne me soucierais pas d'avoir dans mon jeu cet imbécile de Podensac.

Il regarda vers la porte pour voir si Mouchabeuf ne venait pas faire diversion, mais il n'aperçut que le garçon s'agitant autour du comptoir.

Le patron était probalement encore occupé à l'écurie,

13

et Polyte s'occupait fort peu de ce qui se passait dans la salle.

Il rêvait aux superbes filets de cheval qui l'attendaient sur le champ de bataille.

— Voyons un peu, la belle enfant, ce que vous allez lire dans ma main, dit le commandant qui se cambrait dans son uniforme.

Devant une femme, Podensac posait toujours, et d'ailleurs l'idée d'exciter la jalousie du bossu lui souriait assez.

Régine ne semblait pas s'apercevoir de ce manège : elle suivait avec une attention profonde les lignes de la robuste main du prétentieux soldat.

Soit qu'elle fût de bonne foi, soit qu'elle jouât habilement son rôle de chiromancienne, sa figure changeait d'expression à mesure qu'elle avançait dans son examen.

Elle avait commencé par sourire, en levant sur Podensac des yeux étonnés, puis ses traits s'étaient rembrunis peu à peu et elle avait fini par laisser tout à coup tomber la main qu'elle tenait, comme si elle venait de découvrir une marque funeste.

— Eh bien ! charmante sorcière, que dit le livre du destin ? demanda Podensac en riant.

La jeune fille s'accouda sur la table et secoua la tête d'un air triste.

— Allons ! allons ! en avant l'alphabet ! continua le commandant en frappant du bout de son doigt les jetons d'ivoire.

Régine le regarda fixement et ses yeux demandèrent clairement : Vous le voulez ?

L'officier comprit, car il répondit avec force gestes affirmatifs.

— Allez-y, la belle, allez-y ! je suis bon cheval de trompette, et vous pouvez m'annoncer tout ce que vous voudrez.

La jeune fille commença à trier rapidement les jetons et Podensac ne put s'empêcher de s'écrier :

— En voilà des doigts tournés en fuseau et des ongles roses taillés en amande !

Scélérat de Taupier, va !

Ce n'était pas pour le moment la main aristocratique de Régine que regardait le bossu.

Il suivait de l'œil les lettres qu'elle alignait sur la table, et il se demanda avec une certaine anxiété :

— Que va-t-elle lui dire ?

Podensac épelait à mesure que les jetons se rangeaient,

« Vous... aurez... un jour... six... galons... d'or. »

— Général ! je serai général ! s'écria-t-il en se redressant ; eh bien ! mais c'est possible, après tout, et il n'y a pas là de quoi prendre une figure d'enterrement, la petite mère !

La jeune fille continuait à écrire.

— Diable ! il y a un post-scriptum, reprit le commandant.

Voyons ça.

La phrase suivante apparut sous les doigts de Régine :

« Mais vous mourrez de mort violente... »

— Oh ! oh ! c'est moins gai, dit le futur général ; mais bah ! une balle ou un éclat d'obus dans une quinzaine d'années, le grade vaut bien qu'on en corre la chance.

Tiens ! il paraît que ce n'est pas encore fini, ajouta-t-il en suivant le travail de la jeune fille.

» ... Avant un an... »

Sacrebleu ! c'est bien court ! je n'aurai pas le temps de faire des économies sur ma solde.

» ... A moins que...

Ah ! voyons la condition. Je ne serais pas fâché de vivre un peu plus longtemps.

Nous disons donc : « à moins que... »

» ... Cette semaine... vous ne sauviez... la vie... à quelqu'un.

Après avoir formé ces derniers mots, Régine s'arrêta et attacha sur Podensac son regard lumineux.

En ce moment, la scène était curieuse.

Les citoyens de la rue Maubuée, si voltairiens qu'ils fussent, n'avaient pas toujours dédaigné de se faire tirer les cartes par leurs bonnes amies des Halles, et ils suivaient avec un intérêt visible les phases de l'horoscope.

Le commandant, tout en faisant l'esprit fort, ne pouvait se défendre de ce sentiment superstitieux qu'éprouvent à certaines heures les gens accoutumés à jouer leur vie.

Quant à Taupier, il n'était pas encore bien fixé sur le caractère véritable de cette sorcellerie, et il se demandait si Régine préparait une ruse pour lui échapper ou si elle était tout simplement idiote.

Mais il commençait à être inquiet.

Heureusement pour lui, Mouchabeuf venait de rentrer et avait pu lire sur la table l'étrange prédiction.

Les deux coquins échangèrent un coup d'œil qui voulait dire : Il est temps de mettre fin à ce manège.

— Sauver la vie à quelqu'un ! répéta Podensac, parbleu ! je ne demande pas mieux, pourvu que ce ne soit pas un Prussien.

Évidemment, la sourde-muette n'avait pas pu entendre l'objection et cependant le bossu s'imagina qu'elle faisait de la tête un signe négatif.

— Laisse donc cette petite tranquille, dit-il en se levant brusquement ; elle a la manie de reprendre son ancien métier, et je n'aime pas ça, parce qu'elle se monte la tête, au point de se rendre malade.

— Allons, galant Taupier, encore une question et la consultation sera finie.

Le temps seulement de savoir qui je dois sauver.

— Commandant, il est l'heure de partir, dit Mouchabeuf. J'ai déjà eu des raisons pour avoir gardé vos soldats après sept heures, et je n'ai pas envie que la gendarmerie fasse fermer ma cambuse.

— Ne nous fâchons pas, patron, je ne tiens pas à coucher ici, d'autant plus qu'il y a un joli ruban de queue pour attraper notre bivouac.

— Où est donc votre grand'garde ? demanda le bossu qui se souciait fort peu de ce renseignement, mais qui cherchait à détourner l'attention de Podensac.

— Au petit Nanterre, au bout du pont d'Argenteuil. Laisse-moi voir un peu ce qu'elle écrit, et je file.

Le commandant se mit de nouveau à épeler.

» Celui... qu'il faut sauver... c'est le lieutenant...

La lecture fut interrompue par une exclamation de Mouchabeuf, qui était allé se planter sur le seuil de la porte.

— Mille millions de tonnerres ! voilà une patrouille prussienne, cria le patron tout effaré.

Ces mots furent le signal d'une débandade générale.

Les Enfants-Perdus coururent à leurs fusils, et Podensac tira son sabre.

— Je ne veux pas de bataille chez moi, dit Mouchabeuf, d'un ton décidé. Filez par le jardin, Polyte va vous conduire.

— Au fait, nous ne sommes pas en force, murmura le commandant en suivant ses hommes qui avaient gagné vivement la sortie du côté de la rivière.

Taupier, qui n'avait pas perdu la tête, s'était penché pour voir le nom que traçait la jeune fille, mais elle brouilla les jetons d'un coup de main, se leva et alla se placer droite et attentive dans un angle de la salle.

— Que faire ? demanda vivement le bossu.

— Rester ici tous les deux. Ce sont les Poméraniens. Je les connais. Nous ne risquons rien.

— Et elle ? faut-il la leur montrer ?

— Ma foi ! je change d'idée, dit Mouchabeuf en s'approchant doucement du mur, cette gaillarde-là est trop fine et je reviens aux grands moyens.

Tout en parlant il se baissa et toucha le plancher.

Une trappe s'ouvrit sous les pieds de Régine, qui disparut en jetant un grand cri.

— Elle a crié ! dit Taupier, effrayé, non pas du sort de

Régine, mais du bruit qui venait de se produire et des conséquences qui en pouvaient résulter.

— Tous les sourds-muets crient, et les Prussiens sont trop loin pour avoir entendu, observa Mouchabeuf, qui avait deviné les deux préoccupations du bossu.

Depuis l'arrivée à la maison jaune, le cabaretier montrait beaucoup plus de sang-froid que le chef de l'expédition.

Il y avait plusieurs motifs à cette interversion des rôles.

D'abord, le bouillant Taupier, quoiqu'il parlât volontiers de faire des sorties en masse, était au fond de l'avis de Panurge, *lequel craignait naturellement les coups.*

Le voisinage de l'ennemi nuisait beaucoup à sa lucidité.

On s'était fort massacré la veille tout autour de Rueil et il y avait dans l'air une odeur de bataille qui lui troublait la cervelle.

Mouchabeuf, qui au fond n'était peut-être pas beaucoup plus brave, avait l'immense avantage de se trouver sur son terrain.

Ensuite, le bossu avait fait son siège à l'avance, et les accidents les plus imprévus venaient, par une fatalité singulière, déranger successivement toutes ses combinaisons.

Ce n'était pas qu'en définitive le violent expédient auquel le cabaretier venait de se décider lui déplût, mais il n'aimait pas les dénouements impromptus, et, plus que jamais, il regrettait le canal.

La trappe, après avoir basculé, s'était remise en place d'elle-même, et il avait suffi à Mouchabeuf de refermer le ressort qui la faisait jouer pour que le plancher redevînt solide.

Grâce à cet ingénieux mécanisme et à la porte donnant sur le jardin, Régine et les francs-tireurs avaient disparu avec la rapidité de l'éclair et sans laisser d'autres traces de leur passage que les verres à moitié vides et les étons oubliés sur la table.

— Pourvu que cet ivrogne de commandant retrouve son chemin, murmura le cabaretier. Il est capable de se tromper et de se jeter au milieu des Allemands.

— Il ne nous manquerait plus que des coups de fusils, maintenant, dit Taupier peu rassuré.

— Oui, sans compter que ces gueux de Poméraniens prendraient prétexte de l'attaque pour fouiller ma cave, et alors...

— Est-ce que la fille s'est tuée en tombant? demanda le bossu en baissant la voix.

Un coup de sifflet très aigu partit du dehors avant que Mouchabeuf eût le temps de répondre à cette question brûlante.

— C'est Tichdorf qui s'informe si la place est libre, dit-il précipitamment.

Et ce lambin de Polyte qui ne revient pas!

Le garçon accusé à tort reparut juste au moment où son maître prononçait son nom.

— Ils ont filé, dit-il tout essoufflé, je les ai conduits jusqu'au tournant de la route, et je leur ai bien recommandé de se taire.

— C'est bon; maintenant cours au-devant de la patrouille et donne le signal pour que le caporal fasse avancer ses hommes.

Polyte se précipita dehors avec un empressement qui ne témoignait pas en faveur de son patriotisme.

Mais il n'eut pas le temps d'aller bien loin.

Les Allemands s'étaient approchés à pas de loup, et les crosses de fusil sonnaient déjà sur le pavé de la cour.

— Les voilà! dit Mouchabeuf; je vais vous faire passer pour mon neveu. Tichdorf est très soupçonneux, et, en voyant un étranger, il se défierait tout de suite.

Taupier aurait eu bonne envie de décliner cette parenté improvisée, mais il était trop tard pour faire des objections.

Une tête ornée de longues moustaches jaunes, d'un nez

cainard et d'un béret graisseux venait de se montrer par
la porte entre-bâillée.

Cette figure déplaisante appartenait à un soldat pomé-
ranien qui se glissa dans le cabaret avec toutes les précautions à l'usage de cette race prudente.

Un autre suivit, absolument pareil au premier, puis un
autre encore, et, en moins d'une minute, douze fusiliers
du roi Guillaume avaient envahi la salle.

Ces hommes se ressemblaient entre eux à ce point
qu'un œil exercé pouvait seul les distinguer les uns des
autres.

Mêmes bottes en cuir noir chaussées par-dessus le pantalon, même gibecière en toile grise, mêmes physiono-
mies niaises et brutales.

C'était à croire qu'on les avait tous coulés dans le
même moule, comme, les soldats de plomb qu'on donne
aux enfants pour jouer à la bataille.

Le caporal seul tranchait sur cette réunion de marion-
nettes armées, et sa personne valait la peine d'être étu-
diée.

Grand, mince et blond, taillé par conséquent sur le
modèle de presque tous les Allemands du Nord, il était
porteur d'une figure fine et d'un nez pointu qui juraient
avec la mine grossière de ses soldats.

Son uniforme était aussi beaucoup plus propre, et ses
favoris, régulièrement peignés, attestaient qu'il prenait
des soins de toilette généralement inusités dans les bivouacs prussiens.

— Salut, père Mouchabeuf et la compagnie, dit-il en
français et sans le plus léger accent, y a-t-il moyen de
se réchauffer avec un ou deux verres de cognac ?

— Certainement, monsieur Tichdorf, répondit le cabaretier avec empressement ; vous savez bien que ma cave
est à votre disposition.

— Hum ! la cave, vous ne m'y avez jamais mené, vieux
finaud, reprit le caporal en riant, mais enfin, pourvu que
vous montiez deux litres de trois-six pour mes hommes et

une bouteille de fine pour que je trinque avec vous, je ne m'inquiéterai pas de ce qui se passe dans votre sous-sol.

Taupier écoutait avec stupéfaction ce discours que n'aurait pas désavoué un Parisien de pure race, et il se sentait déjà pris d'un vague inquiétude.

L'allusion à la cave lui fit passer un frisson dans le dos et il se mit à se balancer d'un pied sur l'autre pour cacher son embarras.

— Je vais recommander à Polyte de prendre les fioles dans le bon coin, dit Mouchabeuf qui éprouvait le besoin d'adresser des instructions particulières au garçon avant de l'envoyer au caveau.

Pendant qu'il s'abouchait avec lui sur le seuil, les soldats avaient pris place sur les bancs, et avec cet instinct de la conservation qui n'abandonne jamais les Prussiens, ils s'étaient installés en demi-cercle et faisaient face à la porte, le fusil entre les jambes et devant eux la table pour servir au besoin de barricade.

Tichdorf s'était mis à cheval sur un escabeau isolé, dans la position d'un chef sur le front de sa troupe, et il allumait une énorme pipe en porcelaine.

— Il me semble que nous avons de la société, aujourd'hui, père Mouchabeuf, dit-il en lançant une bouffée.

— Oui, monsieur est mon neveu, qui est venu ici ce matin avec les ambulances et qui me reste à coucher ce soir.

— Bah ! vraiment ! exclama le caporal d'un air incrédule ; j'aurais juré que j'avais vu monsieur à la Bourse ou au café de Suède.

— A la... Bourse, répéta Taupier de plus en plus décontenancé.

— Ah ! c'est vrai, reprit Tichdorf en éclatant de rire, ça doit vous étonner de voir un homme qui connaît le café de Suède, conduire une douzaine de gaillards qui pataugeaient encore il y a trois mois dans les marais de Kœnigsberg ; des Barbares, quoi !

— Non, balbutia le bossu tout ahuri, mais j'avoue...

13.

— Mon Dieu ! c'est bien simple, mon cher monsieur, continua l'aimable caporal ; quand la guerre a éclaté, j'étais commis chez un agent de change de la rue de Richelieu et je compte bien y rentrer quand toutes ces bêtises-là seront finies.

— Au fait, dit Taupier pour se donner une contenance, je ne vois pas pourquoi...

— Moi, d'abord, je suis humanitaire et je n'aime pas les batailles. Ça nuit à la fraternité des peuples et à la prospérité du commerce.

Aussi, je me bats parce que j'y suis forcé, mais ça ne m'empêche pas de faire mes petites affaires.

Pas vrai, père Mouchabeuf ?

— Ça, c'est sûr, monsieur Tichdorf, dit le cabaretier, et même elles ne doivent pas être mauvaises, vos petites affaires.

— Peuh ! on boulotte. A propos de ça, m'apportez-vous des journaux ?

— Ceux d'avant-hier seulement. Hier soir, je n'ai pas eu le temps de les acheter.

— Alors, ce sera vingt francs de moins. Vous savez nos conventions. Moi j'ai là du *nanan* pour vous ; les derniers numéros du *Times* et de la *Gazette d'Augsbourg*.

— Fameux ! s'écria le cabaretier ; et si vous n'en demandez pas trop cher.

— Ça vaut un billet de mille comme un sou, mais pour vous ce sera cinq cents.

— Oh ! monsieur Tichdorf, faut être raisonnable. Où voulez-vous que je prenne tout cet argent-là ?

— Ça ne me regarde pas. Mais tenez, je suis bon prince. Je vous passerai les deux feuilles tout à l'heure quand mes hommes commenceront à y voir double ; après-demain vous me rapporterez une obligation du Crédit foncier, et vous allez me donner vos journaux par-dessus le marché.

On a dû *baisser* aujourd'hui, puisque nous vous avons

battus hier, et j'ai idée que je ferai un bon placement.

— Je ne dis pas, monsieur Tichdorf, mais...

— Pas de mais, mon vieux. Vous savez que je suis rond en affaires, c'est à prendre ou à laisser.

Taupier, qui ne s'étonnait pas facilement, marchait de surprise en surprise.

Ce singulier spéculateur, qui donnait ses ordres de Bourse entre une bataille et une patrouille, lui inspirait une admiration mêlée de crainte.

Il se disait qu'un homme assez fort pour mener de front la guerre et les opérations financières pourrait devenir un adversaire dangereux ou un auxiliaire utile.

Aussi ruminait-il déjà au moyen de le mettre dans ses intérêts.

— Et ce cognac, père Mouchabeuf? Est-ce pour demain?

— Je ne comprends pas ce que fait cet animal de Polyte, murmura le cabaretier.

— Mes sauvages ont soif, reprit le caporal, et, pour qu'ils ne se mêlent pas de notre commerce, vous savez qu'il faut les désaltérer.

— Je vais l'appeler, dit Mouchabeuf en se dirigeant vers le comptoir derrière lequel s'ouvrait un escalier tournant qui descendait à la cave.

Tichdorf dit quelques mots en allemand à ses soldats pendant que le patron s'égosillait à crier le nom de Polyte en se penchant sur la rampe.

Personne ne répondit.

— La brute est capable d'avoir été courir du côté de la Malmaison pour voir après ses chevaux morts, grogna Mouchabeuf.

— Tiens! un alphabet, s'écria le caporal en apercevant les jetons oubliés sur la table par Régine.

Il y a donc des enfants ici !

Taupier allait lui répondre quand un bruit singulier le fit tressaillir.

On aurait dit des coups frappés sous le plancher.

Taupier en sentant sous ses pieds ces chocs répétés avait vivement quitté le coin de la salle où il se tenait debout.

Mouchabeuf était resté au haut de l'escalier tournant, l'oreille tendue et la bouche béante.

Les Prussiens s'étaient levés, et, tout en armant leurs fusils, ils regardaient autour d'eux avec inquiétude.

Le caporal seul n'avait pas bougé, mais sa figure avait pris subitement une expression de curiosité malveillante.

— Avez-vous entendu ? demanda-t-il au bossu en le regardant entre les deux yeux.

— Moi, rien, balbutia Taupier qui n'avait pu s'empêcher de changer de couleur.

— Et vous là-bas, eh ! père Mouchabeuf, cria Tichdorf, est-ce qu'il y a des revenants dans votre cambuse ?

— C'est le vent, caporal, dit le cabaretier avec un embarras visible.

— Le vent ! dans votre cave, allons donc ! faudrait pas me la faire celle-là, non vieux gargotier.

— Mais, je vous jure, monsieur Tichdorf...

— Dites donc, interrompit l'ex-commis d'agent de change, vous savez que je suis bon enfant jusqu'à concurrence de mes devoirs militaires exclusivement.

Il est venu des Français ici, ça sent le franc-tireur à plein nez, et si par hasard vous méditiez de faire une farce à moi et à mes hommes, il vaudrait mieux me le dire, parce que...

— Une farce ? comment ?

— Parce que je vous ferais fusiller tout de suite, vous et monsieur, qui m'a l'air d'être votre neveu comme je suis le fils de Bismarck.

— Oh ! monsieur Tichdorf, murmura Mouchabeuf très pâle, vous ne traiteriez pas comme ça une vieille connaissance.

— Mon cher, deux précautions valent mieux qu'une,

et je n'ai pas envie de perdre le goût du pain ou de rentrer à Paris comme prisonnier de guerre.

Ça interromprait mes opérations à la Bourse.

-Le caporal, après avoir prononcé cette phrase qui témoignait d'une connaissance approfondie de la langue française, changea d'idiome pour donner des ordres à ses hommes.

Il n'y avait pas besoin d'entendre l'allemand pour deviner qu'il leur recommandait de se tenir sur leurs gardes, car les Poméraniens se mirent immédiatement au port d'armes.

Par surcroît de précautions, deux d'entre eux allèrent se placer à la porte qui donnait sur la route, deux autres prirent position en haut de l'escalier tournant, et Tichdorf se rapprocha du bossu.

Celui-ci commençait à maudire la faiblesse qui l'avait conduit à la maison jaune et il jetait des regards effarés sur les soldats dont l'attitude n'était rien moins que rassurante.

L'absence des litres d'eau-de-vie les avait mis de méchante humeur et ils roulaient de gros yeux en frisant leurs longues moustaches.

Les plus impatients tourmentaient la batterie de leurs fusils Dreyse, et chaque craquement du chien provoquait chez Taupier des soubresauts de frayeur.

— Maintenant, père Mouchabeuf, reprit tranquillement le caporal, procédons par ordre.

Le bruit vient de votre sous-sol, et je suppose que ce ne sont pas les bouchons de vos bouteilles de champagne qui sautent si fort que ça.

— C'est Polyte, bien sûr ! Cet animal-là aura cassé quelque chose, dit le cabaretier heureux d'avoir trouvé une explication à peu près plausible.

— Encore une blague, cher ami ; si c'était Polyte, il serait monté, depuis le temps qu'il est parti et que vous l'appelez.

Donc, il est l'heure de venir faire un tour avec moi

dans cette fameuse cave, quand ça ne serait que pour voir un peu si votre provision de cognac est au complet.

A cette invitation directe, l'infortuné Mouchabeuf faillit s'évanouir.

En temps ordinaire, il n'aurait livré qu'avec désespoir l'entrée du cellier où il cachait ses provisions solides, et surtout liquides, mais, ce soir-là, c'était bien autre chose.

L'idée de mettre Régine en rapport avec son ami Tichdorf l'effrayait encore davantage, car ses projets sur la jeune fille n'étaient plus les mêmes.

Quand il l'avait prise sous sa protection au bord du canal, l'astucieux cabaretier croyait avoir affaire à une enfant presque idiote, et il fondait sur l'infirmité de sa victime l'espoir d'une impunité complète.

Mais depuis qu'il avait assisté à la scène avec Podensac, il s'était rallié aux idées radicales de Taupier, et ne pensait plus qu'à supprimer Régine.

La montrer au caporal, surtout après la violence qu'elle venait de subir, c'était s'exposer à une dénonciation dangereuse.

L'alphabet d'ivoire était encore là sur la table, et la sourde-muette avait montré ce qu'elle savait faire.

Ce n'était pas qu'il crût Tichdorf capable de s'indigner d'un crime, mais il ne voulait à aucun prix le mettre dans la confidence de méfaits que l'ex-boursier chercherait certainement à exploiter contre lui.

— Il me ferait chanter, pensait Mouchabeuf, et, pour lui fermer la bouche, mes provisions et mon argent y passeraient.

— Allons, en route! dit le Prussien, montrez le chemin à mes hommes.

Le cabaretier ne bougeait pas.

— Emmenons-nous votre neveu dans notre promenade souterraine? demanda Tichdorf d'un air goguenard.

Cette fois ce fut au tour du bossu de trembler.

Il faisait depuis un quart d'heure la plus étrange figure.

Ses mains de gorille se promenaient incessamment sur son front plissé pour essuyer la sueur qui perlait par tous ses pores, et ses genoux arqués se dérobaient sous lui.

Lui aussi comprenait que le caporal était un associé qu'il ne faisait pas bon d'avoir dans son jeu.

Parler lui semblait encore plus périlleux que se taire.

— Eh bien y sommes-nous ? reprit l'impitoyable Tichdorf.

— C'est que... je... je n'ai pas la clef de la cave, balbutia Mouchabeuf.

— Ah ! bah ! Et où est-elle s'il vous plaît ?

— C'est Polyte qui... l'a prise pour... aller chercher l'eau-de-vie, et...

— Et naturellement, Polyte a disparu, n'est-ce pas ?

— Il sera allé du côté où on s'est battu. Quand il y a un cheval tué à une lieue à la ronde, il faut qu'il y coure, l'animal.

— A moins qu'il n'ait pris le chemin de Rueil où les francs-tireurs qui étaient là tout à l'heure attendent qu'on les prévienne.

— Foi d'homme ! ça n'est pas vrai, exclama le cabaretier qui, pour le moment, était sincère.

— Père Mouchabeuf, dit tranquillement le caporal, il faut que vous ayez bien mauvaise opinion de mon *intellect* pour croire que je *goberai* les bourdes que vous me contez.

Mais je vous avertis que j'en ai assez et que je vais m'en aller avec mes hommes.

Votre cognac me coûterait trop cher.

— Comme vous voudrez, monsieur Tichdorf, dit le cabaretier, enchanté de voir les Prussiens battre en retraite ; mais je vous donne ma parole d'honneur...

— Seulement, reprit l'entêté caporal en lui faisant signe de se taire, avant de partir je veux prendre mes précautions.

Vous comprenez que si j'ai envie de boire un verre de

vieille, de fumer un bon cigare ou de lire un journal à la maison jaune, je ne peux pas m'exposer continuellement à être pincé.

En conséquence, mon vieux, il faut que vous cédiez la place à un autre.

— Céder... quoi ? demanda Mouchabeuf stupéfait.

— Votre établissement, parbleu ! avec tout ce qu'il y a dedans.

— Je... je ne comprends pas, murmura le malheureux patron.

— C'est bien simple, pourtant.

Supposons que vous et monsieur votre neveu, vous ayez ce soir un coup de sang, et que demain matin les autorités de Rueil viennent constater votre décès, qu'arriverait-il ?

— Mais nous ne sommes pas malades, s'écria Mouchabeuf avec véhémence.

— Possible ! mais nous sommes tous mortels.

Il arriverait donc que les susdites autorités, qui ne sont pas fâchées d'avoir de temps en temps des renseignements, installeraient ici un autre cabaretier avec lequel je m'entendrais très bien et qui ne chercherait pas à me jouer des tours.

Vous voyez bien que j'ai tout à gagner au coup de sang en question.

— Vous plaisantez, monsieur Tichdorf ? dit le patron d'une voix étranglée.

— Pas du tout, et vous allez bien le voir, dit l'impitoyable caporal.

Il donna en allemand un ordre à ses hommes, qui ne se firent pas prier pour mettre la main au collet des deux Français et les pousser contre le mur.

— Mais vous n'allez pas nous fusiller, j'espère ? cria Taupier en se débattant.

— Parfaitement, cher monsieur, parfaitement, répondit Tichdorf.

— C'est une infamie... je proteste, hurla le bossu.

— Que voulez-vous ! j'avais confiance en monsieur votre oncle, maintenant, je n'ai plus confiance, et alors, dame ! vous comprenez...

— Monsieur Tichdorf, je... vous le jure, par... tout ce qu'il y a de plus sacré, balbutia Mouchabeuf terrifié, il n'y a personne dans la cave, et...

Le malheureux bondit sans achever sa phrase.

Trois nouveaux coups frappés avec plus de force venaient d'ébranler le plancher.

— Là ! qu'est-ce que je vous disais, s'écria le caporal; vous voyez bien que je n'ai pas de temps à perdre.

Ainsi, messieurs, faites vos paquets.

Les deux bourreaux de Régine, adossés à la muraille, fléchissaient sur leurs jambes et n'avaient plus la force de crier.

— « Gewehr an ! » dit Tichdorf à ses hommes, qui exécutèrent avec un ensemble parfait le mouvement qui se commande en français : « Apprêtez armes ! »

— Grâce ! grâce ! hurlèrent à la fois le bossu et le cabaretier, nous allons ouvrir la cave.

— M'ouvrir la cave ! répéta Tichdorf avec un sourire diabolique, mais à quoi bon, puisqu'il n'y a personne ?

— Ça ne fait rien, répondit Mouchabeuf, qui avait perdu la tête au point de ne plus savoir ce qu'il disait.

— Si, si, il y a une femme, cria le bossu, espérant que cet aveu le sauverait.

Les soldats étaient restés en position, l'arme prête, et il ne fallait plus qu'un dernier commandement pour envoyer les deux complices dans l'autre monde.

Le caporal semblait se complaire à prolonger les angoisses de ces misérables.

Il promenait alternativement son œil perçant sur leurs faces blêmes et sur les visages anguleux des Poméraniens que la soif avait rendus féroces.

— Une femme ! dit-il en hochant la tête, la cantinière des francs-tireurs, alors.

— Non, je vous le jure, monsieur Tichdorf, balbutia le

cabaretier d'une voix suppliante, c'est une jeune fille et même... elle est... très jolie.

— Pas possible ! s'écria le caporal avec un sourire incrédule ; comment, il y aurait une jolie fille ici et vous me l'auriez caché ! Père Mouchabeuf, ça ne serait pas bien ! Vous savez pourtant que les dames ne me font pas peur.

— Vous verrez, reprit le malheureux patron de plus en plus bouleversé par les airs ironiques de l'ex-boursier.

— Non, décidément, je n'ai pas le temps, dit Tichdorf, et je suis bête de m'amuser à blaguer avec vous, quand les francs-tireurs peuvent nous cerner d'une minute à l'autre.

Et il se retourna du côté des soldats.

Taupier tomba à genoux et Mouchabeuf joignit les mains en criant :

— Pardon ! grâce ! la cave est là... et je vais vous y conduire, et...

— Mouchabeuf, mon ami, vous dites toujours la même chose, vous devenez fastidieux.

Les Poméraniens avaient armé leurs fusils et quelques-uns avaient déjà mis en joue.

Le caporal, au lieu de commander le feu, continua d'une voix traînante :

— D'ailleurs, mon vieux, vous parlez d'ouvrir la cave et vous n'avez pas la clef, puisque vous prétendez que Polyte l'a emportée.

— Mais...

— Il n'y a pas de mais ; je n'ai pas envie de courir après votre garçon ou d'attendre qu'il revienne ; aussi ne causons plus et finissons-en.

Le cabaretier poussa un véritable hurlement.

— Là ! essaya-t-il d'articuler en étendant le bras vers l'angle de la salle.

— Eh bien, quoi ? là ? Est-ce que votre cave a une porte dans la muraille ?

— Non... c'est une trappe, dit Mouchabeuf avec beaucoup de peine, car les mots s'arrêtaient dans sa gorge.

— Bah ! vraiment, s'écria Tichdorf en éclatant de rire.

Une trappe ! mais c'est machiné comme un théâtre, votre cambuse ! et j'avais joliment raison de me défier.

— Ouvre... ouvre vite, murmura le bossu à moitié évanoui.

— Allons, je suis bon enfant, vous le savez, reprit le facétieux caporal, et, quand ce ne serait que par curiosité, je veux en avoir le cœur net.

Où est-elle cette fameuse trappe ?

— Je vais vous la montrer, mais faites retirer vos hommes.

— Soit ! je comprends que leurs fusils vous fassent un peu loucher ; mais vous savez, ils ne seront pas loin et, si vous cherchez à me mettre dedans, votre affaire sera vite expédiée.

Tout en prononçant cette phrase peu rassurante, Tichdorf avait fait un signe à ses hommes qui mirent sur le champ l'arme au pied.

Le bruit des crosses de fusil tombant sur le plancher faillit faire tomber à la renverse les deux coquins affolés de terreur.

Il produisit même un autre effet plus inattendu.

Les coups recommencèrent sous le plancher comme pour faire écho.

Le caporal donna des ordres en allemand et l'escouade les exécuta avec cette précision silencieuse qui a distingué de tout temps les guerriers prussiens.

Quatre soldats se rangèrent autour de leur chef, le fusil prêt à faire feu ; les autres restèrent en réserve au milieu de la salle afin de prévenir toute tentative d'évasion.

— Voyons ! la trappe est dans ce coin-là, je suppose ! reprit Tichdorf en montrant l'angle d'où partait le tapage.

— Oui... oui... j'y vais, soupira le cabaretier qui avait beaucoup de peine à se tenir debout.

Taupier, lui, faisait d'inutiles efforts pour se relever sur ses jambes torses.

— Un peu de nerf ! que diable ! un peu de nerf ! ricana l'ex-boursier.

Je vous offre la vie contre une jolie femme, c'est un simple arbitrage, comme nous disions à la coulisse, et il n'y a pas de quoi s'effrayer.

A moins pourtant que n'ayant pas la valeur, vous ne puissiez pas livrer, auquel cas je serais forcé de vous exécuter.

Ces abominables facéties eurent le pouvoir de remettre d'aplomb les deux coquins.

Ils comprirent qu'ils venaient de rencontrer leur maître, et que le plus sûr était d'obéir passivement.

Mouchabeuf fit quelque pas en s'appuyant au mur, puis il se baissa et pressa le ressort.

La trappe s'abattit sur-le-champ et laissa voir le trou béant.

Tichdorf se pencha avec précaution sur l'ouverture et ne vit rien.

— Voilà la trappe, c'est déjà quelque chose, dit-il sur le même ton railleur ; maintenant où est la femme ?

— Au fond, murmura le cabaretier.

— Au fond ! si vous croyez que je vais aller l'y chercher, pour me faire prendre dans une souricière avec mes hommes, vous vous mettez le doigt dans l'œil, Mouchabeuf.

— Mais pourtant...

— Appelez la fille, parbleu ! Si elle est vivante, elle viendra, car elle ne doit pas s'amuser beaucoup dans ce trou-là.

— C'est que... elle est sourde.

— Pas mal trouvé, mais ça ne prend pas avec moi, je veux la voir, et tout de suite, quand même elle serait muette par-dessus le marché, prononça le caporal qui ne croyait pas si bien dire.

— Comment faire ? demanda timidement Mouchabeuf.

— C'est bien simple ! dit Tichdorf, qui affectionnait cette locution très usitée dans le monde des boursiers.

Votre neveu va descendre dans ce trou noir et me
ramener l'objet. Seulement, comme il pourrait lui
prendre fantaisie de me faire une farce, voici mon
ultimatum :

Si dans cinq minutes monsieur n'a pas reparu, je vous
fais fusiller et je mets le feu à la maison.

— Il sera revenu, monsieur Tichdorf, il sera revenu,
s'écria le cabaretier en poussant le coude de Taupier
pour l'engager à obéir.

Le bossu, quelle que fût la terreur que lui inspiraient
les fusils Dreyse, montrait peu d'empressement à s'engloutir dans les profondeurs obscures de la cave.

Il ignorait la disposition intérieure de ces oubliettes et
il craignait par-dessus tout d'y rencontrer sa victime.

Que Régine fût gisante et blessée par sa chute ou
qu'elle dût se présenter debout et armée du bâton qui lui
avait servi à frapper le plancher, ces deux hypothèses
n'avaient rien d'engageant pour son bourreau.

— Je... je ne sais pas le chemin, murmura Taupier ;
tandis que Mouchabeuf...

— Vous pouvez sauter, il y a un matelas, s'empressa de
dire le cabaretier qui ne se souciait pas non plus d'aller
à la découverte dans la cave.

— Allons, cher monsieur, exécutez-vous, reprit le caporal ; vous ne vous ferez pas de mal, puisque monsieur
votre oncle assure qu'il y a un matelas.

— Et une échelle pour remonter, ajouta Mouchabeuf.

Le malheureux bossu faisait une étrange figure entre
l'abîme qui s'ouvrait à ses pieds et les baïonnettes qui
le menaçaient par derrière.

Il allait cependant se décider à sauter, et, penché sur
le trou il prenait déjà la pose de Curtius prêt à s'élancer
dans le gouffre, quand une apparition inattendue le fit
reculer vivement.

De l'ombre qui remplissait la caverne émergeait peu
à peu la charmante tête de Régine.

— Ah ! ah ! dit le caporal, c'était donc vrai !

En effet, Mouchabeuf, par extraordinaire, n'avait pas menti depuis une heure, et ce qu'il venait de dire à Taupier au sujet du matelas et de l'échelle était parfaitement exact. La trappe servait à deux fins.

En cas d'alerte, le cabaretier pouvait s'y jeter sans risque ; il en était quitte pour tomber sur le sol rembourré et une fois dans le trou, il n'avait plus qu'à faire jouer un ressort ; le plancher se relevait et Mouchabeuf avait le choix de rester là jusqu'à ce que le danger fût passé, ou de sortir par une porte de la cave qui donnait dans le jardin.

S'agissait-il, au contraire, de se débarrasser d'un intrus ou d'un ennemi, le jeu de la trappe était le même, mais il suffisait d'enlever préablement le matelas pour rendre la chute très dangereuse.

Ce dernier cas étant le plus rare, le matelas était presque toujours en place, et, ce soir-là notamment, le cabaretier n'avait eu ni la précaution, ni le temps de le retirer.

La jeune fille, préservée par cet heureux oubli, montait lentement les degrés d'une sorte de marche-pied qu'elle avait su découvrir et utiliser.

Au fond de cette salle assez mal éclairée, cette figure, qui s'élevait comme poussée par un ressort invisible, prenait un aspect fantastique.

Les Poméraniens, quoique peu impressionnables de leur naturel, se reculèrent surpris et presque effrayés.

Mouchabeuf et Taupier se regardaient avec une inquiétude mal dissimulée.

Tichdorf, lui, ne semblait nullement ému.

Il offrit la main à Régine pour sauter dans la salle avec la même aisance que s'il l'avait invitée à valser.

—Je vois avec plaisir, ma chère dame, que votre séjour dans ce sous-sol n'a pas fait tort à votre beauté, dit-il sur un ton de galanterie doucereuse.

— Elle n'entend ni ne parle, se hâta de dire le cabaretier.

La jeune fille entraîna le caporal vers la table.

— Les jetons ! j'ai oublié les jetons ! murmura Mouchabeuf avec effroi.

Régine s'était assise et les lettres gravées sur l'ivoire
glissaient déjà sous ses doigts agiles.

— Elle écrit ? s'écria Tichdorf ; parbleu ! ça va être
curieux !

— Que va-t-elle lui dire ? pensaient les deux coquins.

— Tiens, c'est de l'allemand, dit le caporal qui suivait
de l'œil les lettres assemblées par Régine.

Mouchabeuf et Taupier échangèrent un regard cons-
terné.

Ni l'un ni l'autre n'entendait la langue des Prussiens,
et la déception qu'ils éprouvaient donnait à leur physiono-
nies bouleversée une expression des plus comiques.

La scène qui venait de se passer en présence de Podensac se renouvela avec cette différence que les deux coquins
n'y pouvaient rien comprendre.

Tichdorf se mit à épeler :

Vollen... sie... mich nach Saint-Germain fuhren...

— Tiens ! tiens ! à Saint-Germain ! répéta le caporal,
c'est une drôle d'idée.

Et il ajouta en allemand :

— Ia wohl.

— Elle ne vous entend pas, dit Mouchabeuf.

Mais, le mouvement de tête affirmatif, qui avait ac-
compagné la réponse du caporal, suffisait pour que la
jeune fille devinât que la proposition était acceptée.

Que demande-t-elle ? C'est ce que Taupier et son complice auraient bien voulu savoir, mais ils n'osaient pas questionner le Prussien, de peur de paraître trop curieux et
d'éveiller ses soupçons.

Un mot français, le seul qui figurât dans la phrase
écrite par Régine, les avait vivement frappés et le bossu
tout particulièrement.

Il était question de Saint-Germain et ce nom réveillait
chez l'ami de Valnoir plus d'un souvenir.

Le visage de la jeune fille s'était éclairé en voyant Tichdorf disposé à faire ce qu'elle demandait.

Elle se remit à manœuvrer les jetons et les mots suivants s'alignèrent sous ses doigts :

— Ich dank. Lasst uns geken.

A peine eut-elle fini d'écrire qu'elle se leva et son attitude traduisit un remerciement et le désir de se mettre en route.

Le caporal lui fit signe de se rasseoir et murmura en français :

— Tout à l'heure.

— C'est évident, pensait Taupier, elle lui demande de l'emmener.

Un interrogatoire était imminent.

Tichdorf promenait ses petits yeux brillants sur le cabaretier et sur son acolyte, et ceux-ci ne pouvaient pas espérer qu'il allait partir sans demander une explication.

Mouchabeuf avait déjà préparé son histoire et le bossu en cherchait une.

La difficulté était de s'entendre avant de parler, et les deux coquins se trouvaient dans la situation d'accusés qui vont passer devant le juge d'instruction sans avoir eu le temps de se concerter.

Si le caporal les interrogeait séparément et seul à seul, ils étaient fort exposés à se couper dans leurs mensonges.

Mais la salle du cabaret ne se prêtait guère à des interrogatoires sans témoins, car il n'était pas probable que Tichdorf prit la peine de les emmener dans un coin pour les confesser l'un après l'autre.

Il devait avoir envie de les questionner vite et d'en finir avec une situation inquiétante.

Ce fut en effet ce qui arriva.

— Qu'est-ce que c'est que cette jeune fille? demanda-t-il sèchement.

— Mon Dieu ! monsieur Tichdorf, je vas vous dire, répondit Mouchabeuf en cherchant ses mots, c'est... une parente à mon neveu.

— Que fait-elle ici et pourquoi l'aviez-vous cachée dans la cave ?

— Dame ! vous comprenez, elle est très jolie, et ici c'est une auberge où il vient toutes sortes de gens ; — ce n'est pas pour vous ni pour vos hommes que je dis ça, monsieur Tichdorf ; — mais ces francs-tireurs ne respectent rien, et, ma foi ! alors...

— Bon ! ça ne m'explique pas pourquoi vous l'aviez amenée.

Le lendemain d'une bataille, une femme jeune et jolie ne va pas se promener pour son agrément aux avant-postes.

Le cabaretier lança un coup d'œil à Taupier comme pour lui dire : « Attention ! »

— Tant pis ! s'écria-t-il en prenant l'air d'un homme qui se décide à faire un aveu pénible, j'ai confiance en vous et je vais vous conter tout.

— Contez vite, je suis pressé.

— Eh bien ! voilà la chose. L'enfant est de bonne famille, parente de mon neveu, comme je vous l'ai déjà dit, mais elle a mal tourné...

— Vraiment ! une sourde-muette, vous m'étonnez, dit ironiquement Tichdorf.

— Oh ! elle est maligne comme un singe, et vous venez de voir qu'elle sait se faire comprendre tout de même.

Je vous expliquais donc qu'elle donnait beaucoup de chagrins à ses parents. Ces jeunesses-là, voyez-vous, c'est le diable pour les tenir. Croiriez-vous que celle-ci s'est échappée de chez elle pour courir les chemins avec un saltimbanque ?

— C'est curieux, en vérité, observa le caporal, toujours incrédule.

— Oui, ma foi ! une espèce de paillasse qui lui a appris à dire la bonne aventure et à faire des tours. Vous pensez bien que sa famille n'était pas contente et on me l'a envoyée pour la mettre à la raison.

14

— Très bien. Et c'est pour la corriger que vous l'aviez logée dans votre cave.

— Justement, dit Mouchabeuf ; mais je ne comptais pas l'y laisser. Oh ! mon Dieu, non ! la pauvre fille ! à tout péché miséricorde ! J'ai là-haut une chambre pour elle et, dans une quinzaine de jours, quand nous l'aurons bien sermonnée, moi et mon neveu, nous la renverrons à son père, quoique, à vous parler franchement...

— Quoique ?... interrogea Tichdorf en regardant fixement le cabaretier.

— Quoique je n'espère pas beaucoup la convertir ; le saltimbanque dont elle s'est amourachée est à Paris, et il est capable de venir rôder par ici.

Si ses parents m'écoutaient, ils feraient avec elle comme on fait avec un jeune homme qu'on embarque pour les îles quand il es; mauvais sujet.

— Pas facile pour le moment, le voyage aux îles, observa le Prussien.

— Ça, c'est vrai, et, tant que le siège durera, nous serons bien forcés de la garder.

Ah ! celui qui pourrait nous en débarrasser nous rendrait un fameux service !

Pendant que Mouchabeuf débitait d'un ton doucereux ses mensonges, Régine s'était accoudée sur la table et jouait distraitement avec les jetons d'ivoire.

Son sort se décidait à côté d'elle sans qu'elle cherchât à suivre le mouvement des lèvres de ceux qui débattaient ainsi sa liberté et sa vie.

Taupier, au contraire, écoutait de toutes ses oreilles le joli récit filé par son complice.

Le commencement lui avait beaucoup plu, mais la dernière phrase du cabaretier vint tout gâter.

Cette invitation directe à un enlèvement de la jeune fille par les Prussiens n'était plus à ses yeux qu'une colossale maladresse, car le bossu, plus clairvoyant que son acolyte, commençait à deviner la vérité.

Il aurait donné bien cher pour tenir Mouchabeuf dans

un coin et le tancer de sa sottise, mais il était trop tard, pour l'arrêter sur la pente où il venait de s'engager.

— Triple brute que je suis ! pensait-il en rongeant ses ongles, pourquoi ne les ai-je pas envoyés tous les deux dans le canal !

— Alors la famille veut s'en défaire, demanda le caporal du ton d'un homme qui vient d'avoir une idée.

— S'en défaire, c'est-à-dire l'éloigner, dit le cabaretier qui tenait à préciser ses propositions.

— Est-elle riche, la famille ?

— Mais, répondit Mouchabeuf un peu inquiet, elle est... à son aise.

— Très bien ! Alors, c'est un marché fait. Vous allez me donner deux rouleaux de mille, en or, bien entendu, moyennant quoi je vous passe mes deux journaux et j'emmène la jeune fille.

— Deux mille francs ! mais je ne les ai pas ici, monsieur Tichdorf, et je ne pourrais vous les remettre qu'après avoir vu les parents.

— Allons donc ! vieux farceur ! les parents !... Et votre neveu que voilà ! Je suis sûr qu'il a sa poche pleine de napoléons et qu'il ne regardera pas à quelques sous pour profiter d'une si bonne occasion.

En parlant ainsi, le caporal se tournait du côté de Taupier qui ne répondit que par une épouvantable grimace.

Le misérable bossu se trouvait dans la plus déplorable de toutes les situations.

Sûr maintenant que son complice faisait fausse route, il n'avait pas même la ressource de le contredire, car il ne pouvait pas démentir son récit sans se compromettre gravement lui-même.

D'un autre côté, payer pour envoyer Régine là où précisément il comprenait qu'elle voulait aller, cette perspective lui déchirait l'âme.

Il essaya de se tirer d'affaire en tergiversant.

— Je... je n'ai pas cette somme... sur moi, dit-il avec un geste qui ne pouvait pas manquer de le trahir.

Sa main s'était involontairement portée sur son gousset, comme pour défendre le trésor qui se dessinait en relief à travers l'étoffe de son gilet.

Car, le bossu, aussi avare que son ami Vanoir était prodigue, et de plus, très défiant, portait toujours sur lui toutes ses économies.

— Bah! vous croyez, dit Tichdorf; cherchez bien dans votre poche, et je suis sûr que vous y trouverez la bagatelle que je vous demande.

— Mais non... je vous assure, balbutia Taupier qui étouffait de rage.

— Voulez-vous que deux de mes hommes vous aident à faire l'inspection de votre gousset? reprit le caporal avec un sourire diabolique.

A cette proposition, le bossu bondit comme s'il avait marché sur un serpent. L'idée de sentir les mains des Poméraniens se promener dans les poches où il cachait son avoir lui faisait dresser les cheveux sur la tête.

Il comprit que mieux valait encore s'exécuter.

— En effet, grommela-t-il, je crois que je puis... j'avais oublié que... justement, ce matin... on m'a fait un payement... et...

— Je savais bien, cher monsieur, que nous finirions par nous entendre, dit Tichdorf en tendant la main pour recevoir.

Taupier, avec des contorsions désespérées, tira de leur cachette deux rouleaux d'or et les remit au terrible caporal en poussant un soupir qui ressemblait fort à un grognement.

— Parfait! s'écria le Prussien, donnant, donnant; voici les journaux! Vous réclamerez cinq cents francs à monsieur votre oncle.

Maintenant, j'emmène la jeune personne et je vous réponds que sa famille n'en entendra plus parler de quelque temps.

Régine était prête. Tichdorf donna un ordre à ses

hommes qui entourèrent la jeune fille et sortit en tête du cortège.

Les deux coquins se regardaient.

— Ça vous coûte un peu cher, dit Mouchabeuf quand il crut le caporal assez loin, mais au moins nous sommes débarrassés de la créature.

— Imbécile ! cria Taupier furieux, tu as fait justement ce qu'elle voulait, et tu viens de l'envoyer à Saint-Germain rejoindre l'homme qui peut nous perdre tous.

VIII

La neige couvrait les toits et le vent glacé du nord faisait tourbillonner au-dessus du mur qui bordait la rue de Laval les feuilles jaunies des tilleuls.

Un homme arpentait le trottoir en face de la porte par laquelle avait passé, six semaines auparavant, la bande de Taupier, la nuit de l'enlèvement de Régine.

Coiffé d'un képi de forme pyramidale et affublé d'une capote verdâtre dont les pans laissaient passer le bout d'un tablier bleu, ce personnage bizarre réalisait le type si répandu vers la fin du siège du garde national de fantaisie.

A ses lunettes d'or et à sa cravate blanche, un habitant du quartier l'aurait reconnu sur-le-champ pour le citoyen Bourignard, concierge d'un immeuble sis rue de Navarin et fourrier d'une compagnie sédentaire.

Mais, pour le moment, la rue était absolument déserte.

Neuf heures venaient de sonner et les queues matinales retenaient encore à la porte des bouchers les ménagères du voisinage.

Chacun attendait patiemmeut son tour, armé de la carte que l'administration municipale avait fait délivrer à chaque ménage.

14.

Cependant le majestueux portier n'était pas seul.

Autour de lui voltigeait un gamin vêtu d'un uniforme de marin qui paraissait avoir été traîné dans le ruisseau, tant il était couvert de crotte.

La figure chafouine et blême de ce gavroche disparaissait aux trois quarts sous un immense chapeau ciré enfoncé jusqu'aux yeux, et on ne distinguait que sa langue incessamment tirée et plus prestement rentrée quand le fourrier se retournait.

Cette grimace ironique était d'autant plus blâmable que l'enfant terrible l'adressait à l'auteur de ses jours, car le mousse d'occasion n'était autre que le jeune Agricola, fils mineur du vertueux Bourignard, concierge de son état et jacobin par vocation.

En l'honneur du légendaire Gringalet, le canonnier de la flotte qui démontait du premier coup toutes les pièces prussiennes, son père lui avait acheté un costume en drap où la main patriote de la citoyenne Bourignard avait brodé à profusion les ancres d'or, attribut de la marine.

Mais cette tenue brillante n'avait rien changé aux habitudes d'Agricola, qui continuait à donner les plus belles espérances à ses parents en faisant l'école buissonnière pour aller jouer au bouchon sur tous les bastions du secteur.

Bourignard disait volontiers en parlant de son héritier présomptif, qu'il avait les instincts du cheval sauvage, et il l'élevait suivant les théories de l' « Émile » de J.-J. Rousseau, son auteur favori.

Il en résultait qu'à la « mutuelle », Agricola passait pour un âne, et dans le quartier, pour un fort méchant polisson.

Assez rarement, du reste, cet enfant de la nature consentait à accompagner son père ; mais ce jour-là, le concierge avait sans doute des raisons majeures pour traîner sur ses talons son indomptable progéniture.

Il s'était planté tout droit devant le mur qui cachait aux

passants la vue du chalet et essuyait les verres de ses lunettes avec une activité fébrile.

— C'est vraiment particulier, dit il en se parlant à lui-
même, cette clôture ne présente pas d'autre issue qu'une
porte sans serrure.

Je ne vois pas comment je pourrai m'acquitter de la
commission du citoyen Taupier.

Ce monologue fut interrompu par la voix aigre du
gamin qui se mit à chanter à tue-tête un refrain fort en
vogue alors dans les parages peu littéraires de Belle-
ville.

Bismarck, si tu continues,
De tous tes Prussiens, il n'en restera guère,

hurlait Agricola.

— Assez! dit Bourignard avec un geste plein de noblesse ; ce chant est patriotique, mais intempestif, pour le
moment.

— De quoi! de quoi! intempestif! glapit le gavroche
avec le pur accent traînard des faubourgs.

— Oui, mon fils, intempestif, attendu que je suis investi
d'une mission de confiance, et que je ne veux pas éveiller
l'attention des aristocrates qui habitent cette demeure.

— De tous tes Prussiens, il n'en restera plus.

continua l'irrévérencieux Agricola, sur un diapason encore plus aigu.

—Je dois m'y introduire par la ruse, reprit le solennel
portier, et c'est pour m'aider dans cette entreprise difficile
que je t'ai amené.

J'espère, Agricola, que tu justifieras ma confiance.

— Ta confiance! j'y tiens pas, j'aime mieux une pièce
de dix sous.

— Tu l'auras, si tu trouves un moyen de me faire ouvrir
l'entrée de ce repaire féodal.

— Quoi que c'est que ça, un repaire féodal? demanda
l'aimable enfant tout en piétinant dans un tas de boue.

— C'est l'habitation des suppôts de la tyrannie, mon fils.

— Comprends pas, ricana le gamin.

— Cette muraille que tu vois cache des menées réactionnaires, continua imperturbablement Bourignard, sans compter qu'elle occupe un terrain qui serait beaucoup mieux employé si on y construisait des logements pour les prolétaires...

— Et une loge pour le portier, pas vrai, papa?

— Quant au jardin qui est derrière, il nourrirait vingt familles, si on y plantait des légumes.

— C'est pas tout ça, dit Agricola qui ne se gênait jamais pour interrompre les théories humanitaires de son respectable père.

Quoi qu'il faut faire pour gagner les dix sous?

— Il faut que je parle à un individu du sexe masculin, assez vil pour servir les deux aristocrates femelles cachées dans ce pavillon qui rappelle le Parc-aux-Cerfs.

— Le larbin! parbleu! un vieux avec un habit vert, connu! J'y ai fait un pied de nez l'autre jour, comme il sortait de chez l'épicier.

— Justement.

— Eh ben! c'est pas malin de le faire venir. Pourquoi que vous ne sonnez pas à la porte?

— Tu es jeune, mon fils, et tu ne connais pas les roueries des aristocrates, dit gravement Bourignard.

D'abord, il n'y a pas de sonnette, et ensuite tu auras beau frapper, personne ne t'ouvrira. Ces gens-là conspirent et, pour entrer, il faut connaître le signal

— Ce n'est que ça? cria le gamin. Attends un peu; je vais leur en donner, du signal.

Et ramassant une pierre au coin d'une borne, l'affreux drôle la lança par-dessus le mur avec tant de force et d'adresse qu'on l'entendit tomber sur le toit du chalet.

— Colle-toi contre la porte, papa; tu vas voir l'effet tout à l'heure.

— A-t-il de l'esprit, ce monstre-là! murmura Bourignard en exécutaut la manœuvre prescrite par son ingénieux héritier.

Personne ne bougeait à l'intérieur, mais Agricola était tenace, et trois ou quatre projectiles envoyés magistralement décrivirent la même parabole et s'abattirent sur le pavillon.

Un artilleur de profession n'aurait pas mieux réussi.

Les rares passants qui suivaient la rue couraient pour se réchauffer et ne s'arrêtaient pas à examiner les opérations du gavroche, qui avait eu soin, du reste, de se placer hors de la vue des deux ou trois boutiques encore ouvertes.

Après trois ou quatre minutes de cet exercice, Agricola eut l'indicible satisfaction de voir la porte s'entrebâiller doucement.

Une tête à barbe grisonnante se montra dans l'étroite ouverture et s'avança pour regarder au dehors.

C'était le moment que guettait Bourignard fils.

Un dernier caillou habilement jeté alla frapper aux jambes l'imprudent qui venait de se découvrir et l'aimable enfant se mit à courir vers la rue des Martyrs.

— Ah ! drôle ! ah ! gredin ! cria le blessé en se lançant sur ses traces.

Landreau, car c'était lui que la ruse d'Agricola avait attiré, n'avait pas pris le temps de réfléchir.

Il aurait assurément beaucoup mieux fait de rentrer, mais la pierre lui avait rudement contusionné le genou et le garde-chasse, peu endurant de son naturel, ne sut pas résister à l'envie de corriger le polisson qui se permettait de l'assaillir de la sorte.

Il se jeta donc dans la rue en tirant la porte derrière lui et, sans faire attention à Bourignard, planté contre le mur, il commença la poursuite avec autant d'ardeur que s'il avait donné la chasse à un braconnier dans les bois de Saint-Senier.

Mais Agricola avait de bonnes jambes.

Quand Landreau déboucha de la rue de Laval, le mauvais drôle était déjà au coin de l'avenue Trudaine et il disparut derrière la maison d'angle.

Le vieux garde, qui avait eu le temps de se calmer, jugea qu'il était sage de renoncer à l'entreprise et s'arrêta tout essoufflé au coin de la rue des Martyrs.

Il était sorti la tête nue et vêtu de son éternelle jaquette verte qui s'accordait assez mal avec le pantalon règlementaire de la garde mobile.

C'était plus qu'il n'en fallait pour attirer l'attention des badauds.

D'ailleurs un homme qui court est toujours un peu suspect, et l'allure désordonnée de Landreau fut immédiatement remarquée par des citoyennes qui faisaient queue à la porte d'un boucher.

— Tiens! ce vieux qui se sauve!

— C'est un voleur!

— Arrêtez-le!

Ces exclamations partirent toutes à la fois, et une agitation de mauvais augure se produisit dans la queue qui se mit à onduler comme un serpent.

Le garde-chasse, averti de son imprudence, s'empressa de battre en retraite vers la rue de Laval, mais il était trop tard.

Deux des gardes nationaux chargés de maintenir l'ordre devant la boutique se détachèrent du groupe et se mirent en devoir de lui barrer le chemin.

Landreau pensa qu'en se sauvant il donnerait raison aux clameurs de la foule, et il avait de sérieux motifs pour éviter d'attirer les uniformes du côté du chalet.

Il attendit donc tranquillement sur le trottoir les miliciens qui accouraient.

— Où allez-vous donc si vite, citoyen? demanda un énorme garde national qui paraissait de fort mauvaise humeur.

La question fut répétée par un autre sédentaire aussi maigre que son camarade était gras, et, les passants s'étant réunis à la force publique, un groupe fut bientôt formé.

Landreau cherchait une réponse quand un petit homme contrefait perça la foule et, en jouant des coudes, réussit à se placer au premier rang.

— Qu'est-ce qu'il y a? demanda-t-il d'un ton rogue.

— Tiens, c'est vous, citoyen Taupier, s'écria le garde national gras.

Ma foi! je n'en sais rien encore. C'est ce gaillard-là qui se sauve, et il doit avoir des raisons pour ça.

— Parbleu! je crois bien, dit le bossu, c'est un déserteur!

Regardez son pantalon de moblot.

— Tiens! c'est vrai! s'écrièrent en chœur les gardes nationaux et les badauds.

— Moi! déserteur! Jamais! dit Landreau avec énergie.

— Pourquoi avez-vous un pantalon d'uniforme, alors? demanda Taupier.

— Qu'est-ce que ça vous fait, à vous, bancroche! dit le garde-chasse que le coup de pierre d'Agricola n'avait pas disposé à la patience.

— Citoyens, je vous prends tous à témoins, cria le bossu. Cet individu refuse de s'expliquer, donc il est en faute.

— Et de quel droit m'interrogez-vous? Je ne vous connais pas, moi, et je n'ai pas envie de vous connaître.

— C'est possible, mais je parle au nom du peuple, qui a le droit de tout savoir, dit Taupier sur le ton emphatique qu'il réservait ordinairement pour ses discours dans les clubs.

— Oui! oui! cria la foule, il faut qu'il réponde.

— On ne court pas comme ça quand on n'a rien fait de mal, observa judicieusement une vieille femme armée d'un immense cabas.

— Parions que c'est un Breton, dit un citoyen porteur d'une casquette graisseuse et de cheveux collés sur les tempes.

— Ce n'est pas vrai, je suis de la Bourgogne, exclama Landreau emporté par le patriotisme local.

— C'est la même chose, hurla un gamin sans respect pour la géographie.

— D'ailleurs, ça ne fait rien, reprit l'homme aux accroche-cœurs, les moblots de province, c'est tous des aristos.

— Voyons, êtes-vous, oui ou non, de la mobile? demanda un spectateur plus sensé que les autres.

— Je suis trop vieux pour ça, répondit évasivement le garde-chasse.

— Alors, vous n'avez pas le droit de mettre un pantalon d'uniforme. Le port illégal de costume constitue un délit, prononça le garde national maigre, qui devait avoir travaillé chez un avoué.

— Citoyens, cet homme est au moins suspect, reprit gravement Taupier.

— Suspect au premier chef, appuya le sédentaire efflanqué.

— Il faut l'arrêter, ajouta la vieille.

— Certainement! Au poste! au poste!

Cette clameur s'éleva de tous les rangs de la foule, qui avait rapidement grossi.

Le rassemblement remplissait maintenant toute la largeur de la rue et arrêtait les passants, qui se joignaient au groupe.

Les derniers venus ne voyaient rien et criaient uniquement par esprit d'imitation; mais au centre du cercle, les badauds devenaient de plus en plus hostiles.

— Au poste! Pourquoi faire? demanda Landreau en s'efforçant de rester calme.

— Pour t'apprendre à tirer des bordées, méchant moblot! cria le citoyen en casquette plate.

— Si ça ne fait pas suer de voir ces clampins-là flâner dans les rues, pendant que mon homme, qu'est sergent au 61e, s'esquinte tous les jours à monter la garde au bastion! grommela la mégère au cabas.

Dans les foules, aussi bien que dans les assemblées délibérantes, il y a toujours un élément modéré et au milieu du rassemblement de la rue des Martyrs, le parti conservateur était représenté par un épicier coiffé d'une casquette de loutre.

— Après tout, il n'est p't-être pas au service. ce pauvre vieux, dit ce personnage rempli d'excellentes intentions.

Plutôt que de le traîner au corps de garde, vaudrait mieux le conduire à son domicile pour qu'il se fasse reconnaître.

— Non! non! il s'expliquera bien mieux avec le chef de poste, cria Taupier que cette proposition conciliante n'arrangeait pas du tout.

— Au fait, s'il ne demeure pas trop loin, ça nous dérangerait moins, observa le garde national gras.

Voyons! où restez-vous, citoyen? »

Landreau ouvrit la bouche pour répondre, mais l'idée d'attirer au chalet cette foule menaçante arrêta les paroles dans sa gorge.

Il rougit, balbutia et finit par lancer cette phrase imprudente :

— Ça ne vous regarde pas et je ne veux pas vous le dire.

— Vous entendez, citoyens! hurla le bossu triomphant, il refuse de parler.

— Parbleu! il a ses raisons pour ça, dit la vieille.

Il n'y eut plus qu'une voix dans la foule.

Les premiers rangs crièrent que c'était un voleur; un peu plus loin on disait qu'on venait d'arrêter tout au moins un forçat évadé; les derniers venus affirmaient qu'il s'agissait d'un complice de Troppmann.

— Enlevez-le! glapissaient les gamins sur le fausset le plus aigu.

Les deux gardes nationaux qui représentaient la force armée au milieu de ce tumulte ne pouvaient plus hésiter devant la volonté du peuple souverain si bruyamment exprimée.

Ils se consultèrent du regard, et le plus gros serra de
près le garde-chasse, pendant que le camarade maigre
essayait de la persuasion.

— Allons ! citoyen, dit ce dernier d'un ton insinuant,
il vaut mieux marcher de bon gré que de force.

Au contact du sédentaire obèse, Landreau avait bondi
en arrière et fermé les poings.

Sa figure exprima si bien la résolution de se défendre,
que le vide se fit immédiatement autour de lui.

La foule ondula comme une mer, mais les plus éloi-
gnés qui se sentaient hors de la portée des coups, répon-
dirent au mouvement de recul par une vigoureuse poussée, et le cercle se resserra forcément.

Les deux gardes nationaux, effrayés, firent mine de
croiser la baïonnette.

Ce geste imprudent acheva d'exaspérer Landreau.

Il se campa fièrement sur ses jambes et tomba en position comme un boxeur de la vieille Angleterre.

— Essayez donc de me toucher, espèces d'escargots de
rempart ! dit-il d'une voix sourde.

Cette épithète peu flatteuse pour les sédentaires mit le
comble à l'indignation des assistants.

Landreau l'avait apprise au bivouac des mobiles, mé-
diocres admirateurs des soldats citoyens, et il vit bientôt
à ses dépens ce qu'il en coûtait de manquer de respect à
la garde nationale.

Le milicien gras lui mit la main au collet et le maigre
lui allongea sournoisement un coup de crosse.

Mais le vieux chasseur était leste et solide.

Il se débarrassa d'un revers de main de ses deux adversaires et, par un geste rapide comme l'éclair, arracha
une baïonnette, avec laquelle il se mit en garde.

Cette attitude résolue produisit un bel effet de terreur
et le groupe s'ouvrit avec une promptitude qui prouva une
fois de plus la prodigieuse élasticité des foules.

Une seconde plus tôt, un enfant n'aurait pas trouvé de

place et le fer pointu avait subitement ouvert un passage suffisant pour trois hommes.

Landreau ne perdit pas de temps et se lança à toutes jambes par l'issue inespérée qui s'offrait.

— A mort! à l'assassin!

Ces cris éclatèrent avec un ensemble formidable, et les plus hardis se mirent à la poursuite du fugitif.

Le vieux serviteur s'était bien gardé de courir du côté du chalet, et, au lieu de rentrer dans la rue de Laval, il s'était jeté vers l'entrée de l'avenue Trudaine.

Le premier moment de surprise lui avait donné une dizaine de pas d'avance et il pouvait espérer de distancer ses persécuteurs s'il réussissait à gagner les petites voies qui descendent du boulevard extérieur.

Mais il avait compté sans Agricola.

L'affreux polisson, attiré par le bruit qui se faisait autour de Landreau, était revenu sur ses pas en voyant le garde-chasse empêtré au milieu d'un rassemblement hostile.

Il n'avait pas jugé prudent de s'y mêler, imitant en ce point son respectable père qui avait repris paisiblement le chemin de la rue de Navarin, mais il s'était embusqué au coin de l'avenue pour jouir du spectacle.

Quand il vit Landreau prendre sa course dans cette direction, il eut naturellement l'idée de faire une méchanceté et mal en prit au fugitif.

Au moment où il tournait l'angle de la première maison, le pauvre garde-chasse fut heurté par le gamin qui lui passa la jambe et le fit tomber à plat.

Il n'eut pas le temps de se relever. Avant d'avoir pu se remettre sur pied, il fut saisi par vingt bras vigoureux, frappé, désarmé et finalement emporté comme un paquet.

Résister était inutile, et Landreau n'y essaya même pas.

Taupier, trop mal bâti pour courir, venait de rejoindre le groupe aussi vite que sa structure défectueuse le lui avait permis, et il prit le commandement de la bande.

— Citoyens, dit-il d'un ton solennel, cet homme est évidemment un grand coupable, et il appartient à la justice du peuple.

— Oui ! oui ! à l'eau ! à la lanterne ! hurlèrent tous à la fois les généreux badauds qui venaient de se mettre dix pour arrêter un homme.

La colère des foules est féroce. A peine les premiers cris de mort eurent-ils été poussés, que la soif du sang s'empara de tous ces misérables.

Landreau eût été massacré sur place, si ses persécuteurs avaient eu des armes.

Mais les baïonnettes des deux gardes nationaux ne pouvaient pas suffire à assouvir leur rage.

Chacun voulait sa part de la victime.

Force fut donc de chercher un autre supplice. La rivière heureusement était loin et il était peu probable que le prisonnier y arrivât sans être délivré en route.

Ce fut le rejeton du vertueux citoyen Bourignard qui se chargea de lever la difficulté.

— Par ici ! cria-t-il, par ici, citoyens ! je connais un bon endroit pour pendre l'aristo.

Au milieu de l'avenue, sur les terrains de l'ancien abattoir, s'élevaient les constructions inachevées du futur collège Rollin.

La proposition d'Agricola fut acceptée avec enthousiasme et le rassemblement se mit en marche.

Landreau était littéralement porté par la foule et l'odieux gamin gambadait devant le sinistre cortège.

En des temps plus calmes, une exécution sommaire eût été certainement impossible en plein jour et en plein Paris.

Mais les crises politiques ou militaires réagissent toujours sur les esprits et, pendant le siège, la population était devenue nerveuse outre mesure.

Il résultait de cette surexcitation maladive un déplacement complet des habitudes et un bouleversement radical des caractères.

Tel honnête bourgeois qui, avant la guerre, avait sans cesse à la bouche le mot de légalité, ne parlait plus que d'empoigner et de fusiller sans jugement.

Les femmes surtout subissaient l'influence des privations et des angoisses auxquelles le blocus les condamnait et, après trois ou quatre heures de station dans la boue à la porte d'un épicier ou d'un boucher, des mères de famille se transformaient en furies.

Aussi, le groupe qui entraînait le malheureux Landreau se composait-il en majeure partie de gens très pacifiques, à l'ordinaire.

L'élement féminin y dominait et les ménagères du quartier avaient unaniment déserté la queue pour ne pas perdre le spectacle hideux que leur ménageait la méchanceté de Taupier.

Il est bien probable que ces mêmes créatures, si elles eussent rencontré le garde-chasse mourant de faim au coin d'une borne, se seraient privées pour le réconforter de leur ration si péniblement attendue sous la neige.

Mais les mots avaient alors la puissance de ces philtres qui autrefois, à ce qu'on prétend, troublaient subitement la raison.

Il suffisait d'appeler un homme : traître ou espion, pour le vouer aux fureurs aveugles de la foule, et le bossu qui se connaissait en populace n'avait eu garde d'oublier la recette employée par les massacreurs de tous les temps.

Il méditait depuis longtemps de se débarrasser de Landreau et il avait préparé le piège avec trop de soin et d'adresse pour ne pas se hâter d'en finir avec le vieux serviteur qui le gênait.

— Dépêchons-nous, citoyens, cria-t-il en brandissant sa canne comme un sabre, dépêchons-nous pour que la réaction ne vienne pas entraver la justice du peuple.

Le cortège avait traversé l'avenue Trudaine et les exhortations de Taupier étaient bien superflues, car la réaction était pour le moment occupée ailleurs, c'est-à-dire que les gens d'ordre montaient la garde aux remparts ou travaillaient à domicile.

La voie publique appartenait donc à peu près exclusivement à cette portion de la population parisienne qui préfère la flânerie à l'exercice de ses devoirs civiques et qui vague sans cesse par les rues, en quête de méfaits à perpétrer.

Les batteurs de pavé et les femmes étaient pour l'affreux bossu des auxiliaires tout trouvés et, quant à l'autorité, il n'avait pas à s'en inquiéter.

La surveillance municipale était alors exercée par des agents que leurs habitudes et leur costume firent qualifier par les journaux du temps, *de moines contemplatifs et ambulatoires.*

Ces placides fonctionnaires rasés avec soin et affublés d'un capuchon arpentaient lentement les trottoirs par groupes de deux ou trois et montraient de temps en temps leurs faces mélancoliques dans les carrefours, mais jamais il ne leur serait venu à l'idée d'intervenir dans un mouvement populaire.

On a supposé depuis qu'ils avaient été institués pour ramener le calme dans les esprits par l'exemple de leur méditation en plein air, mais à coup sûr, ce n'était pas pour réprimer le désordre, car, vers la fin du siège, ils assistèrent stoïquement au pillage des Halles centrales, sans essayer de l'empêcher.

Deux de ces utiles gardiens de la tranquillité publique stationnaient à l'autre bout de l'avenue et pouvaient voir de loin le groupe qui se mouvait sur la chaussée.

Mais ils pensèrent sans doute qu'il s'agissait d'une manifestation patriotique, car ils ne bougèrent pas.

Il faut dire qu'ils étaient commodément installés sous une porte cochère et que la neige tombait à gros flocons.

Guidée par Agricola qui gambadait devant elle en poussant des gloussements de joie, la foule s'engouffra dans les bâtiments en construction du futur collège Rollin.

L'entrée principale donnait accès dans une grande salle

du rez-de-chaussée que l'architecte avait bâtie en vue d'y installer le réfectoire.

Il n'y avait encore de terminé que les quatre murs, mais on avait commencé à placer les poutrelles transversales destinées à supporter le plancher de l'étage supérieur.

Le lieu se prêtait assez bien à la perpétration du crime que Taupier avait prêché à la tourbe populaire, et on pouvait y justicier tout à son aise.

Seulement, la pendaison n'y trouvait pas toutes les facilités désirables.

Les cordes manquaient et le point d'appui des poutrelles était placé hors de la portée des exécuteurs volontaires.

La victime, replacée sur ses pieds et serrée de près par les plus robustes de la bande, formait toujours le centre d'un groupe compact, et Taupier errait à l'entour, en quête d'instruments propices à son abominable dessein.

Il commençait à craindre que le supplice adopté en principe ne fût pas praticable, et d'ailleurs il y avait déjà des dissidents.

Quelques voix s'élevèrent pour demander qu'on modifiât le programme et qu'on prît le chemin de la rivière ou du canal.

Cet atermoiement ne faisait pas le compte de l'affreux bossu, qui savait parfaitement que les violences différées ne s'accomplissent jamais.

Il tenait beaucoup d'ailleurs à ce que l'exécution se passât pour ainsi dire en famille et loin de tous les yeux profanes, afin de pouvoir disparaître aussitôt après le coup.

Il enrageait donc de ce retard dû à l'absence des ustensiles indispensables, et il maudissait le gamin qui lui avait fait faire fausse route en le conduisant dans un local aussi dénué de ressources.

Il le chercha même des yeux pour le tancer de sa bévue, et lui demander d'autres indications sur l'intérieur de ces constructions abandonnées.

Mais Agricola s'était subitement éclipsé.

Les partisans de la noyade se mirent alors à formuler hautement leurs intentions.

— Emmenons-le d'ici ; ce n'est pas un bon endroit pour le finir.

— Allons au pont d'Austerlitz.

— Non, c'est trop loin.

Tous ces cris confus éclatèrent en même temps.

— Au bassin de la Villette ! hurla la vieille au cabas.

Cette dernière proposition rallia la majorité.

— Oui ! Oui ! c'est des bons, des solides dans ce quartier-là.

— Au bassin !

— Prenons par le boulevard extérieur.

Le nom du canal où il avait voulu naguère jeter Régine sonnait assez mal aux oreilles de Taupier, qui avait conservé un fâcheux souvenir de cette expédition manquée.

Il cherchait dans sa tête fertile en inventions scélérates un autre projet à mettre en avant, quand un auxiliaire inattendu vint le tirer d'embarras.

— Ohé ! les autres ! ohé ! cria une voix aigre qui partait des régions supérieures de l'édifice.

Toutes les têtes se levèrent et la personne grêle de l'atroce gamin se montra perchée à vingt pieds en l'air sur l'appui d'une fenêtre.

Le digne héritier de Bourignard avait prestement fait le tour du bâtiment par l'extérieur, et, grimpant à une échelle appliquée contre les échafaudages, il avait atteint le palier en bois qui correspondait aux ouvertures du premier étage.

Les maçons avaient laissé là des auges, des truelles et des cordes entre lesquelles Agricola n'eut qu'à choisir. Muni d'un chanvre de grosseur et de longueur convenables, il apparut aux regards ébahis des assassins.

— V'là le gosse !

— Est-il malin, ce crapaud-là ?

— Il apporte une ficelle ; nous allons rire.

Flatté de ces acclamations, le gavroche salua comme un acteur qui entre en scène, et se mit à crier :

— Place au théâtre !

Des éclats de rire accueillirent cette aimable saillie, et Taupier respira en voyant que sa proie ne pouvait plus lui échapper.

— Citoyens, vous allez voir Blondin, le héros du Niagara, glapit l'horrible drôle en s'avançant sur une des poutrelles.

Le corps en équilibre, les bras étendus en balancier, il parvint avec une adresse de singe jusqu'au milieu de la salle.

Arrivé là, il s'assit à califouchon, défit la corde qu'il avait attachée à sa ceinture et la laissa couler, un bout de chaque côté de la poutre.

— Maintenant, citoyens, on commencera quand vous voudrez.

Un mouvement se produisit dans le groupe des misérables qui entouraient Landreau.

Il n'y avait plus à reculer.

L'instrument du supplice était là ; il suffisait de passer un des bouts de la corde autour du cou de la victime et de peser vigoureusement de l'autre côté pour enlever le patient et l'envoyer dans l'éternité.

De ces bandits des deux sexes, les moins féroces s'écartèrent avec une répugnance visible, tandis que les plus acharnés se mirent en devoir de préparer un nœud coulant.

Pendant toutes ces affreuses péripéties, le garde-chasse avait gardé son sang-froid ; il était très pâle, mais il portait la tête haute et il n'avait pas prononcé un mot depuis que sa chute l'avait mis à la merci de cette foule stupide.

D'ailleurs, il était trop tard, et toute tentative pour attendrir ces brutes eût été en pure perte.

Landreau éleva son âme à Dieu et se prépara à mourir.

Les ignobles préparatifs étaient achevés.

Quatre bourreaux d'occasion avaient saisi la corde, le

15.

nœud coulant était fait et se balançait à quatre pieds du sol.

— Allez-y, citoyens, cria du haut de la poutrelle le vipereau que Bourignard avait engendré.

La victime, poussée par les scélérats qui la tenaient, fut conduite à ce gibet improvisé, et un gredin aux cheveux plats se chargea de passer le fatal collier.

Taupier suivait l'affreuse opération d'un œil sec.

Quelques femmes, prises d'un accès tardif de sensibilité, se précipitèrent vers la porte.

Quant aux gardes nationaux qui avaient arrêté Landreau, ils étaient déjà partis.

Ces miliciens, plus bêtes que méchants, arrêtaient volontiers les gens, mais ils n'aimaient pas à les voir pendre.

— Enlevez ! cria le fils du portier.

Le signal donné par Agricola fut compris.

Les lâches gredins qui tenaient le bout de la corde se raidirent sur leurs jambes et levèrent les bras en l'air pour prendre un vigoureux élan.

Une seconde encore et le patient allait être enlevé.

Taupier qui attendait ce moment avec impatience ne vit pas sans inquiétude les femmes que la frayeur avait poussées dehors, rentrer précipitamment.

— V'là les mobiles ! sauvez-vous ! crièrent ces drôlesses en opérant leur retraite dans l'intérieur du bâtiment.

— Vite ! vite ! finissons-en, sans quoi le gueux va nous échapper, vociféra le bossu.

Mais les assassins, moins intéressés que lui à supprimer le garde-chasse, jugèrent bon de prendre le temps de la réflexion.

La simple annonce de la présence d'une force armée dans les environs, suffit pour les rendre circonspects, et tous, même les plus enragés, lâchèrent la corde fatale.

Landreau resta le cou pris dans le nœud coulant, mais le vide s'était fait autour de lui, et, comme il avait les mains libres, rien ne l'empêchait déjà plus de se débarrasser de cet ignoble lien.

Ses yeux se tournèrent vers la porte par où la délivrance pouvait venir, mais personne ne parut.

Les horribles femelles n'avaient pourtant pas menti.
La chance avait voulu qu'au moment où elles montraient
leurs déplaisantes figures hors de la salle, un détache-
ment de soldats passât sur l'avenue Trudaine.

C'étaient des mobiles du Finistère qui revenaient des
tranchées et qui s'en allaient rejoindre leur bataillon
cantonné dans les baraques du boulevard de Clichy.

La neige continuait à tomber, le froid était très vif
et les pauvres Bretons, exténués par une nuit de grand'-
garde, marchaient la tête basse et suivaient leur chemin avec l'indifférence de paysans peu sensibles aux
beautés d'une capitale.

On aurait donc pu parfaitement pendre Landreau
derrière les murs du collège, sans que l'idée leur vînt de
se déranger pour aller voir ce qui se passait dans cette
grande bâtisse dont ils n'avaient jamais demandé le nom.

Mais la Providence ne fait pas les choses à demi pour
sauver un juste, et les mégères qui avaient fort contribué
à l'inique arrestation du garde-chasse causèrent involontairement son salut.

Elles s'étaient précipitées dans la rue en gesticulant et
en exprimant leur émotion, avec la loquacité démonstra-
tive qui est particulière à leur sexe.

— On va le tuer !

— Il est déjà pendu !

— Je l'entends qui râle !

Ces phrases sinistres se croisaient avec des cris de
terreur et des interjections empruntées au vocabulaire des
Halles. Cette tumultueuse sortie ne pouvait pas manquer
d'attirer l'attention du sergent qui conduisait les mobiles, et, à tout hasard, il commanda à ses hommes de
faire halte.

Il n'en fallut pas davantage pour mettre le désordre
dans le groupe féminin.

Les unes, perdant tout à fait la tête, se rejetèrent dans

la salle, tandis que les autres, mieux avisées, se disper-
saient en courant de tous les côtés de l'avenue.

Si peu Parisiens que fussent les soldats du Finistère,
ils ne pouvaient pas méconnaître qu'il se passait dans ces
constructions inachevées, quelque grave événement.

D'ailleurs, le sous-officier était un jeune homme élevé
dans les villes, et beaucoup plus déluré que les gars du
Léonais placés sous ses ordres.

Il leur dit quelques mots en bas-breton et marcha vers
le collège à la tête de sa petite colonne.

La rentrée des femmes avait jeté le désordre dans la
salle où Landreau attendait la mort, mais l'apparition des
soldats causa une véritable débandade.

Les plus lestes partis, les assassins se hâtèrent de
grimper sur les fenêtres à hauteur d'appui et de sauter
dans les cours intérieures du collège pour se disperser
ensuite à travers des terrains vagues où il était impossible de les poursuivre.

Les autres se réfugièrent dans tous les coins, et il n'y
eut guère que Taupier qui fît bonne contenance.

Quand à l'aimable enfant du concierge, dès qu'il aperçut les uniformes, du haut de la poutrelle où il était juché,
il pensa très judicieusement que le moment était venu de
disparaître.

Rampant sur son perchoir, à la façon des belettes et
autres bêtes puantes qui dévastent les poulaillers, il
atteignit prestement le palier par lequel il s'était introduit.

— Je me la casse! Bonne chance, monsieur Taupier,
cria-t-il avant de dégringoler à travers les échafaudages.

La salle du rez-de-chaussée présentait en ce moment
un curieux spectacle.

Le petit sergent breton et ses hommes barraient l'issue
du côté de l'avenue Trudaine et regardaient avec une
stupéfaction bien naturelle cette populace effarée et ces
apprêts de pendaison. Landreau avait toujours la corde
au cou et paraissait fort ému.

Par un effet, assez commun du reste, de crainte rétrospective, le vieux garde qui était resté ferme au moment de mourir, frémissait maintenant à la pensée du danger qu'il avait couru.

Le bossu rongeait son frein en se balançant d'une jambe sur l'autre, et préparait une combinaison de mensonges, selon son invariable habitude dans les circonstances graves.

— Qu'est-ce qu'il y a donc, mon brave ? dit le sergent en allant droit à Landreau, qui ne trouva pas de réponse.

Quand on a couru le risque d'être pendu pour avoir parlé trop vite, on est moins pressé de s'expliquer devant un inconnu, et le fidèle serviteur des Saint-Senier comprenait très bien que l'affaire n'était pas finie.

Il se voyait sauvé de la mort, mais non dispensé de faire constater son identité, sous peine d'être arrêté.

Comment se tirer des mains de l'autorité sans livrer son nom et celui des dames du chalet ? Ce problème restait à résoudre.

Son embarras n'avait pas échappé à Taupier qui jugea utile de prendre la parole.

— Citoyen, dit-il en s'avançant vers le sous-officier, cet homme est déserteur d'un de vos bataillons ; il a résisté aux braves gardes nationaux qui voulaient l'arrêter et il a blessé plusieurs personnes à coups de baïonnette.

— Déserteur ! A son âge on n'est plus soldat, dit le Breton en regardant la moustache grise de Landreau.

— Oui ! oui ! il l'a avoué ! crièrent deux ou trois gredins qui commençaient à reprendre courage.

— Après tout, ça se peut, reprit le sergent, mais ce n'est pas une raison pour le pendre.

— Le peuple a toujours le droit de faire justice des traîtres, prononça Taupier qui affectionnait cette formule menaçante.

— Dites donc, vous, je ne vous parle pas, dit le Breton que les allures prépondérantes du bossu commençaient à agacer.

— Je vous répète, citoyen, que nous devons tous obéir au peuple.

L'ami de Valnoir croyait intimider le petit sergent mais il trouva heureusement à qui parler.

— Le peuple ! répéta-t-il en haussant les épaules ; vous appelez ça le peuple, tous ces *faillis gars* qui se mettent vingt pour tuer un homme !

— Vous insultez les citoyens, cria Taupier, et je vous rends responsable de tout ce qui peut arriver...

— C'est bon ! interrompit le sous-officier sans s'émouvoir, je sais ce que j'ai à faire.

Voyons, vous, continua-t-il en s'adressant à Landreau, contez-moi un peu votre affaire.

— On m'a empoigné comme je passais tranquillement dans la rue, dit le garde ; je me suis défendu, on m'a jeté par terre et on m'a traîné ici. Si vous n'étiez pas arrivé avec les camarades, j'étais mort.

— Et vous n'êtes pas au service ?

— Je n'y suis plus, répondit Landreau avec une hésitation qui trahissait son embarras.

— Tout ça ne me paraît pas clair, dit le sergent après un instant de silence, et je suis obligé de vous conduire à la *Place*.

Et il ajouta en se tournant vers les assistants.

— Allons, vous autres, ceux qui veulent servir de témoins n'ont qu'à venir avec nous, et quant à celui-là, qui m'a l'air d'être cause de tout ce branle-bas, je l'emmène aussi.

C'était Taupier que le Breton désignait, et pas un des coquins qui peuplaient la salle n'osa élever la voix pour faire une objection.

Mais ce dénouement ne plaisait pas du tout au bossu, qui ne se souciait pas de comparaître avec Landreau devant l'autorité militaire.

Il aurait fallu décliner ses noms et qualités, et son titre de rédacteur du *Serpenteau* n'était pas de nature à lui

concilier la bienveillance de l'état-major, que cette feuille
vénimeuse vilipendait quotidiennement.

Il comprenait pourtant qu'il n'y avait pas moyen de
résister à cette injonction appuyée par une douzaine de
baïonnettes rurales, et il ne pouvait espérer aucun secours
de ses lâches acolytes.

Il voulut du moins essayer de se tirer d'affaire par un
biais assez adroit.

— Je ne demande pas mieux que de vous suivre, dit-il
d'un ton radouci, mais ce n'est pas la peine d'aller
déranger le commandant de place ; il y a un poste ici tout
près.

Le sergent jeta un coup d'œil sur l'avenue.

Le temps était devenu épouvantable et le voyage de la
place Vendôme n'était pas une mince corvée pour des
soldats transis de froid et harassés de fatigue.

— Où est-il, ce poste ? demanda le Breton qui tenait à
ménager ses hommes.

— Rue Neuve-Bossuet, à deux pas.

— Marchons alors, et vivement, car on ne se réchauffe
pas ici.

Taupier ne se fit pas prier pour sortir, et Landreau,
résigné aux suites de sa mésaventure, alla se placer de
lui-même au milieu des soldats.

Trois ou quatre citoyens, parmi lesquels l'homme aux
accroche-cœurs, s'offrirent comme volontaires et on
partit.

Les autres profitèrent de l'occasion pour se disperser,
et l'escorte traversa l'avenue au pas accéléré, sans que
les contemplatifs gardiens de la paix, abrités sous une
porte cochère, daignassent de s'enquérir de ce qui se passait.

— Je ne sais pas quel est le bataillon qui est de garde
aujourd'hui, pensait Taupier, mais j'aurai bien du malheur
si je ne trouve pas dans le poste des camarades de la
« Lune avec les dents, » et alors ça ira bien.

Le garde-chasse, entièrement remis de son émotion,

calculait les chances de délivrance qui lui restaient et se disait qu'après tout l'officier de la garde nationale ne devait pas être bien rigoureux sur le service militaire.

Le trajet ne fut pas long et on ne rencontra que fort peu de monde.

La neige chassait les passants, et les commères du quartier étaient fort occupées pour le moment à colporter dans les boutiques l'importante nouvelle de l'arrestation de la matinée.

Et leurs récits transformaient Landreau en espion envoyé par Bismarck pour acheter le gouvernement.

On arriva devant le poste au moment où l'officier qui le commandait ouvrait la porte pour s'en aller déjeuner, et Taupier poussa un grognement de joie en reconnaissant J.-B. Frapillon, agent d'affaires et capitaine.

Le prudent bossu eut la présence d'esprit de ne faire aucun signe qui révélât ses relations avec l'agent d'affaires, et celui-ci était homme à deviner la situation d'un coup d'œil.

— Entrez, messieurs, dit Frapillon avec la politesse dont il ne se départait jamais.

Il avait même sur ce point des théories que n'admettait pas son ami Taupier, car il prétendait que l'aménité des formes était absolument nécessaire pour faire passer la violence du fond.

Il allait jusqu'à dédaigner systématiquement l'emploi du mot : citoyen, si cher aux révolutionnaires de tous les temps.

J.-B. Frapillon était un jacobin à l'eau de rose, et il aurait au besoin demandé des têtes, sans manquer aux règles du savoir-vivre.

Le sergent poussa dans le corps de garde prisonniers et témoins, les suivit et laissa prudemment ses soldats à la porte.

Il savait par expérience que les bataillons du Finistère n'étaient pas très bien vus de certains gardes nationaux qui les qualifiaient volontiers de chouans et de suppôts de la tyrannie.

Le poste était rempli de miliciens dont l'aspect farouche et débraillé justifiait assez les appréhensions du sous-officier.

Les uns se chauffaient autour du poêle, les autres fumaient dans des pipes noires et courtes, ou jouaient avec des cartes graisseuses.

L'atmosphère du lieu était chargée de miasmes nauséabonds que l'odeur âcre du tabac suffisait à peine à neutraliser, et les nerfs délicats de J.-B. Frapillon devaient terriblement y souffrir.

Aussi se hâta-t-il de traverser cette salle empestée pour conduire les arrivants dans le réduit réservé à l'officier de service.

C'était un étroit cabinet meublé d'une table en bois blanc, et de quelques chaises de paille.

L'agent d'affaires prit place avec l'aisance d'un homme habitué à donner des audiences derrière un bureau.

Il se renversa sur son siège vermoulu, comme il l'aurait fait rue Cadet dans son fauteuil de maroquin vert, assura ses lunettes, passa la main sur sa barbe rousse et commença son interrogatoire avec toute la douceur dont il était susceptible.

Contrairement à ce qui a lieu d'ordinaire lorsque les accusateurs, les accusés et les représentants de la force publique se trouvent simultanément en présence de l'autorité chargée de vider le différend, il ne se produisit ni récriminations aigres, ni discussions bruyantes.

Landreau et Taupier avaient chacun leurs raisons pour se taire, et ce dernier, d'ailleurs avait pleine confiance dans la sagacité de son complice Frapillon.

Le sergent put donc achever sans être interrompu le récit très succinct des faits.

Il avait entendu des cris et il avait trouvé un homme que faisaient mine de vouloir pendre des gens qui l'accusaient de désertion et de rébellion, crimes très graves en état de siège.

Il n'en savait pas davantage et il laissait très clairement percer le désir de se débarrasser de toute responsabilité dans cette affaire.

Landreau, questionné avec beaucoup d'égards par le doux capitaine, se plaignit des violences qu'on lui avait fait subir, et refusa de s'expliquer sur sa profession et sur son domicile.

C'était assurément le plus mauvais de tous les systèmes de défense, mais le garde-chasse aurait été fort embarrassé pour en inventer un autre, car le malheur voulait qu'il ne fût pas en règle vis-à-vis de l'autorité militaire.

Après la disparition de son lieutenant, dans le combat nocturne de Billancourt, le vieux serviteur avait obtenu une permission pour venir à Paris, mais elle était expirée et on avait refusé de la renouveler.

Il s'ensuivait que Landreau, excellent soldat, mais dévoué avant tout à la famille de Saint-Senier, s'était mis dans un très mauvais cas.

Depuis près de six semaines qu'il se cachait au chalet pour servir ces dames, son nom et son signalement figuraient sur l'état des déserteurs transmis au commandant de place.

Le garde-chasse avait donc fait ce raisonnement qu'une arrestation dans la rue valait encore mieux pour lui que la visite des gendarmes au pavillon de la rue de Laval.

Il comptait sur le désordre qui régnait alors un peu partout et il se disait qu'on ne le garderait pas indéfiniment en prison.

— Le pis qui puisse m'arriver, pensait-il, c'est d'être reconnu par un homme de mon bataillon, et alors je verrai à me tirer d'affaire.

J.-B. Frapillon eut beau lui faire observer, avec une bienveillance extrême, que ce silence obstiné lui nuisait beaucoup. Landreau persista dans son mutisme.

Les témoins déposèrent avec un ensemble remarquable.

Taupier, qui parla le premier, donna le ton aux autres, et les coquins subalternes déclarèrent tous que le bon peuple, indigné de la conduite du moblot, voulait tout simplement l'arrêter.

Si on l'avait maltraité, c'était parce qu'il avait essayé de se défendre, et, quant à la prétendue tentative de pendaison, il n'y fallait voir qu'un simulacre de supplice, une farce innocente destinée à lui faire peur.

La cause était entendue.

Le juge en vareuse galonnée se recueillit un instant et rendit sa sentence avec une urbanité de langage qui en adoucissait la rigueur.

— Je regrette vivement, monsieur, dit-il à Landreau, que vous n'ayez pas cru devoir répondre à mes questions, car je vais me trouver, à mon grand regret, dans la nécessité de vous envoyer au Dépôt.

On vous y retiendra jusqu'à ce que votre identité ait pu être vérifiée, mais j'espère que, sous peu de jours, vous serez libre.

Cet arrêt ne déplaisait pas trop au prisonnier, qui redoutait surtout d'être à la disposition de la prévôté.

Il s'inclina sans répondre et J.-B. Frapillon poursuivit le cours de ses gracieusetés, en s'adressant aux témoins.

— Je ne puis que vous remercier, messieurs, dit-il avec un sourire paternel, du zèle que vous avez montré dans cette circonstance.

Le peuple est fort, mais il est juste et je suis bien persuadé que vos intentions étaient pures.

— A la bonne heure ! en v'là un bon zig ! murmura l'homme à la casquette plate ; c'est pas comme ce « réac » de sergent.

— Deux hommes, pour conduire monsieur au violon ! cria le capitaine en se levant et en avançant la tête dans le corps de garde.

La milice citoyenne avait alors une vocation marquée pour les arrestations et, au lieu des deux hommes demandés, il s'en présenta cinq ou six qui empoignèrent Landreau, selon toutes les règles usitées en pareil cas, et l'enfermèrent dans le cabanon destiné à recevoir provisoirement les ivrognes, les vagabonds et les malfaiteurs qu'on amène au poste.

L'incarcéré n'appartenait certainement à aucune de ces trois catégories, et il n'avait opposé aucune résistance.

Il n'en fut pas moins accueilli en traversant le corps de garde par des murmures hostiles et peu s'en fallut que la justice du capitaine ne fût trouvée trop douce.

— Vous pouvez vous retirer, mon ami, dit Frapillon au sergent.

Le Breton, qui ne partageait pas tout à fait les opinions des gardes nationaux sur la culpabilité du prisonnier, n'avait cependant aucune envie de se mêler plus longtemps d'une affaire de police, et il ne se fit pas répéter deux fois la permission de partir.

Les soldats se morfondaient dans la rue, et il se hâta d'aller les relever de leur faction supplémentaire sous la neige.

Les affreux coquins qui avaient fait office de témoins déguerpirent en même temps avec un visible plaisir.

Ils avaient eu trop souvent maille à partir avec les sergents de ville pour se plaire longtemps dans le poste que ces fonctionnaires en tricorne occupaient jadis.

L'aimable capitaine les reconduisit jusqu'à la porte, et ne dédaigna même pas de sortir pour donner un coup d'œil au départ des mobiles.

Le bossu avait d'abord fait mine de rester, mais son complice le regarda si à propos par-dessus ses lunettes qu'il comprit le danger d'une conversation dans un cabinet ouvert.

Il sortit donc comme les autres, en ayant soin cependant de marcher le dernier et de se tenir à portée de Frapillon.

Parfaitement décidé à ne pas avoir l'air de connaître le
capitaine devant ses inférieurs, Taupier cherchait le
le moyen de lui dire rapidement et secrètement quelques
mots indispensables.

Frapillon, qui avait deviné son intention, manœuvrait
du reste de manière à lui faciliter un court tête-à-tête.

Pendant que les Bretons se mettaient en rang pour reprendre le chemin de leurs baraques, il commença à pié-
tiner circulairement sur la neige comme un homme qui
veut se réchauffer les pieds.

— Vilain temps pour courir les rues, messieurs, dit-il
en ramenant sur sa tête le capuchon de son caban : je
voudrais rétablir un peu la circulation du sang dans mes
jambes engourdies, avant de me mettre en route, car il faisait diablement froid dans mon cabinet.

— Vous sortez, capitaine? demanda Taupier sur le ton
d'une question banale.

— Oui, j'allais déjeuner quand vous êtes arrivés et,
comme je ne descendrai de garde que ce soir, je cours au
restaurant.

— Je vais vous faire la conduite, si vous le permettez,
citoyen, dit le bossu.

— Et nous aussi, s'écrièrent en chœur les témoins qui
entrevoyaient peut-être l'espoir de se faire offrir un litre
ou deux chez le marchand de vins du coin de la rue.

— Comment donc, messieurs ! avec plaisir, répondit
Frapillon, très contrarié de ce surcroît de compagnie.

On s'achemina vers l'avenue Trudaine, et Taupier
commença à désespérer de se défaire des importuns qui
le gênaient.

Mais, à vingt pas du corps de garde, l'ingénieux capitaine s'arrêta subitement et dit :

— Pardon, messieurs, j'ai oublié de donner un ordre à
mon lieutenant et il faut que je retourne au poste.

— A l'avantage de vous revoir.

Sur ce compliment, J.-B. Frapillon tourna les talons,

et en passant à côté du bossu, qui était resté un peu en arrière, il lui jeta ces mots à voix basse :

— Ce soir, à neuf heuf heures, au « Rat-mort ».

IX

Le café du « Rat-mort » est bien connu des artistes et des écrivains qui habitent le quartier essentiellement littéraire de la place Pigalle.

Sa renommée a même gagné les régions centrales, et plus d'un habitué des brillantes terrasses du boulevard Montmartre ne dédaigne pas de venir s'asseoir devant les tables modestes qui garnissent la façade de cet établissement déjà légendaire.

L'hiver, la société variée qui fréquente le café se réfugie dans les deux salles du rez-de-chaussée, et chaque bande se parque volontiers dans un coin de prédilection.

Il y a l'angle des peintres, le banc des journalistes, et, au premier étage, le salon des dames, car le beau sexe est abondamment représenté au « Rat-mort ».

C'est le séjour préféré de tout un clan féminin, cantonné par goût ou par nécessité sur le versant méridional de Montmartre, mais ces excentriques de la galanterie n'y viennent pas pour faire des conquêtes.

Elles vont finir leur soirée-là, comme les hommes vont au cercle, en garçons.

La plupart de ces beautés émérites comptent de nombreuses campagnes sur un terrain plus brillant et quelques-unes en ont rapporté des rentes.

Retirées dans les solitudes du boulevard extérieur, à la façon des vieux militaires qui s'en vont manger leur pension de retraite aux Batignolles, elles aiment à se réunir autour d'un billard pour parler de leurs batailles d'autrefois et critiquer la stratégie des jeunes qui leur ont succédé dans la carrière galante.

La bière, la cigarette et la partie de besigue défrayent ces simples fêtes et les recrues en robe de soie qui s'aventurent par hasard dans ce cénacle y font la mine piteuse de Saint-Cyriens fourvoyés avec des vétérans.

Parmi les habituées, quelques-unes ont des aspirations littéraires; on en a vu même qui ne craignaient pas d'aborder les questions politiques et sociales.

Aussi, les indépendantes du « Rat-mort » vivent-elles sur un pied d'intimité fraternelle avec les aspirants-romanciers qui étudient en jouant aux dominos la société moderne, et avec les futurs hommes d'État qui apprennent la diplomatie en soignant les carambolages.

L'élément masculin est composé de diverses catégories qui ne fusionnent guère entre elles, quoique faisant très bon ménage.

Il y a la tribu des artistes, la coterie des gens de lettres et le grand parti des démocrates, sans compter les passants attirés par le désir de contempler de près les célébrités du petit journalisme et les charmes de la dame du comptoir qui ressemble à une bergère de Watteau égarée dans un estaminet.

Pendant le siège, la clientèle s'était sensiblement modifiée.

Quelques-uns des piliers du lieu, appelés par la Révolution à des fonctions publiques, ne fréquentaient plus aussi assidûment cette école primaire de la haute politique.

D'autres, s'élevant au-dessus du préjugé qui qualifiait les absents de « francs-fileurs », avaient pris leur vol pour aller peindre ou rédiger en province.

Les femmes étaient généralement restées fidèles à leur café d'élection et la plupart avaient bravé le rationnement pour ne pas s'éloigner de ce centre intellectuel et galant.

Leur bataillon comptait cependant des vides et le « baccarat » intime qui se perpétrait d'habitude à l'étage supérieur languissait assez souvent pour que les aimables joueuses se répandissent sur les banquettes du rez-de-chaussée.

Là se pressait un public dont le costume et les allures militaires donnaient à l'artistique et pacifique café un faux air de cantine.

N'eût été l'image du « Rat mort », peinte jadis au milieu du plafond par un coloriste de bonne volonté, on se serait cru dans quelque ville de garnison, à cent lieues de la place Pigalle.

Ce n'étaient que vareuses et képis galonnés ; le billard était occupé par tout un état-major, et il y avait des parties de piquet à quatre où le moins gradé des joueurs était capitaine.

La majeure partie de ces guerriers appartenait à la garde nationale, mais le voisinage des baraques du boulevard extérieur amenait aussi quelques mobiles de province.

Par une sorte de convention tacite, les consommateurs en uniforme occupaient la première salle où ils se livraient à de bruyants ébats tandis que le parti du « vieux Rat mort », représenté par l'élément civil, se cantonnait dans la pièce du fond pour deviser sur les événements du jour.

Quant aux femmes, elles voltigeaient comme des abeilles autour des tables chargées de verres et de demi-tasses et ne dédaignaient pas de boire indifféremment le punch belliqueux et le cassis littéraire.

Du haut du comptoir où elle trônait, la jolie souveraine de cet empire commercial distribuait avec impartialité ses gracieux sourires à ses sujets des deux classes et des deux sexes.

Ce soir-là donc, après la journée neigeuse qui avait failli être la dernière pour le pauvre Landreau, le personnel du « Rat-mort » se trouvait au grand complet.

Tout était joie et chansons dans la salle d'entrée, où le petit sergent breton régalait d'eau-de-vie une demi-douzaine de gars de Roscof et de Morlaix.

A l'autre bout de l'établissement, tout au fond de la pièce, où trois miliciens se délassaient de leur dernière garde aux remparts en exécutant d'interminables carambolages, Taupier et Frapillon se faisaient vis-à-vis.

Sur la table de marbre qui les séparait s'élevait une formidable pyramide de soucoupes qui, selon l'usage de ces lieux de rafraîchissement, marquaient le nombre de bocks absorbés.

Le rédacteur et le caissier du *Serpenteau* professaient tous les deux une grande estime pour la bière, parce qu'ils la considéraient comme une liqueur démocratique et sociale ; et d'ailleurs, pour conférer sans attirer l'attention, ils avaient jugé prudent de se donner les allures de buveurs déterminés.

Ni l'un ni l'autre n'étaient familiers du « Rat-mort », car Taupier hantait de préférence la grande église radicale du café de Madrid, et J.-B. Frapillon, agent d'affaires et comptable, croyait devoir à sa dignité professionnelle de ne pas fréquenter les estaminets.

Ils avaient donc toutes chances, dans ce coin retiré, d'éviter les rencontres inopportunes.

La nombreuse galerie qui entourait les joueurs de billard leur servait d'écran, et les consommateurs militaires de la première salle ne pouvaient pas remarquer leur conciliabule.

Les tables voisines étaient occupées, à gauche par deux rapins chevelus qui jouaient un paquet de tabac de six sous en quinze d'écarté, partie liée, et, à droite, par trois femmes qui jacassaient en gobant des cerises à l'eau-de-vie.

Aussi avaient-ils pu échanger de nombreuses et intéressantes confidences, et personne n'était venu troubler le colloque animé auquel ils se livraient depuis une heure.

Frapillon, en déposant son uniforme, avait repris la tenue et les allures correctes de ce qu'on est convenu d'appeler un homme établi, et le bossu, assis le dos à la

16

muraille, cachait au public le côté défectueux de sa grotesque personne.

— Ainsi, notre homme est décidément à l'ombre; dit Taupier d'un air satisfait.

— Oui, et pour un bon bout de temps, je t'en réponds; j'ai des amis là-bas, au dépôt, et je l'ai recommandé de la bonne façon.

— C'est égal, soupira le bossu, j'aurais encore mieux aimé le laisser accroché par le cou dans le collège Rollin. C'était si simple et si commode; sans cet imbécile de moblot nous en étions débarrassés pour toujours.

— Bah! vagabondage, résistance à la force publique... quand même il ne serait pas déserteur, il en aurait pour six mois, et d'ici là nous en aurons fini avec tous ces Saint-Senier et leur séquelle.

— Il n'y a que les morts qui ne reviennent pas, dit Taupier d'un air sombre.

— Oh! toi, tu es toujours pour les moyens violents. C'est une faute, mon cher, une très grosse faute. On peut se défaire des gens sans les tuer, que diable! et, avec ma méthode, on ne risque pas la cour d'assises.

— Il n'y en a plus depuis le siège, dit le bossu, et nous supprimerons définitivement cette vieillerie-là dès que la « Lune avec les dents » aura le pouvoir.

— Je l'espère bien, mais, en attendant, je crois que nous ne devons pas nous lancer dans de mauvaises affaires.

La douceur! toujours la douceur! c'est mon système.

— Il est joli, ton système! Voilà deux mois passés que nous travaillons contre ces gens-là et nous ne sommes pas à moitié de la besogne.

— Taupier, mon fils, tu n'es pas juste. Récapitulons un peu. Quand tu es venu me trouver à la fin de septembre, la Société Valnoir et compagnie avait tout à craindre. Son secret courait entre cinq ou six personnes, dont un

ivrogne et trois femmes. C'est à peine si tu savais à qui
nous devions nous en prendre.

Aujourd'hui, maître Pilevert est enrôlé dans notre
bande; il nous aiderait au besoin contre l'ennemi commun, s'il pouvait parvenir à se dégriser.

— Oui, grommela Taupier, et un beau jour qu'il aura
bu plus qu'à l'ordinaire, il nous vendra tous.

— Boire plus qu'à l'ordinaire, pour lui, c'est impossible,
attendu qu'il ne fait que ça jour et nuit, reprit Frapillon
en souriant.

Maintenant, parlons de son élève, comme il l'appelle,
de la bohémienne muette. Celle-là était dangereuse, et
j'avoue que je ne voyais pas trop le moyen de m'en défaire.

Qui est-ce qui a donné à Mouchabeuf des instructions
habiles et prudentes pour l'expédier au fond de l'Allemagne, d'où elle ne reviendra jamais, au lieu de la jeter
bêtement dans le canal Saint-Martin, où on aurait retrouvé son corps?

— Parbleu! je te conseille de t'en vanter! cet imbécile
l'a envoyée à Saint-Germain retrouver le Saint-Senier
qui va nous tomber sur le dos un de ces jours avec elle.

— Il est mort à l'hôpital, mon bon. Mouchabeuf en a
reçu l'avis à Rueil par ses amis les Prussiens, et quant à
la sauteuse, il me semble qu'elle aurait eu le temps de revenir, si elle ne voyageait pas depuis six semaines sur la
route de Berlin.

— Rien ne le prouve et je ne suis pas tranquille.

— Le garde-chasse nous gênait, continua Frapillon
sans s'occuper des craintes du bossu; le voilà coffré pour
longtemps.

— Ça, c'est à moi qu'en revient le mérite, dit vivement
Taupier; si je n'avais pas stylé Bourignard et son crapaud
de fils, nous n'aurions jamais pu pincer le vieux.

— Restent les deux femmes, interrompit l'agent d'affaires.

— Oui, et tant que nous ne les tiendrons pas, ce sera comme si nous n'avions rien fait.

— Parfaitement raisonné, mais nous les tiendrons bientôt.

— Laisse-moi donc tranquille. Tu ne pourras pas les envoyer en Prusse celles-là, ou les faire empoigner par les hommes de ta compagnie.

— Non, dit froidement Frapillon, mais...

— Mais?

— J'ai mon plan.

— Ton plan! répéta Taupier en haussant les épaules, tu me fais rire, ma parole d'honneur, avec tes moyens doux et tes projets.

Nous savons ce que vaut un plan, ajouta le bossu, qui avait plus d'une fois critiqué celui du gouvernement de la Défense.

— Le mien est infaillible et, avant huit jours, tu me remercieras, reprit imperturbablement J.-B. Frapillon.

— Laisse-moi donc tranquille! Tu ne feras pas, avec deux femmes qui vivent retirées du monde, ce que tu as fais avec une bohémienne et un déserteur.

— Non, mais je ferai autre chose et le résultat sera le même.

— Nous verrons bien, grogna Taupier d'un air peu convaincu.

— Garçon, deux bocks, cria le bossu qui était doué d'une soif inextinguible.

La quantité de liquide qu'il absorbait et les manières prépondérantes qu'il affectait commençaient à faire impression sur ses voisins de table.

Les rapins assis à sa gauche regardaient avec une certaine admiration l'homme assez opulent pour renouveler sa consommation tous les quarts d'heure, et les femmes installées à sa droite lui lançaient des œillades obliques.

L'une d'elles, majestueuse et quadragénaire beauté qui se consolait du départ définitif de ses anciens adorateurs en s'intéressant à la politique, avait flairé un folliculaire sous l'enveloppe anguleuse et bizarre de Taupier.

Cette idée une fois entrée dans sa tête romanesque, la matrone ne s'était plus proposé d'autre but que d'attirer l'attention du publiciste biscornu, et elle avait commencé à parler pour la galerie.

— Oui, mes petites chattes, c'est moi qui vous le dis, articulait cette commère démocratique et sociale, il se passe de drôles de choses dans le quartier.

— Quoi donc, m'ame Irma? demanda naïvement une jeune adepte, que les rigueurs du siège avaient confinée sur ces hauteurs inhospitalières et qui venait d'être initiée depuis deux jours aux mystères du « Rat-mort. »

— On conspire, ma fille, on conspire, dit d'une voix de contralto la puissante personne.

— Bah! s'écria d'un air ébahi l'aimable enfant qui répondait au nom mythologique d'Aglaé, quoiqu'elle n'eût rien de commun avec la plus belle des trois Grâces.

— On conspire! Eh bien! après? reprit en fausset l'autre mangeuse de cerises à l'eau-de-vie, maigre créature qui semblait avoir eu des malheurs très antérieurs à la guerre.

— Comment! après? répéta avec indignation m'ame Irma, mais il me semble que ça suffit pour qu'une citoyenne fasse son devoir en dénonçant les traîtres.

— J'suis pas citoyenne, moi, je suis Picarde, dit Aglaé, qui ne possédait que des notions vagues sur ses droits civiques.

— Et moi, je ne moucharderai jamais, prononça la sèche beauté qui complétait le trio.

— Toi, d'abord, Phémie, tu parles toujours sans savoir, dit la grosse femme; si tu m'avais laissé finir, tu aurais appris que je ne moucharde personne, seulement j'ai des yeux.

— Quoi que vous avez vu, m'ame Irma? interrogea la néophyte Aglaé.

16.

— Vous savez que je *reste* rue de Laval, au cinquième, sur le devant, continua la solennelle Irma.

— Connu! même que ta portière m'a dit que tu devais trois termes, murmura Phémie qui passait pour la plus mauvaise langue du Rat-mort.

— Vas-tu prendre les intérêts de mon propriétaire, à présent! demanda aigrement l'obèse présidente du petit cénacle.

— Vous fâchez pas, m'ame Irma, dit, en gobant une cerise, l'innocente Aglaé qui préférait les fruits confits aux disputes.

— D'autant plus qu'il n'y a pas de quoi, ajouta Phémie; moi, je n'ai pas payé le mien depuis un an, et je n'en suis pas plus triste.

— Je vous disais donc, reprit Irma avec la dignité d'une femme supérieure, que mes fenêtres donnent sur la rue et que je vois tout ce qui se passe en face.

— En face, c'est un mur, ricana la sceptique Phémie.

— Oui, mais derrière ce mur, il y a un jardin qui va jusqu'à la rue de Navarin, et au milieu du jardin un pavillon qui est habité par des personnes... Vois-tu, ma fille, je ne te dis que ça.

Depuis un instant, le bossu, qui n'avait d'abord fait aucune attention à ce verbiage féminin, prêtait, sans en avoir l'air, une oreille attentive.

Frapillon lui avait allongé sous la table un coup de pied d'avertissement et le regardait avec un air qui voulait dire : « Le hasard nous sert à souhait : profitons-en. »

La conversation des deux amis avait été menée à voix basse et venait de cesser tout à fait.

Ils se mirent d'un commun accord à suivre les discours de leur grosse voisine et, pour se donner une contenance indifférente, Frapillon prit un journal pendant que Taupier allumait une pipe.

C'était bien le meilleur moyen d'exciter la loquacité d'Irma, qui continua son récit sans se départir de ses airs importants.

— Deux femmes, une vieille et une jeune, qui viennent
on ne sait d'où, qui ne sortent jamais, qui ne reçoivent
personne, et un homme à barbe grise pour les servir et
aller chercher les provisions, qu'est-ce que vous dites de
ça, mes petites chattes ?

— Eh bien ! quoi ? dit la fille maigre, c'est pas défendu
d'avoir un domestique et d'aimer à rester au coin de son feu.

— Avec ça qu'il ne fait pas bon dehors, dit judicieusement Aglaé ; si j'avais du bois pour me chauffer, on ne
me verrait pas souvent dans la rue.

— Bon ! reprit majestueusement Irma, mais au moins,
toi, on te connaît dans le quartier.

— Trop, dit tout bas Phémie.

— Tandis que les princesses du pavillon, personne ne
sait leur nom, ni ce qu'elles font ni quand elles sont ar-
rivées là.

— La baraque appartient à un « aristo », un noble qui
vit en province et qui n'y met jamais les pieds, car il fait
payer ses impositions par son banquier ; c'est le commis
de la recette qui me l'a dit l'autre jour à la brasserie
Fontaine.

— Pour sûr, c'est pas naturel tout ça, dit Aglaé, qui
faisait des efforts visibles pour comprendre.

— Attendez ! ce n'est pas fini.

Tous les soirs, mes enfants, à la même heure... vers
huit heures... quelquefois plus tard... je vois...

— Quoi ? demandèrent en chœur les deux donzelles, car,
en filant cette narration émouvante, la présidente prenait
des temps comme un acteur consommé.

— Une lumière qui s'allume en haut du pavillon et qui
s'éteint toujours avant minuit, et cette lumière est verte !

— Verte ! répéta la jeune Aglaé d'un air hébété.

— Parbleu ! c'est un signal, dit Phémie qui paraissait
beaucoup plus versée dans l'art des sièges.

— Hein ? demanda triomphalement Irma, croyez-vous
maintenant que j'aurai raison d'aller dénoncer ces far-
ceuses-là au commissaire.

— Elles ne l'auront pas volé, affirma la sévère Phémie.

Frapillon lança un coup d'œil significatif à Taupier.

Aglaé réfléchissait profondément.

— Dites-donc, m'ame Irma, demanda la naïve enfant, après une demi-minute de méditation, est-ce que la jeune n'est pas en deuil?

— Toutes les deux, la jeune et la vieille, et en grand deuil encore.

— Et jolie, pas vrai ?

— Peuh ! une blonde fadasse, avec un teint de papier mâché et une taille d'échalas, dit Irma qui était brune, plantureuse et haute en couleur.

— C'est bien ça!

— Allons donc, tu ne peux pas la connaître, puisque je te dis qu'elle ne sort jamais.

— Elle est sortie ce soir, et je suis sûre que c'est elle, puisque je passais justement devant ta maison quand je l'ai vue qui refermait la petite porte dans le mur en face de chez toi.

— Pas possible! Et où allait-elle?

— Vous allez voir, dit Aglaé qui n'était pas fâchée de pérorer un peu à son tour.

— Figurez-vous que je m'étais retournée sur elle, parce que là, vrai! elle est jolie tout de même.

V'là qu'elle s'approche et qu'elle me dit d'une voix qu'était douce, oh! mais douce!...

— Va donc, interrompit la grosse femme qui n'aimait pas beaucoup l'éloge des autres.

— Elle me dit : « Madame, voudriez-vous m'indiquer une boutique où je pourrais acheter du pain?

Justement, j'allais en chercher pour mon dîner; je lui dis de venir avec moi, et nous voilà parties sur le trottoir de la rue de Laval.

En chemin, je voulais lui causer, mais elle me répondait : Oui, non, et on aurait dit qu'elle avait envie de pleurer.

Ma foi! moi ça me chiffonnait, et je ne dis plus rien.

V'là que nous arrivons à la porte du boulanger qu'est au coin de la rue Condorcet, même qu'il allait fermer.

Nous entrons et elle demande un pain, mais d'un air si drôle, qu'on voyait bien qu'elle n'avait pas l'habitude d'aller au marché.

— Pimbêche! dit Irma entre ses dents.

— Votre carte, madame, que lui fait le patron. Elle n'avait seulement pas l'air de savoir ce que c'était.

— Parbleu! c'est le vieux qui les nourrit.

— Mais êtes-vous seulement du quartier? qu'il reprend cet homme. Là-dessus, v'là ma grande fille qui bredouille trois ou quatre paroles et qui devient encore plus pâle.

Je veux m'en mêler; ah! *ouiche!* elle avait déjà tourné les talons et elle filait dans la rue des Martyrs.

— Qu'est-ce que je vous disais! s'écria la présidente enchantée de voir son diagnostic se vérifier.

J'espère qu'elles sont assez suspectes! des femmes qui ont tellement peur d'être connues qu'elles ne se font pas inscrire pour avoir une carte de boulangerie.

— Et qui se font apporter à manger par un homme! je parierais qu'elles ont des rations des Prussiens, appuya Phémie.

— Ma foi! ça ne fait rien, dit l'ingénue, je ne connais pas la vieille, mais la jeune est gentille et je ne peux pas croire qu'elle ferait du mal à quelqu'un.

— Tais-toi donc! c'est une sainte nitouche!

Depuis que la conversation de leurs voisines avait pris ce tour intéressant, les deux amis ne perdaient pas une syllabe.

Taupier fumait avec ardeur et lâchait bouffées sur bouffées, à ce point qu'il avait fini par s'envelopper dans un nuage, à la façon des dieux de l'Olympe.

Frapillon en se tournant à demi sur son tabouret, s'était fait un écran de son journal, de manière à dérober aux femmes ses jeux de physionomie.

Grâce à cette stratégie, ces alliés clandestins pouvaient

se faire impunément des signes et même échanger quelques mots bien sentis.

— La faim chasse les loups du bois, murmura Taupier. Plus de domestique, plus de provisions.

— Oui, ma chère, prononça la voix grave d'Irma, j'irai demain trouver le commissaire.

— Que penses-tu maintenant de mon plan? dit tout bas Frapillon en assurant ses lunettes.

Le bossu allait répondre quand un abominable vacarme éclata dans la première salle.

C'était un bruit de voix courroucées qui accompagnait comme une basse continue, le fracas plus aigre du verre cassé.

— Je vous dis que je veux un litre de vieille, hurlait un consommateur enroué et quant à vos « bibelots », je les paierai, mille trompettes! Est-ce que vous croyez que je n'ai pas d'argent?

— A la porte! criait le chœur composé principalement des mobiles et conduit par le petit sergent.

Il était évident qu'un buveur un peu trop surexcité venait de renverser une table sur ses voisins et qu'une querelle se préparait.

Frapillon et Taupier, peu curieux de se mêler à une bataille d'ivrognes, se consultèrent de l'œil pour savoir s'il ne conviendrait pas de lever le siège, mais le bossu, frappé du son particulier de l'organe qui dominait la tempête, fit signe à son associé d'écouter.

— De quoi! à la porte! s'écrie une voix rauque; venez donc m'y mettre, tas de « fainiants ».

— Ce ne sera pas long, si vous ne vous taisez pas, dit une voix beaucoup plus calme.

— Ah! c'est donc toi, blanc-bec, qui veux « mécaniser » le rempart d'Avallon; eh bien! nous allons rire.

— C'est lui! c'est cette brute de Pilevert; filons si nous ne voulons pas qu'il nous compromette, dit tout bas Taupier.

— Non pas, souffla Frapillon sur le même ton ; restons au contraire pour l'empêcher de faire des sottises.

Le vacarme redoublait dans la première salle et un combat en règle semblait imminent.

Les joueurs de billard avaient interrompu leur partie et s'étaient rangés en demi-cercle, appuyés sur leurs queues comme des lanciers sur leurs lances.

Les femmes, désireuses de ne pas perdre un spectacle si intéressant, se pressaient derrière eux et complétaient la galerie.

L'homme d'affaires et le bossu jugèrent utile de jeter un coup d'œil sur la scène qui se préparait et vinrent se joindre tout doucement au groupe des curieux.

La salle du comptoir avait l'aspect d'un champ clos.

La table renversée par Pilevert avait jonché le sol de ses débris, et les consommateurs prudents étaient montés sur les banquettes pour se mettre à l'abri des horions.

Au milieu du cercle, l'hercule, rouge comme une pivoine et écumant de colère, s'était campé sur ses jambes dans une position qu'il cherchait à rendre académique.

Mais l'ivresse influait visiblement sur ses mouvements et nuisait beaucoup à la correction de son attitude.

Il eut beau se frotter les mains, selon l'usage classique des lutteurs, et faire saillir ses épaules en ouvrant ses bras en forme de pince, il ne parvint pas à retrouver cette pose magistrale qui lui avait valu si souvent jadis les suffrages des amateurs éclairés dans les foires de province.

On devinait que cette masse n'était pas solide et que le colosse péchait par la base.

Le public du *Rat-mort* s'en aperçut et se permit quelques plaisanteries qui portèrent à son comble la rage de Pilevert.

— Viens donc, méchant « moblot », que je te démolisse ! cria-t-il en battant des appels avec le pied comme un maître d'armes.

— Le petit sergent breton qui s'était fait le champion volontaire des buveurs dérangés et injuriés par l'hercule, ne parut nullement intimidé par les rodomontades de son adversaire.

Sans s'inquiéter des clameurs féminines, le sous-officier écarta les consommateurs naïfs qui réclamaient l'intervention tout à fait chimérique des gardiens de la paix, et s'avança avec le plus grand calme vers le lutteur furieux.

— Voyons, décidément, vous ne voulez pas nous laisser tranquilles ? lui demanda-t-il de sa voix la plus douce.

Un grognement fut la seule réponse de l'hercule, qui fit un pas en avant pour saisir son chétif ennemi.

Les terribles biceps ne rencontrèrent que le vide.

Le breton s'était baissé tout à coup, et sa tête, présentée à la façon des béliers, était allée frapper au creux de l'estomac l'infortuné Pilevert, qui chancela une seconde et finit par aller tomber à la renverse au milieu des joueurs de billard.

— C'est comme ça que ça se joue au « pardon » de Saint-Thégonec, dit le petit sergent en regagnant sa place à la table du fond.

Les applaudissements ne lui manquèrent pas, et on vit une fois de plus que les actions vigoureuses triomphent toujours des préventions populaires, car l'assistance, assez mal disposée pour les Bretons, n'en prit pas moins leur parti.

— Bravo, le « moblot ! » crièrent les gardes nationaux les plus gradés.

— Il faut mettre le « pochard » dehors !

— Le conduire au poste !

Peu s'en fallut que le malencontreux hercule fût saisi par la tête et par les pieds et jeté sans cérémonie dans le ruisseau.

Mais il rencontra des protecteurs auxquels il ne pensait guère.

Pendant qu'il se débattait entre les jambes des spectateurs et cherchait, sans y parvenir, à se remettre debout, J.-B. Frapillon, qui ne perdait jamais la tête, avisait déjà au moyen de le tirer de là.

L'homme d'affaires aurait donné Pilevert au diable de bien bon cœur, mais il sentait parfaitement le danger de le livrer au bras séculier des gardes nationaux.

L'hercule, malgré tous ses défauts, était un des pions indispensables de la partie que jouait le stratégiste de la rue Cadet, et il importait de l'avoir toujours sous la main.

Taupier, moins profond dans ses calculs, se serait volontiers débarrassé du saltimbanque, et il tirait son acolyte par la manche pour l'entraîner dans la rue.

Mais J.-B. Frapillon le repoussa d'un coup de coude et se baissa charitablement pour aider le vaincu à se relever.

Quand il eut réussi à extraire l'ivrogne du fouillis de chaises et de petits bancs au milieu desquels il était allé rouler, il prévint ses exclamations de surprise en lui glissant à l'oreille ces mots significatifs :

— Pas un mot sur nous, si vous tenez à votre paye.

Et il dit tout haut :

— Le pauvre homme est malade et il aurait besoin de soins.

— Il a besoin d'ammoniaque, car il est ivre-mort, observa un des rapins qui avaient abandonné leur soixantième partie d'écarté pour venir contempler la bagarre.

— Ça n'est pas défendu, et un citoyen peut bien boire un coup de trop en temps de siège, répondit Taupier pour se mettre à l'unisson de son acolyte.

— C'est vrai, au fait !

— Et on a eu tort de le laisser assommer par ce Breton.

— Faut le venger.

Ces exclamations partirent à la fois du groupe des joueurs de billard.

Une nouvelle bataille ne faisait pas du tout l'affaire de J.-B. Frapillon, qui se hâta de détourner l'orage.

— Messieurs, dit-il avec sa politesse habituelle, je

17

crois que nous aurions tort, car les ruraux sont en force, et, d'ailleurs, nous serions infiniment désagréables à la belle maîtresse de l'établissement.

Ce dernier argument produisit un effet décisif et les galants miliciens se replièrent en bon ordre vers le billard, pendant que le sauveur de Pilevert ajoutait :

— Je vais reconduire ce brave garçon à son domicile.

L'hercule, depuis qu'il avait réussi à reprendre la position verticale, était partagé entre la colère qui grondait encore dans sa poitrine contusionnée et l'ébahissement que lui causait l'apparition des deux amis.

L'avertissement lancé en sourdine par J.-B. Frapillon avait pénétré son épaisse cervelle encore alourdie par l'ivresse, et il n'avait pas osé desserrer les dents, de peur de lâcher une sottise.

Pilevert professait pour l'agent d'affaires une admiration mêlée de crainte, et il respectait aussi le mystérieux pouvoir du bossu, qui lui avait fait obtenir une excellente place dans les bureaux du « Serpenteau ».

Aussi comprima-t-il de son mieux les élans de la rage qui l'avait saisi, lui, le Rempart d'Avallon, professeur au gymnase de Saint-Gaudens, en se voyant « tomber » par un chétif troupier qu'il croyait broyer du premier coup.

— Allons, mon brave, dit J.-B. Frapillon d'un ton paterne, remettez-vous et venez avec nous.

Mon ami et moi nous allons vous ramener chez vous.

L'hercule répondit par des grognements sourds qui pouvaient passer pour un consentement, et l'agent d'affaires, qui tenait à profiter de l'embellie, comme disent les marins, se hâta de payer au garçon la dépense de la soirée, en y comprenant même le prix de la verrerie brisée par l'hercule.

La formalité accomplie, il poussa le bossu vers la porte, offrit le bras à Pilevert et l'entraîna dans la rue.

Cette sortie peu triomphale fut bien accompagnée par certaines huées parties de la première salle, qui tenait

généralement pour la mobile bretonne, mais personne
ne songea à inquiéter la retraite.

A peine les trois acolytes se trouvèrent-ils au milieu
de la rue Frochot, que Frapillon lâcha le bras du saltimbanque et lui tint ce discours bien senti :

— Je vous ai déjà dit, mons Pilevert, que je vous per-
mettais de boire chez vous, mais que je vous défendais de
vous montrer ivre dans les lieux publics où vos sottises
peuvent compromettre gravement l'association à laquelle
vous avez l'honneur d'appartenir.

— Ce... ce n'est pas ma faute et je m'en vas vous dire,
balbutia l'hercule que le grand air achevait d'enivrer.

— Cette fois, je veux bien encore vous pardonner,
mais je vous préviens qu'à la première frasque de ce
genre, c'est à moi que vous aurez affaire... A moi seul,
entendez-vous !

— Oui, oui, j'entends bien, murmura Pilevert, qui
tremblait à la seule pensée de tomber entre les mains
redoutables du doucereux agent d'affaires.

— Voyons, où demeurez-vous ? demanda rudement
Frapillon.

— Là... tout près... à Montmartre, dit l'ivrogne, dont
la langue s'épaississait de plus en plus.

— Je sais où il perche, dit Taupier.

— Alors, aide-moi à le traîner jusqu'à sa porte : si
nous le lâchons, il se fera ramasser et nous compromettra
encore.

— Autant vaudrait le laisser crever au coin d'une
borne, grommela le bossu, qui préférait toujours les
mesures radicales.

Cependant il prêta main-forte à son ami, et tous deux
tenant chacun l'hercule par un bras s'acheminèrent vers
la place Pigalle.

Au moment où ils débouchaient de la rue Frochot, une
femme qui marchait à grands pas les devança, et traversa
la zone lumineuse des clartés du « Rat-mort ».

A la lueur douteuse que les lampes projetaient à travers

les carreaux, la taille et le visage de cette errante de nuit frappèrent les yeux très clairvoyants de J.-B. Frapillon, qui s'arrêta tout court.

— L'as-tu reconnue? demanda-t-il vivement à Taupier.

Taupier était trop occupé de soutenir les pas chancelants de Pilevert pour faire beaucoup d'attention aux passants.

L'énorme masse de l'hercule, depuis que Frapillon lui avait lâché le bras, pesait de tout son poids sur la grêle personne du bossu et menaçait à chaque instant de s'écrouler sur lui en l'aplatissant dans le ruisseau.

— Reconnue qui? grogna Taupier de fort mauvaise humeur.

Tu ferais bien mieux de m'aider, au lieu de rester en contemplation devant la première coureuse venue.

— Tais-toi, imbécile, répondit à demi-voix l'agent d'affaires; le hasard nous sert mieux que tu ne le mérites.

Cette femme, qui vient de passer à côté de nous, c'est la demoiselle du chalet.

— Pas possible! s'écria le bossu en se livrant à un soubresaut qui faillit faire perdre l'équilibre à l'ivrogne.

— J'en suis sûr, dit laconiquement J.-B. Frapillon. Tiens-toi en repos et regarde un peu ce qu'elle va faire.

La femme, après avoir dépassé l'angle lumineux du « Rat-mort », s'était lancée sur la place Pigalle, alors absolument déserte.

La neige continuait à tomber et les pavés avaient disparu sous un épais tapis blanc.

La fontaine qui occupe le centre de cette vaste esplanade laissait pendre des stalactites de glaces, et le bassin gelé portait encore les traces des glissades auxquelles s'étaient livrés dans la journée les polissons des Buttes.

Avec les arbres décharnés et les baraques silencieuses du boulevard extérieur, ce coin de Paris représentait assez bien un de ces tableaux d'hiver si chers à certains peintres bourgeois.

Pour s'aventurer seule la nuit, et par un temps pareil, dans ce quartier solitaire, une jeune fille devait avoir de bien graves motifs, et Frapillon ne s'y était pas trompé.

Il avait choisi tout d'abord un poste excellent pour observer sans être vu, et, collé comme il l'était contre la devanture du café, le subtil caissier du *Serpenteau* suivait avec attention les mouvements de Renée de Saint-Senier.

J.-B. Frapillon devait éprouver en ce moment les sensations d'une araignée qui regarde une pauvre mouche voler autour de la toile où elle doit se prendre fatalement.

Ce n'était pas que l'agent d'affaires eût épousé sans arrière-pensée les griefs de ses amis Valnoir, Taupier et compagnie contre les habitants du chalet.

Les inquiétudes de sa belle cliente, Rose de Charmière, ne le touchaient même pas outre mesure, mais, à force de sonder les secrets des autres, il avait fini par s'intéresser personnellement à l'intrigue dont il tenait en main tous les fils.

En dehors de ses agissements pour le compte de l'association, le célibataire de la rue Cadet poursuivait l'exécution d'un plan particulier.

Aussi, pour le moment, pensait-il surtout à se débarraser de deux complices gênants.

— Où va-t-elle, se disait J.-B. Frapillon, et comment faire pour la suivre sans traîner sur mes talons ces deux animaux ?

La première question semblait assez difficile à trancher, car la jeune fille, après avoir fait mine de traverser la place, errait maintenant devant les façades des maisons qui bordent le côté méridional du rond-point.

Elle allait d'un pas saccadé, s'arrêtant à toutes les portes et levant les yeux en l'air, puis reprenant sa marche, comme si elle n'avait pas trouvé ce qu'elle cherchait.

Ces allures bizarres déroutaient toutes les conjectures de l'homme d'affaires.

Il s'était d'abord rappelé la conversation de m'me Irma dans la salle du « Rat-mort », et il avait eu un instant l'idée que mademoiselle de Saint-Senier était toujours en quête d'une boulangerie.

Mais, à cette heure avancée, la supposition devenait bien invraisemblable, et l'homme d'affaires ne s'y arrêta pas longtemps.

Il était cependant évident que la promeneuse nocturne avait dû être attirée hors de chez elle par des raisons sérieuses.

Elle donnait des signes non équivoques d'agitation, et s'il y avait eu des passants dans ces solitudes, ils auraient pu la prendre pour une folle.

Après avoir hésité et tourné plusieurs fois sur elle-même, elle finit par s'approcher de l'entrée d'une grande maison qui fait le coin de la rue Pigalle et qui loge toute une colonie d'artistes.

J.-B. Frapillon crut d'abord qu'elle allait se décider à sonner, mais il la vit se pencher comme pour lire les noms inscrits sur des plaques de cuivre à côté du bouton, puis se relever avec un geste de désespoir et s'éloigner rapidement.

Ce fut pour lui un trait de lumière.

— Bon ! j'y suis, murmura-t-il en tressaillant de joie, et maintenant j'aurais bien du malheur si je n'en viens pas à mes fins.

Et, saisissant le bras du bossu, il lui dit d'un ton bref :

— Charge-toi de l'ivrogne, puisque tu sais où il demeure ; moi, je vais suivre la princesse.

Cette injonction ne pouvait pas être du goût de Taupier, et cela pour plusieurs raisons.

D'abord il n'avait pas en son complice une confiance absolue, et il aimait à le surveiller de près dans les occasions décisives.

Ensuite la garde et la conduite de Pilevert constituaient une tâche qui dépassait de beaucoup les forces du chétif aide de camp de Valnoir.

L'hercule, saisi par le froid qui concentrait les fumées

de l'alcool, arrivait à la dernière période de l'ivresse, celle qui abat les robustes et peut tuer les faibles.

Taupier avait réussi à l'accoter tant bien que mal à une muraille, et, ses longs bras de bossu faisant office d'arc-boutant, il le maintenait à peu près droit.

Pilevert ouvrait de grands yeux hébétés et grommelait des mots sans suite, au milieu desquels dominaient les injures à l'adresse de son vainqueur.

— Où est-il... ce... cet « Aztèque » de sergent ! soupirait-il entre deux hoquets.

Où est-il que je l'aplatisse ?

Le bossu n'avait garde de répondre, mais, de temps à autre, l'ivrogne reprenait un peu d'aplomb sur ses jambes amollies et faisait un effort pour lui échapper, en criant à tue tête :

— Je veux rentrer au « caboulot » pour lui donner son compte.

Soutiens-moi, mon petit Mayeux, et ouvre-moi la porte.

— Sacrebleu ! dit Taupier, qui perdait patience, comment veux-tu que je garde cette brute ?

Ce discours adressé à Frapillon ne produisit pas d'autre effet que de décider l'agent d'affaires à partir plus vite.

— Arrange-toi comme tu pourras, je n'ai pas le temps d'attendre, dit-il en s'éloignant vivement...

— Ni moi non plus, et tu n'iras pas seul courir après la donzelle, cria le bossu en repoussant Pilevert.

Mal lui en prit de cet effort tenté avec des muscles d'une puissance insuffisante.

L'hercule comprit qu'on voulait se débarrasser de lui et se cramponna au collet de Taupier avec une énergie indomptable.

Sa vigueur, doublée de l'obstination particulière aux gens abrutis par l'alcool, eut promptement raison des résistances d'un être chétif et contrefait.

— Lâche-moi, animal ! glapissait le malheureux bossu, à moitié étranglé par l'étreinte.

Rien n'y faisait et Pilevert n'en serrait que plus fort.

Cependant J.-B. Frapillon continuait à prendre le large, sans s'occuper des objurgations et de la détresse de son acolyte.

Taupier, furieux de cet abandon déloyal, risqua un coup désespéré.

Il enchevêtra ses courtes jambes entre les deux énormes colonnes qui soutenaient le corps herculéen du saltimbanque et lui donna une saccade, suivant la méthode classique des gamins de Paris.

Agricola lui-même aurait accordé son approbation à cette manœuvre qui réussit à merveille.

Le colosse, sapé par sa base, glissa brusquement sur le pavé glacé et s'abattit comme un chêne déraciné.

Par malheur, le bossu n'avait pas calculé tous les effets de cette chute si habilement provoquée.

Pilevert, en tombant, ne l'avait pas lâché et l'entraîna sous lui.

— Au secours! à moi! criait Taupier étouffé par le poids écrasant qui l'accablait.

Mais l'hercule, en se couchant dans la neige, avait perdu le peu de connaissance qui lui restait et pesait sur le malheureux avorton comme une masse inerte.

En même temps, l'impitoyable Frapillon gagnait du terrain, et il disparut derrière la vasque de la fontaine avant d'avoir daigné se retourner.

L'agent d'affaires était enchanté du ridicule accident qui venait de le délivrer de Taupier, et il ne se serait pas gêné pour en rire, s'il n'avait pas eu en ce moment des préoccupations plus sérieuses.

La première de toutes était de ne pas perdre de vue la femme qui traversait rapidement la place.

Elle marchait droit vers les maisons adossées à la butte de Montmartre et le silence était si profond que Frapillon entendait la neige durcie craquer sous ses pas précipités.

Les vociférations de Taupier n'avaient pas eu le pouvoir d'attirer son attention, et il était évident qu'elle poursuivait un but assez intéressant pour absorber toutes sés facultés.

Du reste, le bossu ne hurlait plus, soit qu'il eût rendu le dernier souffle sous l'hercule, soit qu'il eût jugé prudent de battre en retraite.

Frapillon avait donc le champ libre et il ne perdit pas une minute pour mettre à exécution le projet qui venait de germer dans son esprit.

— Comment l'aborder? Toute la question est là, pensait-il en manœuvrant de façon à garder sa distance.

La jeune fille avait un peu obliqué à gauche et abordé le pâté de maisons en coupant de biais les allées du boulevard.

Une fois sur le trottoir, elle s'était mise à remonter à droite en continuant à examiner les portes et les enseignes.

— Si j'arrive directement sur elle, se disait Frapillon, elle est capable de prendre peur et de se sauver.

Il imagina un procédé plus habile. En quelques enjambées, il gagna la contre-allée du côté de la rue des Martyrs, se glissa à travers les baraques vides et se rabattit ensuite vers la gauche, en ayant soin de marcher lentement.

Cet ingénieux détour devait le mettre face à face avec celle qu'il poursuivait, sans l'effrayer par une apparition brusque.

En effet, à la hauteur de la petite rue Houdon, qui remonte vers Montmartre, l'heureux Frapillon vit venir à lui la belle Renée de Saint-Senier.

Il cherchait un moyen convenable de lui adresser la parole, mais elle coupa court à son embarras en l'abordant par ces mots :

— Un médecin! monsieur, indiquez-moi la demeure d'un médecin!

— J'avais deviné, pensa Frapillon.

L'agent d'affaires, en voyant la jeune fille aller de porte en porte, avait eu l'intuition du motif qui la poussait à

17.

courir ainsi au milieu de la nuit, et il s'était préparé à profiter de cette rencontre inespérée. La première idée qui lui était venue avait été de conduire Renée chez un docteur de ses amis, personnage très dévoué à la cause que défendait le *Serpenteau*, et domicilié dans les environs, mais, à la réflexion, il avait renoncé à ce projet.

Frapillon professait ce principe qu'il valait toujours mieux opérer soi-même afin de supprimer les confidents.

Il avait d'ailleurs des raisons particulières pour agir seul ce soir-là, et quand il s'était trouvé en face de l'objet de ses entreprises, son siège était déjà fait.

— Vous cherchez du secours, madame, demanda-t-il de sa voix la plus douce, vous serait-il arrivé un accident.

— Pas à moi, monsieur, mais à une personne qui... est en danger de mort, et je vous supplie de m'indiquer...

— Je puis faire mieux, madame, je puis vous accompagner chez le malade.

— Quoi ! vous seriez ?...

— Médecin, oui, madame, et entièrement à vos ordres.

Renée leva les yeux au ciel, comme pour rendre grâce à Dieu de l'appui qu'il lui envoyait.

— Oh ! merci, merci, monsieur, dit-elle avec effusion.

— Je ne fais que mon devoir, dit modestement Frapillon, et je suis heureux du hasard qui m'a placé sur votre chemin.

— Venez, je vous en prie, le danger est pressant, reprit la jeune fille en se tournant vers la place.

— Acceptez mon bras, madame, dit le prétendu docteur, qui tenait à ne pas perdre sa cliente en route.

Renée répondit d'abord par un geste de refus et se lança intrépidement sur le pavé glissant ; mais Frapillon ne se tint pas pour battu.

— Croyez-moi, madame, avec mon aide, vous irez plus vite, reprit-il, en arrondissant le coude avec toute la politesse dont il était susceptible.

Cette fois, la jeune fille accepta.

Le dégel commençait et la neige, à moitié fondue, rendait la marche très difficile à travers ce vaste espace où le terrain formait un plan incliné.

— Enfin je la tiens, pensa l'agent d'affaires en sentant le bras de mademoiselle de Saint-Senier se poser sur le sien.

Appuyée, sans le savoir, sur le plus dangereux de ses persécuteurs, la pauvre enfant se hâtait de gagner l'entrée de la rue Frochot, et Frapillon se disait avec une certaine inquiétude qu'il allait être obligé de passer à portée du trottoir où il avait laissé Pilevert et Taupier écroulés l'un sur l'autre.

Il essaya de nouer une conversation pour occuper l'attention de Renée, et, comme il n'aimait pas les paroles inutiles, il eut soin de diriger ses questions sur certains points qu'il tenait à éclaircir.

— Ne pensez-vous pas, madame, dit-il doucement, qu'il conviendrait, pendant que je donnerai les premiers soins au malade, d'envoyer chercher votre médecin ordinaire ?

— Nous n'en avons pas... nous ne connaissons [personne, répondit la jeune fille avec quelque embarras.

C'était ce que l'homme d'affaires voulait savoir, car il tenait à ne pas s'exposer à une rencontre avec un véritable docteur.

— Oh ! alors, je me chargerai bien volontiers de la cure, reprit-il d'un air satisfait, tandis que je me serais fait un scrupule d'empiéter sur la clientèle d'un confrère.

Renée tressaillit comme si cette phrase avait fait naître en elle une pensée pénible.

— Monsieur, dit-elle d'une voix émue, vous n'avez pas cela à craindre, mais je dois vous dire aussi que nous sommes pauvres, et...

— Tiens ! Tiens ! pensa Frapillon ; voilà qui est bon à savoir.

— Et nous ne pourrons peut-être pas pour le moment...

— Madame, interrompit l'agent d'affaires, je dois vous dire...

— Mais, plus tard, se hâta d'ajouter la jeune fille, quel que soit le prix que vous mettrez à vos soins, monsieur, nous serons heureuses de les reconnaître.

— Vous ne m'avez pas laissé achever, reprit son perfide conducteur avec un sourire ; je voulais vous rassurer sur ce point, car je n'exerce la médecine que par humanité.

Je suis assez riche pour ne rien exiger de mes malades et même pour les obliger, ajouta-t-il avec une intention trop marquée.

— Merci, monsieur, nous n'avons besoin que de votre science, dit la jeune fille dont la fierté venait de se réveiller.

— Croyez que je n'ai pas eu l'intention de vous blesser, madame, reprit Frapillon avec empressement.

Il venait de s'apercevoir qu'il avait été trop loin, et, pour réparer sa faute, il redoubla de prévenances, soutenant doucement Renée chaque fois que ses petits pieds trébuchaient sur le verglas, et par la même occasion, dirigeant sa marche vers le trottoir opposé au « Rat-mort. »

Au fond, le caissier du « Serpenteau » ne se possédait pas de joie depuis qu'il commençait à voir clair dans la situation des hôtes du chalet.

Son esprit subtil, servi par sa connaissance parfaite de l'existence parisienne, lui montrait les dames de Saint-Senier surprises par le siège, enfermées dans la ville avec des ressources qui tiraient à leur fin, et réduites à la dernière extrémité par l'absence de leur cousin prisonnier des Prussiens et par la disparition de Landreau.

La pauvreté achevait de mettre à sa discrétion deux femmes déjà suspectes par le mystère dont elles s'entouraient, et l'excellent Frapillon se promettait bien d'abuser de leur malheur.

— Avons-nous encore beaucoup de chemin à faire ? demanda-t-il avec l'air du plus tendre intérêt ; ce pavé vous fatigue, et je crains...

— Au bout de cette rue, à gauche, nous sommes arrivés, fit la jeune fille dont l'agitation paraissait augmenter à mesure qu'elle approchait du chalet.

On était arrivé à la hauteur du café et, au moment de doubler ce cap dangereux, l'agent était d'autant moins tranquille qu'il entendait des bruits confus et qu'il voyait se mouvoir une masse noire sur la neige.

— Ce sont des gens ivres, passons vite, dit-il à voix basse à sa protégée, qui ne se fit point prier pour hâter le pas.

Les craintes du prudent Frapillon étaient fondées, car en débouchant dans la rue Frochot, il reconnut à vingt pas un groupe tumultueux.

— Cette brute de Pilevert aura attiré en se débattant tout le personnel de l'estaminet, pensa-t-il ; pourvu que Taupier ne nous voie pas !

Et il serra le mur opposé en tâchant de passer inaperçu à côté de la bagarre.

Ses conjectures sur la conduite de ses deux associés n'étaient que trop fondées.

Pendant qu'il s'élançait sur les traces de Renée, le bossu, enseveli sous la masse charnue qui l'opprimait, faisait pour s'en débarrasser des efforts qui avaient fini par être couronnés d'un certain succès.

Il s'était péniblement remis sur ses genoux, mais chaque fois qu'il essayait de se relever tout à fait, pour gagner au large, la main puissante de l'hercule abattu comprimait son élan et le courbait de rechef vers le pavé.

L'infortuné Taupier se trouvait à peu près dans la triste situation d'un hanneton retenu par la patte, et cette lutte inégale aurait pu se prolonger indéfiniment, si deux ou trois clients du « Rat-mort » n'avaient pas butté en sortant du café contre la boule humaine qui roulait sur le trottoir.

Ces braves citoyens s'étaient charitablement mis en devoir de débrouiller cet écheveau bizarre ; mais Pilevert, réveillé par leurs attouchements, avait commencé à lancer des ruades terribles, et le bossu, rudement atteint par un coup de pied de l'ivrogne, s'était mis à pousser des cris de douleur.

Il n'en fallait pas davantage pour arracher à leur partie les joueurs de billards et de dominos, et les curieux étaient sortis en foule pour voir ce qui se passait dans la rue.

Après quelques minutes de confusion, les survenants étaient parvenus à s'y reconnaître, et l'hercule, qui ne leur avait laissé que de fort mauvais souvenirs après sa bataille de l'intérieur, fut fortement malmené.

Au moment où Frapillon, donnant le bras à Renée, arrivait en vue du bruyant rassemblement, on traînait le malencontreux saltimbanque au poste de la place Bréda.

L'agent d'affaires essaya bien de passer en glissant le long des maisons, mais la cohue barrait complètement le chemin et s'arrêtait à chaque instant, car Pilevert opposait une résistance acharnée.

Les horions pleuvaient au milieu du groupe et Frapillon eut le chagrin de distinguer la voix rauque de Taupier englobé dans la mésaventure de son adversaire.

— Ai-je eu assez raison de lâcher ces êtres-là, pensait l'homme de loi en rasant la muraille, et comme je vais dorénavant travailler pour mon compte !

Renée, en tout autre moment, aurait eu certainement envie de rebrousser chemin devant cette foule belliqueuse, mais elle était dominée par un sentiment plus fort que ses timidités de jeune fille.

— Hâtons-nous, monsieur, je vous en supplie, dit-elle en serrant le bras de son conducteur.

Frapillon réfléchit que le mieux était encore de se tirer de là le plus tôt possible, et il se mit à fendre résolument le flot populaire.

L'entreprise fut facilitée par l'élargissement de la voie,

qui formait un carrefour à l'autre bout de la rue Frochot,
et le couple put tourner à gauche pour gagner l'entrée du
chalet.

Seulement, le hasard jeta sur son passage un petit
groupe féminin qui regagnait le café en jasant sur l'événement de la soirée.

L'agent d'affaires crut bien reconnaître ses trois voisines de la salle du fond, mais il était trop pressé d'arriver
pour se préoccuper beaucoup de cette rencontre, et il
continua rapidement son chemin vers la rue de Laval.

Par malheur, m'ame Irma et son élève Aglaé avaient
d'excellents yeux, et toutes deux reconnurent la jeune
fille.

— C'est trop fort! dit la matrone, encore cette coureuse!

— Et le monsieur de tout à l'heure qui lui donne le
bras! s'écria la jeune Picarde.

— Il la mène peut-être chez le boulanger, ajouta Phémie en ricanant.

— Faut voir ça, reprit la judicieuse Irma.

Et les trois femelles se lancèrent d'un commun accord
sur la piste.

Frapillon ne s'était pas retourné. Il se laissait conduire
par sa protégée, feignant d'ignorer où elle le menait, et,
quand elle s'arrêta devant la petite porte percée dans la
muraille, il ne manqua pas de marquer son étonnement.

— Veuillez me suivre, monsieur, dit Renée, après avoir
appuyé sur un ressort qui fit tourner le battant sur ses
gonds.

Frapillon entra en dissimulant sa joie, et la porte se
referma sans bruit.

Le cœur battait très fort à J.-B. Frapillon en franchis-
sant la porte basse qui donnait accès dans ce chalet dont
il surveillait depuis plus de deux mois les habitants.

Il éprouvait à peu près les sensations d'un général
d'armée qu'un hasard inespéré introduit tout à coup dans
les murs d'une place longtemps assiégée.

Au début de l'entreprise, le caissier du « Serpenteau » n'y avait vu qu'une affaire à mener à bien, une de ces affaires véreuses qui constituaient le fond de sa profession et qu'il intitulait contentieuses, par un euphémisme quelque peu risqué.

Un peu plus tard, la passion s'en était mêlée et il avait joui en artiste du succès de ses combinaisons qui avaient sur les grossiers procédés de Taupier une supériorité évidente.

Enfin, à force de creuser la situation et de se renseigner sur les possesseurs du secret qui inquiétait ses amis, le politique de la rue Cadet en était venu à envisager l'opération sous une nouvelle face.

Circonspect par tempérament autant que par principes, J.-B. Frapillon ne commençait jamais une campagne sans s'assurer d'abord une retraite avantageuse.

Or, il prévoyait parfaitement les cas où la chance viendrait à tourner contre l'association démocratique dirigée par Valnoir, soutenue par Taupier et inspirée par la belle Rose de Charmière.

Il lui semblait donc sage de se ménager des amis dans les deux camps et, tout en se prêtant aux manœuvres de la bande à l'encontre de la famille de Saint-Senier, il n'attendait qu'une occasion pour se tailler un rôle à son usage particulier.

Cette occasion, la rencontre la plus inattendue venait de la lui fournir et il se promettait bien d'en tirer parti pour prendre pied chez les dames du chalet, sans se brouiller avec leurs persécuteurs.

Le rôle de médecin qu'il avait jugé à propos de se donner l'embarrassait bien un peu; mais la nature l'avait doué d'un tel aplomb, qu'il était fort capable de s'en tirer.

Pour commencer à entrer dans l'esprit de sa nouvelle personnalité, il crut devoir adresser à la jeune fille une question doctorale :

— A quelle époque remonte le début de la maladie?

demanda-t-il gravement, tout en suivant Renée dans l'a-
venue des tilleuls.

— A l'instant, monsieur... une attaque subite... j'étais
seule et j'ai couru chercher du secours...

— Hâtons-nous, alors ; on ne saurait porter remède
trop tôt à un accident de ce genre, reprit le faux praticien,
d'un ton sentencieux.

Il n'avait pas besoin de recommander l'empressement
à mademoiselle de Saint-Senier, car elle marchait aussi
vite que le lui permettait le neige qui cédait sous ses pas,
et le retard causé par l'encombrement de la rue Frochot
lui avait arraché des marques d'impatience.

L'avenue et le perron furent franchis rapidement et,
guidé par la jeune fille, Frapillon pénétra, non sans
émotion, dans le chalet mystérieux.

Les portes restées ouvertes témoignaient de la précipitation avec laquelle Renée était sortie et, à la lumière
d'une lampe qui brûlait au fond d'un corridor, on voyait
l'intérieur de la chambre où Régine avait été reçue le soir
de son enlèvement.

Pâle, immobile, la tête renversée en arrière et les yeux
fermés, madame de Muire gisait étendue dans un fauteuil.

Elle avait tellement l'aspect d'une morte que le prétendu médecin s'y trompa d'abord.

Il se réjouissait déjà d'un dénouement qui le délivrait
de l'obligation d'exercer sa profession usurpée et qui servait on ne peut mieux ses projets.

Mais la jeune fille se jeta aux genoux de sa tante, lui
prit les mains avec une ardeur fébrile, et, à ce contact
brûlant, madame de Muire tressaillit et poussa un long
soupir.

— Dieu soit loué ! elle revient à elle, murmura Renée.

J.-B. Frapillon ne le voyait que trop, mais il sut prendre son parti de ce renversement de ses espérances et,
faisant contre fortune bon cœur, il se mit bravement à
tâter le pouls de la malade.

— Beaucoup de faiblesse... un peu d'intermittence, murmurait-il en imitant de son mieux les façons d'un docteur.

Le son de cette voix inconnue acheva de tirer madame de Muire de son long évanouissement.

Elle ouvrit les yeux et regarda avec stupeur l'étrange docteur qui lui serrait le poignet.

Ce n'était pas que l'agent d'affaires n'eût suffisamment la physique de l'emploi.

Ses lunettes, sa cravate blanche et sa physionomie sérieuse et discrète n'auraient déparé aucun médecin.

Mais les grandes crises dotent quelquefois les natures nerveuses du don de seconde vue, et madame de Muire avait sans doute su lire le véritable caractère de Frapillon à travers le masque bénin de ses traits honnêtes et réguliers, car elle retira sa main avec un mouvement de répulsion bien prononcé.

— Vous sentez-vous mieux, chère madame ? demanda le caissier avec l'accent doucereux qu'il savait si bien affecter dans les cas où il fallait procéder par insinuation.

— Monsieur est médecin, ma tante, se hâta de dire Renée, et il a bien voulu se déranger pour vous donner ses soins.

L'intelligente jeune fille avait deviné l'impression ressentie par sa seconde mère, à la vue de ce prétendu sauveur, et elle cherchait à la rassurer.

Mais les sensations sont contagieuses et, tout en présentant le docteur de rencontre sous le titre qu'il s'attribuait, elle ne pouvait se défendre d'un premier soupçon.

— Merci, ma chère enfant, articula péniblement madame de Muire, je me sens mieux et... ce ne sera rien, je l'espère.

— Ne vous fatiguez pas, madame, dit Frapillon en s'asseyant avec l'aisance d'une illustration médicale en visite chez des clients pauvres ; le moindre effort pourrait vous être nuisible, et mademoiselle votre nièce me renseignera parfaitement sans que vous ayez besoin de parler.

— Monsieur, dit Renée avec un empressement qui avait déjà un double motif, j'étais là, à côté de ma tante, quand je l'ai vue pâlir tout à coup et s'affaisser dans ce fauteuil. Je me suis levée, j'ai couru à elle... ses mains étaient glacées, ses yeux fixes... je l'ai appelée, elle ne m'a pas répondu... alors j'ai perdu la tête, et...

— Et vous vous êtes précipitée à la recherche d'un médecin, que le hasard — je n'ose dire la Providence — vous a fait rencontrer en ma personne, interrompit modestement l'homme d'affaires.

— Je vous remercie encore une fois, monsieur, mais je vous supplie de mettre fin à mes inquiétudes, et de me dire...

— Ce que je pense de l'état de madame, reprit J.-B. Frapillon ; eh ! bien, je le trouve on ne peut plus rassurant.

Nous avons affaire à une simple syncope, et j'ai tout lieu d'espérer qu'avec des soins et du repos nous n'aurons pas besoin de recourir même à la saignée.

Le caissier du *Serpenteau* avait d'excellentes raisons pour parler ainsi, car, s'il possédait l'art de grouper les chiffres, il ignorait absolument le maniement de la lancette, et il n'aurait pas eu l'impudence de jouer son rôle jusqu'à l'opération, quand même il eut été porteur de l'instrument indispensable.

— Cependant, ajouta-t-il avec un merveilleux aplomb, je voudrais connaître les circonstances dans lesquelles s'est produit cet accident nerveux.

Renée leva la tête et le regarda avec une attention inquiète.

— Mais rien, monsieur... je ne vois rien qui ait pu amener...

— Pas d'émotion vive, pas de chagrin violent ?

— Non, répondit la jeune fille avec une certaine hésitation.

Et elle ajouta en baissant un peu la voix :

— Rien d'immédiat, du moins.

Je vous faisais cette question, mademoiselle, reprit

J.-B. Frapillon parce que le moral a presque toujours la plus grande part dans les crises de ce genre ; peut-être, cette fois, faut-il en chercher la cause ailleurs, et je suis obligé de vous prier encore de m'excuser si je vous demande...

— Quoi donc, monsieur ? interrogea Renée en voyant que le prétendu docteur s'arrêtait.

— Si je vous demande dans quelles conditions hygiéniques se trouve votre chère malade.

Aurait-elle eu à subir des... comment dirai-je... des privations... physiques ? »

Mademoiselle de Saint-Senier devint rouge comme une cerise, et son trouble augmenta encore quand elle s'aperçut que madame de Muire venait d'être prise d'un tremblement convulsif.

— Mon Dieu ! mademoiselle, continua J.-B. Frapillon en voyant qu'elle se taisait, je vous supplie de croire que je n'ai pas la moindre intention de vous blesser, ni même de m'immiscer dans des questions qui ne regardent pas le médecin du corps, mais, ici, le cas exige absolument que je sois renseigné et...

— Ma tante n'avait rien pris depuis hier, dit Renée avec la brusquerie qu'on met à faire un aveu pénible.

— Cela suffit pour m'expliquer son état de faiblesse et je sais maintenant quel traitement nous devons suivre.

Après cette promesse d'ordonnance médicale, l'homme d'affaires fit une pause.

Il se sentait de plus en plus maître de la situation et il voulait ménager ses avantages afin de mieux en profiter.

La jeune fille baissa les yeux et madame de Muire avait refermé les siens, comme si elle eût voulu demeurer étrangère à tout ce qui allait se passer.

Le silence devenait embarrassant.

Il fut rompu par Frapillon, qui jugea que le moment était venu de frapper un coup décisif.

— Écoutez-moi, ma chère enfant, dit-il sans prendre garde au mouvement nerveux que cette locution paternelle venait de produire chez la fière descendante des Saint-Senier.

Je vous parlais tout à l'heure de la compétence du médecin; la mienne va, je l'espère, un peu plus loin et j'ai assez d'expérience et de dévouement pour soigner aussi les âmes qui souffrent.

Fiez-vous à moi et ne craignez pas de me dire la vérité.

Croyez-vous donc que je ne la devine pas? ajouta-t-il avec une effusion qui aurait fait honneur au comédien le plus consommé.

Nous vivons, hélas! dans un temps où tous les malheurs sont possibles et, avant de guérir mes clients, je commence par m'occuper de les aider et de les protéger contre toutes les détresses de cet affreux siège.

Cette tirade fut débitée avec tant d'art qu'elle triompha des défiances de Renée.

— Merci, monsieur, dit-elle en lui tendant la main, je vous crois et je vais tout vous dire.

Malgré toute sa puissance sur lui-même, J.-B. Frapillon eut bien de la peine à dissimuler sa joie, en entendant Renée lui offrir son secret.

Il trouva cependant la force de se composer sur-le-champ l'air grave d'un honnête homme qui s'apprête à recevoir une confidence délicate.

— Parlez, mademoiselle, dit-il du ton le plus digne, et soyez sûre que vous confiez vos peines à un ami.

La jeune fille leva sur lui des yeux où il sut lire un doute.

— Si je ne le suis pas encore, j'espère le devenir, se hâta-t-il d'ajouter en s'apercevant qu'il s'était avancé un peu trop vite.

— Monsieur, dit rapidement Renée, qui venait de prendre son parti, je dois avant tout vous dire le nom des clientes auxquelles vous offrez si généreusement vos soins et vos conseils...

— Pardon, interrompit le caissier, qui tenait à ne pas sembler pressé, mais je voudrais m'assurer avant tout que notre malade n'a pas besoin de ces soins que vous appréciez bien au-dessus de leur valeur.

La phrase fut accompagnée d'un sourire modeste, qui acheva de gagner la confiance de mademoiselle de Saint-Senier.

Elle remercia d'un regard J.-B. Frapillon pour sa touchante sollicitude et se tourna vers sa tante toujours immobile.

— Ne vous occupez pas de moi, mon enfant, dit madame de Muire d'une voix faible, les forces me reviennent peu à peu.

Et ses yeux ajoutèrent clairement :

— Vous pouvez parler devant monsieur.

L'agent d'affaires tressaillit d'orgueil en constatant ce nouveau succès de sa diplomatie. Sa parole mielleuse avait séduit les deux pauvres femmes et désormais ses machinations avaient le champ libre.

— Le médecin des âmes vous écoute, mademoiselle, dit-il avec une grâce parfaite.

— Ma tante, qui vous devra peut-être la vie, commença Renée, est madame la comtesse de Muire; c'est la sœur de mon père qui se nommait le baron de Saint-Senier...

— Vous êtes orpheline? interrompit Frapillon avec l'air du plus tendre intérêt.

— J'ai à peine connu mon père et ma mère est morte en me mettant au monde, dit la jeune fille d'une voix émue.

— Pauvre enfant! soupira le caissier du *Serpenteau*.

— Ma tante a remplacé dès mon enfance les parents que j'avais eu le malheur de perdre, reprit Renée, elle m'a élevée comme si j'eusse été sa fille, et je ne l'ai jamais quittée.

— Nobles cœurs! murmura l'odieux homme de loi en levant les yeux au ciel.

— Notre seule famille se compose ou plutôt se composait de mon frère... et d'un cousin qui porte aussi mon nom...

— Quoi ! eux aussi ! réclama l'hypocrite consolateur.

— L'histoire de ces nouveaux deuils est celle que je vais vous raconter, continua mademoiselle de Saint-Senier d'un ton plus ferme.

J.-B. Frapillon touchait au but, et il n'avait plus qu'à prêter l'oreille pour apprendre tout ce qu'il avait intérêt à connaître, mais il aimait à raffiner la ruse et à aller au devant des difficultés.

Son flair d'agent secret lui disait que d'après les usages du monde, une confidence de ce genre appelle la réciprocité, et que tôt ou tard il lui faudrait à son tour décliner son nom et son domicile.

Il avait déjà un mensonge tout prêt et il eut l'habileté de ne pas attendre qu'on le lui demandât.

— Pardon, mademoiselle, dit-il ; — il affectionnait cette formule insinuante, — mais je me sens trop fier de votre confiance pour ne pas vous dire tout de suite à qui elle s'adresse.

Ce sera très court et très simple, ajouta-t-il en souriant.

Je me nomme Pierre Molinchard, j'habite 175, boulevard Pigalle, j'exerce la médecine depuis dix ans dans ce quartier très pauvre, et je n'ai d'autre titre à votre estime que d'y avoir fait quelque bien.

Cette déclaration fut débitée avec une bonhomie qui aurait trompé un vieux juge et le faux docteur ne risquait rien en s'affublant de la personnalité d'un sien ami, praticien douteux, que Taupier appelait son âme damnée.

Madame de Muire fit un signe imperceptible qui voulait dire :

— Décidément, c'est un homme bien élevé.

Renée s'inclina légèrement en reprenant son récit :

— Nous habitions, l'été, notre terre patrimoniale de Bourgogne, et l'hiver, un hôtel que ma tante possédait à Paris dans la rue d'Anjou.

Mon frère servait dans la marine et venait rarement

en France... Plût au ciel que cette année son devoir ne l'y
eût pas rappelé.

La voix de mademoiselle de Saint-Senier s'altérait peu
à peu et Frapillon crut devoir s'écrier :

— Ah ! je devine, il est tombé victime de cette affreuse
guerre.

— Vous vous trompez, monsieur, continua la jeune
fille avec amertume, je n'ai pas eu la consolation d'apprendre que mon frère était mort pour son pays... il a été
frappé dans un duel.

L'homme d'affaires, qui savait parfaitement à quoi s'en
tenir, fit un geste d'étonnement douloureux.

— Dans un duel, reprit Renée, ou plutôt...

Elle n'acheva pas et le mot terrible que Frapillon devinait n'arriva pas jusqu'aux lèvres qui allaient le prononcer.

— C'était quelques jours avant le commencement du
siège, dit la sœur du mort ; nous allions quitter Maisons-
Laffite où nous venions de passer deux mois, les derniers
d'une vie heureuse et calme, quand ce malheur est venu
nous frapper.

— C'est affreux, murmura le prétendu médecin, en passant sa main sur ses yeux absolument secs.

— Le jour même où mon frère fut tué, les Prussiens
arrivaient aux environs de Paris, et nous n'eûmes que le
temps de nous y réfugier.

— Seules ! sans appui ! sans amis !

— Nous avions un parent, continua mademoiselle de
Saint-Senier avec quelque embarras, mon cousin, qui est
mon fiancé...

J.-B. Frapillon baissa discrètement les yeux et redoubla
d'attention.

— Ma tante avait vendu à la fin de l'hiver son hôtel de
la rue d'Anjou ; notre douleur se serait mal accommodée
d'une habitation située dans les quartiers bruyants de ce
Paris que toutes les personnes de notre monde avaient
fui, et nous voulions mener avant tout une vie retirée.

Il fut décidé que nous viendrions occuper ce pavillon, qui appartenait depuis longtemps à ma famille, et qui nous rappelait des souvenirs en harmonie avec notre deuil.

L'homme d'affaires ne put retenir un mouvement de curiosité ; il allait apprendre un détail nouveau, et le récit de la jeune fille entrait dans l'inconnu.

— Mon père y est mort, reprit-elle d'une voix sourde, mort dans des circonstances fatales qui, depuis un demi-siècle, se renouvellent sans cesse pour notre famille.

J.-B. Frapillon retenait son souffle pour ne pas perdre une syllabe.

Renée était devenue très pâle et venait de s'interrompre, comme si la force lui eût manqué pour continuer.

— Mais cette histoire ne peut vous intéresser, monsieur, dit-elle enfin, et je ne veux pas abuser de votre patience.

Le caissier fit mine de protester.

— Mon cousin avait un grade dans la garde mobile de notre province, continua René avec un accent qui coupait court aux questions ; il campait avec son bataillon aux portes de Paris, et ses fréquentes visites étaient notre seule consolation.

Une nuit, le poste qu'il commandait fut attaqué et Roger, grièvement blessé, tomba entre les mains de l'ennemi...

— Mais il vit... vous le reverrez, n'est-ce pas ? s'écria Frapillon, qui sut faire trembler sa voix.

— Il est mort, murmura la jeune fille en s'efforçant de retenir ses larmes, mort à l'hôpital de Saint-Germain, soigné par des mains ennemies, sans qu'un cœur dévoué lui ait fermé les yeux.

— Comment le savez-vous ?

Cette question échappa au prudent associé de Taupier.

— La nouvelle est venue du quartier général prussien ; notre nom est connu en Allemagne, et ceux qui l'ont tué nous ont fait cette grâce.

— Oh ! c'est affreux, dit d'un ton pénétré Frapillon, qui aurait payé bien cher ce précieux renseignement.

— Ce n'est pas tout, reprit amèrement Renée, et Dieu n'a pas encore eu pitié de nous.

Deux dévouements nous restaient : celui d'une jeune fille qui avant recueilli le dernier soupir de mon frère, et celui d'un vieux serviteur de notre maison.

— Eh bien ?

— Un soir, la jeune fille a disparu de ce chalet dont on avait forcé l'entrée et j'ai la certitude qu'elle a dû périr victime de scélérats inconnus.

Ce matin, le fidèle ami qui veillait encore sur nous est sorti et il n'est plus revenu...

— Mais c'est un épouvantable roman que vous me racontez là, ma chère demoiselle ! s'écria le caissier.

— C'est la triste vérité, dit mademoiselle de Saint-Senier d'une voix éteinte.

Il se fit un silence profond.

Madame de Muire tenait ses mains jointes, et de grosses larmes coulaient sur ses joues amaigries.

Frapillon savourait sa joie, — la joie du tigre qui tient enfin sa proie et qui aiguise ses griffes.

— Pauvres dames ! dit-il lentement.

— Pauvres, oui ! répéta Renée avec une énergie fébrile.

J'ai promis de tout vous dire et je vais tenir ma promesse.

Sa voix était devenue brève et sèche et ses yeux brillaient.

— Au moment où le siège nous a enfermées ici, nous allions partir pour Saint-Senier... le temps a manqué à ma tante pour recevoir les fonds qu'elle avait demandés à son intendant... deux femmes seules ne gardent pas avec elles de grosses sommes... trois mois ont épuisé nos faibles ressources, et maintenant...

— Ah ! mademoiselle, interrompit le prétendu docteur, je remercie Dieu qui m'a envoyé sur votre route.

Voyons, mademoiselle, un homme peut faire ce qu'une jeune fille et une malade ne sauraient même essayer.

Il est impossible qu'il n'y ait pas en ce moment, à Paris, une personne de vos relations à laquelle j'irai demander...

— Notre pauvre Landreau s'est épuisé à chercher quelqu'un qui nous connaît... il n'a rien trouvé...

— Mais votre famille n'avait pas ici un banquier, un crédit?

— Mon cousin n'avait pas de fortune... mon frère est arrivé trois jours avant que...

— Et en vos mains, pas un titre, pas une valeur? demanda Frapillon qui voulait être bien sûr de tenir ses victimes.

— Landreau devait changer ce matin notre dernier billet de banque. Je venais de le lui remettre quand il a disparu.

— C'est bon à savoir, pensa Frapillon.

Et, relevant la tête, le misérable soupira d'une voix attendrie :

— N'est-ce pas, ma chère enfant, que vous ne me refuserez plus le bonheur de vous sauver?

— Nous sauver, répéta Renée en secouant la tête d'un air de doute.

— Avez-vous confiance en moi? demanda Frapillon, qui tenait à profiter sur-le-champ de ses avantages.

— Comment ne l'aurais-je pas, après tout l'intérêt que vous venez de nous témoigner? répondit un peu évasivement la jeune fille.

— Alors, veuillez m'écouter ; et d'abord, il est bien entendu que le manque d'argent ne doit pas vous préoccuper un instant de plus. J'ai eu l'honneur de vous dire que j'étais riche, et...

— Pardon, monsieur, dit Renée qui, devant cette ouverture un peu trop directe, retrouva toute sa fierté, je vous remercie de votre excellente intention ; mais je vous prie de ne pas insister.

Nous ne pouvons pas, quels que soient nos embarras, accepter d'aumône.

— Et qui vous parle d'aumône mademoiselle? s'écria

l'homme d'affaires avec une sorte de brusquerie grave.

Quand on porte votre nom et qu'on a votre fortune, on trouve autant d'argent qu'on en veut.

— Nous venons d'avoir la preuve du contraire et, tant que les communications ne seront pas ouvertes avec la province...

— Mais c'est un enfantillage que ces difficultés-là, et votre Landreau n'était vraiment pas fort.

Vous ne connaissez personne ici, soit ! Mais votre château et vos terres de Bourgogne sont connus.

— Comment cela, monsieur ? demanda la jeune fille d'un air étonné.

— On voit bien que vous n'avez jamais su ce que c'est que les affaires, reprit Frapillon avec un sourire.

Mais apprenez donc, ma chère enfant, qu'il n'y a pas un banquier qui ne s'estimât heureux de vous prêter la somme dont vous avez besoin pour attendre la fin du siège, et même bien davantage sur la simple attestation de votre identité.

— Je n'avais pas songé à cela, répondit mademoiselle de Saint-Senier, après un instant de réflexion, et d'ailleurs, qui pourrait nous recommander à un banquier, puisque nos amis sont absents?

— Mais moi, mademoiselle, moi, le docteur Molinchard, qui possède assez de notoriété, Dieu merci, pour que mon attestation soit jugée suffisante.

Renée se tourna vers madame de Muire comme pour la consulter.

— Et je suis bien sûr, ajouta Frapillon, que madame votre tante ne voit là rien de compromettant.

La malade, qui avait repris ses forces peu à peu, suivait cette conversation avec un intérêt marqué, mais, jusqu'alors, elle s'était contentée d'approuver du regard les refus de sa nièce.

A cette interpellation directe, la vieille dame tressaillit, comme si la nécessité de répondre lui eût semblé pénible.

Et, en effet, les sentiments qui agitaient en ce moment

madame de Muire, la plaçaient dans le plus grand embarras.

Élevée dans une famille où la richesse était héréditaire depuis des siècles et où les traditions de l'ancienne cour s'étaient perpétuées, en dépit des révolutions, la comtesse avait l'habitude d'abandonner complètement la gestion de sa fortune à un intendant.

Elle signait des baux, quand c'était indispensable, et, pour tout le reste, s'en rapportait à cet homme, qui touchait les revenus, plaçait les capitaux et administrait les biens.

Les paysans des terres de Saint-Senier ne connaissaient leur châtelaine que par ses bienfaits, car elle n'entrait chez eux que pour secourir les affligés et n'intervenait que pour remettre charitablement les fermages arriérés après une mauvaise récolte.

Il résultait de cette manière de vivre, empruntée à un autre âge et fort peu pratiquée par les riches de nos jours, que madame de Muire ignorait complètement les affaires.

A ses yeux, un notaire était toujours un tabellion dont la charge consistait à griffonner des contrats pour les gens de qualité qui n'avaient pas besoin de les lire, et les banquiers des traitants avec lesquels la noblesse n'avait rien à démêler.

Elle aurait volontiers appelé le juge de paix de son village « Monsieur le bailli », mais il ne lui serait jamais venu à l'idée de porter devant un tribunal une contestation à propos d'argent.

La comtesse, en toutes choses, retardait de cent ans sur les idées modernes, et il n'était pas surprenant qu'elle restât perplexe devant les offres de service d'un inconnu.

J.-B. Frapillon, malgré ou peut-être à cause de ses manières dégagées, ne lui inspirait qu'une médiocre confiance et pas la moindre sympathie.

D'un autre côté, la perspective d'une gêne qui touchait à la misère, l'effrayait beaucoup plus encore pour Renée

que pour elle-même, et les propositions du médecin lui ouvraient une voie inespérée. Mais madame de Muire avait
trop vécu pour ignorer qu'on n'oblige pas les gens sans
arrière-pensée et pour méconnaître le danger de con-
tracter au hasard une dette de reconnaissance.

— Monsieur, dit-elle après un long silence que J.-B.
Frapillon mit sur le compte de son état de souffrance, je
vous sais le plus grand gré de votre bonne volonté, et je
n'hésiterais pas à en profiter, si je pouvais croire qu'une
simple recommandation de vous suffira auprès d'un banquier.

— Une recommandation appuyée de ma signature, cela
va sans dire, s'écria le caissier, qui tenait à établir ses
droits à la gratitude de ses clients.

— C'est ce que je pensais, reprit doucement la vieille
dame, et c'est précisément ce qui fait que je ne saurais
accepter un pareil service d'un... d'une personne que je
vois ce soir pour la première fois.

— Ce serait toujours une aumône, ajouta la fière jeune
fille.

L'agent d'affaires se mordit les lèvres. Sa finesse d'in-
trigant n'allait pas jusqu'à prévoir des délicatesses qu'il
ne rencontrait jamais dans sa clientèle de la rue Cadet,
et ce refus dérangeait toutes ses combinaisons.

Tenir les habitants du chalet par le plus sûr de tous les
liens — l'argent — tel était le plan que le subtil Frapillon avait arrêté dans sa cervelle de financier interlope.

— Mais ce n'est pas même un service, puisque vous
payerez les intérêts, s'écria-t-il avec une stupéfaction
qui n'était pas feinte.

L'argument n'eut aucune prise sur la comtesse qui
n'entendait rien à la banque et qui voyait très clair en
matière de convenance.

— Oh! soyez tranquille, je ne vous mènerais pas chez
Rothschild, ajouta brutalement le faux docteur, j'ai un
ami qui est dans les affaires et qui demeure à deux pas

d'ici; je n'aurais qu'un mot à lui dire et vous auriez votre argent dans deux heures.

Il est inutile de dire que l'ami en question n'était autre que J.-B. Frapillon lui-même, lequel comptait bien puiser dans sa propre caisse les fonds destinés à enchaîner ses victimes. Son désir de les dominer par la reconnaissance n'avait fait que s'accroître, et, depuis qu'il se trouvait en présence de la charmante héritière de Saint-Senier, toutes sortes d'idées extravagantes lui passaient par la tête.

Il lui revenait des histoires de la première Révolution où des sans-culottes sauvèrent des filles nobles pour les épouser après. Aussi voyait-il avec un dépit très voisin de la colère, sa proie lui échapper par un refus imprévu.

— Voyons, reprit-il en faisant mine de se lever, j'y cours, je reviens vous apporter mille francs pour parer au plus pressé et nous règlerons ensuite avec une obligation que vous signerez seules.

Cette fois, il comptait bien avoir touché juste.

— Autant vaudrait alors, monsieur, accepter cet argent de vous-même et vous devez comprendre que c'est impossible, dit Renée avec une dignité froide qui coupait court à toute insistance.

J.-B. Frapillon donnait au diable les scrupules de ces provinciales assez sottes pour préférer la misère à l'argent d'un inconnu et il commençait à désespérer de les amadouer.

— Mais enfin, ma chère demoiselle, qu'allez-vous devenir? demanda-t-il de l'air contrit d'un homme qui s'apitoie sur un malheur inévitable; que va devenir madame la comtesse, habituée comme vous au bien-être, au luxe?

— Je travaillerai, dit tranquillement la jeune fille.

— Vous travaillerez! pauvre enfant! mais vous ne savez donc pas que, même en temps ordinaire, une femme à Paris ne peut pas gagner sa vie et que depuis le siège, c'est cent fois plus difficile encore.

— Il y a des secours... des distributions d'aliments...
Je ne rougis pas de ma pauvreté, je me présenterai...
je demanderai...

— Et vous n'obtiendrez rien, vous qui n'avez dans ce
quartier ni relations, ni domicile légal.

Tenez ! je parie que vous n'avez même pas une carte
pour acheter du pain.

J.-B. Frapillon parlait en connaissance de cause et
frappait à coup sûr.

— C'est vrai ! dit Renée en baissant tristement la tête.

— Enfin ! pensa le perfide caissier qui venait d'avoir
une idée.

Madame de Muire était devenue très pâle, et on pouvait croire qu'elle allait tomber en syncope.

— Écoutez, mademoiselle, dit l'homme d'affaires avec
une gravité pleine de bienveillance, je comprends vos
refus et je les honore, mais vous ne voulez pas sans doute
les pousser jusqu'à la cruauté, et ce serait une cruauté
que de laisser madame votre tante exposée aux privations
dans l'état où elle est.

Je vous déclare nettement que mon devoir de médecin
m'obligerait à la faire transporter immédiatement dans un
hôpital.

La jeune fille ne pût dissimuler un mouvement nerveux.

— Ne craignez rien, reprit Frapillon ; j'ai autre chose
à vous proposer et je compte assez sur votre cœur et sur
votre raison pour être sûr que vous ne refuserez pas.

Renée le regarda avec une attention inquiète.

— En dehors de ma clientèle, continua le prétendu
docteur, je dirige une maison de santé où je reçois des
malades qui y sont logés, nourris et soignés.

Oh ! rassurez-vous ! tout cela n'est pas gratuit ; on paye
chez moi et assez cher même ; mes pensionnaires appartiennent tous à la classe élevée.

Vous ne voulez ni de mon argent, ni de ma signature,
ni de ma recommandation auprès d'un ami, soit !
Mais je ne vois pas ce qui vous empêcherait d'entrer

dans un établissement où on vous présentera votre note
le jour de votre départ.

Que diable! vous pouvez bien accepter de moi le crédit
qu'on vous ferait dans une auberge de Dieppe ou de Vichy,
si vous alliez aux bains de mer ou aux eaux.

Cette fois, mademoiselle de Saint-Senier laissa voir
sur sa figure une vive émotion, que madame de Muire
semblait partager.

J.-B. Frapillon attendait une réponse. Il n'avait menti
qu'à moitié et la maison de santé qu'il proposait existait
en effet sous la direction de son âme damnée le docteur
Molinchard, dont il avait déjà pris le nom et dont il comptait bien usurper les fonctions.

— Quel est ce bruit? demanda tout à coup Renée.

Frapillon prêta l'oreille.

Des coups répétés ébranlaient la petite porte de la rue
de Laval, et, dans le silence de la nuit, le bruit prenait
une intensité formidable. On aurait été tenté de croire
qu'on faisait le siège de la maison.

— Attendez-vous quelqu'un? demanda l'homme d'affaires, assez contrarié de cette diversion imprévue.

— Personne, murmura mademoiselle de Saint-Senier,
qui semblait fort effrayée.

— Alors ce sont des gens qui se trompent... quelque
farce de polissons errant par les rues.

Renée secoua la tête et dit tristement.

— Je ne crois pas.

— Depuis quelque temps, ajouta madame de Muire, ce
pavillon est devenu dans le quartier l'objet d'une curiosité malveillante.

— Et pourquoi? demanda d'un air naïf Frapillon qui
tenait à se bien renseigner...

— Notre isolement a donné lieu aux suppositions les
plus absurdes.

— Et il ne se passe pas de jour, ajouta Renée, où notre
pauvre Landreau n'ait à répondre à des questions sur

notre compte; je crains même que sa disparition ne se rattache à quelque tentative de ce genre.

— Le tapage redouble, observa le faux médecin.

En effet, les coups d'abord réguliers comme un feu de file se confondaient en un roulement continu.

Il était évident que plusieurs personnes heurtaient à la fois en se servant d'instruments variés, et il ne paraissait pas impossible que la porte cédât sous les efforts combinés de la foule.

Frapillon ne savait trop quel parti prendre.

Cet incident que, la veille encore, il aurait provoqué volontiers, dérangeait toutes ses combinaisons, maintenant qu'il était parvenu à pénétrer dans la place.

Il n'était pas éloigné de croire à un assaut populaire et la perspective de voir le public se mêler de ses affaires ne lui souriait nullement.

Toutes réflexions faites il pensa qu'il valait encore mieux aller au-devant de l'invasion que d'attendre les violences d'une foule enragée.

— Permettez-vous, mesdames, que j'aille voir ce que c'est? demanda-t-il, en se levant.

Et sans leur donner le temps de répondre, il sortit et se dirigea à grands pas vers l'allée de tilleuls.

Le vacarme n'avait pas cessé et on distinguait même des voix irritées qui s'entrecroisaient dans la rue.

Frapillon avait son thème tout fait et n'hésita point à ouvrir.

Dès qu'il eût entre-bâillé la porte, le battant céda sous une vigoureuse poussée venue du dehors et avant qu'il eût le temps de s'y opposer, dix personnes avaient franchi le seuil.

— Que demandez-vous, citoyens? dit J.-B. Frapillon avec beaucoup de sang-froid.

Les citoyens auxquels il s'adressait étaient mêlés à plusieurs citoyennes, et, au premier rang des envahisseurs, se pressaient les trois aimables dames qui devisaient si agréablement naguère au café du « Rat-mort ».

M'ame Irma semblait même avoir pris le commandement de la troupe, car elle était entrée la première avec
des allures de tambour-major et ce fut elle qui se chargea
de répondre.

— Nous voulons visiter l'établissement, dit-elle d'un
ton d'autorité.

— Et de quel droit venez-vous forcer l'entrée d'un domicile particulier? demanda le diplomate de la rue Cadet
qui ne craignait jamais d'invoquer la loi quand elle s'accordait avec ses intérêts.

— Au nom du peuple ! dit majestueusement la matrone.

— Oui ! Oui ! crièrent les assistants.

— Encore faudrait-il savoir ce que vous cherchez, reprit Frapillon, parfaitement fixé à cet égard.

— On fait des signaux ici tous les soirs, répondit un
jeune citoyen qui paraissait trop ému pour n'avoir pas
fait une longue station chez le marchand de vin avant de
se mêler au rassemblement.

— Et il y a là dedans deux femmes d'aristos, qui sont
des agents prussiens, ajouta la terrible Phémie.

Pendant que ce dialogue s'échangeait, Frapillon, qui
ne l'avait entamé que pour gagner du temps, étudiait son
monde et cherchait un point d'appui dans cette réunion
bigarrée. Il avait tout d'abord constaté avec un vif plaisir
qu'aucun représentant de l'autorité ne dirigeait l'entreprise, comme il aurait pu le craindre après les menaces
de dénonciation des habituées du « Rat-mort ».

Probablement le temps avait manqué à m'ame Irma
pour aller chercher le commissaire, et elle avait dû im-
proviser cette aimable manifestation.

La foule, mise en goût par l'arrestation de Pilevert, ne
s'était sans doute pas fait prier pour passer à d'autres
exercices, et la dame n'avait pas eu de peine à recruter
des acolytes.

Ils n'étaient pas du reste extrêmement nombreux, et
l'heure avancée avait découragé beaucoup de ces amateurs de visites domiciliaires qui pullulaient pendant le siège.

Les trois femmes, une demi-douzaine de gamins, sept ou huit ouvriers et quelques bourgeois attardés composaient tout le rassemblement.

C'était parmi ces derniers que Frapillon espérait trouver quelque auxiliaire bénévole et il promenait sans affectation sur ses voisins les plus rapprochés des yeux très clairvoyants, quand il se sentit presser légèrement le coude.

En se retournant, il aperçut derrière lui la figure blafarde d'un des assaillants qu'il n'avait pas remarqué dans le tumulte de l'entrée.

Le hasard avait bien fait les choses, et l'homme d'affaires était servi à souhait. L'individu qui venait de le toucher si discrètement n'était autre que le docteur dont il avait à tout hasard endossé le personnage, Molinchard, le vrai, celui qu'il comptait mettre en réquisition pour ses projets ultérieurs.

Ce membre peu connu de la Faculté de Paris était un grand et maigre quadragénaire, porteur de longs cheveux plats qui tombaient piteusement sur le collet d'une lévite verdâtre et d'un visage blême qui semblait avoir été pris entre deux portes, tant il affectait la forme d'une lame de couteau.

Il y avait dans sa mine quelque chose de niais qui faisait penser tout de suite à Thomas Diafoirus, et il se dégageait de toute sa personne comme une odeur de cuistre.

Fruit sec de la science, quoique d'ailleurs régulièrement diplômé, Molinchard suivait depuis sa plus tendre jeunesse les sentiers peu fleuris de la démagogie, et, comme il n'était pas de force à s'y frayer un chemin tout seul, il s'était mis de bonne heure à la remorque de l'habile et audacieux Frapillon.

Le triste docteur était un des nombreux pions que le stratégiste de la rue Cadet, faisait manœuvrer sur l'échiquier de sa diplomatie.

Sur un mot ou sur un signe de son chef de file, Molinchard marchait comme un automate, et le caissier n'eut garde de manquer une si belle occasion d'utiliser son dévouement aveugle.

La réponse à la pression du coude fut un coup d'œil magistral où l'obéissant médicastre lut clairement l'ordre de se taire et d'approuver passivement.

Sûr maintenant du concours de cet esclave patenté, J.-B. Frapillon aborda d'un cœur léger la défense de ses protégées.

— Vous vous trompez, citoyenne, dit-il en s'adressant poliment à l'irascible Phémie, les personnes qui habitent ici sont bonnes patriotes et il y a une exellente raison pour qu'elles ne passent pas leur temps à faire des signaux, c'est que toutes les deux sont fort malades.

— Allons donc! Faut pas nous la faire, celle-là, cria la virulente Irma; il y en a une qui courait encore les rues tout à l'heure.

— Elle avait surmonté son mal pour venir me chercher et m'amener auprès de sa tante presque mourante.

Car j'ai l'honneur d'être médecin, ajouta Frapillon avec une dignité qui ne manqua point son effet.

La profession médicale a généralement le privilège d'imposer le respect aux masses, civilisées ou non, et les insurgés de tous les pays subissent son ascendant tout aussi bien que les sauvages.

— Au fait, c'est bien possible ce qu'il dit là c't homme, murmura la compatissante Aglaé.

— Tout ça c'est très bien, mais faudrait nous le prouver, dit m'ame Irma, qui ne se payait pas de belles paroles.

— Oui certainement, appuya Phémie.

— Visitons la baraque! cria un ouvrier.

— Citoyens, reprit Frapillon, j'ai le plus grand respect pour les intentions patriotiques, dont vous êtes animés, mais je manquerais à tous les devoirs de ma profession si je me prêtais à une visite bruyante qui pourrait tuer une de mes malades.

La majorité fit entendre un murmure approbateur et

l'agent d'affaires encouragé par cette sympathie naissante continua :

— Je propose donc que trois d'entre vous m'accompagnent auprès de mes clientes. Monsieur, par exemple, — et il désignait son séide Molinchard, — madame que voici, — et il s'adressait à la tendre Aglaé, — plus, une autre personne de bonne volonté.

Si je vous ai dit la vérité, j'espère que vous me ferez la grâce de vous retirer sans bruit.

— Ça va ! crièrent en masse les manifestants.

Et les deux témoins désignés se rangèrent autour du prétendu médecin.

Un des partisans les plus déterminés de la visite s'adjoignit volontairement aux élus.

— Je vous demande cinq minutes, citoyens, et je vous recommande le silence en attendant mon retour.

Soyez calme, au nom de l'humanité, prononça J.-B. Frapillon qui savait que les grands mots ne manquaient jamais d'impressionner les foules.

L'assistance se conforma sans difficultés à la recommandation et le petit groupe s'achemina vers le pavillon.

Aglaé, visiblement flattée de la préférence, tenait la tête du cortège, suivie par le délégué volontaire.

Molinchard et Frapillon fermaient la marche.

— Répète ce que je dirai et appuie-moi au besoin, dit tout bas le maître de la rue Cadet à son âme damnée.

— Sois tranquille, répondit l'acolyte sur le même ton, j'ai compris qu'il y avait de la politique sous jeu.

— Service de la « Lune avec les dents », lui souffla J.-B. Frapillon.

Arrivé à l'entrée du chalet, Frapillon arrêta sa troupe.

— Messieurs et madame, dit-il en revenant aussitôt que faire se pouvait à ses habitudes de langage courtois, ne pensez-vous pas que notre entrée trop brusque pourrait effrayer ces dames ?

En fait de concessions, il n'y a que le premier pas qui coûte, et, depuis qu'elle était séparée du gros des envahis seurs, la députation ne demandait qu'à se montrer facile.

— Comment donc, citoyen, dit le visiteur du sexe masculin, respect aux dames ! Le premier qui bougerait aurait affaire à moi.

Bouger, Molinchard n'en avait nulle envie ; il réglait ses mouvements sur les yeux de son chef de file, qui ne lui ménageaient pas les avertissements.

Quant à la sensible Aglaé, son tendre cœur battait rien qu'à la pensée de revoir l'héroïne innocente et persécutée qui lui avait demandé naguère l'adresse d'un boulanger.

La protégée de m'ame Irma lisait beaucoup de romans, et mademoiselle de Saint-Senier lui apparaissait sous une forme toute poétique.

— Si vous le permettez donc, reprit Frapillon, je vais entrer seul chez mes malades pour les prévenir et je reviendrai vous introduire.

— Faites, citoyen, faites, s'empressa de répondre le délégué du peuple, la petite mère que voilà me tiendra compagnie.

Aglaé s'inclina avec un sourire gracieux.

— Mais j'y pense, dit le caissier du *Serpenteau*, saisissant, comme on dit, la balle au bond, peut-être vaut-il mieux habituer peu à peu ces dames au surcroît de compagnie qui leur arrive.

Monsieur peut me suivre, ajouta-t-il en se tournant vers Molinchard.

Et sans attendre des objections qu'il était, du reste, assuré d'avance de ne pas rencontrer, il se dirigea vers la chambre du rez-de-chaussée. Le docteur aux cheveux plats obéit à la consigne avec une précision mathématique, et mit ses longues jambes en mouvement pour escorter son maître.

Au fond du couloir, la porte était restée entr'ouverte et Frapillon n'eut qu'à la pousser doucement pour faire son entrée suivi de son timide acolyte.

Le triste intérieur qu'il venait de quitter n'avait pas changé d'aspect.

Madame de Muire était toujours immobile dans son fauteuil.

Renée tenait une de ses mains dans les siennes et l'interrogeait de regard.

Elles avaient dû échanger, pendant l'absence de leur prétendu sauveur, de douloureuses confidences, car des traces de larmes récentes apparaissaient encore sur leurs joues.

L'étonnement qui se peignit sur les traits de la tante et de la nièce en apercevant l'étrange figure de Molinchard, n'avait rien d'hostile.

Et, de fait, le pauvre docteur n'était pas de ces gens qui effrayent rien qu'en se montrant. Ce piteux personnage, quoique capable d'une foule de méchancetés, montrait au premier abord un air bénin auquel on pouvait aisément se tromper.

Il avait salué gauchement et gardait l'attitude modeste d'un débutant qu'un ami plus expérimenté vient d'introduire pour la première fois dans le monde.

— Nous nous sommes effrayés à tort, mes chères dames, dit Frapillon avec beaucoup de rondeur, mais cependant mademoiselle ne s'était pas trompée ; c'était bien une foule malveillante qui frappait à la porte.

— Et que leur avons-nous fait, bon Dieu !

— Rien assurément, mais le peuple ne raisonne guère, et il se défie de tout ce qu'il ne comprend pas.

— Expliquez-vous, monsieur, dit madame de Muire, inquiète.

— Permettez-moi d'abord, de vous présenter l'homme à qui je dois d'avoir pu calmer tous ces enragés.

Molinchard se composa sur-le-champ un air digne qu'il crut parfaitement approprié à la circonstance.

— Monsieur est un ami que le plus heureux des hasards à conduit dans la rue au moment où l'attroupement se formait, et grâce à son intervention qui s'est jointe à la mienne, j'ai pu obtenir quelque répit.

— Comment! s'écria la jeune fille effrayée : ces gens sont donc encore là ?

Frapillon ne répondit que par un signe affirmatif.

— Et que veulent-ils? demanda Renée avec une certaine hauteur.

— Mais tout simplement visiter cette habitation de fond en comble.

— C'est impossible, dit mademoiselle de Saint-Senier, en se levant avec agitation.

— Calmez-vous, ma chère enfant, reprit doucement Frapillon, frappé de l'effet que produisait sur sa cliente l'annonce d'une visite domiciliaire.

— Je vous répète, monsieur, que c'est impossible, répéta la jeune fille. La vie intérieure doit être respectée, et, moi qui ne suis qu'une femme je saurais bien, je vous le jure, m'opposer à une violation de la loi.

— Il doit y avoir un secret ici, pensait l'homme d'affaires, qui répondit tout haut :

— Nous vivons dans un temps où les lois sont fort peu respectées et, sous le prétexte qu'ils invoquent, on force maintenant tous les domiciles.

— Et de quel crime nous accuse-t-on, s'il vous plaît? demanda dédaigneusement Renée.

— De... je vous demande pardon de répéter une pareille absurdité... de faire des signaux à l'ennemi.

— Des... signaux, dit avec stupéfaction mademoiselle de Saint-Senier qui n'avait jamais eu l'occasion de sonder la profondeur de la bêtise parisienne.

— Mon Dieu : oui, reprit Frapillon en haussant les épaules, il paraît que, tous les soirs, après huit heures, une lumière apparaît à l'étage supérieur de ce chalet.

La jeune fille pâlit, et le visage amaigri de sa tante refléta une très vive émotion.

Ces symptômes n'échappèrent point à l'œil attentif du

caissier qui ne manqua pas d'appuyer encore sur la corde qu'il venait de faire vibrer.

— Ils prétendent même que cette lumière est d'une couleur étrange... verte, ou bleue, je ne sais, et...

— Ah c'est indigne! s'écria Renée d'un air accablé. Mais ce peuple est donc aussi stupide que féroce!

— Hélas! mademoiselle, vous n'avez que trop bien deviné et j'ai vu de grands malheurs produits par l'ignorance populaire, à la suite d'apparences plus frivoles encore.

Après avoir prononcé cette phrase peu rassurante, Frapillon fit une pause pour jouir de son ouvrage.

En cherchant à terrifier les deux pauvres femmes, il avait réussit au delà de ses désirs, car elles semblaient véritablement consternées. C'était bien le moment de frapper un grand coup pour en venir à ses fins, mais avant qu'il eût repris la parole, mademoiselle de Saint-Senier s'arrêta devant lui et dit avec un accent de résolution extraordinaire.

— Ce pavillon où mon père est mort est un lieu sacré, et, moi vivante, personne ne le visitera.

— Très bien! se dit le caissier, il y a décidément anguille sous roche, et voilà la demoiselle au point où je la voulais.

— Non, ils n'y entreront pas, répétait la jeune fille, en se promenant dans la chambre d'un pas saccadé.

— Mademoiselle, reprit doucement Frapillon, vous ne m'avez pas laissé achever, et je me hâte de vous dire que, pour ce soir du moins, je crois le danger conjuré, moyennant une petite concession que je vais vous expliquer tout à l'heure; seulement...

— Seulement, interrogea Renée.

— Je ne garantis rien pour l'avenir. Ce qui se passe aujourd'hui peut recommencer demain, et, tant que ce chalet sera habité, les actes les plus simples de votre existence peuvent amener une catastrophe.

— Mais que faire alors?

— Suivre mon conseil ; quitter ce domicile, non pas demain, mais cette nuit et venir vous installer avec madame votre tante dans ma maison de santé où personne, je vous le promets, ne viendra vous chercher.

Si mademoiselle de Saint-Senier avait pu deviner le double sens que Frapillon attachait à ces derniers mots, elle se serait moins pressée de répondre.

Mais la jeune fille était sous l'influence d'une telle émotion qu'elle avait perdu la faculté de réfléchir.

Madame de Muire paraissait frappée des avantages de la proposition, car elle approuva du regard et du geste sa nièce quand celle-ci dit au prétendu docteur :

— Eh bien ! soit ! monsieur je vous crois incapable d'abuser de la confiance de deux femmes qui n'ont plus au monde un seul protecteur et nous allons vous suivre... à une condition.

— Elle est acceptée d'avance.

— C'est que je pourrai venir ici aussi souvent qu'il me plaira et y venir seule.

— Rien de plus simple ; vous emporterez la clef du chalet ce soir et vous y ferez toutes les visites que vous voudrez.

Croyez bien, chère demoiselle, que je n'ai jamais eu l'intention de vous séquestrer, ajouta-t-il en souriant.

— Mais comment nous débarrasser de cette foule méchante ? demanda Renée qui, une fois sa résolution prise, marchait de l'avant comme toutes les natures primesautières.

— Laissez-moi faire, dit Frapillon.

En s'adressant à Molinchard, qui avait joué jusqu'alors le rôle d'un personnage muet :

— Ayez l'obligeance, cher ami, d'introduire ici les deux personnes qui attendent sous le péristyle.

Le médecin obéit avec la ponctualité passive d'un esclave oriental.

— Les délégués que je suis obligé de vous présenter, reprit l'homme d'affaires, n'appartiennent pas aux pre-

mières catégories sociales, mais je vous demande un peu
d'indulgence, et je vous assure que l'audience ne sera pas
longue.

Il avait à peine achevé que Molinchard reparut, poussant devant lui le député en blouse et la sentimentale
Aglaé.

Frapillon, qui possédait la connaissance du cœur humain, ne s'était pas trop avancé en promettant que l'entrevue tournerait bien.

Le couple envoyé par le peuple se montra on ne peut
plus sensible quand il vit deux femmes abandonnées qui
portaient sur leurs traits pâles les marques d'un profond
chagrin.

L'homme s'arrêta sur le seuil en tournant sa casquette
dans ses doigts, et la jeune Aglaé s'essuya les yeux, sans
vouloir entrer.

— Vous voyez, mes amis, que je ne vous avais pas
trompés et que ces pauvres dames sont bien inoffensives,
leur dit Frapillon.

Allons rassurer vos camarades.

Et prenant la tête de la troupe, qui s'empressa de battre
en retraite, il trouva moyen de dire tout bas à Molinchard.

— File en même temps que la foule et reviens dans une
demi-heure m'attendre avec un fiacre.

X

La Maison de santé du docteur Molinchard n'avait rien
de commun avec les magnifiques établissements de ce
genre qui étendent sur les coteaux de Passy ou d'Auteuil leurs constructions imposantes.

Une longue bâtisse gauchement plantée sur le versant
des Buttes-Montmartre qui regarde la plaine de Saint-
Denis et une suite de cours entourées de murs blanchis à
la chaux composaient le local et les attenances exploités
par le médecin démocrate.

Ces constructions avaient été primitivement destinées à une fabrique et après la faillite du malencontreux industriel qui les avait occupées jadis, Molinchard s'était empressé de profiter de l'occasion pour les louer à très bas prix.

Revenu de ses premières illusions, le docteur avait abandonné depuis un an le quartier des Écoles où les visites à trois francs et les consultations à quarante sous ne lui procuraient qu'un bien-être insuffisant.

Las de prodiguer des soins aussi piètrement rétribués à la jeunesse des deux sexes qui hante le pays latin, il s'était un beau jour décidé à prendre un grand parti.

Secouant la poussière de ses souliers sur le local enfumé qu'il habitait vers le haut de la rue Saint-Jacques, il avait, non sans regret, dit adieu aux brasseries du boulevard Saint-Michel pour transporter dans des régions plus productives sa science et ses pénates.

- Mais, en même temps qu'il déplaçait ainsi le centre de sa clientèle, Molinchard avait tourné ses vues vers le côté pratique de son art.

Il y avait bien longtemps que les affiches vertes et rouges de certains de ses confrères l'empêchaient de dormir et qu'il rêvait l'exercice de la médecine industrielle.

Dans ses insomnies, entretenues par l'abus de la bière et du tabac, il avait entrevu plus d'une fois le cabinet splendide où il comptait distribuer avec ses consultations gratuites des remèdes qu'il ferait payer fort cher.

Il aspirait à siéger dans un beau fauteuil d'acajou, en robe de chambre à ramages et il avait même composé en vue de ces grandeurs plusieurs pommades infaillibles. Mais, pour réaliser ces brillantes espérances, il fallait des capitaux qui manquaient absolument à Molinchard et l'infortuné docteur avait dû beaucoup rabattre de ses prétentions.

Sur le conseil de son ami Frapillon, qu'il vénérait comme un maître, il s'était résigné à exploiter une mine

19.

moins fructueuse, avec une mise de fonds plus modeste.

L'oracle de la rue Cadet avait déclaré que le besoin d'une maison de santé se faisait impérieusement sentir dans les quartiers pauvres qui s'étendent au nord de Paris, dans le voisinage des fortifications.

Le praticien errant qui cherchait la fortune à tout prix n'avait eu garde d'élever des objections, surtout quand l'agent d'affaires lui eut offert d'avancer les frais de premier établissement.

Celui-ci, qui savait fort bien ce qu'il faisait en risquant cette dépense, s'était mis en quête d'un local selon ses vues et y avait installé Molinchard sur un pied convenable.

La maison de santé de nouvelle création complétait à merveille la série de fondations accessoires que J.-B. Frapillon jugeait indispensable d'annexer à son industrie.

Le cabaret que Mouchabeuf tenait à Rueil sous son patronage occulte avait une véritable utilité pour les opérations extérieures, et la pauvre Régine en savait quelque chose ; mais il était situé beaucoup trop loin pour les affaires courantes, et d'ailleurs il ne répondait pas du tout à certaines nécessités.

Enfermer un fou, procurer à une jeune personne séduite le moyen de cacher sa faute, tout cela rentrait dans la spécialité d'une agence secrète, et cet important département n'avait pas encore de titulaire, quand l'homme de loi le confia à son âme damnée.

Molinchard l'avait accepté avec enthousiasme et s'acquittait à souhait de ses délicates fonctions.

Il y trouvait son compte à tous les points de vue.

D'abord J.-B. Frapillon lui abandonnait généreusement la moitié des bénéfices, qui ne laissaient pas d'atteindre un chiffre présentable, et, de plus, le docteur se créait tout doucement une petite notoriété dans les quartiers populaires.

Les honneurs de la députation de Paris lui apparaissaient déjà en perspective et ce brillant avenir ne tentait pas médiocrement le médecin des pauvres, — c'était le titre que se décernait Molinchard.

Depuis la révolution, son importance avait grandi naturellement et le siège était venu lui apporter un supplément de clientèle et de gloire.

Il n'avait pas manqué de décorer la porte principale de son établissement de la croix rouge des ambulances, et, s'il recevait fort peu de blessés, en revanche il ouvrait volontiers ses salles hospitalières aux braves gardes nationaux qu'une entorse ou une bronchite privaient de faire partie des compagnies de marche.

Or, ces sortes d'accidents s'étaient multipliés à ce point que les certificats d'exemption libéralement délivrés par le docteur constituaient pour lui un notable accroissement de revenus.

Malgré tant de prospérités, la maison de santé continuait à être tenue sur un pied qui n'était rien moins que luxueux.

Les nécessités du rationnement y avaient réduit la nourriture aux proportions les plus économiques, et quand aux aménagements ; ils n'avaient jamais brillé par le confortable.

Une sorte de grand dortoir pour les hommes et une demi-douzaine de chambres pour le sexe faible, le tout meublé de lits de fer, de chaises de paille et de tables en bois blanc, occupaient le premier étage d'un grand corps de logis percé de fenêtres étroites et soigneusement grillées.

Le rez-de-chaussée renfermait la cuisine, garnie d'une batterie très succincte, la pharmacie où s'étalaient des herbes variées recueillies dans les terrains crayeux du voisinage, enfin les appartements particuliers du directeur.

Une cantinière retraitée après de longs services en Algérie et plus forte sur la distribution des boissons que sur l'administration des remèdes, veillait aux besoins des pensionnaires femelles.

Le personnel masculin était servi par une sorte de maître Jacques qui avait été tour à tour garçon apothicaire, tambour de la garde nationale et cuisinier, et qui trouvait dans l'établissement, l'emploi de ces talents divers.

Les cours, au nombre de trois, ressemblaient fort à des préaux de prison.

Sablés avec le plâtre pulvérisé qui abonde sur les buttes et privés de toute espèce de verdure, ces promenoirs n'offraient même pas aux malades l'agrément d'une belle vue, car ils étaient enfermés entre des murailles de moellons qui s'élevaient jusqu'à la hauteur du toit.

Cette disposition avait même contribué beaucoup à déterminer le choix que J.-B. Frapillon avait fait de ce local aussi disgracieux que bien approprié à ses desseins.

Bâtie au-dessous de l'eminence déserte que couronne le célèbre moulin de la Galette, la maison se trouvait complètement à l'abri des regards indiscrets et, de plus, elle offrait l'inappréciable avantage d'avoir autant de portes qu'il en fallait pour de nombreux services clandestins.

L'entrée officielle faisait face au nord-ouest et s'accédait par des chemins qui conduisent à la porte de Saint-Ouen, mais l'enceinte adossée aux mamelons boueux qui dominent le cimetière Montmartre était percée de trois ou quatre poternes basses dont Molinchard portait toujours les clefs dans sa poche. Du reste, les pensionnaires du docteur ne se plaignaient pas de l'isolement auquel les condamnait la disposition des bâtiments. La plupart ne manquaient pas de raisons pour apprecier les avantages de l'*incognito*, et les femmes notamment se gardaient presque toujours de franchir le seuil de leur chambre, où l'ex-cantinière venait deux fois par jour leur apporter un repas frugal.

Quant aux hommes, la cour carrée où ils pouvaient se livrer aux jeux de bouchon et de tonneau suffisait à leur bonheur.

Mais là ne se bornaient pas les commodités de cet établissement modèle, et le local choisi par l'intelligent
Frapillon eût été bien incomplet s'il n'avait pas renfermé
un réduit mieux approprié à certaines exigences extraordinaires de son industrie malfaisante.

Le diplomate de la rue Cadet avait prévu le cas où il
faudrait loger et surtout séquestrer des pensionnaires
d'une autre importance que les miliciens réfractaires et
les cuisinières abusées qui formaient le fond de la clientèle du docteur.

Au bout du grand bâtiment où on casait les malades
vulgaires, s'élevait le toit d'ardoises d'un petit corps de
logis séparé, qui avait dû autrefois servir à l'habitation du
propriétaire de la fabrique.

Cette humble construction n'avait qu'un seul étage et
ne contenait qu'un appartement petit, mais complet et
propre à recevoir un ménage de deux personnes.

Il y avait deux chambres à coucher, un salon et une
salle à manger, convenablement meublés, et les fenêtres
de ce séjour retiré donnaient sur une petite cour où on
avait essayé de semer du gazon.

Une maigre pelouse ornée de quelques rosiers mal
taillés égayait un peu la vue, qui se reposait aussi sur les
rameaux desséchés d'une clématite grimpant le long du
mur du fond.

On entrait du dehors dans ce semblant de jardin par
une porte qui s'ouvrait sur des terrains vagues, et il
existait dans l'intérieur du logement une communication
avec la maison principale.

C'était là, dans ce coin secret d'un logis mystérieux,
dans ce réduit plus introuvable en plein Paris que les oubliettes d'un vieux château perdu dans les bois, que la
prévoyance mal intentionnée de Frapillon avait conduit
madame de Muire et sa nièce.

Amenées par une nuit noire, au fond d'un fiacre que
Molinchard s'était procuré après la dispertion du rassem-

blement, les pauvres femmes n'avaient même pas su le chemin qu'on leur faisait suivre.

Elles avaient si bien perdu le sentiment de la réalité, au milieu des émotions de cette soirée fatale, qu'elles ne s'étaient pas inquiétées des suites de cette résolution si brusquement prise.

Le début de leur installation n'avait du reste rien d'effrayant.

J.-B. Frapillon y avait présidé et après avoir présenté à ses pensionnaires le docteur Molinchard qui, disait-il, avait charge de le suppléer en toutes choses, il avait pris congé en promettant de revenir le lendemain.

Après avoir pris un souper auquel elles touchèrent à peine, la tante et la nièce s'étaient couchées sans avoir la force d'échanger leurs réflexions, tant elles étaient brisées de fatigue.

Le lendemain, le jour était venu depuis longtemps, quand mademoiselle de Saint-Senier s'éveilla, un peu étonnée de voir autour d'elle des objets nouveaux.

La mémoire lui revint promptement, et, respectant le sommeil de sa tante, elle s'habilla, avec le projet de sortir de bonne heure pour aller au chalet.

Le départ avait été tellement improvisé la veille qu'un voyage à la rue de Laval était indispensable pour y prendre une foule d'objets nécessaires à leur nouvelle existence.

Renée qui avait d'ailleurs d'autres raisons de désirer revoir bientôt le pavillon, s'étonna d'abord de ne voir personne et descendit dans le jardinet où elle pensait rencontrer quelque servante.

Elle trouva partout la solitude la plus complète et regarda avec une surprise inquiète les hautes murailles qui l'entouraient de tous côtés.

Elle appela à plusieurs reprises la fille qui l'avait servie la veille et dont, par hasard, elle se rappelait le nom.

L'écho des grands murs lui répondit seul.

Renée pensa que son appel n'avait pas été entendu et

se dit que peut-être les nécessités du service de la maison
de santé retenaient les infirmières dans une autre partie
de l'établissement. L'heure, du reste, était assez matinale
pour expliquer la solitude complète où on laissait les
nouvelles venues.

Renée se résigna donc sans trop de peine à attendre la
visite du docteur ou l'arrivée de ses subalternes et se mit
à parcourir l'étroit espace dévolu aux pensionnaires privilégiés.

Ce fut tôt fait.

Les murs limitaient la promenade à une douzaine de
pas en long ou en large, car le parterre affectait la forme
d'un carré parfait.

La jeune fille fut frappée de la négligence avec laquelle
on entretenait ce petit coin de terre.

La pelouse semblait n'avoir jamais été ni arrosée, ni
ratissée, les rosiers qui bordaient le gazon séchaient
sur pied; les feuilles jaunies formaient comme une litière
qui cachait le sol des allées.

Il était évident que jamais la main d'un jardinier n'avait
passé par là. Le retour du printemps ne pouvait plus
rendre la vie à ces pauvres plantes étiolées, et le manteau
de neige jeté par la saison sur ce triste promenoir servait
du moins à cacher la misère de la nature livrée à elle-
même.

Renée aimait la verdure et les fleurs; elle s'intéressait
à toutes les créations de Dieu, et, dès son enfance passée
loin des villes, elle avait appris à lire dans ce livre mystérieux que présentent les champs et les bois à ceux qui
les habitent.

La vue de ce jardinet délaissé la choquait; elle souf-
frait de cet abandon, comme elle aurait souffert en voyant
un malade se consumer lentement, faute des soins affectueux d'un ami.

Ce premier désenchantement fit naître en elle d'autres
idées.

Elle regarda autour d'elle et elle trouva que les murs

étaient bien hauts et les barreaux des fenêtres bien épais.

Ce lieu, destiné, lui avait-on dit, à recevoir des malades, ressemblait beaucoup à une prison.

L'air, le soleil et l'espace, si chers aux convalescents, manquaient à cette cour resserrée, et la parodie de culture qu'on avait essayé d'y introduire ne faisait qu'ajouter un regret aux tristes impressions que son aspect faisait naître.

Renée étouffait et croyait sentir sur ses épaules le poids de ces moellons entassés selon les règles disgracieuses de l'architecture suburbaine.

Cette succession de bâtisses vulgaires élevées par un maçon de la banlieue pour abriter des chaudières ou des machines lui paraissait une chose laide, sombre, presque menaçante.

Pour échapper à cette sensation pénible, elle rentra dans l'appartement qu'elle venait de quitter.

Là, du moins, régnait un certain confortable qui pouvait faire oublier un instant les tristesses du dehors.

Madame de Muire dormait encore et Renée put examiner, mieux qu'elle ne l'avait fait la veille, le petit salon et la salle à manger qui formaient les pièces principales de leur nouveau domicile.

Les meubles étaient à peu près neufs et le papier de tenture assez frais.

Cela avait au premier abord l'apparence d'un honnête intérieur bourgeois; mais en y regardant de plus près, on retrouvait les marques très visibles de l'abandon qui était le trait distinctif de ce séjour déplaisant.

La poussière couvrait d'une couche épaisse les consoles et les fauteuils; les vitres étaient devenues opaques, faute d'un lavage suffisant, et la vilaine pendule en bronze doré qui masquait une glace semée de taches noires, semblait n'avoir jamais marché.

Deux tisons, éteints peut-être depuis le dernier hiver, se croisaient dans les cendres du foyer, et on avait froid rien qu'à regarder cette mesquine cheminée sans flamme.

Dans la salle à manger, la vaisselle qui avait servi au maigre souper de la veille était restée sur la table, et la vue des reliefs peu appétissants d'un repas improvisé ne contribua pas peu à augmenter la répugnance que la jeune fille éprouvait, en dépit de sa résignation.

Le luxe, dont elle n'avait jamais connu le besoin, faisait, sans qu'elle s'en doutât, partie intégrante de son existence, et cette négligence, poussée jusqu'à la malpropreté, révoltait ses nerfs délicats. Mais des préoccupations plus sérieuses commençaient à prendre le dessus.

Renée venait de remarquer que la seule porte de communication avec le bâtiment principal était fermée par une énorme serrure dont la clé était placée en dehors.

Il était évident que les habitants du corps de logis séparé se trouvaient dans l'impossibilité d'en sortir sans la permission du directeur.

Il fallait attendre qu'il plût à ses subalternes de faire jouer extérieurement le pêne solide qui assurait la clôture, et mademoiselle de Saint-Senier s'étonnait à bon droit qu'on laissât ainsi des malades à la discrétion d'un infirmier.

Elle chercha vainement un cordon de sonnette ou un bouton électrique, et, agacée à la fin de son isolement par trop prolongé, elle se mit à frapper contre la porte avec une colère d'enfant.

Cette tentative ne fut pas plus heureuse que les appels jetés au vent.

Renée meurtrit inutilement ses doigts délicats et renonça bientôt à perdre ainsi sa peine.

Elle revint sur ses pas en faisant de fort tristes réflexions sur l'imprudence qui l'avait conduite dans cette étrange maison, et se dirigea machinalement vers le jardin qu'elle venait de quitter.

Au moment où elle y mettait le pied, elle ne put retenir une exclamation de surprise.

Le docteur était là, celui du moins qu'elle prenait pour

le directeur de l'établissement, c'est-à-dire J.-B. Frapillon en personne.

Calme, frais et souriant, le faux médecin avait mis chapeau bas et saluait sa cliente avec toute la grâce acquise dans l'exercice de ses professions multiples.

Comment était-il entré dans cette cour, si solitaire un instant auparavant et si bien murée de toutes parts ?

Ce fut la première pensée qui vint à mademoiselle de Saint-Senier, et dans le coup d'œil rapide qui accompagna sa réflexion, elle remarqua sous le treillage appliqué à la muraille, une sorte de guichet très bas qu'elle n'avait pas encore aperçu.

Cette issue, habilement dissimulée, était la seule qui donnât accès au jardin.

Le docteur venait donc, non de l'intérieur de la maison de santé qu'il dirigeait, mais du dehors ; singularité nouvelle qui frappa vivement Renée.

— Permettez-moi mademoiselle, dit-il d'un ton obséquieux que démentait l'expression ironique de son regard, permettez-moi de vous féliciter de la fraîcheur de votre teint ; je vois que le repos et l'air excellent qu'on respire ici ont déjà produit leur effet.

La jeune fille, à ce compliment dont la forme affectée déguisait mal l'intention railleuse, répondit par un coup d'œil méprisant.

— Je vous prie avant tout, monsieur, dit-elle sèchement de me dire où vous m'avez conduite.

Frapillon, qui s'était senti démasqué du premier coup n'en feignit que mieux l'étonnement.

— Mais, chère demoiselle, vous le savez aussi bien que moi ; vous êtes à Montmartre, dans ma maison de santé, la Villa des Buttes où, j'ose le dire, vous trouverez tous les soins que comporte votre santé.

Renée allait relever cette phrase, dont l'ambiguïté l'avait choquée instinctivement, mais elle préféra aller droit au but.

— Vous ne répondez pas à ma question, monsieur, dit-elle avec une fermeté froide ; peut-être me suis-je mal exprimée, mais j'ai voulu vous demander comment on entre ici et comment on en sort.

— Par la porte, mademoiselle, dit impudemment Frapillon.

— Trêve de plaisanterie, monsieur ; j'ai pu hier dans le trouble où j'étais, accepter une proposition que j'aurais dû mieux examiner, mais aujourd'hui je veux reprendre ma liberté.

— Et qui songe à vous l'enlever, s'écria l'hypocrite personnage, en joignant les mains.

— Vous n'avez sans doute pas la prétention de me persuader que ces murs et ces grilles sont l'ornement habituel d'une maison de santé.

— Pourquoi donc, chère demoiselle ; il y a des malades très agités et dans leur intérêt même...

— Que voulez-vous dire ? demanda avec un tremblement nerveux mademoiselle de Saint-Senier qui craignait d'avoir compris.

— Rien qui vous concerne assurément, répondit Frapillon sans s'émouvoir.

— Enfin, monsieur, vous ne nierez pas que nous soyons prisonnières ici.

Je suis levée depuis une heure : j'ai appelé ; personne n'est venu ; j'ai cherché une porte ; la seule que j'aie trouvée était soigneusement fermée à clef.

Vous conviendrez que j'ai lieu de me plaindre et de vous demander l'explication de ces étranges habitudes.

— Désolé, chère demoiselle, que notre unique servante vous ait fait attendre, mais nous avons en ce moment beaucoup de pensionnaires et...

— Il ne s'agit pas de cela, monsieur, mais de m'indiquer le moyen de sortir d'ici.

— Et pourquoi voulez-vous sortir, demanda le faux docteur, après un silence.

— Vous le demandez, s'écria Renée avec emportement ; avez-vous déjà oublié que j'ai consenti à vous suivre, à condition d'aller tous les jours au chalet de la rue de Laval.

— Non certes, mais aujourd'hui ce serait une grande imprudence.

— Comment ?

— Eh ! mais, pensez-vous que le rassemblement qui assiégeait votre porte, hier soir, n'a pas fait quelque bruit dans le quartier ? Croyez-vous que la police n'a pas été avertie et que les abords du pavillon ne sont pas surveillés ?

La jeune fille pâlit et baissa la tête.

— Tenez ; je ne serais pas étonné, ma foi ! que le commissaire y fît dans la journée une petite visite et je vous assure qu'il est fort heureux que vous soyez en sûreté ici.

D'ailleurs, voyons, qu'y a-t-il de si urgent à ce que vous alliez ce matin même courir à la rue de Laval ?

— Mais, dit mademoiselle de Saint-Senier avec embarras, ne comprenez-vous pas qu'à défaut d'autre motif, j'ai besoin d'aller chercher des vêtements...

— Parfaitement, et c'est de cela que je venais vous parler. Je me chargerai volontiers du déménagement et vous allez me remettre les clés du chalet.

— Les clés ? à vous ? Jamais ! s'écria Renée.

— Je les veux, dit Frapillon en regardant fixement la jeune fille.

En prenant ce ton impératif, Frapillon tentait simplement un essai, car il n'avait pas l'intention, pour le moment du moins, de pousser les choses jusqu'à la violence matérielle.

Sa diplomatie était à deux fins.

Il avait commencé par s'assurer de la personne des dames du chalet, mais il s'était réservé de tirer parti de leur séquestration, suivant les circonstances.

Nul autre que lui et Molinchard ne connaissait l'événement qui les avait mises à sa discrétion.

Il lui était donc loisible, suivant qu'il trouverait son

intérêt d'un côté ou de l'autre, de marcher d'accord avec Taupier, Valnoir et toute la bande du « Serpenteau » ou d'opérer seul pour son propre compte.

Dans ce dernier cas, la douceur était indispensable pour amadouer les captives, tandis qu'au contraire les ménagements devenaient inutiles, s'il s'agissait de les supprimer, comme disait le bossu en son affreux langage.

Selon son invariable habitude, Frapillon tâtait d'abord le terrain, sauf à modifier au besoin sa tactique.

Son début, il faut le dire, ne fut pas heureux.

— Vous... voulez... les clés, répéta mademoiselle de Saint-Senier, en scandant ses mots pour leur donner plus de portée, mais je n'ai pas, que je sache, d'ordre à recevoir de vous.

Cette phrase fut appuyée d'un coup d'œil si hautain et d'une attitude si ferme que le faux docteur s'aperçut qu'il faisait fausse route.

— Vous avez mal interprété le sens de mes paroles, ma chère demoiselle, reprit-il d'un ton plus doux; je suis tellement habitué à parler à des malades déraisonnables que, sans y songer, je m'exprime parfois un peu trop brusquement.

Mais il ne faut pas m'en vouloir et je vous prie de m'excuser.

Renée ne releva pas cette amende honorable.

Elle attachait en somme assez peu d'importance aux formes dont il plaisait au sieur Frapillon d'user avec ses pensionnaires, mais un mot l'avait vivement frappée.

Le soi-disant directeur de cette maison si bien murée et si bien grillée venait de faire allusion à une certaine spécialité de traitement dont le simple énoncé faisait trembler la jeune fille.

L'année qui se terminait avait été féconde en histoires d'arrestations arbitrairement opérées sous prétexte de folie, et Renée se demandait si on ne l'avait pas conduite, à son insu, dans un établissement d'aliénés.

Déjà, au début de la conversation, ce singulier médecin avait parlé de malades agités, et ces mots à double entente devenaient inquiétants.

Mademoiselle de Saint-Senier voulut savoir tout de suite à quoi s'en tenir.

— De quelle déraison voulez-vous parler, monsieur? demanda-t-elle; est-ce qu'on traiterait ici....

— Les affections mentales? Mais, oui, comme toutes les autres, répondit tranquillement Frapillon.

Cet aveu ouvrit subitement à Renée des perspectives effrayantes.

Ainsi, elle se trouvait dans une maison de fous, sans savoir au juste où cette maison était située, sans aucun moyen de faire prévenir ses amis, en supposant même qu'il lui en restât à Paris, ou d'intéresser un indifférent à son sort.

Le voile tombait de ses yeux, et il lui semblait qu'une barrière infranchissable venait de se dresser tout à coup entre elle et le monde.

Elle maudit l'imprudence qui l'avait poussée à se livrer à un inconnu, et peu s'en fallut qu'elle ne laissât paraître sur son visage les sentiments qui l'agitaient.

Mais l'excès même du danger lui donna la force de se contenir et d'ailleurs un instant de réflexion lui fit entrevoir des éventualités un peu plus rassurantes.

On ne séquestre pas sans motifs deux femmes qu'on n'a jamais vues, et les motifs qui faisaient agir Frapillon échappaient à l'analyse.

La jeune fille ne connaissait personne qui eût intérêt à commettre une infamie pareille, et il n'était pas probable, dans tous les cas, qu'on pût la pousser impunément jusqu'au bout.

Renée se persuada donc qu'elle avait tout simplement affaire à un homme mal élevé qui cachait peut-être sous des formes grossières d'excellentes intentions.

Aussi résolut-elle de réserver son jugement et de gagner du temps.

— Le voisinage de ces malheureux qui ont perdu la raison m'attriste et m'inquiète malgré moi, dit-elle, avec beaucoup plus de calme, et je crains surtout que ma tante ne puisse pas s'y accoutumer.

— Oh! quant à cela, ne craignez rien, ma chère demoiselle, vous ne les verrez ni ne les entendrez jamais et vous pourrez rester ici des années entières sans soupçonner leur présence.

Cette supposition d'un long séjour que Frapillon venait de jeter incidemment dans sa réponse, donna froid à mademoiselle de Saint-Senier.

— J'espère, dit-elle en s'efforçant de sourire, que je ne serai pas mise à cette épreuve et que nous n'abuserons pas de votre hospitalité au delà d'un temps très prochain...

— Le siège ne fait peut-être que commencer, dit le caissier du « Serpenteau », en hochant la tête avec l'air important d'un homme qui en sait plus long qu'il n'en veut dire.

— Vraiment? vous pensez cela? interrogea Renée qui n'avait pu s'empêcher de pâlir à l'idée que la situation pouvait se prolonger jusqu'à lasser ses forces.

— Paris a encore pour six mois de vivres, reprit sentencieusement Frapillon, qui n'en pensait pas un mot.

— Dieu nous donnera le courage et la patience, murmurait la jeune fille avec résignation.

— Et moi, mademoiselle, je vous promets que vous ne vous ennuierez pas ici; le premier aspect est peut-être un peu triste, mais on s'y fait, et, d'ailleurs, rien ne s'opposera bientôt à ce que vous sortiez.

La promenade des Buttes est fort gaie.

— Ainsi, monsieur, vous ne vous opposerez pas...

— Pourquoi donc m'y opposerais-je, dit Frapillon, qui venait de se décider à agir par la douceur, vous n'êtes pas en prison, et, dès que le quartier de la rue de Laval sera tranquille, vous pourrez aller faire un tour au chalet.

— Je désire que ce soit le plus tôt possible, reprit mademoiselle de Saint-Senier, un peu rassurée.

— Après-demain, demain peut-être, et je m'engage d'avance à ne plus jamais vous demander les clefs, répondit en souriant l'homme d'affaires.

Et le misérable à ce moment même pensait :

— Je saurai bien me les procurer sans ta permission.

— Mais j'y pense, ajouta-t-il tout haut, il faut que je vous indique le moyen d'appeler pour votre service, afin que le contretemps de ce matin ne se renouvelle pas.

Renée, tout à fait calmée par ces apparences de franchise ne pût que remercier d'un signe de tête, et, sur un geste gracieux de Frapillon, qui s'inclinait en lui montrant l'entrée du logement, elle le précéda dans l'intérieur.

A peine avait-elle franchi le seuil qu'elle fut frappée du changement qui s'était opéré pendant sa courte absence.

Un bon feu brûlait dans la cheminée, la pendule marchait et la poussière qui couvrait les meubles avait été soigneusement balayée.

Au delà du petit salon qui venait de prendre si subitement cet air de vie, apparaissait par la porte ouverte de la salle à manger, la table couverte d'un linge éblouissant de blancheur et chargée de vaisselle et de cristaux.

Assez surprise de la prestesse avec laquelle cette louable métamorphose s'était accomplie, et presque honteuse de ses premiers soupçons, Renée se retourna pour remercier le prétendu directeur aux ordres duquel étaient dus sans doute ces soins intelligents.

Elle ne vit personne.

Frapillon, qui avait passé après elle, avait complètement disparu.

Pour le coup, l'étonnement de mademoiselle de Saint-Senier devint de la stupéfaction.

Le faux docteur n'avait pas pu s'évanouir comme un fantôme, et il était probable qu'un motif quelconque l'avait fait retourner sur ses pas.

Saisie d'une curiosité inquiète, la jeune fille revint à la porte et regarda dans le jardin.

Le jardin était vide.

L'aventure commençait à tourner à la féerie et Renée se mit à parcourir dans tous les sens l'étroit carré que bornaient les hautes murailles de l'enceinte extérieure.

Tout était clos et infranchissable.

Un seul point pouvait présenter une issue. C'était une sorte de guichet bas pratiqué au pied du mur de fond. La jeune fille qui l'avait à peine remarqué d'abord s'approcha et en se baissant elle reconnut qu'à la rigueur cette espèce de trappe pouvait livrer passage à un homme. Mais que dans l'espace de quelques secondes, le médecin qui était de taille et d'encolure respectable eût pu se glisser par ce trou au ras du sol, cela tenait véritablement du prodige, et Renée ne pouvait pas y croire.

Cependant, en examinant le terrain de plus près, elle crut remarquer une empreinte de pas.

La neige durcie n'avait gardé qu'imparfaitement la forme de deux pieds masculins, mais cet indice suffisait cependant pour qu'il ne restât aucun doute sur le chemin suivi par le fugitif. Cette façon d'escamoter sa propre personne avait quelque chose de si étrange que tous les soupçons de Renée lui revinrent.

Elle sentait, pour ainsi dire, le terrain lui manquer sous les pieds et de tous les côtés, le mystère s'épaississait autour d'elle.

Rentrée dans l'appartement, elle alla d'abord à la salle à manger où il lui restait encore une lueur d'espoir de rencontrer la femme qui l'avait servie la veille.

Mais elle s'aperçut bientôt qu'il en était du déjeuner comme de tout le reste.

On aurait dit qu'il était venu là tout seul.

Étourdie, effrayée par toutes ces fantasmagories, mademoiselle de Saint-Senier pensa à consulter sa tante.

Madame de Muire n'avait pas encore donné signe de

vie et cependant l'heure habituelle de son réveil était passée depuis longtemps.

Renée souleva doucement le rideau qui séparait du salon la chambre à coucher de sa tante et poussa un cri de terreur.

Le lit était vide.

Renée se précipita et tâta la place où sa tante avait reposé.

Cette place était froide.

Elle parcourut la chambre d'un regard rapide.

Les vêtements de madame de Muire n'y étaient plus et rien n'était resté des objets à son usage.

On aurait pu croire que ce lieu n'avait jamais été habité, si le lit n'eût pas été défait.

Confondue de cette étrange disparition, la jeune fille se laissa tomber sur un fauteuil, et, prenant sa tête dans ses mains, elle essaya de renouer le fil de ses idées bouleversées.

La veille elle avait assisté, selon son habitude, aux apprêts de nuit de sa tante et elle ne l'avait quittée qu'après lui avoir donné l'affectueux baiser de l'oreiller qui terminait ses adieux de chaque soir.

Madame de Muire, entièrement remise de son accident nerveux, lui avait paru calme, rassurée et pleine de confiance ; elle avait peu parlé des bizarres événements de la journée, mais dans les quelques mots qu'elle avait laissé échapper perçait la joie d'avoir pris une résolution salutaire.

Avant de quitter le chalet, quand Renée hésitait encore à se fier au docteur inconnu, la comtesse moins soupçonneuse s'était énergiquement prononcée pour le départ.

Le voyage à travers des rues escarpées et désertes, l'exiguïté et la mesquinerie de la nouvelle installation, les visages déplaisants de Molinchard et de la servante, n'avaient pas provoqué de sa part une seule observation.

— A demain matin, ma chère enfant, avait-elle dit à sa nièce qui se retirait; entrez chez moi de bonne heure, et n'oubliez pas la visite au pavillon de la rue de Laval.

Mademoiselle de Saint-Senier se rappelait à merveille les moindres détails de cette dernière entrevue et n'en était que plus stupéfaite.

Comment imaginer que madame de Muire avait été prise de la singulière fantaisie d'un départ nocturne et clandestin?

Où serait-elle allée d'ailleurs, puisque ce logement muré et verroullé comme une prison n'offrait aucune issue?

Il était plus simple de supposer qu'on l'avait enlevée pendant son sommeil, mais cette hypothèse même semblait bien hasardée, pour peu qu'on y réfléchît.

D'abord, la chambre où Renée avait couché n'était séparée de celle de sa tante que par une cloison assez mince, et, si profondément qu'eût dormi la jeune fille, brisée de fatigue, elle ne pouvait pas croire que ce rapt audacieux pût s'être accompli sans la réveiller.

D'ailleurs, il suffisait d'un coup d'œil pour s'assurer que tout était resté en ordre et que ni les meubles ni le lit ne présentaient la moindre trace de violence.

Il était évident que ce local étroit, où chaque objet soigneusement rangé occupait la même place que la veille, n'avait pas pu être le théâtre d'une lutte.

Il fallait donc admettre que le départ de madame de Muire avait été volontaire, et cette supposition était peut-être encore plus invraisemblable.

Comment et à quelle heure aurait-il pu s'effectuer?

Renée remarqua que la bougie placée sur une table au chevet du lit avait dû bruler fort peu de temps, car elle était à peine entamée.

Sa tante s'était donc endormie presque aussitôt après son départ et tout annonçait qu'elle ne s'était pas réveillée avant le jour.

Fallait-il croire qu'elle avait disparu pendant que le

prétendu docteur faisait là conversation au fond du jardin.

A la rigueur, c'était admissible, et mademoiselle de Saint-Senier eût même l'intuition passagère d'un complot ourdi pour l'occuper au dehors et profiter de son absence momentanée pour emmener madame de Muire.

— L'emmener? où donc? murmurait la jeune fille en se rappelant la disposition de l'appartement.

L'unique porte de communication avec le bâtiment principal, donnait dans la salle à manger et la comtesse n'avait pu passer par ce chemin.

Renée, qui n'avait plus rien à apprendre dans cette chambre vide, se leva et se dirigea lentement à travers le salon dont l'aspect rajeuni lui rappela qu'on y était entré pendant sa promenade.

Le feu ne s'était pas allumé tout seul et la pendule avait été remontée par quelqu'un.

A vrai dire même, ces soins si discrètement pris n'annonçaient pas de la part des maîtres où des serviteurs de l'établissement, des dispositions bien hostiles.

A l'âge qu'avait mademoiselle de Saint-Senier, on s'alarme vite, mais on a bien de la peine à croire à des desseins sinistres et on saisit avidement la moindre lueur d'espérance.

Elle chercha donc à se persuader que l'absence de madame de Muire pouvait s'expliquer assez naturellement.

— L'autre médecin sera venu, pensa-t-elle en se rappelant la personne à peine entrevue de Molinchard, et il aura proposé à ma tante de visiter le reste de la maison pendant que le domestique préparait notre appartement.

Sans vouloir trop s'arrêter aux nombreuses invraisemblances de cette hypothèse rassurante, Renée entra dans la salle à manger où elle avait aperçu de loin un couvert dressé.

A sa grande surprise, l'attention de la servante ne s'était pas bornée à préparer la table.

Elle avait en même temps apporté le déjeuner.

Une boîte de conserves dont le couvercle ouvert laissait

voir un pâté de volaille assez appétissant occupait la place d'honneur au milieu de ce service complété par une boule de fromage de Hollande et par un plat de raisins secs.

Un énorme bol de chocolat fumait sur un plateau garni de tranches de pain grillé.

Enfin, deux carafes de cristal taillé contenaient, l'une de l'eau très limpide, l'autre du vin, d'une couleur vermeille fort engageante.

Pour la période du siège à laquelle on était arrivé, c'était un repas des plus luxueux, et peu de Parisiens en faisaient alors de pareils, surtout dans les parages médiocrement opulents de Montmartre.

Quelque indifférente que fût mademoiselle de Saint-Senier à ces détails matériels, elle ne pût s'empêcher de voir encore une intention bienveillante dans ces préparatifs.

— Ma tante va revenir, pensa-t-elle, et ce médecin qui l'accompagne s'expliquera, sans doute, plus clairement que le directeur.

Sur cette idée consolante, Renée se mit à bâtir tout un échafaudage de conjectures et en attendant le retour de madame de Muire, elle s'assit pour réfléchir, le coude appuyé sur la table et les yeux fixés sur cette porte qu'elle espérait à chaque instant voir s'ouvrir.

Rien ne vint et la jeune fille eut beau prêter l'oreille, aucun bruit ne troubla le silence profond de l'appartement solitaire.

Quelquefois, elle croyait entendre marcher au delà de la cloison qui bornait sa liberté, mais, en écoutant plus attentivement, elle reconnaissait qu'elle avait été la dupe d'une illusion.

Tout à coup, en reportant machinalement son regard sur le couvert si confortablement disposé, elle s'aperçut que le déjeuner avait été préparé pour une seule personne.

Il n'y avait sur la nappe qu'une serviette et qu'un verre, placés à côté d'une assiette, devant la chaise qu'elle occupait et qu'une main inconnue avait approché la table.

Ce siège unique avait un langage; il signifiait évidemment : « N'attendez personne ; vous mangerez seule. »

Renée comprit bien vite, et ses inquiétudes vagues se changèrent en frayeur sérieuse.

Il était impossible de douter encore de la conspiration qui se tramait contre elle.

Évidemment, madame de Muire, attirée sous quelque prétexte habile, avait été conduite dans une partie de cette maison inconnue et enfermée loin de sa nièce.

La malheureuse jeune fille se voyait donc condamnée à un isolement dont elle ne comprenait pas le but, mais dont elle n'envisageait les conséquences qu'en frissonnant.

Elle se leva toute droite, les yeux fixes, les joues pâles, et, comme affolée de terreur, elle se mit à parcourir au hasard et dans tous les sens ce logement qui se changeait décidément en prison. Elle ne vit rien et revint bientôt, poussée par une sorte d'instinct, devant cette porte qui la séparait de sa seconde mère que des misérables venaient de lui ravir.

Elle l'appela de toutes ses forces, comme si elle avait pu l'entendre, et, découragée bientôt par l'inutilité de sa tentative, elle courut au jardin.

La neige avait recommencé à tomber et le ciel voilé de gris jetait une teinte encore plus lugubre sur les sombres murailles qui formaient tout l'horizon de la pauvre captive.

Un silence de mort ajoutait à l'horreur de ce préau, car les bruits de la ville n'arrivaient pas jusqu'au sommet désert de la butte.

A peine si le roulement lointain des batteries prussiennes passait dans les nuages comme un tonnerre sourd.

Renée eut un instant l'idée de crier, dans l'espoir d'attirer l'attention de quelques passants du dehors.

Elle n'osa pas.

Une crainte presque superstitieuse arrêta la voix dans sa gorge et paralysa ses mouvements ; il lui semblait que ce sinistre édifice pesait sur elle comme les pierres du tombeau sur le malheureux qu'on a enterré vivant.

Elle se sentait vaincue.

Lentement et d'un pas incertain, elle revint s'asseoir devant le feu qui brûlait dans la cheminée du salon.

Le sang affluait à ses tempes et une soif ardente desséchait ses lèvres.

Elle fit un dernier effort pour aller vers la table où l'attendait le déjeuner qui ne la tentait guère et se versa un verre d'eau qu'elle avala d'un trait.

Presque aussitôt elle éprouva une sensation singulière.

Cette eau était froide, presque glacée et, en la buvant, Renée sentit comme un frisson passer dans ses veines.

Elle eut à peine la force de rentrer dans le salon et de s'étendre sur une chaise longue. A la fièvre qui l'agitait avait succédé une torpeur générale.

Sa tête appesantie se penchait sur son épaule et ses yeux se fermaient malgré elle. En même temps, des rêves bizarres passaient dans son cerveau.

Elle croyait voir s'agiter les draperies du salon et glisser sur le tapis des formes indéterminées.

Parfois, un craquement subit des meubles ou de la boiserie faisait vibrer ses nerfs surexcités; puis elle ne percevait plus que le bruit monotone et régulier du balancier de la pendule.

A travers cet engourdissement de son intelligence, une idée terrible se fit jour.

Elle se souvint qu'il existait des narcotiques puissants, et, passant la main sur son front brûlant, elle essaya de se lever.

Mais elle retomba lourdement, et toute sensation s'éteignit pour Renée de Saint-Senier.

XI

Le bureau de rédaction du « Serpenteau » était intallé dans un quartier éminemment populaire.

Il occupait le premier étage d'une vieille et noire maison de la rue Montorgueil et le choix de ce local était dû à l'initiative de J.-B. Frapillon, qui joignait à ses autres industries celle des locations.

L'agent d'affaires avait fait valoir les convenances démocratiques qui militaient en faveur d'un établissement central et, tout en prenant les intérêts du journal, il avait trouvé le moyen de réaliser pour son compte personnel une assez jolie commission.

Le voisinage bruyant des Halles n'était pas précisément du goût de Valnoir qui, en dépit de ses opinions avancées, passait sa vie dans des régions parisiennes plus élégantes.

Mais le rédacteur en chef s'était rendu aux observations de son conseiller intime et résigné à supporter des frais de voiture assez considérables, qu'il faisait du reste religieusement payer à ses actionnaires.

Du reste, si sa présence à la rédaction était indispensable tous les jours, il n'y séjournait pas longtemps.

Une séance de deux heures dans l'après-midi, au moment solennel de la mise en page, suffisait amplement à Valnoir pour donner à la feuille socialiste qu'il dirigeait un cachet tout particulier de violence agressive.

Il se livrait dans ce louable but à une revision complète des articles et même des faits divers, qu'il avait soin de saupoudrer d'injures et de mensonges, pour la plus grande joie de ses respectables lecteurs.

Quant à ses propres élucubrations, qui constituaient le fond du journal, il les rédigeait à son domicile où chez son amie de la place de la Madeleine.

Jamais il n'attaquait la société avec plus de verve qu'après avoir encaissé les lucratifs produits de sa littérature, jamais il ne plaignait avec plus d'attendrissement les souffrances du peuple qu'en sortant d'un joyeux dîner présidé par madame de Charmière.

La courte station au bureau de la rue Montorgueil était donc consacrée en quelque sorte à la vie officielle du folliculaire démocrate.

C'était là aussi que se traitaient les opérations financières que nécessitait le mouvement de fonds d'un journal très bien achalandé.

Valnoir, que ce côté de l'entreprise touchait particulièment, ne dédaignait pas à ses heures d'entrer dans tous les détails de la vente, ni même d'encaisser de ses propres mains les monnaies variées que lui versaient quotidiennement ses agents subalternes.

Il en était quitte pour remettre ses gants en sortant.

Ce jour là-donc, vers trois heures de l'après-midi qui suivit la triste matinée où Renée de Saint-Senier s'était endormie d'un sommeil étrange, la rédaction du « Serpenteau » se trouvait tout entière à son poste.

Une activité fiévreuse régnait aux abords et sous la porte cochère de l'immeuble choisi par J.- B. Frapillon.

Ce n'étaient dans la cour et par les escaliers que porteurs attroupés et gamins dégringolant avec un paquet d'épreuves sous le bras.

Les passants paisibles qui circulaient dans ces régions commerçantes, en quête de pommes de terre introuvables, s'arrêtaient avec une certaine curiosité devant cette maison si animée et cessaient de s'étonner en apprenant que tout ce mouvement était causé par la confection du fameux *Serpenteau*, organe de la démocratie radicale.

Comme contraste à cette foule prolétaire, un petit coupé fort élégant et attelé d'un cheval de race stationnait à quelques pas de l'entrée, sous la garde d'un cocher correctement vêtu de noir.

Cette épave du luxe parisien était assez rare à cette

époque du siège pour attirer l'attention et plus d'un
pauvre diable réduit aux cent cinq grammes réglemen-
taires regardait avec une convoitise bien naturelle les
reins charnus du bai-brun.

Mais le cocher, fort bien nourri, ne se préoccupait
guère des appétits que la vue de sa bête surexcitait, et,
du haut de son siège, où il fumait philosophiquement un
excellent cigare, il jetait sur la plèbe des regards assez
dédaigneux.

On devinait qu'il se sentait soutenu par une protection capable d'imposer le respect aux maigres hères de la
rue.

Et, de fait, les apprentis du journal, qui connaissaient
parfaitement l'équipage, ne se faisaient pas faute d'expliquer aux badauds que ce joli attelage était le produit de
gros sous consacrés par le public à l'achat de la feuille
socialiste.

C'est toujours flatteur de savoir qu'on a contribué de
son obole à embellir l'existence d'un ami du peuple et
personne ne murmurait, quoique tout cela appartînt non
à Valnoir, défenseur des prolétaires, mais à sa belle amie,
Rose de Charmière.

Le rédacteur en chef se contentait pour lui-même de
véhicules de louage, car popularité oblige au moins autant que noblesse, et grâce à ce procédé démocratique et
prudent, il pouvait se donner toutes les jouissances du
luxe, sans rien perdre de son prestige de vertu et d'aus-
térité.

Il n'était aristocrate que par procuration.

Au plus fort de l'attroupement qui encombrait le trottoir, un homme se glissait avec cette allure discrète qui
m'attire jamais les réclamations.

Ce personnage que ses lunettes d'or et sa cravate
blanche distinguaient de la foule adressa en passant un
signe de tête familier au superbe cocher, recueillit les
saluts des ouvriers de la maison groupés sous la porte et

se dirigea, avec l'aisance d'un habitué, vers l'escalier qui conduisait à la rédaction.

Frapillon — car c'était lui qui faisait ainsi son entrée dans le sanctuaire — enjamba quatre à quatre les marches vermoulues où les pieds des porteurs avaient laissé une couche de boue gluante et arrivé au premier étage, poussa la porte d'un geste décidé.

Deux ou trois garçons qui stationnaient dans l'antichambre se levèrent respectueusement en le voyant apparaître, et on aurait pu mesurer à leur empressement l'influence dont le diplomate de la rue Cadet jouissait dans la maison.

Frapillon traversa sans s'y arrêter cette première pièce, consacrée plus spécialement aux visiteurs des catégories inférieures et ouvrit, avec l'empressement d'un homme qui n'a pas de temps à perdre, le battant mobile qui défendait l'entrée du premier bureau.

_ Là il se trouva en présence d'une vieille connaissance.

Derrière une table recouverte de cuir noir siégeait, sur un fauteuil de canne, le sieur Antoine Pilevert.

L'hercule portait encore, sur son visage barbu, les traces de ses mésaventures de la veille.

Un de ses yeux disparaissait sous l'enflure produite par un magistral coup de poing. Ses joues marbrées de jaune et de violet lui donnaient une vague ressemblance avec les sauvages tatoués qu'on exhibe, dans les foires, et ses cheveux retombaient en mèches désordonnés sur son front plissé.

Sa physionomie et son attitude exprimaient une mélancolie profonde.

Au premier coup d'œil, on devinait en lui l'athlète vaincu, mais on s'apercevait aussi qu'il avait déjà cherché à se consoler de sa défaite.

Le bureau sur lequel il s'accoudait tristement portait, non tout ce qu'il faut pour écrire, mais tout ce qu'il faut pour boire et pour fumer.

Une triple rangée de chopes vides protégeait l'hercule

dompté, et des pipes variées s'alignaient devant lui, au lieu des plumes dont ce rédacteur fantaisiste, n'appréciait pas l'utilité.

L'encrier traditionnel était remplacé par un énorme pot à tabac, et au-dessus de la tête de Pilevert, s'étalait en guise de bibliothèque une panoplie complète.

Les fleurets démouchetés et les épées de combat alternaient dans ce trophée d'armes avec les pistolets d'arçon, et ces belliqueux instruments accrochés à la muraille semblaient avoir été mis là pour servir d'enseigne aux fonctions spéciales de l'alcide.

En voyant paraître Frapillon, le pauvre saltimbanque baissa piteusement la tête et poussa en signe de contrition des grognements inarticulés.

L'homme d'affaires qui, pour le moment, n'avait pas l'esprit tourné à la joie, ne put cependant s'empêcher de rire de cet air déconfit.

— Eh! bien, mon brave, dit-il, comment la soirée s'est-elle terminée hier?

— Vous devez le savoir, mille trompettes! répondit Pilevert d'un ton bourru.

— Mais non, je vous assure, cher monsieur, reprit Frapillon en jouant l'innocence.

Je vous ai confié à notre ami Taupier, et je suppose qu'il vous a ramené à bon port.

— Oui, parlons-en de votre bossu, s'écria l'hercule, c'est un joli coco.

— Aurait-il manqué aux égards qui vous sont dus, mon cher collaborateur? dit l'homme d'affaires en prenant l'air du plus tendre intérêt.

— Il m'a laissé tomber dans le ruisseau, et il est cause que j'ai couché au poste. J'en ai assez de ses égards.

— Vraiment?... oh! je ne me consolerai jamais de vous avoir quitté si vite, mon bon monsieur Pilevert.

Et, dites-moi, comment vous êtes-vous tiré de ce mauvais pas?

La réponse à cette question intéressait plus Frapillon que tout le reste.

Il lui importait assez, en effet, de savoir ce qui s'était passé après son départ.

Au milieu des trames compliquées qu'il menait de front, l'homme de loi ne redoutait rien tant que l'imprévu.

— Tiré ! hum ! tiré ! grommela l'hercule, ce n'est pas lui qui en est cause, si je suis ici aujourd'hui à fumer une pipe... car si M. Valnoir n'avait pas écrit pour nous réclamer...

— Ah ! très bien ! alors c'est l'ami Valnoir...

— Oui, et il a eu assez de peine à obtenir qu'on nous lâchât...

Votre bossu a si mauvaise mine que le chef du poste voulait nous envoyer au Dépôt.

— Enfin je vois avec plaisir que vous êtes revenu sain et sauf, reprit Frapillon qui ne tenait pas à en apprendre plus long.

— Sain et sauf, avec un œil au beurre noir. Il me semble que j'ai un casque de pompier sur la tête et que mon gosier est en bois.

— Ce ne sera rien, cher monsieur, ce ne sera rien ; mais je vous quitte, car je pense que ces messieurs m'attendent.

— Ils sont-là tous, au grand complet, dit l'hercule, et on vous a déjà demandé.

Le caissier ne l'écoutait plus, et il avait repris son air sérieux pour franchir le seuil des appartements réservés.

Il tourna doucement le bouton de cuivre au-dessus duquel on lisait le mot sacramentel « Rédaction » et entra dans le cabinet où Valnoir trônait en nombreuse compagnie.

Ce cabinet était réservé d'habitude à Valnoir, qui, en sa qualité de rédacteur en chef, jouissait du privilège

21 ·

aristocratique de se rendre inaccessible, quand la fantaisie lui en prenait.

Les visiteurs ordinaires ne dépassaient pas la salle commune où un secrétaire et deux ou trois apprentis rédacteurs se livraient, à l'aide de longs ciseaux, au travail quotidien qui constitue ce qu'on appelle en termes techniques la cuisine du journal.

Il fallait, comme on dit, montrer patte blanche — ou plutôt patte rouge, vu la couleur du « Serpenteau » — quand on prétendait à l'honneur d'une audience particulière.

Inutile d'ajouter que l'homme d'affaires jouissait pleinement des grandes et des petites entrées.

Seulement, il était habitué à traiter en tête à tête avec Valnoir les questions intimes, et sa surprise ne fut pas médiocre en voyant que son ami était entouré d'un petit cénacle.

A la droite et à la gauche de son fauteuil, siégeaient comme principaux assesseurs Taupier et madame de Charmière.

Sur les flancs de ce tribunal voltigeait la longue personne d'Alcindor, qui semblait ne pas pouvoir tenir en place. Tout cela avait un certain air solennel qui frappa d'abord Frapillon, peu accoutumé à rencontrer là des attitudes aussi sérieuses.

Prié dans la matinée, par un billet de Valnoir, de venir à trois heures à la rédaction ; averti de plus par l'hercule que l'aréopage du « Serpenteau » était au grand complet, l'homme d'affaires s'attendait à être accueilli par des plaisanteries et des éclats de rire, selon les us et coutumes du lieu.

Il ne lui fallut qu'un coup d'œil pour deviner que le vent n'était pas aux joyeusetés, et, sans savoir au juste de quoi il s'agissait, Frapillon se composa sur-le-champ une figure de circonstance.

Il commença par distribuer à la ronde des poignées de main aux trois hommes, baisa galamment le bout des doigts de la charmante Rose, saisit une chaise vacante et se campa dessus avec aisance, jambe de ci, jambe de là, et les coudes appuyés sur le dossier.

— Eh! bien, cher ami, dit-il en s'adressant à Valnoir, où en sommes-nous depuis samedi dernier?

— Nous avons monté de trois mille cinq cents, dit froidement le rédacteur en chef.

— Bravo! Voilà ce que c'est que de corser les articles de fond. Ton dernier éreintement de l'armée régulière vaut son pesant d'or. Encore cinq ou six premiers Paris comme celui-là, et nous arriverons à doubler notre tirage.

— Sans compter le feuilleton que j'ai commencé avant-hier, dit Taupier. La nouvelle tour de Nesle ou Marguerite de Bourgogne au XIXᵉ siècle. Le titre seul représente vingt mille de plus.

— Et ma *variété* où je développe la théorie fusionienne fera vendre encore trente mille, observa gravement Alcindor.

— Trente mille et vingt mille font cinquante mille, reprit Frapillon, avec un sérieux parfait, lesquels ajoutés à notre chiffre actuellement acquis produiront un tirage d'une centaine de mille.

Encore trois mois de siège et nous serons tous millionnaires.

Valnoir, qui avait d'autant mieux senti l'intention ironique de ce discours qu'il appréciait à leur juste valeur les élucubrations du bossu et du paillasse, Valnoir se hâta de ramener la conversation à un sujet plus pratique.

— Mon cher, dit-il en s'efforçant de prendre un air dégagé, je t'ai écrit de venir pour causer de choses qui nous intéressent tous, au moins autant que le tirage du « Serpenteau ».

— Ah! ah! je crois que je devine. Il s'agit de mes petites affaires avec la dynastie des Saint-Senier.

— De celle-là et d'autres encore.

— Très bien ! Alors procédons par ordre, dit Frapillon sans s'émouvoir.

Vous voulez savoir d'abord, je suppose, où nous en sommes des opérations dirigées contre nos belles dames du chalet.

Valnoir répondit par un signe de tête affirmatif.

— Mais l'ami Taupier a pu vous en donner des nouvelles fraîches.

— Moi, s'écria le bossu, je ne sais rien du tout depuis que tu as trouvé le moyen de me planter là hier soir.

— Alors, je ne suis pas en état de vous renseigner davantage. Mes informations s'arrêtent, comme celles de notre cher associé, à l'arrestation du domestique que, grâce à mon concours, il a réussi à faire bien et dûment coffrer.

De celui-là, nous sommes débarrassés pour longtemps.

— Bon ! Et la demoiselle que tu suivais quand tu m'as lâché ? demanda le bossu.

— Je l'ai perdue de vue, et il m'a été impossible de la retrouver, dit Frapillon avec une rare impudence.

Rose, Valnoir et Taupier échangèrent des regards dont le sens ne pouvait pas échapper à la sagacité de l'homme d'affaires.

Evidemment, on le soupçonnait d'agir pour son compte, et le bossu devait s'être livré, à son endroit, à des insinuations malveillantes.

C'était une raison de plus pour nier et pour jouer serré.

— Comme j'ai bien fait de tout arranger pour en finir promptement ! pensa-t-il.

Et il ajouta tout haut :

— Je ne vois pas pourquoi vous vous tourmentez ; le plus fort de la besogne est fait puisque tous les hommes sont éliminés, et il me semble que vous n'avez pas grand chose à redouter de deux femmes seules.

— Il faudra pourtant aviser, observa madame de Charmière ; les femmes sont toujours plus à craindre que les hommes.

— Je crois que vous avez raison, dit Frapillon avec un sourire équivoque.

— Du reste, interrompit Valnoir, ce n'est pas ce qui nous intéresse le plus aujourd'hui.

— Quoi donc alors ?

— Mon cher, j'ai à te parler, en mon nom et au nom de nos amis de notre association.

— De la *Lune avec les dents* ?

— Précisément.

— Très bien ! et que voulez-vous que je vous en dise ? demanda l'homme d'affaires avec un calme imperturbable.

Il y eut un instant de silence, comme pour mieux marquer l'hésitation du rédacteur en chef.

— Mon cher, voici ce que c'est, dit enfin Valnoir, encouragé par un coup d'œil de sa maîtresse.

Depuis trois mois que la Société est fondée, les adhésions ont été nombreuses et vont toujours en se multipliant. Il en résulte que si minime que soit le chiffre de la cotisation versée chaque semaine par les membres anciens et nouveaux, nous n'en avons pas moins encaissé des sommes assez rondes...

— Très rondes, interrompit Frapillon d'un ton glacial.

— Dont nous ne connaissons le chiffre qu'approximativement, reprit Valnoir, un peu décontenancé par ce sang-froid.

Toi seul les a reçues, en ta qualité de caissier de la Société, toi seul en réponds et tu en as toujours disposé sans contrôle.

— Tout cela est parfaitement exact. Où veux-tu en venir ?

— Mon Dieu ! nous savons tous qu'il est de l'essence même de notre association d'opérer secrètement et il ne s'agit pas de produire des reçus et des quittances comme un percepteur, mais cependant...

— Cependant ? répéta Frapillon en assurant tranquillement ses lunettes sur son nez.

— Eh bien ! nous croyons qu'il serait possible et souhaitable, pour mettre notre responsabilité à couvert, d'établir des... registres, de produire... des pièces.

— Alors ce sont des comptes que vous me demandez ?

— Je n'ai pas besoin de te dire que ta probité n'est pas mise en doute, et que notre confiance en toi reste entière, se hâta d'ajouter Valnoir.

— Il y paraît en effet, dit le caissier sans laisser percer la moindre des impressions qu'il ressentait.

— D'ailleurs ce n'est pas nous qui désirons ce petit éclaircissement.

— En vérité ! exclama Frapillon d'un air peu convaincu.

— On me l'a réclamé dans cinq ou six lettres, et pour le fournir, je suis obligé de te le demander.

— Quels sont ces curieux, je te prie ?

— Mais, des sociétaires ; et je ne te cacherai même pas qu'à la prochaine assemblée, la question sera portée à la tribune.

— Et tu m'avertis pour que je me prépare. C'est très charitable de ta part.

— C'est tout naturel et j'espère que tu ne m'en sauras pas mauvais gré.

— Moi ? au contraire ! et je te remercie de m'offrir une occasion que je cherchais depuis quelque temps.

— Une occasion ? Voyons, mon cher, explique-toi un peu plus clairement.

— C'est inutile aujourd'hui. Je suis tes conseils, et je me réserve pour l'assemblée.

Les assesseurs de Valnoir, et tout particulièrement madame de Charmière, paraissaient suivre ce dialogue avec un vif intérêt, et il n'était pas malaisé de démêler que cette petite scène avait été arrangée à l'avance.

Frapillon qui n'en doutait plus, se demandait d'où venait le bâton qu'on jetait si intempestivement dans ses roues.

Il connaissait trop bien le caractère insouciant et léger de Valnoir pour lui attribuer l'invention d'une comptabilité à l'usage de la *Lune avec les dents*, mais il hésitait entre Taupier et la belle Rose.

Tous deux lui semblaient bien capables d'avoir imaginé cette botte perfide, et il se promettait bien de les en faire repentir.

— Pourrais-tu me faire voir le style et l'écriture de tes aimables correspondants? demanda-t-il à Valnoir, d'un air assez indifférent.

— Mais je... je ne sais trop ce que j'en ai fait, balbutia le rédacteur en chef, visiblement décontenancé.

— Bon! bon! je comprends à merveille, reprit Frapillon, tout doit être secret entre les membres de la *Lune avec les dents* et tu crains de compromettre ces braves associés.

Valnoir, dont le trouble allait croissant, cherchait une réponse qu'il ne trouvait pas.

Un incident très imprévu vint le tirer d'embarras.

Un bruit de voix courroucées qui partait de la pièce voisine arrivait à travers la porte jusqu'aux oreilles du conseil et menaçait de troubler gravement ses délibérations.

Le diapason, qui s'élevait de plus en plus, accusait une querelle violente.

On ne parlait pas, on criait, et il n'était guère possible de se méprendre sur la cause du vacarme.

Maître Pilevert était dans la maison le seul être capable de soutenir une conversation sur un ton pareil et quelque envie que Valnoir éprouvât de vider la question entamée dans son cabinet, il ne pouvait pas rester indifférent aux disputes de son subalterne.

L'hercule avait été engagé par le prévoyant Taupier pour recevoir les réclamations trop vives et jusqu'alors il s'était acquitté de sa besogne à la satisfaction générale.

Son aspect rébarbatif suffisait presque toujours pour calmer les emportements des visiteurs qui avaient à se plaindre de la rédaction; et, quand on insistait, l'ex-professeur de pointe et de contre-pointe offrait le choix des armes.

Depuis son entrée en fonctions, il n'avait encore rencontré personne qui fût tenté de pousser les choses jusqu'au bout, et cette circonstance n'avait pas médiocrement contribué à développer ses instincts de grossièreté et d'insolence.

Le rédacteur en chef du « Serpenteau » commençait même à trouver que son éditeur responsable le défendait trop énergiquement, et il avait eu plus d'une fois l'idée d'y mettre ordre.

Ce jour-là, les colères du l'hercule lui semblaient particulièrement fâcheuses et intempestives.

Il fit mine de se lever pour aller voir lui-même de quoi il s'agissait, mais un coup d'œil de madame de Charmière lui rappela que la prudence était la première vertu d'un homme politique.

Il allait se tourner vers l'obligeant Taupier, pour le prier de se charger de la mission d'apaiser une dispute dont il soupçonnait l'origine, car depuis quelques jours, ses articles étaient devenus si virulents et frappaient si fort, à tort et à travers, qu'il pouvait s'attendre à récolter de nombreuses querelles.

Mais Frapillon avait toutes sortes de motifs pour abréger l'audience intime où ses associés le tenaient sur la sellette et il saisit avec empressement l'occasion de se dérober à un interrogatoire gênant.

— Je vais calmer un peu notre brave garde du corps, dit-il en se dirigeant vers la porte.

— Vous savez que Valnoir n'y est pour personne.

Cette recommandation que lui adressa la belle Rose fut complétée par une injonction assez brutale de Taupier :

— Fais vite et reviens de même, nous avons encore besoin de toi ici, lui cria le rancuneux bossu.

— Le temps de mettre un peu d'eau dans le vin de maître Pilevert et je suis à vous, répondit Frapillon en tournant le bouton.

Le caissier savait bien que sa promesse de retour ne l'engageait à rien et que ses équivoques amis ne viendraient pas le relancer dans le bureau de l'hercule.

Il se réservait donc d'agir au mieux de ses intérêts et il avait déjà à peu près arrêté dans son esprit de rentrer tranquillement chez lui, après avoir apaisé la querelle.

Il éprouvait le besoin de se recueillir avant de rendre ses comptes aux sociétaires de la *Lune avec les dents*, et il avait bien d'autres affaires pour finir sa journée.

Quand il eut soigneusement refermé la porte qui défendait la rédaction du « Serpenteau, » contre les profanes, Frapillon se trouva en présence d'un groupe où l'excitation avait atteint ses dernières limites.

L'hercule, retranché derrière sa table, dont il semblait vouloir faire une barricade et campé sur ses courtes jambes dans une pose athlétique, se préparait évidemment à un pugilat.

Deux adversaires qui étaient en face de lui ne paraissaient guère moins irrités.

L'un, tout jeune et vêtu de l'uniforme de capitaine d'infanterie, tourmentait d'une main la poignée de son sabre, et de l'autre frisait sa moustache en lançant à Pilevert des regards furieux.

Le second, plus âgé, mais tout aussi exaspéré, n'appartenait pas à l'armée.

Il était tout pâle et froissait convulsivement un journal entre ses doigts crispés.

L'aspect de cette scène en disait plus qu'il n'en fallait pour que Frapillon fût fixé sur la cause de la dispute.

Il n'en prit pas moins son air le plus innocent pour se renseigner avant d'intervenir.

— Qu'y a-t-il donc, messieurs ? demanda-t-il, en s'adressant plus particulièrement au visiteur habillé en bourgeois.

Ce fut l'officier qui se chargea de répondre.

— Il y a, dit-il d'un ton bref, que ce drôle a voulu faire l'insolent et que je vais le corriger.

— Viens-y donc, méchant troupier, grommela l'hercule en se frottant les mains par un geste familier à sa profession.

— Messieurs, messieurs, calmez-vous et expliquez-vous, je vous en supplie, s'écria Frapillon en se jetant généreusement entre les adversaires.

Et il ajouta, en touchant l'épaule de l'alcide :

— Faites-moi la grâce, mon cher Pilevert, de vous tenir en repos.

Vous êtes vraiment trop vif.

Cette courte phrase eut le pouvoir de modérer sur-le-champ la colère de l'irascible Antoine, qui redoutait beaucoup plus la doucereuse autorité du caissier que les coups de poing civils et militaires.

— Si vous croyez que c'est amusant, aussi, de s'entendre traiter de manant et de goujat, grommela l'hercule en reprenant une pose pacifique.

Il était visible que ces injures de choix aristocratique l'avaient beaucoup plus vexé que les gros mots à l'usage de ses pareils.

— Je ne puis croire, dit doucement Frapillon, que ces messieurs vous aient insulté sans motif, et je voudrais savoir...

— Ce qui s'est passé, interrompit le plus âgé des deux visiteurs ; je vais vous le dire, monsieur, et je compte que vous allez mettre fin à cette scène honteuse en faisant droit à notre juste réclamation.

— J'y suis tout disposé, monsieur, répondit l'homme d'affaires du ton le plus courtois.

— Fort bien. Je suppose que vous appartenez à la rédaction de ce journal.

— Je suis un de ses fondateurs, répondit évasivement Frapillon.

— Alors, monsieur, vous ne serez pas surpris d'apprendre que les derniers articles publiés dans votre feuille ont blessé tous ceux qui ont l'honneur d'appartenir à l'armée française, et qu'un officier vient en demander raison au nom de tous ses camarades.

— Assurément, cette susceptibilité est respectable, mais cependant...

— Laissez-moi achever, je vous prie. Mon ami qui est capitaine dans un régiment que vous insultez tous les jours, m'a prié de l'assister et j'y ai consenti d'autant plus volontiers que M. Valnoir, votre rédacteur en chef, m'est connu de longue date.

— Ah! murmura Frapillon dont cette phrase incidente éveilla l'attention.

— C'était donc à lui, à M. Valnoir seul, que nous avions affaire et, quand nous avons été reçus par ce... par cet homme qui a eu l'impudence de prétendre être l'auteur de ces insolents articles, vous comprendrez, je pense, que la patience nous ait échappée.

— Ce serait vraiment trop commode, dit l'officier, d'insulter les gens et de se faire représenter sur le terrain par un spadassin à gages.

— Messieurs, s'écria l'agent d'affaires, je vous affirme qu'il y a là un malentendu que je regrette plus que personne.

Mon ami Valnoir est homme d'honneur et il ne recule pas devant un duel...

— Je le sais, dit le civil d'un ton qui donna fort à réfléchir à Frapillon.

Depuis un instant, il se demandait si cette affaire était tout simplement le résultat des attaques venimeuses du « Serpenteau » ou si elle se rattachait à l'histoire des Saint-Senier.

Ce dernier point de vue l'intéressait personnellement beaucoup plus que les polémiques du journal, et il lui importait fort de savoir à quoi s'en tenir.

— Messieurs, reprit-il, M. Valnoir n'est pas ici, en ce moment, mais si vous voulez bien me donner vos cartes je me charge de les lui remettre et de lui expliquer le motif qui vous amène.

Les deux étrangers se consultèrent du regard et le plus âgé dit d'un ton bref :

— C'est inutile. Nous voulons voir M. Valnoir lui-même et je vous prie de l'avertir que, demain à la même heure, nous reviendrons ici :

— Et je compte que cette fois nous le trouverons, ajouta l'officier en accentuant sa phrase de manière à faire comprendre à Frapillon qu'on le rendait responsable de la commission.

— Soyez sûrs, messieurs, que je n'oublierai pas, balbutia le caissier, assez déconcerté de voir les visiteurs lui tourner le dos, sans autre explication.

Ils étaient déjà dans l'antichambre que Frapillon restait encore plongé dans des réflexions profondes.

Il en fut tiré par la voix de l'hercule.

— Bon voyage! et au plaisir de ne pas vous revoir, grognait Pilevert.

Le moment était venu pour le diplomate de la rue Cadet de prendre un parti et de choisir entre les fils compliqués qu'il avait à faire mouvoir en même temps.

Les comptes de la *Lune avec les dents*, les mystères du chalet et les trames de la villa des Buttes, se mêlaient sans se confondre dans son esprit.

Il s'agissait seulement de savoir par où commencer.

Frapillon n'hésita pas beaucoup plus d'une minute.

— Qu'est-ce que vous diriez, cher monsieur Pilevert, d'un joli dîner à la Halle, chez Baratte qui a une cave excellente?

— Ma foi! ça m'irait, s'écria l'hercule avec conviction, j'ai le gosier sec comme de l'amadou.

— En route, alors, et vivement, dit le caissier qui tenait beaucoup à ne pas rentrer à l'audience présidée par son ami Valnoir.

FIN DU TOME PREMIER

F. Aureau. — Imprimerie de Lagny.

Original en couleur

NF Z 43-120-8

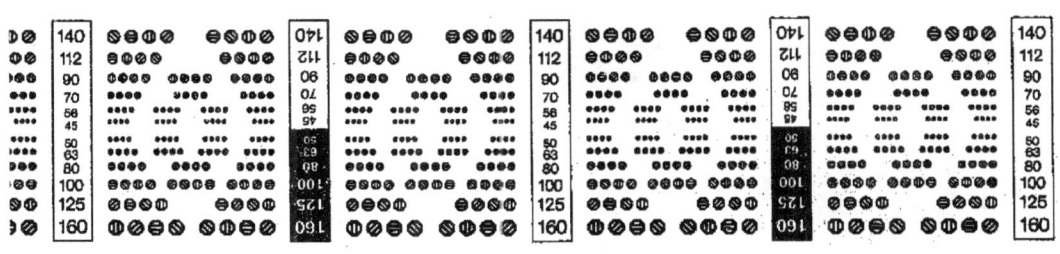

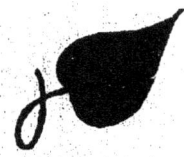

www.ingramcontent.com/pod-product-compliance
Lightning Source LLC
Chambersburg PA
CBHW050319030726
47505CB00003B/775